BASTEI
LÜBBE

Über den Autor:

Sebastian Fleming studierte Germanistik und Geschichte. Er schrieb für das Theater, den Rundfunk, das Fernsehen und Bücher zu historischen Themen.

Sebastian Fleming

Arminius

BASTEI
LÜBBE

BASTEI LÜBBE TASCHENBUCH
Band 16 315

1. Auflage: Mai 2009

Bastei Lübbe Taschenbücher in der Verlagsgruppe Lübbe

Originalausgabe

Agentur: Montasser Media
Redaktion: Dr. Ulrike Brandt-Schwarze, Bonn
Titelillustration: Paul Knight/Trevillion Images
Umschlaggestaltung: Kirstin Osenau
Satz: hanseatenSatz-bremen, Bremen
Gesetzt aus der Stempel Garamond
Druck und Verarbeitung: CPI – Ebner & Spiegel, Ulm
Printed in Germany
ISBN 978-3-404-16315-1

Sie finden uns im Internet unter
www.luebbe.de
Bitte beachten Sie auch: www.lesejury.de

Arminius war unbestritten der Befreier Germaniens und hat das römische Volk nicht wie andere Könige und Heerführer in seinen kleinen Anfängen herausgefordert, sondern als das Reich auf dem Höhepunkt seiner Macht stand. In Schlachten war er nicht immer erfolgreich, im Kriege blieb er unbesiegt. Sein Leben währte siebenunddreissig Jahre, zwölf seine Herrschaft.

Noch heute besingen ihn die Barbarenstämme …

Aus den »Annalen« des Publius Cornelius Tacitus

Teil I:
Die Heimat in ihm

1

Stolz spannte Ergimer, umringt von den staunenden cheruskischen Fürsten, den großen Eichenbogen des Vaters. Er hörte, wie Elda im Hintergrund vor Begeisterung jubelte. Der Junge genoss den Moment der Bewunderung und spürte doch, zuerst unterschwellig, dann immer deutlicher, dumpfe Stöße, die rhythmisch wiederkehrten, jedes Mal lauter, drängender, gefährlicher und die schließlich den Himmel zum Einsturz brachten. Statt des Firmaments erblickte der erschrockene Knabe im Traum das vielfältige Schwarz der Raben, die aufgeregt hin und her flatterten. Unterdessen ächzte und stöhnte das große Langhaus, der Wohnsitz der Familien des cheruskischen Fürsten Segimer und seiner fünf Gefolgsleute, unter dem Ansturm um sich schlagender Unholde. Die Angstschreie der Frauen und das monotone Gebrüll aus Männerkehlen in einer ihm fremden Sprache rissen den Sohn des Fürsten endgültig aus dem Schlaf und jagten ihm eine nie gekannte Furcht ein.

In dem Augenblick, als der neunjährige Knabe vergeblich versuchte, sich den Albtraum aus den Augen zu reiben, barst der schwere Holzriegel des Haupttores der Wohnhalle, und der plumpe Kopf eines römischen Rammbocks drang unaufhaltsam wie das Verhängnis ins Innere des Langhauses ein. Gespenstisch geschwind zwängten sich immer mehr Legionäre mit gezückten Schwertern durch den Spalt, den der Bock in das Tor geprügelt hatte. Der Junge brach vor Entsetzen in Tränen aus. Germir legte den Arm um den vier Jahre jüngeren Bruder, drückte ihn an sich und sprach beruhigend auf ihn ein: »Vater ist ja da. Es wird nichts passieren! Still, still!«

Fremdes Kriegsvolk drängte sich in der Halle, in der sie alle schliefen. In der Mitte befand sich die Feuerstelle, um die Vater und Mutter, die Großeltern, Onkel und Tanten sowie die erwachsenen Cousins saßen, etwas weiter ab auch Mägde und Knechte. Es wurden immer mehr Schwertmänner, die von draußen hereindrangen. Die eisernen Helme und schwarz glänzenden Brustpanzer verliehen den Legionären in dem nur von Fackeln beleuchteten Saal ein unheilvolles Aussehen. Einige Römer trugen versilberte Gesichtsmasken, deren kalt glänzende Unbewegtheit jede Hoffnung auf Mitleid erstickte. Ergimer erinnerte sich, dass die Sänger in den alten Liedern oft vom Endkampf der Götter und der Riesen erzählten. Genau so musste diese Schlacht der Schlachten dereinst aussehen, dachte er, und das Bild des nächtlichen Überfalls brannte sich für immer in sein Gedächtnis ein. In diesem Moment beobachtete er mit wachsender Sorge, wie sein Vater dem Anführer der Eindringlinge zornig entgegentrat.

In seinem kurzen Leben hatte der Knabe bisher noch keinen Römer gesehen. Er konnte sich nicht vorstellen, dass diese wilden Zweibeiner Menschen sein sollten. Wären die Gestalten größer gewesen, hätte er sie für Thursen, für böse Riesen, gehalten. Doch da sie im Wuchs nicht an die Cherusker heranreichten, konnten es nur Unholde aus den Höhlen, aus den Steinen, aus dem Wurzelwerk sein. Gegen diese aber gab es einen Schutz: sein Amulett aus Bernstein!

Ergimer sprang auf, löste die Kette mit dem schützenden Anhänger vom Hals und ging auf seinen Vater Segimer zu. Da traf ihn kurz und brutal der rechte Unterarm eines Legionärs und schleuderte ihn in die Ecke. Er spürte einen betäubenden Schmerz, der von einer namenlosen Wut abgelöst wurde. Was erdreistete sich dieser Halbmensch? Das Amulett prallte von der Lehmwand ab und fiel zu Boden. Rasch nahm Germir den Glücksbringer auf und legte ihn wieder um den Hals des Bruders.

»Bist du verrückt? Rühr dich nicht von der Stelle!«, raunte er ihm zu.

»Ich wollte doch nur …«

»Pst, sei still!« Der Bruder hielt ihm den Mund zu.

»Was soll das?«, wandte sich Segimer nun mit blitzenden Augen an den Römer, den er für den Führer der Eindringlinge hielt. Im blakenden Licht der Fackeln wirkten die Gesichtszüge des Vaters hart wie Stein. So hatte ihn Ergimer noch nie gesehen. Der Centurio, ein breiter und stämmiger Kerl, brüllte auf Latein zurück, in einer Sprache, die für den kleinen Jungen wie das Zischeln einer Schlange klang: *»Habeas debita!«* Ein germanischer Hilfssoldat übersetzte die Worte des feindlichen Anführers: »Du hast Schulden!«

Alle hielten den Atem an. Wie würde Segimer reagieren? Nur das Scharren des Viehs nebenan durchbrach die gespannte Stille.

»Wem auf der Welt sollte ich etwas schulden?«

»Dem Princeps, unser aller Herrn Augustus!«

»Es mag ja dein Herr sein, wir Cherusker kennen keine Herren!«

Der Anführer zeigte wortlos auf den Fürsten, dann auf die anderen Männer, schließlich auf den Stall im hinteren Teil des Langhauses, in dem die Tiere in den Boxen stampften und brüllten, als spürten sie instinktiv die Gefahr.

Sechs römische Soldaten stürzten sich auf Segimer, schlugen und fesselten ihn. Das Gleiche taten sie mit den andern Männern, während ein paar Legionäre die cheruskischen Frauen mit blankgezogenen Waffen in eine Ecke der Wohnhalle drängten. Mit aufgerissenem Mund und schreckgeweiteten Augen verfolgte Ergimer das Geschehen.

»Das ist für deine Schulden bei Augustus! Die Steuer, die du jedes Jahr zu entrichten hast. Merk es dir, Schwachkopf«, raunzte der Centurio, bevor er dem gefesselten Segimer einen Schlag versetzte, der diesen niederstreckte. Dann hieb der Römer mit der Rute, mit der er sonst nachlässige Legionäre seiner Hundertschaft zu verprügeln pflegte, auf den am Boden liegenden Fürsten ein.

Der Centurio trug den Spitznamen »Noch einen«, weil er bei der Bestrafung seiner Untergebenen so derb zuschlug, dass ihm hin und wieder der *vitis,* der geschnitzte Stock des Centurio, zerbrach. Dann verlangte er »noch einen«, um die Züchtigung fortzusetzen, die er jedes Mal genoss.

Unter Schmerzen richtete sich Segimer wieder auf und blickte dem Eindringling mit ungebrochenem Stolz in die Augen. Plötzlich vernahm Ergimer ein verzweifeltes Quieken, ein Röcheln, ein Gurgeln und dumpfe Aufschläge aus dem Stallbereich des Langhauses. Von da an wusste der Knabe, dass auch die Tiere Angst fühlen.

Unbemerkt kroch er zum Durchgang. Fassungslos beobachtete er, wie die Römer mit wilder Freude Rinder und Schweine abstachen. Hinter sich hörte er den germanischen Verräter den Hohn des Centurio übersetzen: »Und das ist dafür, dass du nie wieder vergisst, deine Steuer zu entrichten, Barbar! Jedes Jahr zur Sonnenwende lieferst du uns acht Rinder ab! Wenn du noch einmal wagen solltest, dich zu widersetzen, oder in Verzug gerätst, zünden wir diesen Stall an und verkaufen deine Sippe in die Sklaverei!«

Dann zogen die Römer ab und ließen die Wohnhalle des Fürsten Segimer verwüstet zurück. Hasserfüllte Blicke folgten ihnen.

Ergimer sah in die Gesichter seiner Verwandten. Sie waren wie erstarrt, fassungslos gegenüber dem Unheil, das ohne Vorwarnung über sie hereingebrochen war. Endlich konnte der Junge zu seinem Vater rennen und schlang stürmisch die Arme um ihn. Es war, als habe Ergimer den Bann gebrochen, denn augenblicklich kehrte Leben in die Menschen zurück. Wortlos begannen sie aufzuräumen oder schauten nach dem toten Vieh. Das sinnlose Gemetzel an den Rindern und Schweinen trieb vielen die Tränen in die Augen. Ergimer bemühte sich, die Fesseln des Vaters zu lösen, sein Bruder kam ihm mit einem Messer zu Hilfe. Als die Stricke von Segimer abfielen, reckte und streckte sich der Cheruskerfürst. Dann strich er Germir über den Kopf, bevor er Ergimer in die

Arme schloss. Er drückte ihn fest an sich, als wollte er ihm etwas von seiner Kraft abgeben. »Das waren Römer, vergiss das niemals, mein Sohn!«

»Keine bösen Geister? Keine Unholde?«

»Nein, so etwas tun nur Menschen. Geht, meine Söhne, helft den Frauen und Alten aufzuräumen.« Lauter fuhr er fort: »Die Männer kommen mit mir.«

Stumm und innerlich vor Wut bebend folgten die Cherusker der Aufforderung ihres Fürsten und verließen die Halle.

»Sie holen die Waffen«, flüsterte Germir seinem Bruder zu, im Gesicht rote Flecken vor Aufregung. Ergimer wusste, dass sich in dem kleinen Vorratshaus, das der Wohnhalle am nächsten stand, unter dem Erdboden die Rüstkammer seines Vaters befand, in der allerlei Schwerter, Schilder, Spieße, Speere, Pfeile und Bögen aufbewahrt wurden. Damit stattete der Fürst im Kriegsfall seine Gefolgsleute aus.

Pfiffe hallten durch die Nacht. Am vertrauten Gewieher und Getrappel erkannte Ergimer, dass die von den Römern vertriebenen Reitpferde zurückkehrten. Wenig später hörte er, dass die sechs Männer aufsaßen und wegritten. Den Römern nach, dachte der Knabe beunruhigt und zugleich stolz auf die Kühnheit seines Vaters. Schließlich würden im besten Fall dreißig Cherusker einhundert gut ausgebildeten römischen Legionären gegenüberstehen – vorausgesetzt, dem Vater gelänge es, alle Gefolgsleute aus der unmittelbaren Nachbarschaft zusammenzubringen.

*

Nach vielen Stunden harter Arbeit hatten die Frauen, Alten und Kinder am nächsten Tag das Haus wieder leidlich in Ordnung gebracht. Nun begannen sie damit, das Fleisch der hingemetzelten Tiere zu verarbeiten. Sie mühten sich, so viel wie möglich davon durch Pökeln und Räuchern für den Winter zu retten. Es bedeutete

Glück im Unglück, dass die Schafe noch auf den Sommerwiesen weideten, sonst hätten Segimer und seine Leute wohl Raubzüge unternehmen müssen, um während der eisigen Jahreszeit nicht zu verhungern.

Ergimer hielt immer wieder Ausschau, weil er die Rückkehr des Vaters herbeisehnte. Längst war der Stolz auf ihn der Angst gewichen, und der Junge brannte darauf, dem Vater zu Hilfe zu eilen. Nachdem er der Mutter den ganzen Vormittag geholfen hatte, gelang es ihm endlich, sich unbemerkt davonzuschleichen. Rasch verschwand er im Unterholz und hielt sich im Wald abseits des Weges, weil er fürchtete, dort den Römern in die Arme zu laufen. Bald hatte er sich weiter vom Hof entfernt, als es ihm der Vater gestattete, längst den Bach, der als Grenze seiner kindlichen Ausflüge in die Umgebung galt, hinter sich gelassen.

Nach einer großen Strecke zurückgelegten Weges stieß Ergimer Stunden später auf Steine, die in zwei Reihen zu einem großen Doppelring angeordnet waren. Zwischen beiden Kreisen verlief ein Spitzgraben, fünf Ellen tief und drei Ellen breit. In dem magischen Kreis standen ausnahmslos Eichen. Der abgetrennte Bereich wirkte licht, heiter, verwunschen, weil die Bäume vereinzelter standen als im übrigen Wald. Vor Ergimer lag ein heiliger Hain, der, den Eichen nach zu urteilen, Donar oder Wotan geweiht war. Hätten dort nur Buchen gestanden, wäre es, das wusste der Knabe, ein Heiligtum des einarmigen Gottes Týr gewesen, des Kriegsgottes. Und da der Krieg der Vater aller Dinge war, verehrten die Cherusker Týr auch als Gott des Lebens und des Kampfes.

Unschlüssig blieb Ergimer stehen. Als Minderjähriger, der sich noch ein paar Jahre zu gedulden hatte, bis er in den Kreis der Krieger aufgenommen werden würde, war der Hain für ihn tabu. Wotan oder Donar nähmen gewiss schreckliche Rache, wenn er den Frevel wagen und den verbotenen Ort betreten würde. Nach einigem Überlegen beschloss er, den göttlichen Bezirk zu umgehen, denn dort würde sein Vater seine Hilfe nicht benötigen. Wer könnte den Gefolgsherrn besser beschützen als der mächtige Wotan oder der hammerschwingende Donar?

Erst jetzt bemerkte Ergimer, dass er hoffnungslos die Orientierung verloren hatte. Ratlos blickte er um sich und entdeckte zwischen den Bäumen einen majestätischen Hirsch mit einem gewaltigen Geweih. Es kam ihm vor, als schaue das Tier ihn an, bevor es kehrtmachte und tiefer in den Wald schritt. Ergimer konnte nicht anders, als ihm zu folgen. Der Hirsch führte den Jungen zu einer weiten Lichtung, die von einer üppigen Wiese bedeckt war. Dann verschwand er so rasch, wie er aufgetaucht war. Der Sohn des Segimer war wieder allein.

Ergimer musste an Elda denken, die Tochter des Fürsten Segestes. Ach, wenn sie doch hier wäre, Elda mit ihrer Unerschrockenheit und Klugheit! Wenn sich die Gefolgschaftsherren zweimal jährlich zum Thing trafen, nahmen sie ihre Familie zum Versammlungsplatz mit. Während die Männer und Frauen berieten, vertrieben sich die älteren Kinder die Zeit mit Spiel, auch beaufsichtigten sie zusammen mit den Kinderfrauen die jüngeren Geschwister. Vor zwei Jahren war Ergimer Elda zum ersten Mal begegnet und hatte Freundschaft mit ihr geschlossen. Seit dieser Zeit freute er sich jedes Mal auf das nächste Thing, wo er sie wiedersehen würde. Mit Elda zusammen kannte er keine Furcht. Nichts, aber auch gar nichts konnte die beiden aufhalten, wenn sie es gemeinsam anfingen. Aber es half nichts, Elda war weit weg, und Ergimer musste den Vater wohl oder übel allein suchen.

Wie zuvor in seinem Traum wurde plötzlich der Himmel dunkel vom Schwarz der Raben. Sie kreisten über dem saftigen Grün und einem unwirklichen Dunkelrot – einer blutigen Farbe, die den Jungen vor Entsetzen erstarren ließ. Er wagte kaum zu atmen. Vor ihm erhoben sich zwölf hohe Pfähle, die mit je einem Querbalken versehen waren. An diesen hingen der Centurio und elf seiner Soldaten, gekreuzigt, die Augen aus den Höhlen geschnitten. Ergimer ahnte, was das bedeutete. Die Legionäre sollten das, was sie gesehen hatten, nicht in die Schattenwelt mitnehmen und waren auf ewige Zeiten dazu verdammt, nach dem Tode blind umherzuirren. Die Augen hatten die Raben längst gefressen. Um die Kreuze herum lagen verstreut die übrigen Legionäre, die Kehlen durchgeschnitten, die Genicke gebrochen, die Leiber durchbohrt, die Schädel gespalten, wie es sich gerade traf, als die Wut der Cherusker, der *furor cheruskos,* über sie gekommen war wie eine Sturmflut des Verderbens.

Nun drang auch der fette Geruch des Blutes unaufhaltsam in seine Nasenflügel ein und erzeugte ein Gefühl der Übelkeit. Ergimer würgte, aber er hatte so lange nichts mehr gegessen, dass er nur Galle spuckte. Zahllose Fliegen und Mücken schwirrten geschäftig über den Leichen. Bald schon würden auch andere Tiere Bankett halten.

Der Junge wollte die Augen abwenden, doch er konnte sich nicht von dem Anblick lösen, bevor das grausige Bild hinter einem Schleier aus Tränen verschwand. Er fiel auf die Knie und krallte die Finger in den blutgetränkten Waldboden. Dann schlug er voller Abscheu die Hände vors Gesicht, wo sich Blut und Erde mit seinen Tränen mischten. Ergimer wusste, dass sein Vater dieses Gemetzel angerichtet hatte. Aber wo war er? Wo war sein Vater?

Er sprang auf und rief nach ihm. Immer wieder schrie er: »Vater!« Dann rannte er los, ohne seine Umgebung wahrzunehmen, lief, so schnell er konnte, um den Bildern zu entkommen, dem blutigen Menschentod, den er viel zu früh gesehen hatte. Wie gehetzt von dem Wunsch, den eigenen Schatten abzuhängen, raste und taumelte er am Ende nur noch durch den Forst, völlig außer sich, von einem fremden Willen gelenkt. Im schwindenden Tageslicht brach der Junge schließlich entkräftet zusammen und sank wimmernd auf den kühlen Waldboden.

Als Ergimer wieder zu sich kam und sich umschaute, war es dunkle Nacht. Aus der Tiefe des Waldes leuchteten ihm gelbe Augen entgegen – Wölfe! Der Junge nahm alle Kraft zusammen und kletterte auf einen Baum. Unter ihm versammelte sich das Rudel und wartete. Verzweifelt kämpfte er darum, wach zu bleiben, doch seine Lider wurden immer schwerer, wie Felsgestein drückten sie ihm auf die Augen. Wirklichkeit ging in Traum über, ein weicher Mantel aus Geborgenheit legte sich um seinen erschöpften Körper, und er seufzte wohlig auf. Er wollte sich nur noch fallen lassen ... Da traf ihn wie eine schallende Ohrfeige der Schreck. Er riss die Augen auf und hielt sich hastig fest. Sein Herz raste. Er war eingeschlafen und drauf und dran gewesen, von seinem sicheren Hort herabzustürzen.

Die Wölfe waren immer noch da und lauerten. Sie spürten, dass der Junge nicht ewig würde durchhalten können und dass er ihnen zur Beute bestimmt war. Wenn nur Elda hier gewesen wäre, wie gut hätten sie sich gegenseitig wachgehalten! Er versuchte, sich die Freundin vorzustellen und mit ihr zu sprechen.

Nach einer Weile rutschte er erneut ab und griff beim Erwachen panisch um sich. Zu spät, er bekam nur noch einen morschen Zweig zu fassen, der brach, ohne ihm Halt zu bieten. Ergimer fiel.

2

Seit es zwei Wochen zuvor den Rhenus überschritten hatte, bahnte sich das römische Eroberungsheer unter dem Feldherrn Nero Claudius Drusus unaufhaltsam seinen Weg durch den Herzynischen Wald, der zwischen Rhenus und Albis, zwischen Mare Suebicum und Danuvius lag, durch die sagenumrankten Wälder und Gebirge Germaniens. Für alle, vom Feldherrn über die Legaten und Militärtribunen bis hinunter zum kleinsten Legionär bedeutete diese Expedition eine kühne Reise ins Unbekannte. Natürlich gehörte der Tod zu den Berufsrisiken des Soldaten, doch welche Gefahren in diesem fremden Land lauerten, wussten die Männer nicht. Ein paar Tage zuvor hatte sie die Nachricht vom ehrlosen Tod der Hundertschaft erreicht. Nun trieb sie der Wunsch nach Rache vorwärts, sie lechzten nach Vergeltung für ihre gekreuzigten Waffenbrüder.

Schier endlos zog sich der römische Heerwurm in Marschordnung dahin. Inmitten des langen Zuges aus vier Legionen holperte, von acht Pferden gezogen, ein großer Reisewagen. Im Innern des hölzernen Verschlages war die Kutsche großzügig mit Betten, Stühlen, einem Tisch, zwei Schränken und Fellen ausgestattet.

Das Türfenster des Gefährts stand wegen der großen Hitze offen, doch Julius hatte längst die Lust verloren hinauszuschauen. Auf dem Boden sitzend spielte er mit Tonfiguren. Der Anblick der tiefen Wälder, der dunklen Täler und tristen Ebenen, auch der armseligen Siedlungen, an denen sie vorbeikamen, drückte auf das Gemüt des Knaben. Das berüchtigte Germanien kam ihm wüst und unbewohnbar vor, mit einem Wort barbarisch. Selbst die Häuser dieser groben Menschen ermangelten jeglichen Stils, jedweder Bequemlichkeit. Sie erinnerten ihn an Ställe, die man freilich etwas zu groß gebaut hatte. Vielleicht waren diese Barbaren auch nichts anderes als Vieh, den Rindern in ihrer Art näher als den Römern.

Bald schon würden sie die Albis erreichen. Doch dafür, dass sie durch das Gebiet kriegerischer Barbaren zogen, blieb es, befand Julius, geradezu langweilig ruhig. Die Legionäre jedoch wurden von dem Gefühl verfolgt, Tag und Nacht von tausend Augen beobachtet zu werden. Aber immer wenn sie eine Siedlung erreichten, fand sich weder Vieh noch Mensch in den Anwesen. Zogen sie denn durch ein Geisterland? Wo steckten bloß die Barbaren, die es gewagt hatten, römische Legionäre zu kreuzigen?

Der neunjährige Knabe schaute zu seiner Mutter herüber. Antonia saß mit einer chaldäischen Sklavin am Tisch und ließ sich die Zauberstäbchen legen. Auch ihn interessierte der Ausgang des Orakels. Seine Mutter sehnte sich danach, nach Rom zurückzukehren, und sie hatte auch vor ihrem Sohn keinen Hehl aus ihrem Wunsch gemacht, einem Wunsch, den er inzwischen sogar teilte.

Von der fiebrigen Aufregung, die ihn erfasste, als sie ihm vor einem halben Jahr mitgeteilt hatte, dass der Vater sie auf den Feldzug mitzunehmen gedächte, war nichts außer quälender Langeweile geblieben. Die Legionäre würden eher an der Eintönigkeit als durch den Speer eines Feindes sterben, spottete schon das Kind. Jedes Kriegsspiel mit seinen Freunden in der Hauptstadt des Imperiums gestaltete sich gefährlicher als dieser sogenannte Feldzug seines Vaters.

»Heimkehr steht bevor«, las die Sklavin aus den Stäbchen.

»Wie wird die Heimkehr sein?«, fragte Antonia.

»Ich weiß es nicht, hier heißt es nur Heimkehr. Was aber ist das Heim des Kriegers?«

Antonia lächelte. »Unser Palast auf dem Palatinus. Ach, um wie viel schöner ist doch Rom!«

Julius schlummerte ein, als die Sklavin ein ebenso langes wie sehnsuchtsvolles Lied mit unzähligen Strophen sang, das von ihrer Heimat handelte.

Unterdessen ließ das Heer die Berge und dichten Wälder hinter sich und durchquerte eine fruchtbare, von Flüssen durchzogene Ebene mit vielen Siedlungen. Jemand rüttelte sacht an Julius' Schulter. Nur widerwillig schlug er die Augen auf und blickte in das lächelnde Gesicht seiner Mutter. »Steh auf, mein Sohn. Dein Vater will dich bei sich haben.« Ein Centurio, der neben dem Wagen ritt, hob den Jungen auf sein Pferd.

»Keine Angst.«

»Hab ich nicht.«

Die Sonne stand inzwischen hoch am Himmel. Und es war warm, fast so warm wie in Rom, nur dass ihm seltsamerweise das Sonnenlicht und der Himmel dunkler vorkamen und die Luft über diesem Land undurchdringlicher und schwerer. Sein Lehrer Salvianus hatte ihm erzählt, dass die Götter die Barbaren dieses Landstrichs wohl deshalb gröber, größer und kräftiger bauten, weil die Atmosphäre des Nordens schwerer auf den Gliedern seiner Bewohner lastete als das duftige Firmament des Südens. Als Julius und sein Begleiter auf der Höhe des Vaters anlangten, der sich mit dem Legaten Galerius unterhielt, entdeckte Julius den breiten Fluss, der in schönen Bögen majestätisch in der Landschaft lag.

»Die Albis, mein Sohn«, sagte der Feldherr und fügte hinzu, »dieser Fluss wird uns zum Schicksal werden.« Das waren die Worte des Feldherrn Drusus, als er in den Kalenden des Augusts den sagenumwobenen Strom erreichte.

Julius hatte bereits davon gehört, dass hinter dem Fluss der geheimnisvollste Teil Germaniens lag. Niemand ahnte auch nur, wie weit dieser reichte, lediglich eines war bekannt, dass sich nämlich irgendwann das Land der Skythen und der Sarmaten anschließen musste. Die Landschaften hinter der Albis aber hatte noch kein Bürger des Imperiums betreten, nicht einmal ein Kaufmann, und die gingen sonst überall hin. Salvianus hatte ihn gelehrt, dass jenes

Gebiet hinter dem Fluss als das heilige Land der Germanen galt. Von dort stammten alle germanischen Stämme, von dort brachen sie in Horden auf, um sich über die Welt zu verbreiten. Vor einem Jahrhundert war es sogar zwei ihrer Stämme, den Kimbern und Teutonen, geglückt, bis nach Italien vorzudringen. Unterwegs hatten sie mehrere römische Legionen massakriert und die Anführer ihren Blut saufenden Göttern geopfert.

Dem Sohn des Drusus setzte unterdessen tüchtig die Neugier zu. Er verzehrte sich danach, einen Blick auf die mysteriöse Landschaft zu erhaschen, die sich dem Augenschein durch eine ansteigende Böschung hinter dem gegenüberliegenden Ufer und dicken Säulen kräftigen Rauchs entzog, als hätten die Barbaren im Hinterland gewaltige Feuer entzündet.

»Komm, Galerius, komm, mein Sohn! Kommt!«, befahl der Feldherr, und Julius spürte die Zufriedenheit und den Stolz des Vaters. Der sprang derweil vom Pferd, band den Helm mit dem prachtvollen Federbusch ab, drückte ihn seinem Adjutanten in den Arm und lief zum Ufer. Galerius, der Centurio und Julius taten es ihm gleich. Sie knieten nieder und schöpften mit beiden Händen Wasser, das sie sich über den Kopf laufen ließen. Es war kühl und frisch, frischer als alle römischen Wasser, die Julius kannte. Dann tranken sie es in vollen Zügen aus ihren hohlen Händen.

Als Julius aufschaute, entdeckte er ein Boot, das gerade vom jenseitigen Ufer abstieß. Instinktiv blickte er zum Vater hinüber. Der ließ das Schiffchen, das von vier Jünglingen gerudert wurde, nicht aus den Augen und richtete sich auf. Am Bug stand ein sehr großer Mensch. Ein Riese, argwöhnte Julius, und ihm wurde bang ums Herz. Eine dunkle Wolke schob sich vor die Sonne. Vom jenseitigen Ufer erklang ein ohrenbetäubendes Konzert von Trommeln und Luren. Dem Getöse nach zu urteilen, bliesen und trommelten dort Hunderte von Menschen! Wenn sie zu einer Streitmacht gehörten, dann zählte diese leicht fünfzig- bis sechszigtausend Kämpfer.

Julius wurde vor Aufregung abwechselnd rot und blass. Sollte es hier an der Albis zur Entscheidungsschlacht gegen die Barbaren kommen? Geschah endlich das, worauf der Knabe schon so lange hoffte? Wie hatte doch sein Onkel Tiberius immer wieder zu ihm gesagt: »Im Krieg ist die größte Tugend die Geduld. Nur wer warten kann, wird auch siegen. Harre auf den Wink der Parzen, denn sie, nicht die Menschen, weben das Schicksal.«

Furchterregend erklangen die Musikinstrumente, als wollten sie den Römern den Untergang verkünden, doch Drusus hatte für den Lärm nur ein höhnisches Lachen übrig. »Mögen sie blasen und trommeln, wie sie wollen, heute Abend werden ihre Instrumente verwaist sein!« Julius bewunderte die Kühnheit seines Vaters, die ihm Zuversicht gab. Endlich gelang es ihm, Einzelheiten an dem Riesen wahrzunehmen, der wohl weit über drei, fast vier Ellen maß und damit seinem Vater um zwei Köpfe überragte. Dabei galt Drusus für römische Verhältnisse als groß. Das Staunen des Knaben ging in Schrecken über, als er entdeckte, dass jenes geheimnisvolle Wesen einen Wolfskopf trug und bunte Felle seinen riesigen Körper einhüllten. Eberzähne in verschiedenen Farben und Gebein in unterschiedlicher Größe zierten die Kleidung. Die rechte Hand der Gestalt umklammerte einen Knochen, in dem der entsetzte Knabe den Unterschenkel eines Menschen erkannte. Julius fröstelte mit einem Mal. Wer war diese Erscheinung? Ein Magier? Ein böser Geist? Ein Gott? Einer von ihren Göttern?

Am gegenüberliegenden Ufer fielen nun bellende Stimmen in die Musik der Trommler und Pfeifer ein. Julius hielt das für den Gesang der Barbaren, denn für ihn klang die Sprache dieser Leute wie das heisere Kläffen eines Hundes. Der Stimmensturm erreichte eine solche Gewalt, dass Julius glaubte, nicht der Wind, sondern die Sänger brächten den Fluss in Wallung.

Kurz vor dem Ufer hielten die Ruderer das Boot an. Um die starr gehaltenen Ruder kräuselte sich weiß das blaugrüne Wasser. Wie von Zaubermund befohlen, verstummten mit einem Mal die

Sänger, die Bläser und die Trommler. Die plötzliche Stille wirkte gespenstisch. Sie schrie geradezu.

Julius, der ängstlich hinter der kräftigen Statur des Vaters Schutz gesucht hatte, lugte immer wieder hervor und bemerkte, dass der Wolfskopf nur aufgesetzt war. Das beruhigte ihn jedoch keineswegs, denn das Fabelwesen stellte sich als eine Frau heraus. Ein Weib von solcher Größe! Der Junge hatte von einer schrecklichen Zauberin im parthischen Bergland gehört, die Menschen verspeiste, und auch der ägyptischen Göttin Isis ging man besser aus dem Weg.

Ihr Gesicht hatte die Geheimnisvolle geschwärzt und vier weiße Streifen von innen nach außen gezogen. Langsam und kraftvoll hob sie die Hand, in der sie den Menschenknochen hielt. Im gleichen Moment donnerte es, und Drusus zuckte zusammen. Ein Rabe flog so knapp über den Kopf des Feldherrn hinweg, dass dieser den Flügelschlag spürte, und setzte sich auf die Schulter der Priesterin.

Wolf und Rabe, davon hatte Julius der Lehrer Salvianus erzählt, seien die heiligen Tiere der Germanen, Formen, die ihre Götter gelegentlich annahmen. Wotan solle sich häufig in der Gestalt dieses Unheil kündenden Vogels zeigen.

Dann sprach die Priesterin, überraschenderweise auf Latein: »Wohin willst du eigentlich noch ziehen, unersättlicher Drusus? Es ist dir nicht vom Schicksal bestimmt, dies alles hier zu sehen. Ziehe von dannen! Denn das Ende deiner Taten und deines Lebens ist nahe. Diesseits der Elbe erwartet dich nur der Tod, jenseits aber die Wut der Götter, geh! Unseliger!« Die Priesterin schwang den Knochen und warf ihn dem Feldherrn vor die Füße. Julius meinte, den trockenen Ton splitternder Knochen zu vernehmen. Und die schreckliche Frau war noch nicht am Ende ihrer Rede.

»Schau ihn dir genau an, es ist dein Knochen, aus dem der Tod wächst!«

Dann fügte sie Worte in einer fremden Sprache hinzu: *»Wewurt skihit!«*

Auf ein Zeichen von ihr ruderten die vier Jünglinge kräftig und gemessen die Barke zurück ans andere Ufer. Dabei fesselte die unheimliche Frau den Feldherrn mit ihrem magischen Blick, während der Lärm auf der anderen Seite des Flusses wieder anschwoll.

»Was sollen wir tun, Imperator?«, brüllte der Legat fragend nach einer Weile gegen den ohrenbetäubenden Krach an. Drusus antwortete nicht. Galerius verharrte unschlüssig, dann wiederholte er seine Frage mit der ganzen Gewalt seiner in jahrzehntelangem Militärdienst gestählten Stimme.

»Schweig!«, herrschte ihn Drusus an »Schweig. Hörst du nicht das Lied der Nornen, Galerius?«

So sehr sich Julius auch bemühte, er vernahm nichts, nichts außer dem Flügelschlag der aufgeregt hin und her flatternden Vögel und dem Dröhnen und Poltern der Luren und Trommeln.

»Es sind die germanischen Parzen«, stöhnte der Feldherr. »Wurt, Werdandi und Scult, Gestern, Heute und Morgen, das, was war, das, was ist, und das, was sein wird.« Der Tonfall des Vaters jagte Julius einen tüchtigen Schrecken ein.

Die Priesterin hatte unterdessen die andere Seite des Flusses erreicht. Jeder Ton erstarb augenblicklich, es herrschte vollkommene Stille. Die Frau verließ das Boot und blieb bewegungslos am Ufer stehen, als wartete sie darauf, dass der Römer samt seiner Legionäre abzog. Starr wie eine Statue blickte sie herüber. Drusus schien von ihrem Anblick wie gebannt.

Julius schossen plötzlich die Tränen in die Augen, und er rief: »Vater, Vater!«

Drusus erwachte aus seiner Erstarrung und wandte sich ihm zu. Alle erschraken. Der Feldherr war blass und schien um Jahre gealtert. Einzelne Haarsträhnen waren grau, manche auch weiß geworden. Hastig nahm er den Sohn auf den Arm und ging zu seinem Pferd.

»Beeilt Euch! Wir müssen umkehren, bevor es zu spät ist!«

3

Der weiche Waldboden federte die Härte des Aufpralls ab, sodass Ergimer mit ein paar blauen Flecken davonkam. Den Schmerz spürte er kaum, denn er blickte geradewegs in die hungrigen Augen des Leitwolfes, der gefährlich knurrte und dabei die Zähne entblößte. Lange und geduldig hatte er auf seine Beute gewartet. Ergimer spürte, dass die klugen Wölfe sich in Position brachten und ihn umzingelten. Gleich würden sie über ihn herfallen. Schon machte der Leitwolf einen Schritt auf ihn zu, da brach er von einem Pfeil getroffen zusammen. Auch andere Wölfe wurden von Geschossen niedergestreckt. Der Knabe schaute sich um und entdeckte seinen Vater, seinen Onkel Ingoumer, einen älteren Cousin und andere Männer aus Segimers Gefolge, die auf ihn zukamen. Träumte oder wachte er?

Erleichterung breitete sich auf Segimers Gesicht aus. »Wie gut, dass wir dich noch rechtzeitig gefunden haben!« Er beugte sich hinunter, um seinen Sohn in die Arme zu schließen.

Doch vor Ergimers Augen erschien in diesem Moment wieder das grauenvolle Bild. Zwischen den entseelten Leibern der Römer sah er den Vater mit seiner Doppelaxt wüten, verschmiert und im Blute watend, der alle noch Lebenden, die sich zur Flucht wandten, geübt und ohne Eile fällte. Voller Entsetzen wich Ergimer vor dem Mann zurück, der dieses Abschlachten angeführt hatte und der doch sein Vater war.

Segimers Augen verdüsterten sich, als er die langen Finger des Wahns gewahrte, die nach seinem kleinen Sohn griffen.

»Ich weiß, du hast es gesehen!«

Ergimer zitterte, heiße Tränen flossen ihm über die Wangen.

»Du hättest es nicht sehen sollen, du bist noch zu jung dafür. Später wirst du es verstehen. Ein freier Mann kann nicht ohne Ehre leben. Es ist ihm nicht möglich. Und der, der wagt, ihn zu entehren, den muss er zu den Totengöttern schicken, wenn er weiter atmen möchte.«

»Aber sie hatten keine Augen …«, stotterte das Kind.

»Sie haben auch vorher nichts wahrgenommen. Wir haben sie Týr geopfert.«

»Sie hingen an Kreuzen …«

»Das haben uns die Römer gelehrt. So töten sie diejenigen, die sich gegen ihre Anmaßung erheben. Wir haben den von ihnen erfundenen Tod nur gegen sie gerichtet.«

Wie gern wäre Ergimer mit den Wölfen gezogen. Er fühlte panische Angst vor der Rückkehr nach Hause. Segimer wollte seinen Sohn aufheben, doch der brüllte und wehrte sich nach Kräften, als ob sein Vater ihn als Nächsten erschlagen wollte.

»Aber ich bin doch kein Römer«, schrie der Junge verzweifelt.

Ingoumer legte dem Fürsten die Hand auf die Schulter: »Lass, er fiebert.« Dann bettete er seinen verängstigten Neffen sanft in seine großen und starken Armen und sprach beruhigend auf ihn ein. Ergimer ließ es ermattet zu, denn Ingoumer war sein Lieblingsonkel.

Er setzte den Jungen vor sich auf das Pferd. Mit einem tiefen Seufzen schmiegte sich das erschöpfte Kind an ihn und schlief sofort ein. Als sie im Morgengrauen endlich ihre Siedlung erreichten, nahm Lanina, Ergimers Mutter, den Jungen aus den Händen ihres Bruders entgegen. Ergimer wurde nicht wach, als sie ihn wusch, und auch nicht, als sie ihn küsste, in Decken wickelte und schlafen legte. Erst Stunden später schlug er die Augen auf. Lanina, die bei ihrem Sohn gewacht hatte, flößte ihm eine kräftige Rinderbrühe mit Eierstich ein. Dann schloss Ergimer wieder die Augen.

In der darauffolgenden Nacht bekam der Knabe Fieber. Er verweigerte jede Nahrung und nahm auch nichts Flüssiges mehr zu sich. Mit geöffneten oder mit geschlossenen Augen – es machte keinen Unterschied – erzählte er gehetzt vom Leichenfeld. Dann schrie er wieder aus Leibeskräften, als verfolgten ihn die gekreuzigten Römer. Manchmal zwangen ihn die Toten auch, dass er ihnen in die schwarzen Augenhöhlen sah.

Außer sich vor Angst, dass Walachurrâ seinen Sohn durch die Gärten des Wahns zu sich holte, sprang Segimer auf sein Pferd und ritt schnell wie der Wind, um Nehalenia zu holen, die in der Nähe des heiligen Hains lebte. Die weise Frau entsprach der Bitte des Fürsten und begleitete ihn zu seinem Anwesen. Dort besah sie den Jungen, der wieder in eine Ohnmacht gesunken war. Schweiß schimmerte auf seiner Stirn.

»Wir müssen uns beeilen. Walachurrâ hat seinen inneren Menschen schon an die Hand genommen, um ihn in die Welt nach Tyrwal zu führen.«

Tyrwal war die eigentliche *Welt,* diejenige, in die alle Cherusker nach ihrem Tod eingingen, und ihre eigentliche Heimat fanden sie am Ort ihrer Ahnen. Sie lebten in einer Vorwelt, die zwar zur *Welt* gehörte, aber wie ein Zimmer nur ein Teil des Gesamten darstellte. Heilige Haine boten Durchgänge, die Türen zur Allheit, in der die Ahnen und Götter, die Geister und die Seelen der Tiere lebten. Als Ahnenland aber galt ihnen das Hirschland. Und so nannten sie sich auch: Cherusker, Hirschleute.

»Wenn ich ihn retten soll, muss ich mit ihm ins Hirschland«, sagte Nehalenia mit einer Stimme, die keinen Widerspruch duldete.

»Geh, weise Frau, lass dich nicht aufhalten. Aber komm nicht ohne Ergimer zurück. Es wäre dann besser, auch du bleibst dort«, entgegnete Segimer in seiner Angst um den Sohn. Nehalenia zweifelte nicht daran, dass der Gefolgsherr seine Drohung wahr machen würde.

Aus den Gerten und dem Laub der Eichen errichtete Nehalenia eine Hütte, die sie mit einem Kreis aus Steinen umgab. Gegenüber dem Eingang ließ sie die Umrandung einstweilen noch offen. Sie lief in den Wald und sammelte Eicheln und Kastanien, Kräuter und Wurzelwerk, dazu den Samen des Stechapfels. Ein Knecht Segimers hatte den großen bronzenen Kessel der Nehalenia geholt, der mit allerlei Bildern verziert war.

Der Kessel, der im Durchmesser wohl eine Elle maß, erregte die Fantasie der Cherusker. Es hieß, das Gefäß sei mit dem Blut geopferter Menschen geweiht. Niemals und niemandem verriet die weise Frau den Sinn der Bilder rund um den Kesselbauch, denn es handelte sich um einen geheimen Plan der Jenseitsreise, eine versteckte Wegbeschreibung in die Welt, nach Tyrwal.

Bevor sie Ergimer holte, hatte sie ihm ein Lager aus Blättern, Heu und zerriebenen Pilzen bereitet und Quellwasser in Krügen in die Hütte bringen lassen. Nachdem sie den Jungen, der aus seiner Ohnmacht nicht mehr erwacht und dem Tod inzwischen weit näher als dem Leben war, nackt ausgezogen, auf das Lager gebettet und mit dem noch blutigen Fell eines frisch erlegten Bären, das noch seine Lebenswärme bewahrte, zugedeckt hatte, schloss sie mit den letzten vier Felssteinen von innen den Steinkreis um die magische Behausung und errichtete damit eine Grenze zur alltäglichen Welt, in der die anderen Menschen lebten. Mit einer Laubtür schützte sie nun auch den Innenraum der Hütte vor den Blicken und Einflüssen der Außenwelt.

Mit Wurzelwerk, Kräutern, Eicheln und Kastanien entfachte sie ein Feuer. In dem Kessel bereitete die Magierin aus anderen Kräutern und Stechapfelsamen, aus Getier und Wurzeln einen Trank. Dem Gebräu entstiegen Dämpfe, die immer undurchdringlicher die Hütte einnebelten und sie mit einem stechend süßlichen Geruch erfüllten. Zuvor hatte die weise Frau dem fiebernden Jungen mit einem Umschlag mit kaltem Quellwasser die Stirn zu kühlen begonnen. Dazu sang sie heilende Formeln.

Ergimers schmaler Körper zuckte wild unter tausend unsichtbaren Schlägen und bäumte sich schließlich auf, dann wich alle Kraft aus ihm, und sein Atem ging unhörbar flach. Die Zeit stand still.

Während sich all das ereignete, lag auch Nehalenias Körper in einer Starre am Boden.

Ergimer lag zwar wie tot da, aber sein Geist regte sich. Viel deutlicher als in einem Traum sah er sich an der Hand einer großen Frau durch den Nebel gehen, vorbei an dem Wipfel einer hohen Eiche, unter der ein schwebender Hirsch graste. Der Sohn des Gefolgsherrn wunderte sich, dass er durch die Luft schritt. Aber er kam nicht dazu, weiter darüber nachzusinnen, denn schon trat ihnen Nehalenia in den Weg. Sie sagte:

»Wart, Walachurrâ!
Voreilig bist du.
Sieh mich kommen,
Das Kind zu holen,
Welches dir nicht gehört.«

Die große Frau ließ seine Hand los und verwandelte sich in eine Wölfin, die Nehalenia anknurrte. Aber die Idise ließ sich nicht beeindrucken und sagte sanft zu ihm: »Komm zu mir, Ergimer. Hab keine Angst. Es ist noch nicht Zeit für dich. Komm zurück. Auf dich warten große Aufgaben.«

»Bleib bei mir! Was soll schon dort auf dich warten außer Not, Qual und Drangsal, Siechtum und Schmerz?« Die Augen der Wölfin glühten. Ergimer erschrak. Schon wollte die Wölfin sich auf Nehalenia stürzen, die sich in einen riesigen Hirsch mit gewaltigem Geweih verwandelt hatte, da trafen Wotans Raben Hugin, Gedanke, und Munin, Erinnerung, ein.

Und Hugin begann zu sprechen: »Ich erinnere mich nicht, dass jemals Blut in der Nähe der Irminsul vergossen wurde. Was niemals war, darf niemals sein!« Und Munin fügte hinzu: »Das Kind soll entscheiden, ob es mit Walachurrâ nach Tyrwal oder mit Nehalenia in das Haus seines Vaters gehen will. Es ist deine Entscheidung, Ergimer.«

»Aber erwartet man mich nicht zurück?«

»Was man von dir erwartet, geht dich nichts mehr an. Ausgelöscht sei die Erinnerung, verflogen die Ansprüche. Nur dein Entschluss zählt«, erklärte Munin, und Hugin riet: »Du bist gleich weit vom ewigen Haus der Krieger Wotans entfernt wie vom Haus deines Clans. Lehnst du jetzt ab, kann es sein, dass dich eines Tages Hel in die Unterwelt verschleppt. Wer weiß schon, was sein wird. Entscheide dich!« Dann wandten sich beide an die Wölfin und den Hirsch: »Und ihr haltet euch heraus. Es ist allein der Entschluss des Knaben. So will es Wotan! Lenkt nicht seinen Zorn auf euer Haupt!«

Augenblicklich nahmen die beiden Frauen wieder Menschengestalt an, und Walachurrâ trat zurück. Mit wem sollte Ergimer gehen, das ewige Leben in Wotans Nähe wählen oder die Mühsal des Daseins auf Erden? Wie durch einen Nebel sah Ergimer seinen Vater, der die Legionäre abschlachtete, wie er mit Langmesser und Doppelaxt durch die Reihen schritt und wie ein geschickter Sensenmann den Feind niedermähte. Mühelos, fast elegant sah er bei dieser Arbeit aus. Dann stand der Vater vor dem Centurio. Der erhob sein Schwert, doch Segimer hatte es mit seinem Langmesser zur Seite geschlagen und ihn anschließend mit der flachen Seite der Doppelaxt vor den Kopf geschlagen. Der Centurio sackte zusammen. Der Gefolgsherr wandte sich um, die Männer hatten alle bis auf elf Legionäre massakriert.

»Lasst uns Kreuze errichten!«

Rasch waren elf Bäume gefällt und von Ästen befreit. Die Cherusker suchten ein paar starke Zweige, die sie quer an den Stämmen befestigten. Dann wurden die Legionäre mit geschnitzten Holzkeilen an die Kreuze genagelt und diese aufgerichtet. Niemand achtete darauf, ob die Römer noch lebten oder aus ihnen schon Manen, Totengeister, geworden waren. Man schnitt ihnen die Augen heraus, warf diese achtlos weg und stellte die Kreuze auf. Ergimer wollte zwar dazwischengehen, den Vater aufhalten, aber es war zu spät.

Dann weinte Segimer blutige Tränen und brach in die Knie. Der Junge ging und setzte sich zu ihm. Der Vater legte seinen schweren Kopf in seinen Schoss.

»Worüber weinst du, Vater?«, fragte Ergimer.

»Über unsere verlorene Freiheit. Sie werden wiederkommen, immer mehr Römer werden kommen. Mein Leben und das meiner Nachkommen wird in Sklaverei enden!«

»Nein«, schrie Ergimer.

»Es wird so kommen, weil du nicht mehr da bist!«

»Aber ich bin da, ich bin doch da!«, rief der Knabe, in dessen Leib das Leben zurückkehrte. Auch Nehalenia schlüpfte wieder in die leblose Hölle ihres Körpers, der neben dem Kessel lag. Sie stand auf, als wäre nichts geschehen. Ergimer weinte, erbrach sich, dann fiel er in einen tiefen Schlaf.

Erst zwei Tage später schlug der Junge die Augen auf, erhob sich vom Lager, verließ Hütte und Steinkreis, trat zu seinem Vater und umarmte ihn.

»Hab keine Angst, Vater, ich bin da!«

Segimer war zu glücklich über die Genesung seines Sohnes, um sich über dessen seltsame Worte zu wundern. Nun trat Lanina, die mit den anderen Frauen aus den Knochen der toten Tiere Brühe kochte, zu ihnen und fuhr mit ihrer Hand durch sein struppiges rötliches Haar.

»Dein Vater hat eine Überraschung für dich«, sagte sie.

»Wir begeben uns morgen zum Thing, mein Sohn«, verkündete Segimer ihm. »Wir müssen unser Verhalten gegenüber den Römern beraten.«

Der Junge hörte nicht auf den Zweck des Things, er hörte nur eines heraus, dass er endlich Elda wiedersehen würde, das Mädchen, das ihm wie eine Schwester war. Er konnte es kaum erwarten und freute sich darauf mit jeder Faser seines Herzens.

4

Der Rückzug zerrte immer heftiger an den Nerven des ganzen Expeditionsheeres und machte die Leute unwirsch. Julius schmerzte es, wenn er beobachtete, wie die Legionäre heimlich den Kopf über seinen Vater schüttelten. Einige hielten Drusus wohl für verrückt, andere für feige, weil er im entscheidenden Augenblick umgekehrt war. Da den Männern ein Teil des Soldes erst bei ihrer Entlassung nach zwanzig harten Dienstjahren ausgezahlt werden würde, lebten sie auch von der Beute, die sie auf den Feldzügen machten. Deshalb zürnten sie ihrem Feldherrn, der dafür gesorgt hatte, dass sie nach all den Strapazen des Kriegszuges nun mit leeren Händen dastanden. Ohne eine Schlacht geschlagen zu haben, kehrten sie wie Verlierer zurück. Zu allem Überfluss zogen sie bei unablässig strömendem Regen über aufgeweichte Wege. Und bei jeder Meile, die sie, tief einsinkend in den germanischen Schlamm, zurücklegten, wuchs ihre Wut auf Drusus.

Ein paar Legionäre plagten sich gemeinsam mit den Kutschpferden ab, den schweren Reisewagen über den aufgeweichten Bergweg auf die Kammstraße zu wuchten. Dabei mussten sie bedächtig zu Werke gehen, damit das Gefährt nicht ins Rutschen geriet und sie in die Tiefe stieß. Schließlich bat der kommandierende Centurio, die Ehefrau des Feldherrn, ihren Sohn und die chaldäische Sklavin auszusteigen. Weil es hinter dem Wagen gefährlich werden konnte, gingen sie voran. Antonia verfluchte den ewigen Regen, die Eintönigkeit der Landschaft. Sie nahm Julius an die Hand, der nach unten blickte und seine Füße dabei beobachtete, wie sie schmatzend durch den Schlamm des Pfades stapften. Ein spitzer Aufschrei seiner Mutter lenkte seine Aufmerksamkeit nach vorn.

Drusus stürzte mit seinem Pferd den Hang hinunter. Ihren Sohn mit sich ziehend eilte Antonia den Weg wieder hinab bis zu der Stelle am Fuße des Berges, wo ihr Mann unter seinem Hengst begraben lag. Seltsam, aber der Vater war nicht das Erste, was das Kind am Unglücksort wahrnahm, sondern die großen schwarzen Pferdeaugen, in die langsam, aber unaufhaltbar die Kälte des Todes drang. Nie mehr würde er das stumme Bitten der Kreatur vergessen können, als ob es in jemandes Macht stünde, die Kälte und den Tod zu verscheuchen. Erst nachdem drei Militärtribunen das sterbende Tier von dem Feldherrn gezogen hatten, nahm er seinen Vater wahr, der nun mühsam aufzustehen versuchte. Doch ein jäher Schmerz im linken Unterschenkel warf ihn nieder. Die Qual stand ihm ins Gesicht geschrieben.

»Ruhig, ruhig, der Arzt ist gleich hier«, versuchte Galerius, seinen Vorgesetzten zu beruhigen. Und wirklich, er hatte kaum ausgesprochen, da beugte sich der Heilkundige auch schon über den Verletzten. Julius hörte, wie der Arzt sagte: »Der Unterschenkel ist mehrfach gebrochen. Wir müssen das Bein schienen und ihn in der Kutsche transportieren.« Drusus stöhnte vor Schmerzen auf. »Tu, was nötig ist!«

Um die Unglücksstelle bildete sich rasch ein Ring aus den Befehlshabern des Heeres. Die Nachricht vom Sturz des Feldherrn hatte sich offenbar in Windeseile verbreitet. Julius schaute auf den Vater. Sein Zorn auf ihn saß so tief, dass er das Mitleid für den Mann mit dem schmerzverzerrten Gesicht niederzuringen versuchte. Recht geschah dem Feigling, dachte der Junge trotzig und erschrak im gleichen Moment, weil er sich an den Fluch der germanischen Priesterin erinnerte. Nun schämte sich der Sohn so sehr für seine Häme, dass er es in der Nähe des Vaters nicht mehr aushielt. Von Schuldgefühlen getrieben riss er sich von der Hand der Mutter los, boxte sich durch den Ring der umstehenden Legionäre und lief so schnell, wie ihn seine kurzen, aber flinken Beine trugen, zum Wagen hinauf. Die chaldäische Sklavin folgte ihm.

Aus sicherer Entfernung beobachtete Julius nun das Treiben am Fuß des Abhangs. Zwei Legionäre fertigten aus zwei Lanzen und einem Stück Tuch eine Behelfstrage, mit der sie den Feldherrn zum Bergkamm brachten. Antonia und der Arzt folgten ihnen. Als die Soldaten mit ihren Körpern den schweren Reisewagen durch den aufgeweichten Boden nach oben wuchteten, hörte Julius, wie einer der Männer wütend durch die Zähne presste: »Auch das noch!« Er begriff, dass die Legionäre den Sturz als eine Strafe der Götter empfanden. Sie glaubten, dass an der Albis die römischen Götter, Jupiter und Mars, Hermes, aber auch Mithras, von den germanischen Gottheiten gedemütigt worden waren. Nun nahmen die Unsterblichen Rache dafür. Julius war rege genug im Geiste, um das alles mitzubekommen, und es schnürte ihm das Herz ab. Am meisten verstörte ihn aber, dass er den Legionären Recht geben musste, und das erfüllte das Herz des Jungen zum ersten Mal in seinem Leben mit Bitterkeit, ja mit Verzweiflung.

Sobald die Kutsche oben angekommen war, bettete man den Imperator in das Gefährt. Die chaldäische Sklavin stieg ein, während Julius unschlüssig an der Tür stehen blieb und seine Mutter beobachtete, die mit Galerius und dem Arzt sprach. Er konnte zwar nicht verstehen, worüber sie redeten, doch beobachtete er, wie sich Antonias Gesicht verdüsterte. Lange schaute sie den Legaten nachdenklich an, dann entfuhr es ihr ungewollt so laut, dass Julius es hören konnte: »Gebt Tiberius Bescheid!«

Nachdem sie sich zu diesem Befehl durchgerungen hatte, nahm sie ihren Sohn an die Hand und bestieg die Kutsche. Seit der Flucht von der Albis waren sie zur Beute des Unglücks geworden.

*

Den Rest des Weges bis zum Militärlager Aliso legte Drusus bei Frau und Sohn im Reisewagen zurück. Er fieberte heftig und konnte sich kaum noch aufrichten. Man sah ihm an, dass er stündlich an Kräften verlor. Galerius hatte das Kommando übernommen.

In Julius kämpfte die Angst um den Vater mit der Verachtung für den Feigling. Wenn er doch nur schon groß genug gewesen wäre, wie gern hätte er dessen Schmach ausgelöscht und die Legionen über den Albis geführt, aber ach, noch war er zu jung dafür! So wollte er möglichst viel lernen, um eines Tages die Schande des Rückzugs wettzumachen. Das schwor sich der Knabe in diesen Tagen und Stunden. Eines Tages würde er zu dem Fluss zurückkehren und ihn überwinden und alles Germanenland jenseits des Stromes unterwerfen, heilig oder nicht.

So selten es irgend ging, hielt er sich in der Kutsche auf. Die Verachtung empfand sich leichter, wenn er den leidenden Vater nicht sah. Deshalb zog er es vor, bei Salvianus auf dem Pferd zu sitzen und den Lehrer auszufragen. In jenen entsetzlichen Momenten an der Albis benutzte Drusus Worte, die Julius nicht kannte.

»Sag, Salvianus, wer sind die germanischen Parzen?«

»Die Barbaren nennen sie Nornen, und sie heißen Wurt, Werdandi und Scult. In ihrer Hand liegt das Schicksal der Menschen. So stehen sie über den Göttern, die gleichfalls vom Schicksal abhängig sind, von dem ewigen und unauflöslichen Ineinander von dem, was geschehen ist, und dem, was geschieht, und dem, was geschehen wird. Die Germanen glauben, man kann nur sein Schicksal annehmen oder sich dagegen auflehnen, wenngleich noch die wenigsten dem Fatum erfolgreich getrotzt hätten. Manchmal aber ist der Trotz gegen das Geschick nichts anderes als das verkleidete Wirken der Vorsehung selbst.«

Julius hatte gehofft, dass die Antwort des Lehrers ihm das rätselhafte Verhalten des Vaters erklären würde, aber sie nahm ihm leider nicht die Ungewissheit, die ihn quälte, sodass er auf einen anderen Weg versuchte, Drusus zu verstehen.

»Hältst du meinen Vater für feige?«

»Er ist Roms bester und kühnster Feldherr!«

»Belüg mich nicht, Salvianus!«, drohte der Knabe.

»Ich lüge nicht. Das ist die Wahrheit.«

Julius schüttelte heftig den Kopf. Wie vertrug sich der strahlende Ruf des Imperators mit seinem schmählichen Verhalten am Germanenfluss?

»Ist die Angst eine Krankheit? Ist sie so mächtig, dass sie einen Helden wie meinen Vater mit einer solchen Gewalt packen kann, dass er im gleichen Moment ein anderer wird? Kann die Angst einen Adler in einen Wurm verwandeln, Salvianus?«

Seltsamerweise hörte der Regen, der sie die ganze Zeit wie ein ungemütlicher Geselle begleitet hatte, auf, und langsam, doch stetig kam die Sonne zum Vorschein, die die Wassertropfen auf den Gräsern und Blättern zum Glitzern brachte. Aus den Augenwinkeln nahm Julius wahr, dass seine Mutter aus dem Reisewagen schaute. Gleich würde sie ihn rufen.

»Los, Salvianus, gib dem Pferd die Sporen, lass uns zu Galerius an die Spitze der Legionen reiten.«

Und bevor Antonia noch den Mund auftun konnte, entschwand der Sohn ihrem Blick.

*

»Nein, nein, nein! Du bist der Römer, und ich bin der Cherusker!« Zornig stampfte das Mädchen mit dem Fuß auf.

Klar und blau wie der grenzenlose Himmel waren die Augen der achtjährigen Tochter des Fürsten Segestes. Doch jetzt funkelten sie gefährlich. Ergimer kannte und fürchtete dieses Feuer, das zuweilen plötzlich und ohne Vorwarnung in ihnen aufloderte.

»Was macht es dir schon aus, den Römer zu spielen? Sind sie nicht die Freunde deines Vaters?«, hielt er ihr triumphierend entgegen.

Er hatte kaum ausgesprochen, da klatschte es nahe an seinem linken Ohr, und er fühlte einen brennenden Schmerz auf seiner Wange.

»Wag es nicht, jemanden aus meiner Familie zu beleidigen! Wir sind keine Römersklaven!« Elda deutete auf eine knorrige Eiche jenseits des Baches und rief mit immer noch vor Erregung zitternder Stimme: »Der Schnellere soll der Cherusker sein, die Schnecke der Römer. Wer zuerst an der Eiche ist!« Ohne eine Antwort abzuwarten, rannte sie los. So sah er nur noch ihre nackten Füße, die über die Wiese zu fliegen schienen.

Keiner der gleichaltrigen Jungen verstand, warum er sich mit einem Mädchen abgab, und dann noch mit einem, vor dessen Wildheit sich die Knaben heimlich fürchteten. Aber er ertrug deren Spott, denn Elda war kühner und klüger als sie alle zusammen. Niemand verstand Ergimer so gut wie Elda und Elda keiner so wie Ergimer. Sie war ihm ebenbürtig, ihr Spiel ein ewiger Wettkampf, ein einziges Kräftemessen. Wer wusste schon, wer diesmal gewinnen würde?

In der länglichen Senke zwischen den beiden dicht bewaldeten Bergen hielt sich im schweren Boden das Wasser, und so strotzten trotz des heißen Sommers das Gras vor Grün und die Blumen vor Farbe. Zudem hatte es in den letzten Tagen unaufhörlich geregnet. Myriaden von Mücken tanzten im Sonnenlicht. Weit zog sich das Tal zwischen den beiden Gebirgsstöcken hin, bis es sich schließlich zu einem Hohlweg verengte, der in die bewaldeten Ebenen des Albiavorlandes führte. Was die Römer Albis nannten, hieß bei den Germanen Albia, der weiße Fluss. Viel zu weit für die Kinder, die versprochen hatten, in der Nähe des Thingplatzes zu bleiben.

Wenn wichtige Fragen anstanden, die alle Cherusker betrafen, versammelten sich die zwölf Stammesfürsten wie nun auch außerhalb der festgelegten beiden Termine im Jahr im Heiligtum des Irmintyr, des großen Gottes Týr. Dieses Land war uraltes Cheruskerland. Die Berge und Täler, die Felder und Flüsse hatte der einarmige Gott Týr seinem Sohn Ergimer geschenkt, dem Stammesahn der Cherusker, jenem ersten Ergimer, dessen Name der Junge trug.

Nur eines unterschied dieses Thing von den anderen: Lanina hielten die Aufräum- und Reparaturarbeiten, die durch die Verwüstung der Römer notwendig geworden waren, zu Haue fest.

Ergimer hatte Mühe, Elda zu folgen. Kein Gedanke daran, sie gar einzuholen, dennoch rannte er, so schnell er konnte. Gab es denn etwas Schöneres, als an einem Sommertag durch die Aue zu laufen, die Wiese unter sich und oben wie eine verlässliche und schützende Kuppel der Himmel, der cheruskische Himmel über der cheruskischen Erde? Sie besaßen kein Wort für Freiheit, aber es war das, was ihnen Himmel und Erde, Mutter und Vater, was ihnen Leben und Atem bedeutete. Was einem seit alters gehört und was man immer besitzen wird, was so selbstverständlich ist, dass man es nicht wahrnimmt, weil man das Gegenteil nicht kennt, braucht man nicht zu benennen.

Ein stattlicher Hirsch, der auf der Wiese stand und graste, schien die dahinfliegenden Kinder aus der Ferne zu beobachten. Grashüpfer brachten sich mit weiten Sprüngen vor ihren Füßen in Sicherheit, und ein paar träge Hummeln wichen ihnen brummend aus.

Ergimer trieb die Eitelkeit, die er für Ehre hielt. Er konnte sich unmöglich von einem Mädchen besiegen lassen! Doch da sprang sie schon über das Gewässer. Ihm schien es, als ob die unsichtbaren Alben, jene lichten Naturgeister, sie ans andere Ufer getragen hatten, so zauberhaft leicht wirkte ihr Flug über den Bach hinweg. Der Junge jedoch verpasste den Absprung, glitt am gegenüberliegenden Ufer aus und rutschte platschend ins Wasser. Jetzt wusste er, dass ihr die Alben geholfen hatten, während sie ihn im Sprunge wohl festhielten.

Elda blieb stehen und wandte sich um. Nicht nur, dass Ergimer bis zur Schulter im Wasser saß, jetzt lachte sie ihn auch noch aus vollem Halse aus. Ihr kleiner Körper bebte vor Heiterkeit. Aber mit einem Mal wehte ein Schatten über ihr Gesicht, vertrieb die Sorge den Spott. Im Bruchteil einer Sekunde wurde aus Sorge Angst und aus Angst Panik. »Flieh, flieh, Ergimer, die Römer!«

Der Knabe sprang augenblicklich auf, erinnerte sich aber im gleichen Moment daran, wie gut sich die Freundin verstellen konnte, wenn sie sich vornahm, einen ins Bockshorn zu jagen.

»Noch bist du nicht an der Eiche, und ich kein Römer«, rief er und rannte los. Doch da sah er, wie der Hirsch in den Wald floh, und hörte kurz darauf hinter sich das Schnauben von Pferden. Er blickte sich im Laufen um und entdeckte sechs römische Reiter, die im Galopp auf ihn zuhielten. Mehr noch als Angst durchfuhr ihn der Gedanke, dass er die Römer von dem Mädchen weglocken musste.

»Lauf, Elda, lauf!«, rief er ihr zu, dann blickte er zu den Feinden, die gleich den Bach erreichen würden. Gefährlich blitzte es in den Augen des Knaben. Trotziger Stolz ging mit ihm durch. Er ließ die Hose herunter und zeigte ihnen höhnend sein entblößtes Gesäß, dann zog er rasch die Hose wieder hoch und rannte am Ufer entlang.

Aus den Augenwinkeln erkannte er, dass die Römer seine Verfolgung aufgenommen hatten. Doch der Blick nach links beruhigte ihn. Elda verschwand gerade im Unterholz des Waldes am Fuße des Berges. Inzwischen erreichten die sechs Reiter seine Höhe. Sie zügelten ihre Pferde und schickten sich an, den Bach zu durchqueren, der an dieser Stelle etwas breiter war. Der Knabe hob blitzschnell einen handgroßen Stein auf und schleuderte ihn mit ganzer Kraft gegen den Kopf des Anführers. Das Geschoss prallte zwar am Helm ab, dennoch schrie der Legionär auf und kämpfte kurz mit dem Pferd, das sich aufbäumte. Dann brüllte er etwas, das Ergimer nicht verstand, und setzte die Verfolgung fort.

Der Junge rannte nun in die entgegengesetzte Richtung. Wild pochte ihm das Herz im Leib. In seinem Mund breitete sich ein Geschmack wie von Eisen aus, und der Schweiß rann ihm in Strömen von der Stirn über das Gesicht, trat aus allen Poren und umgab ihn wie eine kühlende, zweite Haut. Rasch näherte er sich der engsten Stelle des Gewässers. Die Reiter hatten das Wasserhindernis überwunden und verfolgten ihn nun auf seiner Seite. Ergimer nahm Anlauf, sprang kräftig ab. Diesmal gelang es, diesmal landete er auf dem gegenüberliegenden Ufer. Und das an einer Stelle, die sogar etwas breiter war, als die vorige. Wenn das nur Elda hätte sehen können, dachte er.

Dann rannte er weiter auf den Wald zu. Nur noch zweihundert Fuß, und schützend umgäbe ihn der Forst, nur diese Strecke noch überwinden, und er würde sich im dichten Unterholz verstecken, Wege wählen können, auf denen ihm die Reiter mit ihren Pferden nicht zu folgen vermochten. Es war nicht mehr weit davon entfernt, keine einhundert Fuß mehr.

Er, der Nachfahre des Stammesahns und Sohn des Fürsten Segimer, würde sich doch von den hundsgroßen Römern nicht fangen lassen. Niemals! Mit allen Kräften, die sein junger Körper hergab, trieb er sich an, bis er das Gefühl hatte, seine Lunge würde explodieren. Das Blut rauschte in seinen Ohren wie in einem Hexenkessel.

Obwohl er laut keuchend atmete und seinen Puls schlagen hörte, vernahm er, dass sich die römischen Reiter ihm unaufhaltsam näherten, spürte gleich darauf den heißen Atem aus den Nüstern der Pferde in seinem Nacken und zwang sich zu einer letzten Kraftanstrengung. Gleich, er musste nur noch ein letztes Mal das Wunder vollbringen und schneller werden, gleich würde er das sichere Unterholz erreichen, nur noch ein einziges Mal rascher laufen, so wie Elda mit ihren flinken Füßen über die Wiese fliegen ... da spürte er in seinem Nacken den harten Griff einer großen Hand, die ihn am Kragen hochriss und brutal auf den Pferderücken drückte. Er wollte sich wehren, doch der Mann war stärker und presste ihn nur auf den Leib des Tieres. Der Schweiß des

Knaben mischte sich mit dem des Rappen, der wieder in den Galopp fiel.

Ergimer kämpfte gegen die Tränen an. Der Sohn des Segimer, Nachfahre freier Cherusker, würde den römischen Hunden nicht die Freude bereiten, Angst zu zeigen, ganz gleich, was sie mit ihm vorhatten … und Gutes konnte es nicht sein.

5

Obwohl er mit dem Bauch auf dem Widerrist des Pferdes lag und sein Kopf nach unten hing, fand Ergimer rasch heraus, wohin die Reiter jagten. Zu seinem Schrecken hielten sie auf das Lager der Cherusker zu, in dem sich zu dieser Stunde nur die Kinder der Stammesführer befanden, weil sich die Eltern auf dem Thingplatz berieten. Was hatten die Feinde vor? Wollten sie etwa die Söhne und Töchter der Fürsten als Geiseln nehmen? Der Junge traute es ihnen sogar zu, die Kinder niederzumetzeln. Er wusste inzwischen nur zu gut, dass die Legionäre vor nichts zurückschreckten, zumal die Kreuzigung ihrer Kameraden sie sicherlich bis aufs Blut gereizt hatte.

Der Anführer zügelte den Rappen, der wiehernd mitten auf dem Platz des cheruskischen Zeltlagers stehen blieb. Ergimer verrenkte sich fast den Hals bei dem Versuch, sich umzublicken. Das Lager wimmelte zwar von Römern, aber nirgends sah er den Sohn oder die Tochter eines Cheruskerfürsten. Die Türfelle der Zelte waren heruntergelassen. Nichts erinnerte mehr an die freundliche Atmosphäre, die hier noch bis vor Kurzem geherrscht hatte. Lieder waren erklungen, die Knaben hatten sich im Speerwerfen geübt, ausgelassen herumgetollt, gescherzt und gespottet. Stattdessen nahm Ergimer jetzt nur die Atmosphäre der Gefahr und des Todes wahr, die von den Römern ausging. Angst schnürte ihm die Kehle zu.

Ergimer fiel auf, dass einige Legionäre Bärte und sehr langes Haar hatten. Zudem trugen sie wollene Hosen und Schlauchhemden unter den Kettenhemden. Verräter, dachte er verächtlich, Ubier oder Chatten, die sich nicht schämten, den fremden Kriegsknechten als Hilfstruppen zu Diensten zu sein.

Wie einen Sack Korn warf der Legionär den Jungen achtlos vom Pferderücken. Trotz des dumpfen Schmerzes, der ihn beim Aufprall auf dem Boden durchfahren hatte, sprang Ergimer sogleich auf die Füße und wollte fliehen, da hatte ein Chatte mit mächtigem, rotem Bart schon seinen Speer auf ihn gerichtet.

»Bleib stehen, Bürschchen!« Mit aller Verachtung, zu der er fähig war, spie Ergimer dem Mann ins Gesicht. Der lief rot an vor Wut und holte mit dem Speer aus. Doch der Knabe, nicht weniger zornig, ballte die Fäuste und machte noch einen Schritt auf den Verräter zu – in dem Bewusstsein, dass ihn gleich Walachurrâ nach Tyrwal bringen würde. Für ihn, der vor wenigen Tagen schon einmal auf dem Weg dorthin gewesen war, hatte diese Vorstellung jeglichen Schrecken verloren.

Doch bevor ihn die Spitze des *pilum* durchbohren konnte, hielt die befehlsgewohnte Stimme eines Römers, eines Mannes mit blitzendem Brustpanzer und golddurchwirkter Borte an der purpurnen Tunika, den Chatten zurück. Über seine Schultern lag locker der tiefrote Feldherrenmantel. Ergimer sah dem Germanen an, dass er nur widerwillig den Wurfspeer sinken ließ.

Neugierig musterte er den Römer, der den Befehl gegeben hatte. Ein harter Kriegsherr, ein Gesicht wie verwittertes Feldgestein. In seinen braunen Augen aber las der Junge eine abgrundtiefe Traurigkeit. Der Römer näherte sich Ergimer und betrachtete ihn eindringlich. Dann sprach er zu ihm in der fremden Sprache, die das Kind nicht verstand. Wie es seine Aufgabe zu sein schien, übersetzte der Germane in römischen Diensten.

»Pass auf, Dummkopf! Der mit dir redet, ist der große Feldherr Tiberius. Verbeug dich vor ihm. Er fragt dich, ob du der Sohn des Segimerius bist.«

»Mein Vater heißt Segimer! Und nie werde ich den Nacken vor einem römischen Hund beugen!«, erwiderte der Junge trotzig.

Für die Respektlosigkeit fing er sich von seinem Bewacher einen derben Stoß in die Seite ein. Er zuckte zusammen, hustete, richtete sich aber gleich wieder auf. Er dachte an seinen Vater und sah ihn vor seinem inneren Auge leibhaftig vor sich, wie er in der Nacht den Eindringlingen entgegengetreten war und auch, was er wenig später mit den Legionären gemacht hatte. Bei diesen Bildern huschte dem Jungen ein geringschätziges Lächeln über die Lippen, das den Römern galt, die sich noch so sehr als die Herren der Welt aufspielen konnten und doch besiegbar waren.

Sogleich raunte ihm der feindliche Germane zu: »Segimer können die Römer nicht aussprechen. Deshalb heißt dein Vater bei ihnen Segimerius. Und wie heißt du?«

»Ergimer!«

Auf Tiberius Zeichen hin fesselten die Legionäre den Jungen, drückten ihm ein schmutziges Tuch als Knebel in den Mund und schleiften ihn in eines der Zelte. Er brauchte eine Weile, bis sich seine Augen an das Halbdunkel des Zeltes gewöhnt hatten. Außerdem war es darin stickig, weil die Römer die Eingangsfelle heruntergelassen hatten, die gewöhnlich nach oben geklappt waren, um frische Luft einzulassen. In der Hütte kauerten bereits andere Kinder, ebenfalls gefesselt und geknebelt. Als er die Angst in ihren unsteten Blicken sah, überwand er seine Furcht und seine Wut und blinzelte ihnen zu, um ihnen Mut zu machen. Kinder fesseln, das können sie, diese Hundskerle, dachte er grollend.

*

Längst hatte er das Gefühl dafür verloren, wie lange er nun schon so dasaß. Die Fesseln schnürten ihm inzwischen das Blut in den Armen ab. Und die Zeit verfloss im Grau des endlosen Wartens. Nach einer Ewigkeit spürte er eine Unruhe, die plötzlich im Lager anhob. Aufgeregte Stimmen erfüllten den Platz, Stimmen, die nach Kindern fragten oder riefen. Die Männer und Frauen waren bei der Rückkehr vom Thing durch die Anwesenheit der Römer überrascht worden und sorgten sich nun um das Leben ihrer Nachkommen. Schließlich hörte Ergimer die Stimme seines Vaters aus dem Sprachgewirr heraus. Segimer gebot den anderen zu schweigen, bevor er die Römer zur Rede stellte. Und wieder übersetzte der verfluchte Chatte: »Warum brichst du den Frieden?«

»Weil ihr ihn gebrochen habt. Ihr habt zwölf römische Soldaten gekreuzigt und die anderen erschlagen!«, erwiderte Tiberius barsch. Er wollte weder Zeit noch Worte verschwenden. Schon gar nicht mit einem Barbaren.

»Soldaten?«, höhnte der Vater. »Wie können Steuereintreiber Krieger sein? Wie Blutsauger Helden? Männer, die Kinder erschrecken und das Vieh töten?«

Ergimer fuhr bei einem Geräusch zusammen, das er inzwischen kannte: Schwerter wurden gezückt! Und er hörte, wie sein Vater spottete: »Welche Angst musst du erst vor meinem Schwert haben, wenn du schon vor meinen Worten zitterst!«

Jetzt vernahm Ergimer eine andere Stimme, die des Segestes, des Vaters von Elda. »Wir haben uns geeinigt, Imperator. Die Cherusker sind bereit, sich mit Rom zu verbünden. Wir sind auch bereit, Tribut zu entrichten.«

»Keine Steuern!«, forderte Segimer.

»Dann nennen wir die Steuern Tribut. Geschenke an Verbündete!«, entgegnete der Römer zynisch.

»Wo sind unsere Kinder?«

Offenbar auf einen Wink des Imperators hin betraten zwei Legionäre das Zelt, packten Ergimer grob und schleiften ihn hinaus. Wie er vermutet hatte, standen die zwölf cheruskischen Fürsten mit ihren Frauen den Römern gegenüber. Aus den Augenwinkeln beobachtete er, dass andere Soldaten auch seinen älteren Bruder Germir herbeizerrten. Als Segimer seine Söhne sah, wollte er einen Schritt auf sie zu machen, wurde jedoch von gezückten römischen Schwertern daran gehindert.

Kurz und knapp teilte Tiberius dem zornigen Fürsten mit, dass er seine Söhne als Unterpfand für den geschlossenen Vertrag mit nach Rom nehmen würde. Die anderen Kinder befänden sich, gefesselt zwar, aber wohlauf, in den Zelten. Die Frauen hielt nun nichts mehr. Sie drangen in die Zelte ein, um ihre Kinder zu suchen. Der Feldherr ließ es geschehen, Frauen interessierten ihn nicht. Die cheruskischen Gefolgsherren aber verharrten in ihren Positionen, denn noch war nicht alles besprochen.

Nur zu gern hätte Ergimer die Römer angebrüllt, dass er nicht nach Rom wolle, doch der Knebel hinderte ihn am Sprechen.

Segimer wandte sich an Segestes: »Warum meine beiden Söhne, warum nicht einen Sohn von mir und einen von dir?«

»Weil du derjenige von uns bist, der immer gegen den Vertrag war. Sogar auf dem Thing noch mussten wir dich überstimmen. Und weil du es warst, der die Legionäre gekreuzigt und damit Krieg und Tod über unsere Häupter gebracht hat. Dass deine Söhne in Rom sind, soll dich immer daran erinnern, den Vertrag treu einzuhalten.«

Segimers Gesicht lief rot an vor Zorn. »Bist du schon ein Knecht der Römer?«, fragte er mit gefährlich leiser Stimme.

»Nein, ein Freund, kein Knecht. Diese Freundschaft ist das Beste für unser Volk. Es wäre dumm, sich diesen mächtigen Nachbarn zum Feind zu machen, anstatt von ihm zu lernen und mit ihm zu handeln.« Dann lächelte Eldas Vater hintersinnig: »Du solltest mir danken, deine Söhne bekommen in Rom die beste Ausbildung, die man sich denken kann. Hör auf, in der Vergangenheit zu leben, Segimer! Eine neue Zeit ist angebrochen!«

Doch Segimer hörte ihm längst nicht mehr zu. Er wandte sich an Tiberius: »Gewähre uns zwei Tage Aufschub, damit sich meine Söhne von ihrer Mutter verabschieden können.«

»Wer sagt mir, dass du sie nicht verstecken wirst?«

»Du hast mein Wort, dass ich sie dir in zwei Monden an einen Ort bringen werde, den du bestimmst!«

»Warum sollte ich dir glauben? Nimm Abschied, Barbar!«

Atemlos hatte Ergimer den Wortwechsel verfolgt. Was er hörte, raubte ihm fast die Sinne. Er sollte seine Heimat verlassen. Man wollte ihn nach Rom bringen, weit weg von seinem Vater, seiner Mutter, seinen Freunden, und auch von Elda. Aber das würde sein Vater niemals zulassen. Niemals. Der Mann, der die römische Übermacht gefällt hatte, würde auch seine Söhne befreien. Ergimer klammerte sich an diese Hoffnung, und umso mehr er sich ihr hingab, umso ruhiger wurde er.

Segimer verabschiedete sich von Germir, dann trat er zu Ergimer, nahm ihm den Knebel aus dem Mund und umarmte ihn.

»Du wirst uns doch befreien. Nicht wahr, wir müssen nicht nach Rom?«, flüsterte der Junge hastig.

»Nein, mein Sohn, ich kann nichts tun ... wir haben auf dem Thing Frieden beschlossen«, antwortete der Vater leise mit gebrochener Stimme.

Ergimer schossen die Tränen in die Augen, und er fühlte sich plötzlich leer, von seinem Vater verlassen, ja verraten. Er wandte den Kopf ab, weil er ihm nicht mehr in seine Augen sehen wollte. Ihm war, als stürze seine Welt ein. Plötzlich hörte er Eldas Stimme, die vom Wald herbeigelaufen kam.

»Nein, nein Vater. Das kannst du nicht zulassen!« Alle Augen richteten sich auf sie, und Ergimer schalt sie in seinem Inneren, denn er fürchtete, dass die Römer auch sie verschleppen würden. Mutig trat sie vor den Feldherrn und sagte: »Nimm mich statt Ergimer!« Der Chatte übersetzte.

»Pah, was soll ich mit einem Mädchen?«, sagte Tiberius und wandte sich ab. Segestes zog seine Tochter grob zu sich und brüllte sie an: »Was hast du dich da einzumischen?«

»Wir sind keine Römer, wir sind Cherusker, Vater! Wir alle, Männer und Frauen, Mädchen und Jungen! Jeder darf reden! So ist es Brauch!« Der Widerspruch seiner Tochter vor aller Augen reizte den Fürsten, und er ohrfeigte sie kräftiger, als er eigentlich gewollt hatte. Sie spuckte Blut.

»Ist das deine neue Zeit, dass die Frauen nicht mehr mitreden dürfen, Segestes?«, höhnte Segimer. Die Verachtung, die in den Worten mitklang, ignorierend befahl Segestes seiner Tochter barsch, zu ihrer Mutter zu gehen. Sie habe hier nichts zu suchen. Doch sie hörte nicht auf ihn. Ihre Blicke trafen sich mit denen Ergimers. Schnell huschte sie zu ihm und umarmte ihn. Dann nahm sie ihr Amulett ab, ein kostbares Amulett aus Bronze und Mondstein, und legte das Lederband, an dem es hing, um seinen Hals. »Es soll dich beschützen! Wo du auch sein magst! Ich bin bei dir.«

»Und ich bei dir!« Rasch löste auch Ergimer seinen Glücksbringer vom Hals, in dessen Gold ein seltsames Wesen eingeschlossen war, ein Schutzgeist, wie der Junge glaubte. Sie blickten an sich hinab auf ihre getauschten Amulette, die sie zum Schutz vor bösen Geistern und Verwünschungen trugen. Dann umarmten sie sich noch einmal, fest und fester, als ob sie so miteinander vollkommen verschmelzen könnten, dass nichts auf der Welt sie mehr zu scheiden vermochte.

In diesem Moment sprengte ein römischer Bote in gestrecktem Galopp ins Lager. Sein Rappe war fast weiß vor Schaum und Schweiß. Der Bote fiel mehr vom Pferd, als dass er abstieg, und taumelte erschöpft zum Feldherrn. »Imperator, Antonia schickt mich. Du sollst, so schnell es geht, nach Aliso kommen, wenn du deinen Bruder noch lebend antreffen willst.«

»Drusus?«, entfuhr es dem Feldherrn halb fragend, halb verwundert. Eilig gab er den Befehl zum Aufbruch. Die Reiter der Hundertschaft saßen auf. Der Centurio ergriff Ergimer brutal an Arm und Bein und riss ihn von Elda fort, die nun ihrerseits derb von ihrem Vater am Arm gepackt wurde. Sie trat nach ihm, biss und versuchte vergebens, sich zu befreien.

Der Legionär legte Ergimer erneut vor sich auf den Widerrist, während Segimer wie angewurzelt stehen blieb und keinen Finger rührte, um ihn zu befreien. Germir erging es ebenso. Kurz und barsch befahl Tiberius: »Galopp!« Und schon sprengten die Reiter davon.

Elda entwandt sich ihrem Vater und rannte ihnen hinterher. Doch so flink sie auch war, so sehr sie auch ihre ganze Kraft einsetzte, sie vermochte sie nicht mehr einzuholen. Wieder war es, als flöge sie über den Boden, doch nicht schnell genug. Im Gegenteil, die Römer entfernten sich mit ihrer menschlichen Beute unaufhaltsam.

Keuchend blieb Elda stehen und brach in ein verzweifeltes Schluchzen aus. Immer wieder rief sie Ergimers Namen. Diese lang gezogenen und durch die wachsende Entfernung immer leiser werdenden Rufe waren das Letzte, was der Junge von dem Mädchen hörte, mit dem er noch vor wenigen Stunden am Bach in der Senke gespielt hatte. Auf seiner Brust brannte Eldas Amulett.

6

Die Nacht lag schon über der Landschaft und hatte die Umrisse der Berge und Bäume verwischt, als Julius endlich im Talkessel die Mauern der mächtigen Bollwerke des Militärlagers von Aliso ausmachte. Im Mondlicht erreichte der Zug bald darauf die zum Lager gehörende Siedlung, in der die Handwerker, Händler, Huren und Schankwirte wohnten – Germanen, Kelten und Römer, die davon lebten, für das Militär zu arbeiten.

Die Bewohner hatten ihre Häuser verlassen und standen an der Straße, um den anmarschierenden Legionen einen Empfang zu bereiten. Sie bildeten kein Spalier, sondern kleine Gruppen, die miteinander das Gesehene besprachen, allerhand Schabernack trieben oder mit mehr oder weniger ausgeklügelten Vorstellungen für ihre Dienstleistungen warben. Glaubten sie, den berühmten Feldherrn Nero Claudius Drusus bestaunen zu können, oder hatten sie bereits davon erfahren, dass er, von heftigen Fieberwellen geschüttelt, halb bewusstlos im Reisewagen lag? Gerüchte sind im Allgemeinen schneller als Menschen. Oder galt ihr Interesse einzig und allein den vielen möglichen Kunden?

Julius, der aus dem Wagen lugte, fühlte sich abgestoßen von der lauernden Erwartung, die er in den neugierigen Blicken der Menschen gewahrte. So jung er war, so deutlich spürte er dennoch die Falschheit der zur Schau getragenen Herzlichkeit. Wahrscheinlich aber war alles viel einfacher, und die Menschen am Straßenrand hofften nur, dass die Soldaten fette Beute vom Kriegszug mitbrachten, die sie ihnen mit vielerlei Tricks abzujagen gedachten.

Verwundert entdeckte der Knabe unter den Schaulustigen auffallend viele Frauen jeglichen Alters mit zum Teil durchsichtigen

Obergewändern. Sie fuhren mit den Spitzen ihrer dunkelroten Zunge über Ober- und Unterlippe, schnalzten oder luden die Soldaten zu sich ein. Sie wetteiferten regelrecht darin, den Soldaten »frischen Stendelwurz und beglückende Ausflüge in die Gärten der Photis«, wie auf einem Schild stand, zu verheißen.

»Mutter, was sind die Gärten der Photis?«, fragte Julius in den Reisewagen hinein.

»Das sind Feuchtgebiete, in denen man sich nur die Fäulnis holt«, antwortete Antonia kurz angebunden. Das verstand der Junge nicht. Warum sollten die Soldaten dorthin gehen, wo sie krank wurden? Er beschloss, Salvianus später danach zu fragen. Von der Mutter würde er nichts mehr über die rätselhafte Angelegenheit erfahren.

Julius entdeckte nun in dem Gewühl vier stämmige Männer, die mithilfe eines Gestells ein großes Fass auf ihren Schultern trugen. Darauf thronte ein ungeheuer fetter Kerl mit flinken Schweinsäuglein, der auf dem Fass zu reiten schien. Bocksgesichtig brüllte er mehr, als dass er sang:

»Seht König Bacchus und kniet nieder,
mein Rebensaft stärkt müde Glieder,
wärmt das Herz, gibt Manneskraft!
Kommt und trinkt, vergesst die Sorgen,
könnt bei mir Lebenszeit erborgen.«

Der Dicke brachte sich auf diese Art und Weise immer mehr in Fahrt und fing nun sogar an vor lauter Übermut auf dem Fass zu tanzen, rutschte aber bald ab und fiel wie ein nasser Sack zu Boden. Dort zappelte er mit seinen kurzen Beinen und prallen Armen in der Luft wie ein Käfer auf dem Rücken. Überhaupt schien der ganze Körper nur aus zwei Kugeln und acht Keulen zu bestehen. Diejenigen Legionäre, die diese teils unbeabsichtigte Vorstellung beobachtet hatten, brachen in ein mächtiges Gebrüll aus, das ein

Lachen vorstellen sollte und sich durch die Reihen der Legionäre fortsetzte. So liebten sie die Späße, derb und grob.

Ein breitschultriger Legionär rief, auf König Bacchus weisend: »In dem Fettwanst gluckert mehr Wein als in dem Fass da oben.«

»Wie«, grölte sein hagerer Nebenmann, »ist das da unten etwa nicht das Fass? So kann man sich irren! He, du altes Weinfass, steh auf, bereite alles vor, wir kommen zu dir, um dich anzustechen.«

Ein hakennasiger Feldzeichenträger fügte mit hämischem Grinsen hinzu: »Und wehe, es fließt dann aus deinem Wanst kein Wein, sondern nur dein Scheißblut!«

Nun hatte die Heiterkeit auch den letzten Legionär erreicht, und die Enttäuschung über den misslungenen Feldzug wurde zu einer Flutwelle grimmigen Frohsinns, die den Ort überspülte und gegen die Bollwerke des Militärlagers brandete.

Julius mochte die derben Späße der Männer, die wie große Tore in die verschlossenen Welt ihrer abenteuerlichen Existenz führten. Einstweilen waren diese ihm sehr zu seinem Bedauern noch mit sieben Schlössern versiegelt. Eines Tages aber, träumte der Knabe mit offenen Augen, wenn er endlich alt genug wäre, würde ihn sein Vater an die Hand nehmen, um ihn in das Reich der Krieger einzuführen, so wie er ihn auch am Tage seines sechzehnten Geburtstags in die Männertoga hüllen würde.

Bei diesen Gedanken spähte Julius rasch noch einmal ins Wageninnere. Vielleicht war ja inzwischen ein Wunder geschehen, und er würde den Vater aufrecht sitzend, essend und trinkend und vor allem bei Kräften erblicken. Ach, wäre der ganze Spuk doch mit einem Mal verflogen wie ein schlechter Traum!

Doch je länger er den verschwitzten Mann auf dem Lager betrachtete, der von Minute zu Minute hinfälliger erschien, desto tiefer bohrte sich die Enttäuschung in sein junges Herz. Das Wunder blieb aus. Die Götter haben Nero Claudius Drusus verflucht, dachte Julius traurig und wandte sich wieder der Straße zu. Auf einmal fühlte er sich betrogen, um die Früchte der Pflicht gebracht, die ein Vater gegenüber dem Sohn hatte, nämlich ihm den Weg zum Manne zu ebnen. Wie gern wäre er jetzt unter den vor Kraft strotzenden Legionären da draußen gewesen. Der Geruch gerösteter Maronen stieg ihm betörend in die Nase und raubte ihm fast die Sinne.

Unweit der Siedlung ragte hinter sehr breiten und etwa halb so tiefen Wehrgraben das Bollwerk des Lagers, eine hohe doppelte Bohlenwand auf. Die Zwischenräume waren, wie Julius wusste, mit Erde und Steinen verfüllt. Auf der Krone der breiten Mauer führte ein Wehrgang rund um das Militärlager. Als sich der Zug näherte, öffnete sich knarrend das rechte Haupttor. Im Innern befand sich ein zweites, ebenso mächtiges Bollwerk mit einem zweiten Trutzportal, das nun ebenfalls geöffnet wurde. Julius spähte hindurch und sah eine sehr lange und breite Straße, die von großen, teils prächtigen Gebäuden gesäumt war. Verglichen mit den Bauten auf dem Caelius, dem Esquilin oder gar dem Palatin in Rom erschienen ihm diese Gebäude freilich wie Hundehütten. Aber für römische Häuser in der barbarischen Einöde, die wacker als Vorposten der Zivilisation dienten, wirkten sie dennoch als Paläste der Hoffnung im trostlosen Reigen der ewigen Wälder, Berge und Täler.

Auf der Via Principalis, die es in allen römischen Militärlagern gab, zog die vom Schicksal oder nach anderer Auslegung die durch Schadenszauber geschlagene Armee ins Lager Aliso ein. Der Reisewagen hielt vor einem mächtigen mit einem Umgang versehenen Gebäude, auf dessen Empore der römische Adler prangte. Julius hörte, wie Galerius den Führern der Hundertschaften befahl, ihre Männer auf die Stuben der langen, schmalen Kasernengebäude zu verteilen. Je acht Legionäre wurden einer Stube zugewiesen. Sie bildeten die sogenannte Zimmergemeinschaft und nächtigten, einmal eingeteilt – wenn sie nicht versetzt wurden oder zu Tode kamen – ihre ganze Dienstzeit miteinander. Diese Zimmergemeinschaften bildeten, wie Julius sehr früh gelernt hatte, die kleinste Einheit der *centuria,* der Hundertschaft, und schufen damit den Rückhalt der Armee, das gegenseitige Vertrauensverhältnis, die Kameradschaft und die Zuneigung, die in den Kämpfen so überlebenswichtig war. Nur wer sich auf seine nächsten Kameraden verlassen konnte, hatte eine Chance, aus der Schlacht lebend herauszukommen. Diese Grundwahrheit hatte Drusus seinem Sohn eingehämmert: Das *contubernium,* die Zimmergemeinschaft, hatte Rom groß gemacht. Wenn der Legionär nicht mehr für seinen Kameraden einstünde, würde das Imperium zerfallen.

Der Lagerpräfekt geleitete den auf der Trage liegenden Feldherrn und seine Familie persönlich in die eigens für Imperatoren hergerichtete Wohnung in einem prunkvollen Haus. Auf dem Weg in die Unterkunft wurde Julius von einer bleiernen Müdigkeit überfallen. Nach den Anstrengungen des Marsches und den Aufregungen der letzten Tage sehnte er sich nur noch nach einem Bett. So trottete er mehr, als dass er ging, und hatte keine Augen mehr für das Lager.

Sie überquerten einen rechteckigen Hof, der von Säulengängen umgeben war, und betraten den linken Gebäudeflügel. In der marmorverkleideten Eingangshalle, einem Atrium, stand eine Büste des Kaisers Augustus. Sie bogen in den linken Flur und begaben sich gleich darauf in ein Zimmer mit einem großen Bett in der Mitte, von dem eine Tür in einen großzügigen Nebenraum führte. Behutsam legten die Träger den fiebernden Drusus auf das Eichenbett. Seine Wangen glühten. Der Lagerarzt begann mit der Untersuchung und hielt dabei mit dem Feldarzt ein kleines Consilium ab. Währenddessen zeigte der Lagerpräfekt Julius, Antonia und der Sklavin den angrenzenden Raum, in dem neben einem Tisch aus vergoldetem Kastanienholz, dessen Platte mit Intarsien aus Tiermotiven verziert war, zwei Betten standen. Kaum hatte sich Julius auf eine der beiden Schlafstätten sinken lassen, war er auch schon vor Erschöpfung eingeschlafen.

Er konnte nicht sagen, wie lange er dagelegen hatte, denn tief in

Morpheus' Reich drang ein Furcht einflößender Ton aus der Wirklichkeit. Vergebens mühte sich sein Unterbewusstsein, die grässlichen Laute in seinen Traum hineinzuweben. Von seinem eigenen Aufschrei schließlich geweckt, riss Julius die Augen auf und brach in ein hemmungsloses Weinen aus. Die chaldäische Sklavin, die bei ihm saß, schloss ihn rasch in die Arme.

»Tschu, tschu, ist ja gut, mein Prinz, ist schon gut.« Noch während die Sklavin sich mühte, den Jungen mit ihrem gutturalen Sprechgesang zu beruhigen, hörte er erneut den furchtbaren Lärm.

»Was ist das?«

»Die Wölfe.«

»Die Wölfe?«

»Ja, sie schleichen schon seit Stunden um das Lager und heulen, um den Tod hierher zu locken. Ein Soldat hat mir vorhin erzählt, dass junge Männer durch die Lüfte geritten seien und furchtbare Drohungen ausgestoßen hätten.«

»Junge Männer? Durch die Luft?«

»Ja, über das Lager hinweg. Das wilde Heer. Germanische Jungmannschaften, die sich im Krieg noch nicht bewährt haben und deren Totengeister nun toben.«

»Was bedeutet das?«, fragte der Junge mit weit aufgerissenen Augen. Statt einer Antwort nahm die Sklavin ihn tröstend in die Arme und suchte nach Worten, während sie immer wieder »Ach, ach« murmelte. Antonia erlöste die Chaldäerin schließlich von dem Zwang, dem Kind zu erklären, dass sein Vater im Sterben lag. Sie betrat das Zimmer und streckte die Hand nach ihrem Sohn aus: »Komm, es ist Zeit, sich von deinem Vater zu verabschieden.«

»Nein«, schrie Julius. Und es war nicht zu entscheiden, ob er nur nicht ans Todeslager des Vaters treten wollte oder ob er sich weigerte, für immer Abschied von ihm zu nehmen.

»Haltung, Julius! Du bist ein Römer! Komm jetzt!«, fuhr ihn die Mutter an. Er musterte sie, entdeckte aber in ihrem blassen

Gesicht keine Gefühlsregung. Mit gestrafften Schultern stand sie vor ihm, die schönen braunen Augen wirkten größer als sonst und leer. Alles an ihr verkündete »Haltung«. Sie zog den widerwilligen Knaben an der Hand in das Sterbezimmer und schließlich an das Bett des Vaters.

Der Wundbrand hatte Drusus' Lebenskraft völlig aufgezehrt. Das Haar des siechen Schlachtenlenkers klebte in Strähnen an der Stirn, aber seine Augen blickten ruhig, wenn auch erschöpft auf seinen Sohn. Stirn und Wangen glühten. Ausgekämpft, er hat ausgekämpft, durchfuhr es Julius, der in diesen Minuten an jedem anderen Ort der Welt lieber gewesen wäre, nur nicht hier, eher in der Arena mit wilden Tieren als am Sterbebett des Vaters. Er spürte den harten Griff der Mutter, die seine Hand fest umspannt hielt. Dann plötzlich ließ sie ihn los. Es war wie ein kleines Wunder. Julius brachte es über sich, an das große Eichenbett zu treten. Selbst als der Vater tastend seine Hand nahm, ertrug es der Junge das erste Mal seit ihrer Flucht von der Albis.

Sie spürten einander, der sterbende Feldherr die wachsende Kraft seines Sohnes und Julius das entweichende Leben seines Vaters, seine letzten Energien, die auf ihn überzugehen schienen. Mit schwacher, aber gefasster Stimme sprach Drusus: »Dein Onkel Tiberius wird sich um dich kümmern. Es ist Zeit, Abschied zu nehmen.«

Julius spürte, dass der Vater gegen den Tod kämpfte, dass er um Wimpernschläge feilschte und focht, um seinen Sohn noch einmal anblicken zu können, dass ihm die Kraft für diesen Blick das Wichtigste auf der Welt war und dass er mit dem ganzen Körper darum stritt, bei ihm bleiben zu können.

»Vater!« Drusus sah seinen Sohn an. Aus Angst, dass seine Fragen ihr Ziel nicht mehr erreichten, stieß Julius hervor: »Warum bist du an der Albis umgekehrt?«

»Weil ich zutiefst erschrocken war.«

»Über die Kraft der Germanen, über die Gewalt ihrer Götter?«

Schon auf dem Weg in eine andere Welt flüsterte Drusus kaum hörbar: »Nein, über uns Römer, mein Sohn.«

Und mit einem traurigen Lächeln auf den Lippen starb Nero Claudius Drusus, der größte Feldherr seiner Zeit, mit neunundzwanzig Jahren, während seine Finger noch die Hand seines Sohnes umschlossen, der nicht verstand, was ihm jetzt widerfuhr: Im Augenblick des Todes ging die Kraft des Vaters tatsächlich auf ihn über. Gleichzeitig durchdrangen ihn zwei gegensätzliche Empfindungen: die Wärme unermesslicher Kräfte und die Kälte des endgültigen Verlustes. Sieht der Sohn sein Ende im Tod des Vaters?

7

Plötzlich war die Luft von Geschrei und Gezeter erfüllt. Tiberius zügelte seinen Rappen und wandte sich um.

Ein Centurio sprengte heran: »Imperator, der Bengel ist weg!«

Der Feldherr brauchte gar nicht erst zu fragen, nichts war in diesem Augenblick gewisser, als dass der Legionär den kleineren der beiden Fürstensöhne meinte, den mit dem aufrührerischen Blick. »Seht zu, dass ihr die Geisel wieder einfangt! Und beeilt euch, wir haben keine Zeit zu verlieren!«

Tiberius ließ seinen Blick durch den dichten Wald streifen und schüttelte den Kopf. Der kleine Strolch wird sich während des Galopps vom Widerrist des Pferdes geschwungen haben, dachte er. Eine lebensgefährliche Aktion, denn leicht hätte er dabei von den Hufen des Pferdes oder denen der nachfolgenden Tiere getroffen und zu Tod getrampelt werden können. Dennoch hatte der Knabe es gewagt. Und wofür? Die Frage traf den Römer wie ein brennender Pfeil. Für die Freiheit. Dieses seltsame Trugbild.

Klare Begriffe wie Pflicht verstand Tiberius, Ehre auch, Tugend natürlich und Sitte, all das. Aber Freiheit? Dieses schillernde Wort, mit dem etwas Vielschichtiges, Unreines, Chaotisches in eine Form gepresst wurde – damit konnte er beim besten Willen nichts anfangen. Wer in Rom von Freiheit sprach, meinte damit nur seine Zügellosigkeit. Allein die Senatoren, denen es einzig um die Erringung von Macht und Reichtum ging, führten das Wort Freiheit ständig im Munde. Das römische Volk hingegen hatte Angst vor der Freiheit und flüchtete bei jeder sich bietenden Gelegenheit lieber in die Wärme und den Schutz der Unfreiheit, die Geborgenheit bot.

Wie in Rom war es im ganzen Imperium, nur eben nicht bei den Germanen. Was aber soll man von Leuten halten, die statt Geborgenheit die Kälte wählen?, fragte sich der Feldherr, schob den Gedanken aber sogleich beiseite und befahl seinem Adjutanten knapp: »Du bleibst hier.« Dann gab er seinem Pferd die Sporen.

Tiberius spürte, dass es nur ihm gelingen würde, den Jungen aufzustöbern. Und er musste ihn finden, koste es, was es wolle. Kein Barbar nähme ihnen ab, dass dem Kleinen die Flucht geglückt sei, vielmehr glaubten alle, dass die Römer die Geisel getötet hätten, und das würde neuen Aufruhr im Land entbrennen lassen. Ganz abgesehen von der Blamage, dass es einem Kind gelungen wäre, den besten Kriegern der Welt zu entwischen. Und dabei, gestand sich der Feldherr ein, hatte der Knabe in der Finsternis und dazu noch im dichten Unterholz des Waldes gute Aussichten, dass sein tollkühnes Unterfangen gelang.

Obwohl Tiberius' Augen bei Tage schlecht sahen, waren sie seltsamerweise in der Nacht allen anderen überlegen. Nichts entging ihm, wenn sich die Dunkelheit auf die Welt gelegt hatte.

Eigentlich ritten oder marschierten die Legionäre nur im Hellen und errichteten bei Einbruch der Dämmerung ein kleines Lager, stellten Wachen auf und schliefen, um am nächsten Morgen die Reise fortzusetzen. Schließlich befanden sie sich in der Fremde, die sie nur ungenügend kannten und die bis vor wenigen Stunden noch Feindesland gewesen war. Zwar hatte Tiberius mit den Fürsten der Marser, der Chatten, der Chauken, der Cherusker, der Brukterer, Bataver und Friesen, mit den Barbaren, die jenseits des Rhenus siedelten, einen Friedensvertrag ausgehandelt, doch es gab wahrlich keinen Grund, Leuten zu trauen, die weder lesen noch schreiben konnten und wohl auch nicht zu ermessen vermochten, was ein Vertrag bedeutete.

Sein abgrundtiefes Misstrauen fand Ausdruck in einem einfachen Satz: Sie waren keine Römer. Sie verstanden weder etwas vom Recht noch von der Leitung eines Staates, kannten weder

Städte noch öffentliche Bäder, keine Kriegstechnik noch Schrift oder Gesetz. Sie hausten auf vereinzelt stehenden Gehöften am Waldesrand wie das Vieh, mit dem sie sogar unter einem Dach lebten. Ohne Sitte und Moral, ohne das, was die Römer *mores* nannten. Wenn er dem Chatten, der leidlich Latein radebrechte, glauben durfte, gab es nicht einmal ein germanisches Wort für die *mores,* den Urgrund des römischen Daseins. Tiberius empfand nur Verachtung für diese groben Menschen, mehr noch, sie erzeugten in ihm einen unüberwindlichen Ekel.

Mit einem Blick erkannt er, dass es zwecklos war, sich zu Pferd tiefer in den Wald zu begeben, denn gewiss hatte sich der Bengel im dichten Unterholz versteckt. Deshalb befahl Tiberius seinen Legionären, eine Kette zu bilden und zu Fuß den Forst zu durchkämmen. Eigentlich konnte der Junge nicht weit kommen, wenn man nur keine der von Sträuchern bedeckten Senken übersah.

»Gibt es hier giftige Schlangen?«, fragte ein Reiter.

»Still! Verlasst euch auf eure Ohren!«, fuhr Tiberius ihn an. Wind spielte mit den Wipfeln der großen Eichen und Buchen. Der Geruch von feuchtem Laub und Pilzen stieg ihm in die Nase und betörte seine Sinne. Doch die Feuchtigkeit, die in seine Knochen kroch, verscheuchte den wohligen Moment. Er sehnte sich nach einem heißen Bad. Nach der Wärme. Nach dem Süden. Keinesfalls danach, im kalten und unwirtlichen Germanien einem aufsässigen Kind nachzujagen! Trübsinnig beobachtete der Feldherr seine Leute. Wie tölpelhaft ihm diese kampfgestählten Kerle auf einmal vorkamen, wie sie da ungelenk zwischen Brombeersträuchern und Farnen umherstapften.

Plötzlich schoss ihm eine kurze Spiegelung des Mondlichts aus einem Gebüsch ins Auge, das die Legionäre bereits überprüft hatten. Vorsichtig schlich er dorthin, drückte das Gesträuch zur Seite und entdeckte Ergimer, der, am Boden der winzigen Grube kauernd, Eldas Amulett in den Händen hielt, von dem er stumm Schutz erfleht und das ihn nun durch den Reflex verraten hatte.

Der Blick des Feldherrn fiel auf die heftig pochende Halsschlagader des Knaben. Wie ein flüchtender Hase, dachte er, der dadurch den Hunden zu entgehen sucht, dass er sich in einem Erdloch versteckt.

Ihre Blicke kreuzten sich. Das Kind hielt dem finsteren Blick des Römers stand und ließ das Amulett wieder unter seinem Hemd verschwinden. Tiberius erkannte Angst in den Augen des kleinen Ausreißers, was ihn nicht weiter verwunderte, doch gleich darauf entdeckte er auch Trotz, der von einem schlichten Stolz herrührte. Blut tropfte von der Stirn des Knaben. Er musste sich beim Sturz vom Pferd verletzt haben.

Der Germanenbengel begann den Feldherrn allmählich zu beeindrucken. Er rührte eine Seite in seinem Inneren an. Tiberius nahm zwar den Hass in den Augen des Kindes wahr, verstand aber auch die Einsamkeit im Blick der kleinen Geisel, weil sie der seinen glich. Die Schwermut seines Wesens, das hatte er inzwischen verstanden, stammte aus seiner Kindheit. Das Einzige, woran er sich in den oft verzweifelten Tagen seiner frühen Jahre hatte halten können, war diese abgrundtiefe Traurigkeit gewesen. Sie hatte ihn aufgenommen und beschützt. Doch sie forderte ihren Preis, der darin bestand, dass sie ihn bis zu seinem letzten Tag auf Erden in ihren Fängen halten würde. Ohne Aussicht auf Erfolg war jeder Versuch, ihr zu entkommen. Leichter schnitt man sich Hand, Nase, Füße ab, als sich die Wurzeln der Einsamkeit aus dem Herzen zu reißen. Jeder Schutz ist auch ein Gefängnis, dachte Tiberius, jeder Panzer eine Abschnürung der eigenen Existenz.

Sein Vater, der ebenfalls Nero Claudius Tiberius hieß, hatte in den Bürgerkriegen beständig die Seiten gewechselt. Bei keiner der kämpfenden Parteien war es ihm geglückt, heimisch zu werden. Und da die Glücksgöttin sich von ihm fernhielt, wählte er mit zielsicherer Hand immer die Seite der Verlierer. In den ersten Jahren seines Lebens hatte der kleine Tiberius höchstens ein paar Monate an ein und demselben Ort zugebracht. Die Familie hatte sich fortwährend auf der Flucht befunden: von Perusia nach Rom, von da nach Ägypten, dann nach Sizilien.

Am Ende der Bürgerkriege hatte sich der Vater dem siegreichen Octavian unterworfen und überdies Verständnis gezeigt für die heftige Leidenschaft, die der neue Herrscher, der sich von jetzt an Augustus nannte, für seine Ehefrau empfand, Tiberius' Mutter Livia. So ließ er sich scheiden und brachte Augustus seine schwangere Frau persönlich ins Haus, um sich mit seinem dreijährigen Sohn Tiberius in seine Villa auf dem Esquilin zurückzuziehen.

Nur drei Monate später wurde Livias zweiter Sohn, Drusus, geboren, von dem das Gerücht ging, er sei eigentlich der bereits im Ehebruch gezeugte Sohn des Augustus. Im Inneren seines Herzens glaubte Tiberius das Gerücht, das ihm seine Amme eingeflüstert hatte, doch – zu Recht misstrauisch – behielt er diese Meinung für sich. So hatte das Kind, kaum, dass es Laufen und Sprechen konnte, die Mutter verloren, als sein Bruder zur Welt kam. Drusus hatte ihn verdrängt.

Bald darauf starb der Vater, und die Mutter nahm ihn in das Herscherhaus auf. Doch Tiberius vermochte Livias Verrat niemals zu verwinden, schon allein deshalb nicht, weil er die Bevorzugung des Drusus täglich wie eine neue Wunde erlitt.

Wegen dieses ungeliebten Halbbruders, der nun im Sterben lag und der alles gehabt hatte, woran es ihm mangelte – Humor, Optimismus, Ausstrahlung, Lebensbejahung, Leutseligkeit und die daraus folgende Beliebtheit –, eilte er nun durch die feindliche Finsternis, um Drusus, den er heimlich für sein gefälliges Wesen hasste, noch lebend anzutreffen. Der nahende Tod des Lieblings des Heeres und des Herrscherhauses nahm eine große Bürde von den Schultern des *tristissimus hominum,* des traurigsten aller Menschen, wie man Tiberius hinter seinem Rücken nannte, ein Etikett, das der liebe Drusus für ihn erfunden haben mochte. Tiberius' misstrauisches Wesen zweifelte jedenfalls nicht daran.

Ach, Drusus, er war immer sein Schicksal gewesen! In diesem Moment, tief im Herzynischen Wald, verstand der einsame Mann, was ihn an dem germanischen Jungen faszinierte. In dem widerspenstigen Barbarenspross erkannte Tiberius seine eigene gedemütigte Kinderseele wieder. Er musste sich fast gewaltsam vom Anblick des Knaben losreißen.

»Kommt her, ich habe ihn gefunden«, rief er, worauf seine Soldaten herbeieilten. Der Centurio, dem sich Ergimer vom Pferd gewunden hatte, wollte den Knaben ohrfeigen, doch Tiberius hielt ihn zurück. »Wage es nicht, das Kind für deinen Fehler zu bestrafen. Niemand schlägt den Jungen. Er wird gut behandelt.«

Er wandte sich ab, ging zu seinem Pferd und stieg hastig auf. Die Begegnung hatte ihn aufgewühlt und völlig unerwartet Gefühle zutage gefördert, die tief in seinem Inneren verborgen lagen. Mag der kleine Kerl auch ein Barbar sein, dachte Tiberius, so hat er doch das Zeug zum Römer. Denn den Römer zeichnete nur eine Begabung vor allen anderen Menschen auf der Welt aus, die gleichzeitig seine Bestimmung war: Er war zum Herrschen geboren.

Und dieser Junge, das fühlte der Feldherr instinktiv, war zum Herrschen geboren. Das hatte er den vielen verweichlichten Senatorensöhnchen voraus. Wenn er eines nicht allzu fernen Tages zum Manne gereift sein würde, könnte man mit Kerlen wie ihm die römische Provinz Germanien schaffen. Es würde eine der besten Provinzen des Reiches werden, denn wer solche Männer zu regieren verstünde, der wäre wahrhaft mächtig.

Darin bestand das eigentliche Ziel, weshalb sich der römische Feldherr durch diese Einöde schlug, statt in Rom das Leben zu genießen: Er gedachte diese Bestimmung zu verwirklichen und die Herrschaft noch in die entlegensten Winkel der Erde zu tragen. Selbstmitleid hasste er, gern trug er das wohltuende Joch der Pflicht. Politische Konstellationen wechselten, aber die Pflicht blieb. Deshalb liebte Tiberius sie über alles – weil sie verlässlich war. Die römische Pflicht schätzte er als Wert der germanischen Freiheit als weitaus überlegen ein. Wo die Pflicht wankt, geht die Welt unter, daran glaubte er fest.

Mit dem Feldherrn an der Spitze setzte sich die Reiterhundertschaft wieder in Bewegung. Weit konnte es bis zum Militärlager Aliso nicht mehr sein.

Grausam seid ihr Götter, dachte Tiberius mit einem grimmigen Lächeln und gab seinem Pferd die Sporen, ihr fresst mit Vorliebe eure Lieblinge. Sollten die Reiter seiner Einheit später ruhig verbreiten, dass es Bruderliebe war, die ihn, die Gefahren nicht achtend, zu Drusus getrieben hatte – den er wie nichts auf der Welt hasste.

*

Weit folgte Elda den Reitern, die ihren Freund einfach mit sich genommen hatten, in den Wald, lief noch, als sie längst schon wusste, dass es vergeblich war. Doch die Verzweiflung trieb sie immer weiter und hinderte sie daran, innezuhalten. Was wäre denn, wenn sie nicht mehr laufen würde? Sie müsste in das Leben ohne Ergimir, den sie wohl niemals wiedersehen würde, zurückkehren. Müsste einsehen, dass die Menschen, die sie liebte oder achtete, ihn verraten, ihn zur Garantie eines schändlichen Vertrages herabgewürdigt hatten. Sie rannte, um dieser Wahrheit zu entkommen. Solange noch die Bäume und Sträucher an ihr vorbeiflogen und der Puls in Hals und Schläfe immer lauter pochte, war sie von allem Nachdenken erlöst. Die Frage, die sie quälte, lautete: Wie sollte sie mit den Menschen, die sie zu lieben glaubte, weiterleben, mit all jenen, die Ergimir verraten oder diese Heimtücke mitbeschlossen, zumindest aber zugelassen hatten? Wie sollte sie weiterleben? Wäre er tot, verunglückt, so könnte man um ihn trauern, aber die Wahrheit stellte sich als viel scheußlicher dar: Sie hatten ihn verraten. Und Verrat ist schlimmer als Tod!

Hinter sich hörte sie das Schnaufen eines Pferdes. Kurz vor ihr brachte der Reiter das Pferd zum Stehen, dann sprang er ab. Es war ihr Vater.

Sie konnte nicht mehr im Lauf innehalten, und so fiel sie in Segestes' Arme, die sich fest, und doch zärtlich um Elda schlossen.

»Verzeih mir, meine Tochter«, murmelte er bewegt. »Verzeih mir. Aber die Welt wandelt sich, auch unsere Welt. Du kannst das heute noch nicht verstehen. Aber wir werden untergehen, wenn wir uns nicht ändern. Die Römer sind da, sie werden auch nicht wieder verschwinden! Man mag den Tag bedauern, an dem sie am Rhenus erschienen, ungeschehen machen kann man ihn nicht. Ein Dummkopf, wer etwas anderes glaubt und von einem Leben ohne die Römer träumt.«

Elda indes schmiegte sich nicht an ihn, wurde nicht weich in den Armen des Vaters. Etwas, das sie nicht verstand, hinderte sie daran. Sie hörte seine Stimme und wollte doch ihre Ohren verschließen. Sie vertraute ihm nicht mehr, wollte nicht mehr auf seine Worte hören, denn sie klangen nach Verrat und nicht nach Wahrheit.

Segestes ließ seine Arme sinken und stand auf. Kurz entdeckte Elda einen traurigen Zug um seinen Mund, der sie schon anrührte, doch dann wirkte ihr Vater wieder so undurchdringlich wie gewohnt.

»Du musst es auch nicht verstehen. Du wirst eines Tages eine Frau sein. Ich werde dich sobald als möglich verheiraten! Dein Mann wird dir schon deine Flausen austreiben, dazu ist er da!«, sagte Segestes. Dann hob er seine Tochter auf das Pferd, setzte sich dahinter und ritt los.

Nicht nur für Ergimir, auch für das Mädchen würde sich von nun an das Leben ändern. Etwas, das Elda nicht benennen konnte, hörte auf, und sie wusste, dass sie es vermissen würde, wie einem ein grundloses Lachen oder die Anfälle plötzlicher Fröhlichkeit fehlen konnten. Ihr Vater hatte Recht, eine neue Zeit begann für die Cherusker, und Elda misstraute seinen Worten, dass es eine gute Zeit würde. Wie konnte sie gut sein, wenn sie mit Ergimers Entführung begann?

*

Zu spät begriff der Junge, dass er den Vater nicht festgehalten hatte. Wie gern würde er ihn nun zurückholen, wie viel hätte er ihm noch zu sagen gehabt, Worte, die nun auf immer unausgesprochen blieben! Tief im Innern fühlte Julius den eisigen Zaun der Ewigkeit, vor dem er so unvorbereitet gestanden und an dem er nicht zu rütteln gewagt hatte. Bitter bereute er nun seine Verdrossenheit, die ihn dazu gebracht hatte, den todkranken Vater auf dem Rückmarsch in den letzten Tagen zu meiden, statt die kostbare Zeit zu nutzen, die ihnen die Schicksalsgöttinnen noch zugebilligt hatte. Doch woher hätte der Knabe wissen sollen, was Ewigkeit und Endgültigkeit bedeuten und womit er es in diesen unglücklichen Tagen zu tun bekam? Er erstarrte in einer grenzenlosen Verzweiflung, die ihn im Angesicht der Trennung wie ein schweres Tuch zu ersticken drohte. In dieser Reglosigkeit fühlte er plötzlich eine Hand auf seiner Schulter, schwerer und größer als die seiner Mutter, eine Hand, die ihn hielt.

Julius blickte sich um und erkannte seinen Onkel Tiberius, der, obwohl er neben ihm stand, weit entfernt wirkte. Der Feldherr sah dem Knaben fest in die Augen und befahl dem Legaten Galerius knapp, ihm den besten Hundertschaftsführer des Heeres zu bringen. Wenig später kehrte der Legat mit dem Mann zurück, der Julius damals aufs Pferd gehoben hatte und mit ihm zur Spitze der Marschkolonne geritten war. Tiberius musterte den Centurio kurz, dann fragte er ihn nach seinem Namen.

»Lucius, Imperator!«

»Gut, Lucius, du kannst dir ein Landgut in Latium im Wert von zehntausend Sesterzen verdienen. Willst du das?«

»Ja, Imperator.«

»Dann säume nicht! Nimmt dir ein paar Soldaten und pflanze das Siegeszeichen des Drusus, sein *tropaeum,* an den Ufern der Albis auf. Und verrate niemals, wenn dir dein Leben lieb ist, dass du es aufgestellt hast. Ich will, dass für heute und bis ans Ende aller Tage jeder weiß, dass mein Bruder als Sieger von der Albis zurückgekehrt ist, dass er dort das Siegeszeichen aufgerichtet hat, weil er Germanien bis zu dem Strom unterwarf, Roms bester Feldherr und kühnster Mann. Verstehst du, Centurio?«

»Verlass dich in allem auf mich, Imperator. Ich werde beschwören, dass Nero Claudius Drusus das *tropaeum* an der Albis aufgestellt und die Barbaren unterworfen hat. Und jeden, der es wagen sollte, das Gegenteil zu behaupten, reiß ich mit meinen eigenen Händen das Herz aus dem Leib! So wahr meine Name Lucius ist, werde ich schnell wie ein Hecht im Rhenus sein, um deinen Wunsch zu erfüllen!« Der Centurio salutierte, dann strebte er energisch fort.

Dankbar schaute der kleine Julius auf seinen Onkel, weil dieser das Ansehen des Vaters aufrechterhielt. Er liebte ihn dafür, dass Tiberius an seinen Vater glaubte, während Julius an ihm gezweifelt hatte und ihm in seinen letzten Tagen und Stunden ausgewichen war, anstatt ihm beizustehen, mit dem Einzigen, was er zu geben hatte und was doch so wertvoll war, mit Sohnesliebe.

In diesem Augenblick schwor Julius dem Onkel ewige Treue. Und noch eines nahm er sich vor: zu keiner Zeit Unsicherheit oder Skepsis gegenüber der Wahrheit zuzulassen, dass sein Vater Germanien unterworfen hatte.

8

Immer noch kam ihm alles wie ein böser Traum vor. Er sehnte sich danach, dass die Mutter endlich am Arm rütteln und mit ihrem lauten Lachen den Alb verscheuchen würde. Wie oft hatte er ihren nur allzu hellen und zwingenden Weckruf »Aufstehen, du Siebenschläfer!« verflucht, doch jetzt wünschte Ergimer ihn geradezu herbei. Vergeblich, es war ja kein Traum – er stand wirklich mitten in diesem Römerlager. Der Tag brach gerade erst an, es war empfindlich kühl, und seine Beine schlotterten.

Die Morgenluft legte sich wie ein feuchtes Tuch um die Gestalten. Die sieben germanischen Kinder wirkten verwaist und verloren, wie sie da, bewacht von zehn Legionären, auf der großen Straße in den Schwaden des Morgennebels vor dem Hauptgebäude des Lagers auf den Abmarsch in eine ungewisse Zukunft warteten. Außer den beiden Cheruskern, Ergimer und Germir, hatten die Römer für die Einhaltung der Beistandsverträge noch fünf weitere Geiseln genommen: zwei chaukische und zwei brukterische Knaben sowie einen marsischen Fürstensohn.

Kälte drang Ergimer bei dem Gedanken ins Herz, dass der Weg, der ihm bevorstand, über das Ende seiner Welt hinausführen sollte. Durfte er hoffen, seine Familie je wiederzusehen, den Vater, die Mutter, die Großeltern? Harrten Sonne und Mond deshalb noch gemeinsam am Himmel aus, um ihm Lebewohl zu sagen? Dass sein Bruder Germir ihn begleitete, bedeutete zumindest einen kleinen Trost. So fühlte sich der Junge nicht allein, obwohl er einsam war. Dankbar fühlte er den Arm des großen Bruders um seine Schultern, der doch, wie Ergimer deutlich spürte, selbst um Fassung rang, nur um dem Jüngeren Halt zu geben.

Eine beunruhigende Beobachtung riss Ergimer aus seinen Gedanken. Wie Wasser nach langem Regen von unten aus den Moorwiesen drückt, tauchten plötzlich von überall her Legionäre auf. Sie kamen aus allen Richtungen und nahmen stumm bei ihren Feldzeichen Aufstellung. Eine unwirkliche Geschäftigkeit verdrängte die magische Ruhe. Das Geschehen jagte dem Knaben zwar einen großen Schrecken ein, dennoch staunte er zugleich: So viele Soldaten, ja, so viele Menschen hatte er nie zuvor gesehen!

»Wie viele mögen das wohl sein?«, entfuhr es ihm.

»Mehr als wir Cherusker jemals in die Knie zwingen könnten«, sagte Germir.

»Pah, Vater hat mit ein paar Gefolgsmännern eine Hundertschaft niedergemacht.«

»Und am Ende doch Frieden geschlossen.«

»Ja, mit uns als Unterpfand«, schluchzte Ergimer. Und jetzt liefen ihm doch Tränen über die Wangen, die er rasch wegwischte, denn die Römer sollten ihn nicht weinen sehen. Germir fuhr zärtlich durch das struppige Haar des Bruders. »Ist ja schon gut. Wir kommen zurück! Verlass dich drauf.«

»Ja, wir kehren zurück! Und dann werden wir die Hunde verprügeln!«, schniefte Ergimer zornig.

»Dann werden wir sie alle verprügeln«, lachte der Bruder ein wenig zu laut.

Ergimer erkannte die Verzweiflung im Lachen des Bruders. Wütend stampfte er mit den Füssen auf. »Ich will nicht mit!«

»Ich auch nicht. Aber was können wir denn tun?«

Die Brüder schauten sich mutlos um. Vier Legionen, wohl an die zwanzigtausend Mann, hatten inzwischen in Marschformation auf der breiten Hauptstraße des Lagers Aufstellung genommen. Die beiden jungen Cherusker befanden sich inmitten eines gigantischen Gewimmels von Menschen, die wortlos und finster dreinblickten. Irgendetwas hatte diese Männer über Nacht verändert. Bei ihrer Ankunft im Legionslager am Abend zuvor war ihnen noch der Lärm der weinseligen Soldaten entgegengeschlagen. Wie von Geistermund befohlen verstummte er allerdings kurz nach Mitternacht mit einem Mal.

Ergimer wandte sich an den Chatten, den man ihnen zur Verständigung zugeteilt hatte. »Die Männer wirken so unfroh.«

»Wie sollten sie froh sein, wo ihr Feldherr gestorben ist? Sie begleiten den Toten und trauern. Der Feldherr ist für die Römer der Vater der Soldaten.«

»Wie hieß der Mann?«

»Nero Claudius Drusus.«

Ergimer staunte. Noch nie hatte er einen so langen Namen gehört. Doch kam er nicht dazu, darüber nachzudenken, denn schon zogen sechs Männer seine Aufmerksamkeit auf sich, die den Leichnam des Imperators, der in Purpur gewandet und mit einem golden Panzer bekleidet war, auf einer großen, mit Eichenblättern und mit Gold verzierten Bahre trugen.

Der Tote wirkte wie seine eigene Statue, hart und wächsern zugleich. Selbst aus dieser Entfernung erkannte Ergimer, dass den Leichnam die Lebensgeister verlassen, der Atem sich in die Welt verflüchtigt hatte, ins Tyrwal der Römer. Er kannte den Brauch der Lateiner noch nicht, bedeutende Tote einzubalsamieren, um den Körper vor der Verwesung zu schützen, wenn ein langer Weg zur Verbrennung des Verstorbenen bevorstand.

Der Bahre folgte ein römischer Soldat, der vor sich in der Hand den mit einem großen bunten Busch versehenen Helm des Feldherrn trug. Tiberius schritt mit einer Frau und einem Jungen in Ergimers Alter hinterdrein. Nun senkten die Adlerträger aus Trauer und Ehrerbietung die Feldzeichen. Die Trommler ließen einen leisen, aber stetigen Wirbel erklingen, der aufstieg und die Nebelschwaden zerriss.

Ergimer ahnte, dass die Mutter und der Knabe Ehefrau und Sohn des Toten waren. Er fühlte den Schmerz des Jungen, der seinen Vater verloren hatte, fast körperlich. Auch er hatte sich vor

Kurzem von seinem Vater verabschieden müssen, nur mit dem Unterschied, dass Ergimer ihn eines Tages vielleicht wiedersehen würde. Mochte die Möglichkeit auch nicht gerade groß sein, dennoch bestand sie. Es hing von Wurt ab, vom Geschick, ob er Segimer einst wieder in die Arme schließen durfte.

Aber wollte er das eigentlich? Hatte ihn sein Vater nicht verraten, einfach dem Feind überlassen, ohne den Versuch zu unternehmen, ihn zu befreien? Bitter stieß ihm die Tatenlosigkeit des Menschen auf, den er bis dahin aufrichtig bewundert hatte und der ihm der liebste auf der Welt gewesen war. Der wie Týr alles vollbringen konnte. Bis zu der unseligen Stunde, als er seine Söhne mit den Römern ziehen ließ. In diesem Augenblick hatte den Knaben das Gefühl überfallen, dass der Boden wankte und unter ihm nachgab – der Sohn erkannte den Vater nicht mehr.

Obwohl er nicht mehr nach Hause konnte und auch sonst nicht wusste, wohin er sich hätte wenden können, hatte Ergimer dennoch den Fluchtversuch gewagt. Selbst als er sich die Knöchel blutig scheuerte, um die Fußfesseln abzustreifen, und sich vom Pferd schwang, den Kopf einzog vor den gefährlichen Hufen der Rösser, die durch die Luft flogen, und ins Gebüsch rollte, war ihm nur allzu bewusst gewesen, dass ihm der Weg nach Hause verwehrt blieb.

Messerscharf schoss ihm Schmerz durch die kleine Brust. Frierend schlang er die Arme um sich und versuchte tapfer, die wieder aufsteigenden Tränen zurückzuhalten. Er fühlte sich allein auf der Welt, von seinen Eltern und von seiner Sippe und seinem Stamm im Stich gelassen. In diesem Augenblick beneidete er sogar den römischen Jungen, der seinen Vater wenigstens betrauern und ehren durfte. Der nicht verraten worden war wie er. Verrat ist schlimmer als Tod, so hatte es ihn doch kein anderer als der Vater gelehrt.

Plötzlich schaute der römische Knabe zu Ergimer herüber. Kurz trafen sich ihre Blicke, in denen wie ein Reflex der Schwerter kalter Hass funkelte. Gleich darauf verlor er den kleinen Römer wieder aus den Augen.

Es folgten zwei Sklaven mit einer Sänfte, die für die Frau und den Sohn des Imperators bestimmt war, vermutlich, falls ihnen unterwegs die Füße den Dienst versagen sollten, dachte Ergimer abfällig. Hinter ihnen schritten ein Dutzend offenbar wichtige Personen. Die kleine Gruppe nahm vor den Legionen Aufstellung. Dann setzten sich die Musiker, die Trommler und Bläser an die Spitze des Leichenzuges.

Der Mond war verschwunden, und der neue Tag begann mit einer fahlen Morgendämmerung. Eine melancholische Melodie hüllte den Trauerzug ein, eine Melodie, die auch Ergimer das Herz beschwerte und wie betäubendes Grau in ihn eindrang. Denn in diesem Moment starb die Heimat in ihm, und es war, als ob an diesem kühlen, fremden Morgen in einem Winkel seines Herzen das Feuer erlosch.

Der Zug setzte sich in Bewegung. In einer Kurve entdeckte der Junge, dass der Imperator Nero Claudius Tiberius zu Fuß voranschritt, der Mann, der ihn aus seiner Heimat gerissen und seine Flucht verhindert hatte.

Zweimal hielten sie unterwegs Nachtlager. Dann erreichte die Prozession an einem Regentag endlich den Rhenus. Ein Schwarm von Graureihern, die sich versammelten, um in den Süden zu fliegen, hatte sie auf ihrem Weg begleitet. Die anmutigen Vögel rissen Ergimer aus seinen trüben Gedanken und gaben ihm Mut, denn so oft sie auch im Herbst in die Fremde flogen, kehrten sie im Frühjahr doch immer wieder.

Ergimer befand sich mit den anderen Geiseln und den Bewachern zwar etwas abseits, dennoch konnte er von seinem Standpunkt aus die Zeremonie verfolgen. Im Schlamm stehend nahm das Heer noch ein letztes Mal Aufstellung vor dem Leichnam ihres Feldherrn, den ein Baldachin vor dem Wasser schützte. Der Regen, der unablässig von den Helmen der Soldaten troff und ihre Kleidung durchdrang, wollte kein Ende nehmen. In den regennassen kantigen Gesichtern der Legionäre mischten sich Trauer und eine Art entschlossener

Trotz. Grimmig schlugen sie mit den Schwertern an ihre Schilder, dann riefen sie: »Salve Imperator!«, und verneigten sich.

Ergimer war tief ergriffen von dem gewaltigen Anblick der unzähligen Männer, die alle zugleich in die Knie gingen, die Helme vor sich auf den Boden legten, das nunmehr bare Haupt neigten, die Schwerter mit der rechten Hand senkten, die Schilde seitlich an ihr linkes Knie lehnten und schließlich die linke Hand, zur Faust geballt, vor das Herz hielten. Nur die Träger der Feldzeichen waren stehen geblieben, aber auch sie richteten ihre Adler zu Boden. In den Augen dieser harten Männer entdeckte der Junge zu seiner großen Überraschung Tränen, die von den Regentropfen nur unzureichend verborgen wurden.

»Salve Imperator«, dröhnte es noch einmal über die Ebene. »Salve Imperator!«

Es folgte einer lange Stille. Kein Zweifel, diese Römer hatten ihren Feldherrn Drusus geliebt. Tiberius trat barhäuptig vor die Bahre verneigte sich vor dem Toten, dann wandte er sich den Legionären zu. Die Feldzeichenträger stellten ihre Adler wieder auf. Daraufhin erhoben sich die Soldaten, steckten das Schwert in die Scheide, behielten aber ihre Helme unter dem Arm.

Der Imperator wartete, bis wieder Ruhe in den Linien herrschte, dann brüllte er: »Römer! Ihr habt euren Feldherrn verloren. Deshalb schmücken euch die Insignien der Trauer zu Recht! Uns Römer zeichnet aber aus, dass uns die Gewalt der Trauer nicht zu Weibern macht, sondern unser Standfestigkeit nur noch Kraft hinzufügt! Dankt Drusus deshalb seine Zuneigung, die er so oft für euch unter Beweis gestellt hat, stets mit Disziplin und Kühnheit! Ich verschweige es nicht, die Forderung, die an euch gestellt wird, ist hoch, nichts für Memmen! Seid eures toten Feldherrn würdig! Bewacht treu das Land, das er mit euch erobert hat. Unser römisches Germanien!«

Tiberius machte eine Pause. Wie aus einer Kehle riefen die Legionäre entschlossen: »So sei es!«

Dann fuhr der Imperator leiser fort: »Und jetzt nehmt Abschied! Wir bringen den Feldherrn nach Hause, dorthin, wo wir uns eines Tages alle wiedersehen werden. Aber vergesst nicht, seine Manen werden euch von jetzt ab begleiten. Seine Totengeister sind bei euch, bei seinen Kindern! Denn ihr, Legionäre, seid seine Kinder! Im Leben und im Sterben ... ewig!«

Der Imperator hatte kaum ausgesprochen, da kommandierten die Anführer ihre Verbände. Die Soldaten zogen an der Bahre vorbei und erwiesen Drusus die letzte Ehre.

Für einen Augenblick vergaß Ergimer seine ganze Verzweiflung, seinen Trennungsschmerz und das Heimweh, und er verfolgte den Abschied der Legionäre von ihrem Befehlshaber mit offenem Mund. Die Römer schienen anders zu trauern als die Cherusker. Der Junge fragte sich, ob er überhaupt Menschen oder nur Dämonen ohne Zahl in Reih und Glied vor sich sah.

Nachdem das Heer abmarschiert war, übernahmen römische Bürger, die links des Rhenus siedelten, feierlich die Bahre mit dem Leichnam und trugen sie auf eines der fünf Schiffe. Die Familie des Feldherrn, die Reiterhundertschaft des Tiberius, zuletzt auch die Geiseln verteilten sich auf weitere Boote.

Als die kleine Flotte ablegte, empfand Ergimer den Verlust der Heimat in aller Deutlichkeit. Lange noch blickte er zum Ufer zurück, während sein Gefährt stetig flussaufwärts strebte. Er konnte sich indes nicht vorstellen, dass auch anderswo Kühe weideten, Emmer und Gerste wuchsen und Menschen lebten. Ihm war, als fiele er vollständig aus der Welt. Das Leben zu Hause würde weitergehen, aber ohne ihn. Ohne ihn würden sie die Feste feiern, das Fest der Aussaat und das Opferfest der Ernte, der Sonnenwende und der Dunkelnacht, die Feier der Ahnen und die Opfer für Týr und für Wotan darbringen, so als hätte er nie unter ihnen gelebt, und allmählich würden sie ihn wohl auch vergessen. Auch Elda? Ja, auch Elda. Alle! Instinktiv griff er zu dem Amulett, das sie ihm zum Abschied geschenkt hatte, fuhr zärtlich über den kühlenden Mondstein und schloss die Finger um das Bronzeblech.

Bevor die Einsamkeit ihn ganz zu verschlingen drohte, schrien die Graureiher, die sich in die Lüfte erhoben hatten, frech und durchdringend wie zur Aufmunterung, lenkten seine Aufmerksamkeit auf sich und beruhigten ihn wunderbarerweise auch. Diese großen Vögel versprachen, ihn zu begleiten. Vielleicht, so hoffte er inständig, waren es ja in Wirklichkeit keine Graureiher, die über ihn hinwegflogen, sondern die Geister seiner Ahnen, die die Gestalt dieser schönen, in Silbergrau gewandeten Tiere angenommen hatten. Die Gewissheit, dass ihm seine Vorfahren auch in fernen Ländern beistünden, durchzuckte den Knaben wie ein Blitz.

Selbst als die Stelle, an der sie an Bord gegangen waren, seinen Blicken längst entschwunden war, starrte er immer noch in diese Richtung, als könne er mit den Augen festhalten, was ihm unerbittlich Meile für Meile entrissen wurde. Was nun folgte, war Fremde. Unbekanntes Land. Das Reich der fremden Ahnen.

9

Der Keil der Graureiher begleitete treu die kleine Flotte den Rhenus hinauf in Richtung des Sonnenaufgangs. Zufall oder Absicht, für Ergimer bedeutete es Schicksal, dass man bei der Aufteilung der germanischen Vertragsgeiseln den cheruskischen Kindern und dem Chatten den Bug des Schiffes zugewiesen hatte, auf dem auch Antonia, Julius und Tiberius reisten. Einzig das Schiff des Toten blieb ohne Passagiere, mit Ausnahme der Ehrenwache der römischen Bürger.

Zum ersten Mal in seinem jungen Leben war Ergimer auf einem so großen Strom unterwegs. Voller Staunen hatte der Knabe die Hügelketten an beiden Ufern des Rhenus betrachtet, die zuweilen auch als schroffe Felsen bis in den Fluss ragten. Hin und wieder war sein Blick auf eine Siedlung am Ufer gefallen, manchmal auch auf eine römische Villa, die er inzwischen an den vielen Säulen, auf denen sich mutwillig das Dach ausstreckte, erkannte. Fremd und unwirklich standen diese Gebäude in der Landschaft. Im Wasser machte er gelegentlich eine Schleie oder einen Weißfisch aus. Heimweh und Neugier wechselten in ihm in einer raschen, für den Knaben unverständlichen Abfolge von Stimmungen.

Schließlich veränderte sich das Land, es wurde lieblicher. Vor Ergimers Augen erstanden große Säulenhallen, die um einen rechteckigen Platz angeordnet waren. Ergimer erfuhr von dem Chatten, dass man diese Ansammlung vieler Häuser *urbs,* Stadt, nannte, dass es davon viele gab und dass sie alle wie Menschen einen eigenen Namen besaßen, um sie zu unterscheiden.

Die Stadt, die er nun am rechten Ufer sah, hieß beispielsweise Apud Confluentes, was ihm der Chatte mit »Am Zusammenfluss«

übersetzte. Ihre Bürger waren aus Ehrerbietung vor dem toten Feldherrn am Ufer niedergekniet. Kunstvoll hatten sie viele Ellen weißen Stoffes um ihre Leiber geschlungen und über die rechte Schulter geworfen, dabei aber den Arm freigelassen, während der linke von dem eleganten Umhang, der den Namen *toga* trug, bedeckt blieb.

Bald darauf schien es Ergimer, als beführen sie einen anderen Fluss. Der Chatte erkundigte sich für seinen kleinen Gefangenen. Der hatte sich nicht getäuscht.

»Wir haben den Rhenus verlassen und fahren auf einem Gewässer, das die Römer Mosella nennen«, erklärte ihm der Übersetzer. Breitgezogene Flachbauten mit vielen Nebengebäuden, die von Säulengängen umgeben waren, hatten sich auf Bergspornen postiert oder wie eine große Spinne in die Landschaft geschmiegt. Grün wie Smaragde leuchteten die Reben von den Hängen herab. Ergimer kannte Brombeeren und Himbeeren, hatte diese Früchte aber nie zuvor gekostet. Aber als sie ihnen nun serviert wurden, aß er sie voller Genuss. Die Römer machten zwischen ihrem Essen und den Mahlzeiten der Kinder keinen Unterschied, mit einer Ausnahme: Die Knaben bekamen Wasser, keinen Wein zu trinken.

Wenn Ergimer in den Fluss schaute und seinen Gedanken nachhing, was er gern tat, entdeckte er manchmal einen Stör oder einen Wels, häufiger aber einen Lachs. Zu Hause wirkten die Flüsse dunkler, kälter, moosiger und waren auch nicht so fischreich. Noch nie war er einem so hellen, einem so freundlichen Gewässer begegnet wie dieser Mosella, einem Strom, der nur aus Leben zu bestehen schien.

Ergimer gewöhnte sich an den Anblick der Städte, an die Tempel, an die Wohnhäuser, an die Thermen und an die Foren. Die Blätter der Bäume und Sträucher schwelgten mittlerweile in herbstlich-bunten Farben. Doch die friedliche Heiterkeit der Landschaft bedrückte ihn, ihre Freundlichkeit schien ihn zu verhöhnen, als mache sie sich über seine erdigere Heimat lustig.

Bei Einbruch der Dämmerung gingen die Schiffe wie immer auf dem Fluss vor Anker. So ersparte man sich die Errichtung eines Lagers. Es dunkelte bereits, als Ergimer an der Reling stand und in den Sternenhimmel sah. Würden die Sterne in der Fremde andere sein als die in der Heimat? Noch konnte er keine Anzeichen dafür entdecken. Oder blieben die Nachtlichter ihm treu wie die Graureiher? Auf einmal hatte er das Gefühl, dass nicht das Säuseln, Schmatzen und Gurgeln des Flusses an sein Ohr brandete, sondern dass wunderbarerweise Nehalenia zu ihm sprach. Angestrengt spitzte er die Ohren, um sich keines ihrer Worte entgehen zu lassen. Es kostete ihn viel Mühe, und schon schien es ihm, als sei das Hörorgan ein Muskel, den er gerade überanstrengt hatte und der deshalb wehtat, dann gelang es ihm schließlich doch, Nehalenias Botschaft zu verstehen: »Was macht es schon aus, wenn du als Welpe mit ihnen gehst, wenn du nur als mächtiger Wolf zurückkehrst!«

Das war es also, was die Seherin von ihm wollte, darin bestand also seine Aufgabe – als Krieger heimzukehren, als Wolf, der den Feinden dereinst die Kehle durchbeißen würde! Von einem Augenblick auf den anderen fühlte er sich nicht mehr allein. Die Gewissheit, dass die Magierin ihm beistand, machte ihn unverwundbar und verlieh der ganzen furchtbaren Wirklichkeit einen Sinn. Selbst den Verrat des Vaters begann Ergimer zaghaft in einem milderen Licht zu sehen, denn wenn der Weg nach Rom seine Bestimmung war, dann hatte der Vater nur im Einklang mit dem Schicksal gehandelt. Niemand, das hatte der Junge von klein auf gelernt, kann sich seinem Geschick entziehen, das die Nornen bemessen. Zum ersten Mal seit dem Morgen, an dem er mit Elda auf der Wiese um die Wette gelaufen war, huschte wieder ein Lächeln über sein Gesicht und breitete sich Gelassenheit, ja so etwas wie eine Entspannung in ihm aus. Sein Herz begann wieder zu atmen, all die Wahrnehmungen mit der ihm eigenen Großzügigkeit einzusaugen, um aus ihnen die Empfindungen, den Stoff des Lebens, zu brauen.

Voller Vertrauen in sein Schicksal blickte Ergimer abermals in den Sternenhimmel, als ihn jäh ein brennender Schmerz am Hinterkopf traf. Er fuhr herum und fühlte diesmal die Qual mit flinken Feuerfüßen quer über sein Gesicht laufen. Erst allmählich, als bereits der dritte Hieb auf ihn niederfuhr, nahm er wahr, dass ihm der Sohn des toten Feldherrn gegenüberstand und ihn mit einer Lederpeitsche, in die Eisenkügelchen geflochten waren, traktierte. Die Stimme des gleichaltrigen Römers überschlug sich im heiseren Knabendiskant der Wut. Obwohl Ergimer die fremden Wortfetzen nicht verstand, zweifelte er nicht daran, dass sie die schlimmsten Beleidigungen enthielten, die dem anderen zur Verfügung standen. Die Striemen loderten unvermindert auf seiner Haut, peinigten aber nicht weniger seinen Stolz.

Was war entehrender für einen freien Cherusker, als ausgepeitscht zu werden? Mit einem freien Mann kämpft man höchstens, aber man gibt ihm nicht die Knute zu kosten. So war es Sitte. Verschleppt und obendrein noch von diesem Fremdling, der in seiner Heimat nichts verloren hatte, erniedrigt zu werden öffnete alle Türen des Zorns in dem kleinen Cherusker, die er mithilfe seines Bruders, der in den letzten Stunden geduldig auf ihn eingeredet hatte, gerade so sorgsam verschlossen hatte. Wie hatte Germir ihn ermahnt: »Lass uns von den römischen Hunden lernen, auf dass wir sie eines Tages besiegen können.«

Doch die Schmach war zu groß. Nichts hielt Ergimer noch zurück, weder Angst noch Klugheit. Mochten die Römer anschließend mit ihm anstellen, was sie wollten. Ein Später gab es in seinen Gedanken nicht mehr, nur noch die wachsende Schmach, die alle Vernunft versengte. Mit hochrotem Kopf sprang er mit beiden Füßen ab und warf sich auf den gleichaltrigen Feind, der das Gleichgewicht verlor, und schlug ihm noch im gemeinsamen Sturz das erste Mal ins Gesicht. Der junge Römer spuckte Blut, kaum dass er auf die Schiffsplanken gekracht war. Aber er war weder feige noch unerfahren in Balgereien und prügelte mit aller Kunst, zu der er fähig war, zurück. Es war der Schmerz des ungeheuren Verlustes, die Ohnmacht in den Kindern, die sich in ihren Muskeln entlud.

Sie hieben verzweifelt aufeinander ein und bissen sich in einem fort. Blut drang aus tausend kleinen und größeren Wunden. Bald schon standen sie wieder auf den Beinen, um erneut aufeinander loszugehen. In dem Moment, als Tiberius und Antonia von den Wachen gerufen herbeieilten, gingen die beiden Jungen auch schon fest ineinander verkeilt über Bord. Mit einem trockenen Geräusch und hochfliegenden Spritzern schlugen sie auf der Wasseroberfläche auf.

Das kalte Wasser der Mosella kühlte mitnichten ihre ungeheure Wut. Es war eine heilige Wut, die in ihnen kochte, eine männliche Wut, viel zu früh für Knaben, sie durchleben zu müssen. Was hatten die Götter sich nur dabei gedacht, dieses stärkste aller Rauschmittel unreifen Jungen zu verabreichen?

Schnell ging das Knäuel der beiden kämpfenden Burschen unter. Ergimer spürte das kühle Nass nicht, das ihm in Kleidung, Mund, Augen, Nase und Ohren drang. Er konnte von dem verhassten Feind nicht ablassen, dem es ähnlich zu ergehen schien. Doch die Schläge der beiden wurden, obwohl nicht weniger kräftig ausgeführt, immer schwächer und fühlten sich nur noch gedämpft an, als seien ihre Knabenfäuste plötzlich mit Stoff und Stroh umwickelt.

Die Zeit dehnte sich aus wie eine Schweineblase, die man aufblies. Unter der Wasseroberfläche hüllte sie eine grauschwarze Wolke von Sand, abgestorbenen Pflanzen und Millionen kleiner und kleinster Tiere ein, bevor es plötzlich immer heller wurde und Ergimer schon meinte, durch den Fluss in den Sternenhimmel zu fallen. Wie aus großer Ferne verspürte er einen Griff an seinem Hals, der ihn rücksichtslos nach oben riss. Wie schade, dachte er, wo er gerade so schön unterging und sanft träumte. Schade, die Sterne warteten doch schon auf ihn.

Dann erbrach er sich. Aber aus seinem Bauch, aus seinem Munde presste er nur Wasser, immer wieder Wasser, was ihm seltsam schmerzhaft vorkam. Er krümmte sich und glaubte schon, einen kleinen harten, schwarzen Stein anstelle eines Magens zu besitzen. Danach hustete er nur noch Luft und Galle. Selbst aus Augen und Ohren schien jetzt die Flüssigkeit zu dringen. Ihm schwindelte heftig. Aber auch das ging vorüber.

Endlich kam er wieder zu sich. Und fühlte sich wie von groben Keulen erbarmungslos durchgewalkt. Vor ihm stand Germir, der sich nun auf ihn stürzte und an sich drückte. Nur undeutlich vernahm er die vor Aufregung zitternde Stimme des Bruders: »Was tust du? Du bist doch alles, was ich hab!«

Aus den Augenwinkeln schielte Ergimer zu dem Feind hinüber, der genauso wie er gespien haben musste, denn auch um ihn herum waren die Planken so nass, als ob ein mächtiger Wels auf dem Trockenen um sein Leben gekämpft hätte. Den Römer umarmte seine Mutter.

Ergimer wurde plötzlich ganz taub, als habe man alle Kraft aus ihm gesogen. Wie sehr beneidete er in diesem kalten Augenblick seinen Gegner, wie sehr sehnte er sich danach, in den Armen seiner Mutter Schutz und Trost zu finden, Zuspruch und vor allem Wärme. Die Umarmungen des Bruders taten ihm zwar gut, aber sie konnten nicht die Wirklichkeit wegwischen und eine neue Welt erstehen lassen, wie es der Sanftmut seiner Mutter vermochte.

Die ganze Fahrt über hatte er nur mit seinem Vater gehadert und gestritten, aber jetzt kam ihm zum ersten Mal schmerzlich zu Bewusstsein, wie sehr die Mutter ihm fehlte. Ergimer befreite sich sanft aus den Armen seines Bruders, musste aber von ihm gestützt werden, so schwach war er noch auf den Beinen.

Der finstere Mann, der Ergimer verschleppt hatte, stand ihm völlig durchnässt gegenüber. Nach einem prüfenden Blick auf die beiden Knaben wandte er sich wortlos ab und verschwand unter Deck.

»Er hat euch aus dem Wasser gezogen«, sagte Germir. »Als ihr über Bord gegangen seid, waren wir alle sicher, euch nicht lebend wiederzusehen. Aber der Feldherr sprang euch nach, um kurz darauf, dich mit der linken, den Römer in der rechten Hand am Hals gepackt, wieder aufzutauchen.«

*

Nachdem er sich abgetrocknet und umgezogen hatte – er trug jetzt nur eine leichte Tunika und Sandalen –, betrat Tiberius die Kajüte seiner Schwägerin. Antonia säuberte gerade mit der Hilfe der chaldäischen Sklavin die Wunden ihres Sohnes und verarztete sie mit Kräutern und Rindenverbänden. Als sie den Feldherrn eintreten hörte, wandte sie sich ihm zu und stieß wütend hervor: »Der Germanenbengel muss bestraft werden! Außerdem will ich, dass er auf einem anderen Schiff die Reise fortsetzt.« Ihre dunklen Augen blitzten vor Zorn.

»Nein!«, schrie Julius. Die Erwachsenen schauten ihn erstaunt an.

»Warum nicht?«, fragte Tiberius.

»Weil es nicht gerecht ist. Ich habe ihn zuerst mit der Peitsche geschlagen.«

»Weshalb?«

»Weil er ein Sklave ist und lernen muss, sich wie ein Sklave zu benehmen.«

»Er ist kein Sklave. Er ist der Sohn eines Fürsten! Wie du, wenngleich eines barbarischen Fürsten.« Julius sah seinen Onkel nun mit großen Augen an, dann brach es aus ihm heraus. »Was macht das? Er ist ein Barbar, und er ist schuld am Tod meines Vaters. Nicht im Feld haben sie ihn besiegt. Diese Feiglinge haben ihn heimtückisch verhext! Dafür verdienen sie alle den Tod!«

»Geh nicht so verschwenderisch mit deinen Wünschen um!« Tiberius verstand nur zu gut den Schmerz seines Neffen, der viel zu groß für ein Kind war. Aber Julius würde ebenso lernen müssen, mit dem Verlust zu leben, wie es auch ihm selbst einst abverlangt worden war. Dann beugte er sich zu dem Knaben hinunter: »Achte deine Feinde, wenn du sie besiegen willst, und erweise dich deines Vaters würdig, Tiberius Claudius Julius.«

Dann erhob er sich wieder und sah zu Antonia. »Komm, wir haben zu reden«, sagte er und verließ die Kajüte.

Antonia nahm ihre Stola und folgte ihrem Schwager. Die chaldäische Sklavin fuhr mit der Versorgung der Wunden des Knaben fort.

Tiberius und Antonia standen im Heck des Schiffes und schauten auf das Wasser, das nun eine schwarze Farbe angenommen hatte. Der leichte Wind hatte sich gelegt, und samtene Abendluft hüllte sie ein. Aus den Wäldern am Ufer erklang aus der Ferne der Ruf eines Käuzchens.

Der Imperator wagte nicht, in Antonias Augen zu schauen, in denen sich das Licht der Sterne spiegelte. Sie trug eine weiße Seidentunika, unter der sich ihre Reize verführerisch abzeichneten. Und sie duftete so betörend, er mochte es kaum glauben, nach Frühling.

Tiberius hatte seinen Bruder immer um das Glück beneidet, von dieser ebenso schönen wie charakterstarken Frau geliebt zu werden. Nur zu gut kannte er das große Gefühl, hatte doch auch er seine Ehefrau von ganzem Herzen geliebt und verzehrte sich noch heute nach Vipsania Agrippina. Auf Befehl des Augustus hatte er ihr den Scheidebrief schicken müssen, um die Tochter des Princeps zu heiraten. Julia war eine hochmütige Frau, die ihn nicht liebte und ihm in Rom mit wechselnden Liebhabern Hörner aufsetzte. Scheidung und Heirat hatten nur den einen Grund, ihn fester an die Familie des Herrschers zu binden. Tiberius hasste die Politik. Nach der erzwungenen Scheidung hatte er Vipsania nicht wiedergesehen. Seine Schwägerin Antonia aber war ebenso warmherzig wie die Frau, die er hatte verstoßen müssen, das fühlte er, und es verunsicherte ihn. Solche Gedanken ziemten sich nicht gegenüber einer Witwe, die ihren toten Mann auf seiner letzten Reise begleitete.

Mit einer anmutigen Bewegung schlang sich Antonia die Stola um die Schultern. Tiberius räusperte sich, um seiner Verlegenheit Herr zu werden. »Ich will, dass du diesen kleinen Cherusker in deinem Haus erziehst.«

Antonia fuhr auf. »Stoß deinem Neffen doch selbst den Dolch ins Herz, wenn du ihn schon zu den Manen schicken willst!«

Ihre Erregung verunsicherte ihn nicht. Er hatte damit gerechnet. Deshalb fuhr er unbeeindruckt fort: »Es ist viel verlangt. Aber bedenke: Drusus, nicht Tiberius verlangt es von dir.«

»Aber warum?« In den Augen der jungen Frau sah er die Erschütterung, die der Wut folgte. Nur zu gern hätte er sie umarmt. Seine Hände zuckten, doch er hielt sich im letzten Moment zurück und ballte sie zur Faust. »Julius ist ein begabter Junge, mit tausend Talenten reich beschenkt, das Ebenbild seines Vaters. Aber der junge Cherusker steht ihm in nichts nach. Auch wenn er von Geburt ein Barbar ist, so ist er in seiner Wesensart ein Römer. Julius wird eines Tages Rom beherrschen, jener aber in seinen Diensten Germanien.«

Antonia sah ihn prüfend an. Tiberius verstellte sich nicht, er sagte, was er dachte. »Drusus starb, um Germanien zur Ehre Roms zu einer Provinz unseres Vaterlandes zu machen. Zwar stehen unsere Siegeszeichen überall in ihrem Land, aber wir werden dieses Land nur durch Männer germanischen Blutes beherrschen, denn es ist ein männliches Land, und nur Männer können Männer regieren. Und der Knabe wird ein Mann werden. Sorgen wir beizeiten dafür, dass er die römische Lebensart lieben lernt, machen wir aus ihm einen germanischen Römer. Nur so binden wir die Germania magna dauerhaft an uns und nur dann ist mein Bruder, dein Mann, nicht umsonst gestorben. Bedenke, dass du eine Römerin bist, Antonia, dann erkennst du auch deine Pflicht.«

Sie schlug die Augen nieder, dachte eine Weile nach, dann sah sie ihn mit einem wehmütigen Lächeln an. »Aus dir spricht wirklich Drusus.«

Spät in der Nacht noch kümmerte sich die chaldäische Sklavin, nachdem sie Julius in den Schlaf gesungen hatte, auf Anweisung ihrer Herrin um die Wunden des germanischen Jungen. Obwohl Germir und der Chatte alles, was in ihren Kräften stand, unternommen hatten, um die Wunden zu säubern und zu verbinden, wäre es ohne die fachkundige Hilfe der Chaldäerin wohl nicht ohne Entzündungen oder gar eine Blutvergiftung abgegangen. Ergimer ließ es dankbar geschehen und schlief völlig erschöpft ein, während die Sklavin seine Wunden versorgte.

Die kleine Flotte hatte bereits wieder Fahrt aufgenommen, und die Sonne erklomm allmählich den Mittagspunkt, als der Junge von einem Legionär aus dem Tiefschlaf gerissen wurde. Der Chatte übersetzte, dass beide Cherusker sofort vor Tiberius zu erscheinen hätten. Ergimer begriff in seiner Schlaftrunkenheit zunächst nicht, was man von ihm wollte, auch fühlte er sich kraftlos. Doch sein Bruder zog ihn unerbittlich mit sich, was der Junge willenlos geschehen ließ. »Sie werden dich bestrafen!«, sagte Germir, dessen unsteter Blick wachsende Panik verriet.

»Aber das ist nicht gerecht, ich habe doch nicht angefangen!«, verteidigte sich Ergimer.

»Wenn es gerecht zuginge, wären wir auch nicht hier. Warum hast du dich bloß auf die Prügelei eingelassen?«

»Sollte ich mich etwa auspeitschen lassen?«, fragte Ergimer empört und blieb abrupt stehen. Mit einem Mal war er hellwach. An seinem linken Auge blühte ein Veilchen in schillernden Farben, und der Biss am Oberarm, in den der kleine Römer tief seine Zähne geschlagen hatte, brannte wie Feuer.

»Ja, genau das, du hättest die Peitschenhiebe einstecken müssen!«, sagte Germir. Fassungslos starrte Ergimer ihn an.

Der Römer, der lange genug auf die beiden Jungen, deren Wortwechsel er nicht verstand, gewartet hatte, brummte etwas und stieß die beiden dann unsanft vorwärts. Er führte sie unter das Zeltdach, das man in der Mitte des Schiffes aufgestellt hatte. Dort saßen Tiberius, Antonia und Julius mit seinem Erzieher Salvianus. An der Bordwand hatte sich in einiger Entfernung vom Baldachin auch die chaldäische Sklavin, die Ergimer auf den zweiten Blick wiedererkannte, niedergelassen. Obwohl er verwirrt und wütend mit der Antwort des Bruders zu kämpfen hatte, bemühte sich der Knabe verzweifelt, vor dem Feldherrn ein gleichmütiges Gesicht aufzusetzen, während er zu seinem Entsetzen zusehen musste, wie sich sein Bruder vor den Römern auf die Planken warf.

Die Worte sprudelten so rasch aus Germir heraus, dass der Chatte kaum mit der Übersetzung hinterherkam. »Großer Herr, ich bitte dich nur um eines, bestrafe mich für meinen Bruder. Er ist doch noch so jung!«

Aus Scham über das in seinen Augen unwürdige Betteln seines Bruders lief Ergimers Gesicht rot an. Mit beiden Händen versuchte er ihn, nach oben zu reißen. »Steh auf, Germir, steh endlich auf!« Doch dieser wehrte sich, befreite seinen Arm aus dem Griff des Bruders und flehte erneut. »Bitte, Herr! Ich will alles ertragen, was du über ihn verhängst!«

Tiberius hieb mit der geballten Faust auf die Lehne seines Stuhles und brüllte: »Schweigt endlich, und stellt euch da hin!« Sein ausgestreckter Zeigefinger wies ihnen einen Platz an. Die beiden Knaben erschraken. Unsicher stand Germir auf. Mit gesenktem Blick trat er vor den Feldherrn, während Ergimer den Römer neugierig musterte.

»Ist es bei den Cheruskern Sitte, dass Knaben vor den Männern reden?« Tiberius erwartete indes keine Antwort, sondern herrschte Germir an: »Wie alt bist du?«

»Dreizehn.«

»Merke dir, vorlauter Knabe, Nero Claudius Tiberius bestraft keine Kinder!«

Die Brüder schauten sich erstaunt an. Was wollte er dann von ihnen? Der Imperator ließ ihnen keine Zeit für Vermutungen. »Du, Julius, und du, junger Cherusker, ihr habt, obwohl ihr noch Knaben seid, wie Männer gekämpft. Was geschehen ist, soll vergessen sein. Schreibt es euch bei Strafe gefälligst hinter die Ohren, dass ihr von nun an keine Feinde, sondern die Söhne von Verbündeten seid. Deshalb wird dir«, er zeigte auf Ergimer, »eine große Ehre zuteil. Du kommst nämlich nicht, wie du zu denken scheinst, als Gefangener nach Rom, sondern zur Ausbildung. Als Mann wirst du eines Tages nach Hause zurückkehren.«

Tiberius legte eine kurze Pause ein, der Chatte übersetzte, und Ergimer, aber auch sein Bruder brauchten eine Weile, um den Sinn der Worte des Feldherrn zu verstehen. Der kleine Cherusker schaute zu Boden und biss sich beim fieberhaften Nachdenken die Lippen fast blutig. Wenn dieser Römer kein lügnerisches Spiel mit ihnen trieb und sie wirklich in Rom ausgebildet werden würden, um eines Tages wieder in die Heimat zu gehen, dann begann sich bereits der Wunsch der Nehalenia zu erfüllen. Ergimers Herz klopfte so wild in seiner Brust, dass er argwöhnte, die anderen würden es hören. Scheu blickte er sich um. Aber niemand schien zu ahnen, was in diesem Augenblick in dem Jungen vorging. Durfte er wirklich glauben, dass es sich so verhielt, wie der Römer es gerade verkündet hatte?

Tiberius erhob sich. »Komm her, Julius!«

Julius leistete der Aufforderung seines Onkels Folge und gesellte sich innerlich widerstrebend zu den beiden Cheruskern. Tiberius legte seine Hand auf Ergimer: »Deine Augen sind von einem ungewöhnlichen Blau, das in unserer Sprache *armenium* heißt. Du wirst also in Rom den Namen Arminius führen, und du Blondschopf«, mit diesen Worten sah er zu Germir, »wirst von jetzt ab Flavus heißen.«

Alles in Ergimer lehnte sich gegen den fremden Namen auf. Arminius? Was sollte das bedeuten? Es war Klang, aber nicht Bestimmung. Nur sein Vater durfte ihm einen Namen geben. Niemand sonst! Meinte der Fremde etwa, ihn zu kennen? Welche Rolle maßte sich dieser Römer an? Die seines Vaters etwa? Aber der Knabe spürte, dass es dem Imperator sehr ernst war. Und schließlich konnte es ihm gleich sein, wie ihn die Römer nennen würden, er ging ja ohnehin nur nach Rom, um zu lernen, wie man sie besiegen konnte.

Wenn das der Preis für das Wissen war, die Voraussetzung, um Nehalenias Aufgabe zu erfüllen, sei's drum, dann sollten sie ihn ruhig Arminius nennen. Er freute sich schon darauf zu erleben, wie dieser Name, den ihm die Feinde gegeben hatten, für sie eines nicht allzu fernen Tages zum Schreckensruf werden würde: Arminius!

Wenn sie es unbedingt so wollten, gut, dann sollte Arminius sein Kampfname werden. Plötzlich hatte Ergimer eine Idee. Er schwor heimlich, dass er von nun solange Arminius heißen wollte, bis der letzte Römer aus seiner Heimat vertrieben sein würde. Innerlich frohlockte der Knabe bei dem Gedanken, dass niemand hier auf dem Boot etwas von seinem Schwur ahnte. Ein kaltes Lächeln umspielte seine Lippen, als der Imperator forderte: »Schwört nun, dass ihr stets wie Brüder einander beistehen werdet! Wer aber von euch diesen heiligen Eid bricht, wird den wilden Tieren in der Arena zum Fraß vorgeworfen. Denn von nun an werdet ihr drei wie Brüder im Haus der Antonia wohnen und gemeinsam erzogen werden.«

Und während sie einander Friede und Beistand gelobten, achtete Ergimer peinlich genau darauf, Julius nicht anzusehen, und Julius vermied es strikt, zu Ergimer zu schauen.

Nachdem sie das Versprechen abgelegt hatten, befahl der Imperator zufrieden: »So, und jetzt umarmt euch. Denn Rom will, dass ihr auch von ganzen Herzen Brüder werdet! Rom – und dein Vater, Julius. Das ist sein Vermächtnis an dich!«

Dieser Autorität hatten die Kinder nichts entgegenzusetzen. Ergimer ließ alles geschehen, was von ihm verlangt wurde, denn er fühlte, dass etwas über ihn entschied, das mächtiger war als sein Vater und auch mächtiger als dieser Römer dort. Aus seinem Mund sprach Wurt, das mächtige Schicksal, sprachen die Nornen. Nie hatte er sein Geschick stärker gefühlt als in diesem Augenblick, seine Bestimmung, die von nun an sogar einen Namen trug: Arminius, seinen Namen, den er von jetzt an führen wollte.

Zum ersten Mal sahen sich jetzt Julius und Arminius ruhig an, musterten einander, genau darauf achtend, nicht schneller als der andere die Arme zur Versöhnung um Hals und Schulter des anderen zu legen. Ergimer spürte den festen Griff des Römers und spannte auch seine Muskeln an. So geriet die Versöhnung zu einem heimlichen Ringkampf, und wahrlich, Tiberius hatte Recht – sie waren einander ebenbürtig. Ergimer konnte die Achtung für den anderen nicht verleugnen, denn er hatte sich trefflich geschlagen. Schade, dass er kein Cherusker ist, dachte er.

Nachdem Tiberius dem Chatten und Salvianus befohlen hatte, die beiden Germanen unterwegs in der lateinischen Sprache zu unterrichten, legte er seinen rechten Arm um die Schulter seines Neffen, den linken um die des Arminius und verkündete so feierlich, als stünde er auf der Rednertribüne auf dem Forum in Rom: »Ihr habt einander nichts geschenkt. So seid ihr euch auch nichts mehr schuldig! Steht füreinander ein, und die Welt wird eines Tages euch gehören!«

Doch Ergimer dachte still bei sich: Behalt deine Welt, ich will nur meine Heimat zurück.

10

Im Herbst und im Winter drängten sich die Frauen danach, den großen Eintopf, den Bohnen-Emmer-Brei oder andere Gerichte zu kochen, denn nirgends konnte man sich so gut aufwärmen wie in der Mitte des Hauses am Herdfeuer. Auch wenn Wind und Kälte durch die Ritzen drangen, wärmte allein schon der Anblick des Feuers. Und schließlich war es in dieser unfreundlichen Jahreszeit besser, im Haus zu sein, als im Wald Eicheln und Kastanien für das Vieh suchen zu müssen und Kräuter für die Menschen. Für die Männer begann nun die ruhige Zeit, die sie mit Reden verbrachten und mit Jagen.

Bereits auf dem Rückweg vom Thing besprach Eldas Vater voller Zorn mit seiner Frau die Aufsässigkeit der Tochter. Er forderte Lanina auf, dem Mädchen alles beizubringen, was eine gute Ehefrau braucht, um einen Hof zu führen. Viel zu viel hatte er Elda durchgehen lassen, nur weil sie schneller und geschickter im Geiste war als ihre Brüder. Das schien ihr zu Kopf gestiegen zu sein, denn man konnte es drehen und wenden wie man wollte – sie blieb doch ein Mädchen. Nur zu oft hatte er das vergessen und sie genauso behandelt wie ihre Brüder, wenn er sie ihnen nicht so manches Mal sogar vorgezogen hatte.

Aber das wollte er jetzt ändern. Mit dem Spielen und Träumen sollte es von nun an vorbei sein. Noch drei oder vier Sommer durften ins Land gehen, bevor er Elda verheiraten würde. Zuvor galt es, sie in allem zu unterrichten, was eine cheruskische Herrin beherrschen musste, die einem Haushalt vorstand und häufig genug die Feldarbeit und die Tierhaltung zu planen und zu überwachen hatte, während sich ihr Mann auf einem Raubzug, im Krieg, im

Wettkampf oder auch bei einem Besäufnis befand. Von der Tüchtigkeit der Fürstin hing nicht selten der Wohlstand der Sippe ab.

Legendäre Feste fanden immer dann statt, wenn ein Sänger, ein *liudar,* eintraf. Der Fürst rief seine liebsten Gefolgsleute zusammen, und die Männer lauschten den Liedern und Geschichten des Sängers. Dazu tranken sie Met, philosophierten über die Welt und besprachen die vorgetragenen Geschichten. Die Frauen kümmerten sich derweil um die Wirtschaft.

Lanina versprach, sich um die weibliche Erziehung Eldas zu kümmern, und unterrichtete gemeinsam mit den anderen Frauen ihrer Sippe die Tochter fortan im Nähen, Kochen und was es sonst an häuslichen Tätigkeiten gab. Dem Nähen konnte Elda nicht viel abgewinnen, dafür umso mehr den Reitstunden und der Unterweisung im Gebrauch der Waffen. Auch das lernten die cheruskischen Frauen, weil sie in den Zeiten großer Not an der Seite ihrer Männer in den Krieg zogen. Wenn die Männer im Kampf besiegt wurden, überlebten auch die Familien nicht.

»Komm, Elda!«, rief die Mutter streng von der Tür aus. Das Mädchen wollte schon gehorchen, da wurde es von der Köchin zurückgehalten.

»Und was soll aus unserem Eintopf werden?« Elda schaute in den Kessel. »Ich würde ihn nun mit wenig Feuer lange weitergaren lassen.«

Die alte Frau schenkte ihr ein sparsames Lächeln. »Recht so, Kind. Nun geh!«

Elda holte sich einen Wollschal, legte ihn um Hals und Schulter, hüpfte zu ihrer Mutter und trat mit ihr aus dem Langhaus, froh, dem Kochen entronnen zu sein. Außer dem Schal trug sie ein langes, braunes Wollkleid und schaute sich, kaum aus der Tür getreten, neugierig um.

Die große Wohnhalle des Fürsten Segestes thronte auf der Kuppe eines Hügels. Die Ställe, die Speicherhäuser und die Kate des Gesindes lagen am Abhang wie zwei offene Ringe vor der

Halle des Fürsten. Vor dieser öffnete sich ein Platz. In der Mitte stand Segestes, vor ihm saßen seine Männer. Eine Windböe zerzauste Eldas Haare, und als sie zum Himmel blickte, sah sie, wie die Wolken eilig über die nasskalten Wipfel der schwarzen Bäume des in einiger Entfernung liegenden Waldes hinwegzogen.

Alle Gefolgsleute des Fürsten waren dem Ruf ihres Herrn gefolgt. Es waren einhundertfünfzig an der Zahl, die in der Nähe mit ihren Sippen und ihrem Gesinde lebten. Aber auch die Wehrbauern von den weiter entfernt liegenden Höfen hatten sich, von Segestes dazu aufgefordert, bei ihm eingefunden.

Elda war immer wieder beeindruckt, wenn ihr Vater diesen kampfgestählten Männern seine Anweisungen gab, und es erfüllte sie mit Stolz, wenn diese gehorchten – sie waren ja keine Sklaven, sondern freie Männer. Und so hatten sie zwar treu zu sein, aber nicht gegen ihren Willen. Sie spürte, wie bei seinem Anblick der Groll in ihr zu verfliegen begann. Mein Vater sieht wundervoll aus, dachte Elda, mit seinem wallenden langen Haar, durch das der Wind fährt, seinem borstigen dunkelblonden Bart, seiner zerfurchten Stirn und seiner scharf geschnittenen Nase. Segestes überragte selbst die stattlichsten Cherusker um Haupteslänge und verdankte seine Stärke, so munkelten die alten Frauen an den Herdfeuern, einem Bären, den er in seiner Jugend mit bloßen Händen erschlagen hatte.

Langsam, doch mit Kraft hob der Cheruskerfürst den Arm. Augenblicklich verstummten die Männer und blickten ihren Anführer erwartungsvoll an. Segestes ließ seinen Blick in die Runde schweifen. Er schaute jeden seiner Männer einzeln an und fasste den ein oder anderen dabei noch etwas fester, geradezu prüfend ins Auge.

»Cherusker! Gefolgsleute!«, begann er dann mit dröhnender Stimme. »Neues tritt ein! Altes ändert sich! Die Hirschleute müssen sich dem Willen der Götter fügen. So war es, und so wird es sein! Von nun an bis ans Ende aller Tage werden wir mit den Römern in Frieden leben. Lasst uns die Wohltat des Friedens wie ein Geschenk der Götter ehren, ihn genießen, erhalten, beschützen wie ein Kind, das in der Wiege schlummert, und ihn für unseren Wohlstand nutzen! Frieden!«

Er ließ den Arm sinken, ohne seine Zuhörer aus dem Bann seines Blicks zu entlassen. Die Männer murmelten und dachten über die Ansprache ihres Fürsten nach.

Werden sie sich ereifern, oder werden sie scherzen?, fragte sich Elda im Stillen. Wenn sie zu scherzen anfingen, dann folgten sie ihrem Herrn – andernfalls lief alles auf ein Kräftemessen hinaus. Noch ließen die verschlossenen Mienen, verborgen hinter gewaltigen Bärten, keinerlei Anzeichen erkennen. Doch dann meinte Elda, bei dem einen ein vorsichtiges Schmunzeln, ein schlecht verborgenes Grienen bei dem anderen zu entdecken.

»Frieden in der Welt bedeutet Krieg im eigenen Haus«, spottete jemand, den Elda nicht sah, dessen dünne Stimme aber auf ein hageres, schmales Kerlchen schließen ließ.

Ein Zweiter, der weit hinten saß, hielt im Bass angriffslustig dagegen: »Können wir denn was dafür, dass du ein Mannweib gefreit hast, Zeisig?«

Die Menge lachte. Schon spielte sich einer, dem der Schalk nur so aus den Augen blitzte, als Verteidiger des Schmalen auf: »Ich weiß nicht, was ihr habt. Dann ist wenigstens ein Mann im Hause!«

»Komm her, und ich zeige dir, wer hier der Mann ist«, gab der Erste zurück, verdrossen über die Scherze auf seine Kosten, wobei ihm die Stimme vor Aufregung noch eine halbe Oktave nach oben rutschte. Das sorgte für zusätzliche Heiterkeit. Und schon waren sie mitten in dem Geplänkel, das Elda über alles liebte. Die Männer suchten sich in Spottreden zu übertreffen. Ein regelrechter Wettkampf des Prahlens und Höhnens, des Scherzens und des Neckens setzte ein.

»Wird dein Frieden meine Kinder satt machen?«

»Schlachte ihn doch, und gib ihn deiner Brut zum Mahl!«

»Du meinst, der Frieden macht fett?«

»Die Schweine leben immer im Frieden. Und? Sind sie fett, ja oder nein?«

»Stimmt, die Schweine schmecken wirklich nach Frieden. Immer wenn ich einen Schinken gegessen habe, werde ich vollkommen friedfertig.«

»Wenn es so ist, will ich auch einen Schinken Frieden haben! Es kann auch ein Römerschinken sein.«

»Halt, halt, halt, bevor es ans Teilen geht, will ich eines noch wissen: Wo kommt er denn plötzlich her, dein Frieden?«

»Quiekend aus dem Unterholz.«

»Hast du etwa den Hundsgroßen die Kehl durchgeschnitten«, fragte ein alter Gefolgsmann, »dass sie Ruhe geben?«

Er hatte kaum ausgesprochen, da schlug ihm ein Hüne mit lodernd rotem Haar seine Pranke auf die Schulter und brüllte lachend: »Er hat zwei Kinder nach Rom geschickt. Als Augustus die Knaben sah, schlotterten ihm gleich die Knie. Flugs verschwand er unter den Röcken seiner Frau und winselte: Wie groß müssen erst ihre Krieger sein, wenn ihre Kinder mir schon auf den Kopf spucken?« Ein paar Männer lachten, andere aber wurden mit einem Mal ruhig. Die Stimmung drohte ins Wanken zu geraten, das spürte Elda.

»Das hast du getan? Hast du wirklich Kinder nach Rom geschickt?«, erkundigt sich plötzlich einer sehr ernst. Sie nannten ihn Bock, weil er mit dem Gemächt schneller war als mit dem Kopfe. Zwar benötigte er alle Finger beider Hände, um seine ehelichen und unehelichen Kinder zu zählen, aber er liebte alle seine Rangen gleichermaßen.

Die Frage stand wie eine Wand zwischen Segestes und seinen Cheruskern. Nach und nach erstarb auch das Lachen auf den Lippen des schwerfälligsten unter den Gefolgsleuten. Sie liebten ihre Kinder. Es bedeutete eine Schande für einen Mann, wenn er seine

Nachkommen nicht beschützen konnte, und man lud ihn vor das Thing, wenn er seine Schutzbefohlenen misshandelte. Der Sohn besaß Pflichten gegenüber dem Vater, das schon, aber der Vater nicht minder gegenüber dem Sohn.

Gespannt schaute Elda zu ihrem Vater. Wie würde er es ihnen erklären? Er hatte eingewilligt, dass zwei frei geborene Cherusker als Geiseln nach Rom verschleppt wurden.

»Da ihr fragt, sollt ihr Antwort erhalten! Ja, wir haben zwei Kinder als Geiseln gestellt.« Die Antwort behagte den Männern nicht, mehr noch, sie verdross die Gefolgsleute. Unruhe breitete sich aus und ein unmutiges Gemurmel hob an.

»Wir?«

»Wer ist wir?«

»Bist du zu feige, Herr, allein dazu zu stehen?«

»Rede!«

»Wir wollen wissen, was passiert ist!«

Einer nach dem anderen erhoben sich die Männer. Elda sah nur noch eine schwarze Wand zorniger Krieger vor sich. Über die cheruskischen Sitten dufte sich auch ein Gefolgsherr nicht hinwegsetzen. Sie hatten ihre Frage gestellt, nun erwarteten sie eine Antwort. Stumm standen sie da, zu allem bereit! Elda fröstelte. Sie sorgte sich um ihren Vater, den sie trotz allem liebte, und war zugleich fasziniert von der Entschlossenheit der Männer, die nicht geneigt schienen, sich auch nur ein Quäntchen ihrer Ehrbegriffe abhandeln zu lassen.

»Alle Gefolgsherren unseres Stammes haben beschlossen, mit den Römern Frieden zu schließen. Alle waren einverstanden, die geforderten Geiseln zu stellen. Auch der Vater der beiden Knaben.«

Es war, als zuckte die Menge unter den Worten des Fürsten zusammen. Elda spürte fast körperlich, wie sie diese Nachricht als schmachvolle Ohrfeige empfanden. Der, den sie Bock nannten, richtete sich auf und räusperte sich. Dann schüttelte er den Kopf, bevor er brummend auf Segestes zuging: »Den Vater, der das zugelassen hat, soll jeder, der will, erschlagen. Der taugt nichts! Aber er geht mich auch nichts an. Aber du, Gefolgsherr, du gehst mich sehr viel an. Warum bist du nicht gegen diesen Frevel eingeschritten?«

»Weil es zu unserem Nutzen war!«

Der, den sie Bock nannten, kratzte sich nachdenklich am Kopf. »Das versteh ich nicht. Wenn man also einen Nutzen davon hat, darf man freveln?« Heftig schüttelte er den Kopf, dann schlug er sich hart mit den eigenen Fäusten abwechselnd an die Stirn, als ginge die Antwort nicht in seinen Schädel hinein, als müsse er sie sich regelrecht einbläuen. Als er schließlich zu reden begann, holte er die Worte tief aus seinen Lungen, er spie sie förmlich aus: »Liegt unser Nutzen etwa darin, die Ahnen zu beleidigen? Kannst du Nutzen darin erblicken, Nerthus zu verhöhnen? Finden wir vielleicht unseren Nutzen in Missernten und Missgeburten, mit denen uns die Göttin strafen wird? Verstehst du das unter Nutzen, Gefolgsherr?«

Das Blut war ihm zu Kopf gestiegen. Er ließ seine Fäuste ruhen und schaute seinen Herrn an, fragend und traurig wie ein Kind. Er hoffte, eine Antwort zu erhalten, die er verstand.

Als Elda in die Augen der Männer sah, entdeckte sie darin die wachsende Furcht vor der Beleidigung der Götter, Unverständnis bei vielen, bei einigen auch Wut. Segestes indes trat dem zornigen Riesen seelenruhig entgegen. »Segimer wurde überstimmt, seine Söhne herzugeben. Ihn trifft keine Schuld. Er musste sich an den Spruch des Things halten. Ich aber, ich habe es gewollt. Das war der Preis, den wir dafür zahlen mussten. Ich will, dass wir mit den Römern endlich in Frieden leben!«

»Du willst das? Soso. Um den Preis unserer Ehre also?« Der Hüne schüttelte fast selbstvergessen den Kopf, er konnte sich nicht mit der Antwort abfinden. Dann drehte er sich mehrmals um die eigene Achse, als suche er Halt, wo sich seine Welt so plötzlich um ihn zu drehen begann. Schließlich blieb er vor Segestes stehen und spuckte grüngelben Schleim vor ihm aus. Dann sagte er ruhig: »Wenn du das willst, dann will ich dir nicht mehr Gefolgschaft leisten!« Seine Worte klangen endgültig. Er hob den Kopf und funkelte den Fürsten aus seinen blauen Augen an.

»So! Du willst also nicht mehr mein Gefolgsmann sein?«, sagte Segestes, und seine Stimme verriet die verhaltene Wut. »Dann sei es auch fürderhin nicht mehr!« Blitzschnell griff er nach seinem Dolch, umklammerte ihn mit seiner großen Hand und trieb ihn bis zum Heft in das Herz des Mannes, den sie Bock nannten. Elda erschauderte vor der großen Verwunderung in den aufgerissenen Augen des riesigen Kerls. Er verstand ganz offensichtlich nicht, was mit ihm geschah. Wie sollte er auch? Es war der eigene Tod, der ihn so unerwartet traf.

»Bist du nun zufrieden, nicht mehr mein Gefolgsmann zu sein? Ich habe dich von deinem Schwur entbunden, Freund«, brummte Segestes. Mit beiden Händen zog er den Dolch aus dem Leib des Sterbenden, der nun in die Knie brach. Es begann zu regnen, große kalte Tropfen, die auf den Häuptern aufplatzten, um dann in Strömen über Stirn, Nase, Lippen und Kinn zu fluten.

Segestes würdigte den Toten keines Blickes mehr und brüllte, das bluttriefende Eisen drohend in der erhobenen Hand: »Will noch jemand nicht mehr mein Gefolgsmann sein? Der trete vor! Ich löse jeden, der es wünscht, von seinem Eid!« Entschlossen machte er noch einen Schritt auf die Menge zu, die vor Schreck erstarrt war. Kalt ließ er seine Augen über die betroffenen Gesichter der Männer streifen, während der Regen, Tropfen für Topfen, das Blut von der Klinge spülte.

»Ich verspreche euch, so wahr ich Segestes bin: Jeden, der den Frieden mit den Römern bricht, werde ich töten! Auspeitschen denjenigen, der einen Römer auch nur scheel ansieht. Ich will, dass eure Söhne an den ersten beiden Tagen nach Vollmond, den ersten beiden Tagen nach Halbmond und den ersten beiden Tagen nach Neumond hierher kommen, um Latein zu lernen.«

Elda erschrak über die Forderung des Vaters. Spätestens jetzt würden sich seine Gefolgsleute auf ihn werfen. Sie sah den Hass in ihren Augen, der stärker aufglomm, je mehr sie zur Besinnung kamen, und spürte zugleich die Arme ihrer Mutter, die sich ihr instinktiv beschützend um die Schultern legten.

Segestes blieb eine Weile bewegungslos stehen, dann beugte er sich mit versteinertem Gesicht zu dem Toten hinunter und drückte ihm mit seinen blutigen Fingern die Augen zu.

Tränen standen in seinen Augen, als er flüsterte: »Ach, du alter Raufbold! Wie oft haben wir gemeinsam gefochten, uns gegenseitig das Leben gerettet? Sollen deine Totengeister mich und meine Familie jagen, wenn ich nicht Wort halte, aber ich werde deiner Witwe beistehen, die Wirtschaft zu führen und die Kinder zu erziehen. Von mir sollen deine Söhne, den Speer und das Messer und einen kräftigen Hengst bekommen, das sie brauchen am Tag, an dem sie in die Jungmannschaft aufgenommen werden. Und Speer, Messer und Hengst sollen sich in nichts unterscheiden von denen, die ich meinen eigenen Söhnen mitgeben werde. Nicht weniger schön, nicht weniger hart, nicht weniger schnell.« Segestes wandte sich zu seinen Knechten: »Legt mir den Kadaver da auf sein Pferd. Ich werde ihn selbst zu seiner Witwe bringen! Bei Wotan, er war ein guter Mann! Der Zorngeist war es, mein alter Freund, der dich umgebracht hat.« Die Knechte holten das Pferd des Toten.

Noch einmal blickte Eldas Vater seine Gefolgsleute der Reihe nach an. »Will noch jemand etwas sagen?« Die Männer schwiegen. »Dann geht nach Hause. Ihr wisst, was ich will! Endlich Frieden! Und Wohlstand! Und vergesst nicht, mir dreimal im Monat eure Söhne zu schicken!« Segestes schwang sich auf seinen Rappen, ließ sich die Zügel des Pferdes reichen, auf dem der Tote lag, und trabte los. Die Gefolgsleute bildeten eine schmale Gasse, durch die Segestes hindurch ritt. Dann brachen sie nach Hause auf, schweigend.

Lange sah Elda ihnen nach. Hatte ihr Vater am Ende vielleicht recht? Der Preis für den Frieden mit den Römern war zwar hoch, aber nutzte er letztlich nicht doch den Cheruskern? Weshalb sollten sie nicht von den Römern lernen, wie man zu Wohlstand kommt und das Leben genießt? Dann aber dachte sie wieder an Ergimer. Sie erinnerte sich daran, dass diese neue schöne Zeit damit begann, dass die Fürsten zwei cheruskische Jungen dafür opferten und dass sie für den römischen Frieden Steuern zu zahlen hatten. Aber wie konnten Menschen, die Steuern entrichten müssen, frei sein? Waren sie nicht in Wahrheit Sklaven?

Es drängte Elda mit aller Gewalt dazu, mit jemandem darüber zu sprechen, weil sie Antworten auf ihre Fragen wie die Luft zum Atmen benötigte. Die Ereignisse der letzten Tage hatten das Mädchen verwirrt und die Gewissheiten ihrer kleinen Welt zum Einsturz gebracht. Die Antworten ihres Vaters kannte sie. Die konnte sie nur hinnehmen, drüber streiten ließ er nicht mit sich. Und ihre Mutter würde auf den Vater verweisen. Mit ihren beiden Brüdern zu reden war zwecklos – sie würden nicht einmal ihre Frage verstehen. Es gab nur eine Person, die ihr Antworten geben und ihr damit helfen konnte, Nehalenia, die weise Frau. Doch diese lebte eine Tagesreise entfernt vom Anwesen des Segestes. Elda beschloss, eine günstige Gelegenheit abzuwarten, um den Hof zu verlassen und zu ihr zu reiten. Bis dahin verschloss sie ihre Unruhe tief im Herzen.

11

Es war seltsam, aber die Römer liebten das frühe Aufstehen. Gleich nach Sonnenaufgang weckte die Schiffsbesatzung erbarmungslos alle Mitreisenden. Eine Weile tappte Arminius wegen der ungewohnt frühen Zeit noch schlaftrunken umher, wurde aber an jedem Morgen sogleich von einem heftigen Strudel des Staunens erfasst, der ihn vollkommen wach machte. Große Schiffe voller Weinfässer oder Getreide kamen ihnen auf dem Fluss entgegen. Und auch was sich am Ufer seinen neugierigen Blicken darbot, glich eher den Gaukeleien einer irrwitzigen Fantasie als der taghellen Wirklichkeit. Kein Wunder, dass der Junge jeden Abend, vom Schwarm der Eindrücke erschöpft, mit Einbruch der Dunkelheit von jetzt auf gleich in tiefen Schlaf sank.

Dann ging es wieder zu Fuß weiter. Arminius sah riesige Ansammlungen von berghohen Häusern und zwischen ihnen mit Steinen ausgelegte Wege, für die es keinen cheruskischen Begriff, sondern nur den lateinischen Namen *via* gab. Militärlager mit Scharen betriebsamer Menschen vermittelten ihm das Gefühl, plötzlich in der wimmelnd tätigen Zwergenwelt angekommen zu sein. Denn am fremdesten blieb ihm nach wie vor die große Zahl der Legionäre, die eifrig einem Willen gehorchten. Ihre Gleichgerichtetheit. Wie Ameisen, dachte er. Willenlose Wesen, die nur der Befehl beseelte. So, wie es »die Römer« gab, existierten im Grunde »die Cherusker« nicht, denn es gab nur »den Cherusker«, er war immer Einzahl, immer der eine, den seine Treue an den Gefolgsherrn band. Doch über allem, auch über seine Treue, thronte die Ratsversammlung der Freien, das Thing. Und auch das bestand aus den Einzelnen.

Aber der Wunder waren mehr. Große Tempel erhoben sich inmitten geheimnisvoller und von Mauern umringter Haine, und unüberschaubare Seen verwechselte er zunächst mit dem Meer, bevor sie sich doch als Binnengewässer zu erkennen gaben. Aber am meisten erstaunten ihn schließlich die Berge Rätiens, die in den Himmel stießen mit ihren majestätisch weißen Kappen aus reinem Schnee und Eis, während zur gleichen Zeit im Tal die Blumen blühten.

Schließlich rasteten sie, nachdem sie schon seit Tagen im Gebirge unterwegs waren, unterhalb eines hohen Berges neben dem Weg auf einer großen Wiese. Während die Legionäre die Zelte aufschlugen und römische Bürger den Leichnam des Drusus bewachten, trat Tiberius, der Julius bei sich hatte, zu den beiden cheruskischen Jungen, die wieder und wie gewohnt von Salvianus und dem Chatten in Latein unterrichtet wurden.

»Komm, Arminius, du kannst nachher weiterlernen, jetzt will ich dir etwas zeigen, solange das Wetter noch gut ist«, sagte Tiberius langsam, dabei jedes Wort betonend, und verbot dem Chatten, seine Worte zu übersetzen. Aber Arminius hatte ihn ungefähr verstanden, und die Begriffe, die er noch nicht kannte, erriet er einfach. Er sprang auf, lief zu dem Feldherrn und stellte sich neben Julius.

»Folgt mir!« Mit diesen auffordernden Worten schritt er kräftig voran.

»Wo geht wir?«, rief Arminius nach vorn, stolz, dass er seine Frage auf Lateinisch stellen konnte.

»Gehen heißt es, Arminius, wohin gehen wir.«

»Wohin gehen wir«, verbesserte sich der Junge fröhlich und lernwillig.

»Wenn ich es dir hätte sagen wollen, wüsstest du es schon!« Arminius schaute nun zu Julius: »Weißt du?« Doch der schüttelte nur den Kopf und zuckte ratlos mit den Achseln.

»Kommt! Wir müssen uns beeilen, denn im Gebirge bricht die

Nacht schneller herein, als uns lieb sein kann.« Nach diesen Worten beschleunigte Tiberius seinen Schritt, sodass die beiden Kinder kaum noch mithalten konnten und immer wieder ins Laufen kamen, um nicht zurückzubleiben.

Er eilte einen schmalen Weg hinauf, der wie ein ausgewaschenes Flussbett wirkte. Je höher sie kamen, desto stärker blies der Wind, der ihre erhitzten Gesichter kühlte. Die Bäume standen immer vereinzelter. Schließlich erreichten sie einen schmalen ebenen Pfad, an dessen rechter Seite eine steile Felswand in den Himmel strebte, während der Berg links tief ins Tal abfiel. Arminius schaute in den Abgrund und trat entsetzt einen Schritt zurück.

»Bleibt stehen! Schließt die Augen, und gebt mir eure Hände!« Die beiden Jungen taten, wie ihnen geheißen, auch wenn es Arminius unheimlich war, denn einen Sturz würde niemand überleben. Er hatte kaum seinen rechten Arm vorgestreckt, da spürte er auch schon die harte und rissige Hand des Feldherrn, die die seine ergriff und ihn mit sich zog.

Nach einer ihm endlos dünkenden Zeit dirigierte ihn Tiberius um eine rechtwinklige Kurve. Sein Herzmuskel zuckte, und fast meinte Arminius schon zu fallen, denn ein leichter Schwindel erfasste ihn. Ein starker, überraschend warmer Wind wehte ihm plötzlich ins Gesicht, ein Wind, der nie die Erde berühren würde. Es war, als ob tausend Finger nach ihm griffen, sein Antlitz streichelten und in sein struppiges Haar fuhren. Zum ersten Mal in seinem Leben badete er in der dünnen Luft des Himmels.

»Halt! Atmet jetzt tief ein«, befahl Tiberius. Die Kinder blieben stehen und sogen die Luft durch die Nase tief in ihre Lungen. Ein Duft nach Anis und wilder Minze spielte mit Arminius' Geruchsnerven und breitete sich in ihm aus. Rosmarin und Koriander kamen hinzu. Wo war er? War er etwa schon tot? Und träumte nur?

»Jetzt öffnet die Augen!« Auf diesen Befehl hatte Arminius nur gewartet. Er schlug hastig die Augen auf. Und taumelte sogleich. Doch bevor er in die Tiefe stürzte, riss ihn Julius vom Abgrund weg. Zum ersten Mal sah er den früheren Rivalen dankbar an. Aber der rief nur völlig außer sich: »Schau, Arminius, schau doch nur.«

Und Arminius erblickte das Wunder. Er sah, wie sich vor und unter ihm das Land öffnete, links ein großer blauer See, geradeaus Berge und Kuppen und Dörfer und Weiden, rechter Hand Weinberge und Hütten und ein Tempel. So weit das Auge reichte, erkannte er Städte und Villen. Bauern und Sklaven, die in der Tat winzig wie Ameisen wirkten und die auf den Feldern arbeiteten.

»Latium!«, sagte Tiberius stolz, und zum ersten Mal spürte Arminius Wärme in der Stimme des Imperators. »Das alles ist Rom! Der Garten der Erde! Der Himmel der Völker! Der Frieden der Welt! Die Stadt und ihr Weltkreis! Eines Tages werdet ihr darüber herrschen, über das Land hinter uns und über das Land vor uns, über das Land rechts von uns und über das Land links von uns. Ihr müsst dazu nur eines sein – Römer! Denkt nur alles zusammen, alles auf der anderen und auf dieser Seite der Alpen, Transalpina und Cisalpina, das ist das Imperium Romanum. Aber es erstreckt sich auch nach rechts, nach Gallia und Hispania, bis ans große Meer, und nach links ins Noricum, nach Pannonia und Dacia und dann weiter in den Süden, nach Moesia und Graecia, die Wiege der Kultur, nach Troja, woher wir Römer stammen, und nach Bithynien und Kilikien und Kappadokien. Ach, wenn ich euch nur einen Eindruck von der Größe des Imperiums vermitteln könnte!« So bewegt hatten die Kinder Tiberius noch nie gesehen. Gleichzeitig flog ein Lächeln über sein Gesicht, ein kurzes zwar, aber die Jungen hatten es bemerkt.

»Schaut, so weit ihr könnt, und dann blickt auf euren Handteller. Was ihr jetzt seht, ist die Größe des Gesehenen im Vergleich zur Ausdehnung des Imperiums!«

Ungläubig spähte Arminius erst in die Landschaft und dann auf seine flache Hand.

In der folgenden Nacht vermochte Arminius nicht einzuschlafen, obwohl er vollkommen erschöpft war. Wirr flogen die Gedanken durcheinander. Machte er die Augen zu, schien der Schlaf verscheucht zu sein. Öffnete er sie wieder, lachten ihn die Sterne am Himmel aus. So schloss er doch lieber wieder die Lider. Aber der Schlummer wollte sich trotz aller Müdigkeit nicht einstellen. Gehörte ihm denn sein Kopf noch? Die Gedanken zumindest taten, was sie wollten.

Stolz und Furcht ergriffen ihn. Stolz, weil der Römer ihm die Herrschaft prophezeit hatte, und Furcht, weil das Cheruskerland mit all seinen Menschen nur ein Tropfen im Meer war im Vergleich zur Größe des Römischen Reiches. Wird der Tropfen im Meer ersaufen? Was konnten sein Vater und seine Stammesbrüder, die wenigen Menschen gegen die ganze Welt ausrichten?

Am nächsten Tag begannen sie mit dem Abstieg in die norditalienische Ebene. Und auf einmal brach wieder der Sommer an, mitten im Oktober. Regen und Kälte, gefärbte Blätter und welkendes Laub waren wie weggezaubert, seit sie die Alpen hinter sich gelassen hatten und durch das nördliche Latium zogen.

Arminius fühlte sich, als sei er älter geworden. Es kam ihm so vor, als habe jede Meile, die sie zurückgelegt hatten, etwas zu seinem Alter hinzugefügt, so vieler Wunder war er auf dem Weg ansichtig geworden. Aber am stärksten beeindruckte ihn das südliche Licht, diese Helle, die in den Augen zwickte und einfach Freude ins Herz goss. Sie verzauberte ihn geradezu. Bei allen widrigen Umständen, bei aller Sehnsucht nach den Eltern, nach Elda, den Freuden und der Heimat verführte ihn die sanfte Luft zu einem großen und freudigen Staunen. Zu einem ganz und gar unangebrachten Hochgefühl, dessen er sich hin und wieder sogar schämte.

Und noch eines beobachtete er: Je weiter sie vorankamen, desto mehr wuchsen die Aufregung und die Anspannung der Römer, denn vom Süden her zog ihnen das Wunder der Welt entgegen.

*

Der Regen nahm kein Ende. Das undurchdringliche Grau der Wolken verwandelte sich in eine einzige schmutzige Masse. Segestes kam auf den völlig aufgeweichten Wegen nur langsam voran, weil er achtgab, dass die Pferde im Schlamm Halt fanden. Sein hartes Gemüt ließ ihn weder Reue noch Trauer empfinden. Zwar mochte er den Mann nicht, den er erstochen hatte, und natürlich besaßen seine Gefolgsleute das Recht auf einen eigenen Willen, aber das hieß noch lange nicht, dass er als ihr Fürst auch diesem Willen entsprechen musste. Nicht mehr lange, und die Zusammenarbeit mit den Römern würde reiche Früchte tragen und allen Zweifeln eine deutliches Ende setzen.

Bei der Versammlung hatte er allerdings verschwiegen, dass ihm Tiberius das römische Bürgerrecht angeboten hatte. Als römischer Bürger und Architekt des cheruskisch-römischen Bündnisses sollte es ihm endlich gelingen, der Erste unter den Fürsten seines Stammes zu werden. Segestes hatte es bei den Ubiern gesehen, dass der Friede zwar allen, zuallererst aber den Fürsten zugutekam, die sich nun römische Bürger und Bundesgenossen nennen durften. Sie waren Teil des Imperiums. Seine Enkel – das hatte er von den Galliern erfahren – würden eines Tages Könige sein und die Geschicke des Weltreiches mitbestimmen.

Seine Söhne taugten jedoch nicht allzu viel, da gab sich Segestes keiner Täuschung hin. Wäre seine Tochter als Mann geboren worden, könnte er seiner Nachfolge beruhigt entgegensehen. So aber richtete sich seine ganze Hoffnung auf seine künftigen Enkel. Um ihre Erziehung würde er sich persönlich kümmern, weil er sich von ganzem Herzen wünschte, dass sein Geschlecht römische Bürger und cheruskische Könige hervorbringen würde. Aus seinem Samen sollte ein Geschlecht mächtiger Herrscher emporsprießen.

Deshalb plante er schon jetzt voller Umsicht, wie er die Hirschleute Schritt für Schritt unter seine Herrschaft zwingen konnte. Er begann, seine Autorität aufzurichten und zu festigen und jeden Zweifel daran bereits im Keim zu ersticken, jeden Widerstand auszulöschen wie ein kleines Feuer auf der Lichtung, damit es sich, wenn Wind aufkommt, nicht zu einem Flächenbrand ausweitet.

Bei dem Gedanken an seine künftige Macht überkam den nüchternen Cherusker ein Gefühl des Stolzes: In dieser undurchsichtigen Lage war er, Segestes, der Einzige, der einen umfassenden Zukunftstraum in seinem Herzen barg. Sein Mut und Verstand würden ihm helfen, diesen auch zu verwirklichen.

Der Wald lichtete sich. Die nassen Stämme glänzten dunkel, der schwarzbraune Boden und der tiefgraue Himmel erinnerten ihn in ihrer ganzen düsteren Trostlosigkeit an das, was ihm bevorstand. Der Tod hauste in den Wäldern, und ihn führte er auf dem zweiten Pferd mit sich. Der Weg wand sich zu einem Gehöft hinauf. Um ein Langhaus verteilt lagen drei Wirtschaftsgebäude.

Diese Leute lebten wie Segimer mit ihren Tieren unter einem Dach. Segestes verabscheute diese altcheruskische Lebensform, so wie er Segimer hasste. Dieser stellte für ihn den Inbegriff des germanischen Drecks, des fleischgewordenen Widerstands gegen all seine Pläne dar. Ein Schmunzeln stahl sich auf seine Lippen, als er daran dachte, wie er seinen stärksten Gegner dazu gezwungen hatte, seine Söhne als Vertragsgeiseln zu stellen.

Aus dem Haus vor ihm drang Rauch. Sie erwarten die Rückkehr ihres Hausherrn, dachte Segestes und blickte sich mit einem bitteren Lächeln kurz zu dem Toten auf dem zweiten Pferd um. Der Tod macht, dass er ein guter Mann bleibt, dachte Segestes zynisch.

Er hielt vor dem Tor, band beide Pferde an einen Pfahl, lud sich den Toten auf den Rücken und betrat das Langhaus. Die Blicke der Menschen drückten erst Verwunderung aus, um dann gleich darauf in Schrecken umzuschlagen. Alle Augen wandten sich ratlos der Hausherrin zu, die gerade das Anrichten der Speisen beaufsichtigte. Sie löste sich aus der Gruppe der Frauen und kam auf Segestes zu.

Die Frau des Toten hatte flachsblondes Haar, große blaue Augen, Lachfältchen um Mund und Augen, und sie kugelte mehr, als dass sie ging. Ihre ganze Erscheinung drückte Fröhlichkeit und Lust aus. Man sah ihr an, dass sie Essen und Tanzen und lustige Geschichten liebte, sich gern mit ihrem Mann vergnügte und die Kinder mit derb-herzlicher Hand erzog. Mit jedem Schritt auf den Gefolgsherrn zu wurde sie jedoch langsamer und ihr Blick leerer. Abwehrend hob sie die rechte Hand mit der Innenfläche in Segestes' Richtung, als könne sie dadurch dem Unheil wehren, das sie nun heimsuchte. »Was für ein grober Scherz, Gefolgsherr. Und du, Mann, komm her und hole dir deine Schläge für den unziemlichen Witz ab.«

»Er kann nicht. Er ist tot.« Jetzt stand sie vor ihm. Behutsam ließ Segestes den Leichnam seines Gefolgsmannes zu Boden gleiten. Alle traten hinzu und starrten fassungslos auf ihren toten Herrn. Seine Frau bückte sich zu ihm hinunter und strich ihm liebevoll eine Strähne aus der Stirn. Dann nahm sie seinen Kopf in ihre fleischigen Hände und küsste ihren Mann lange und innig auf den Mund, als könne sie dadurch neuen Lebenshauch in seine Lungen pressen. Als sie sich erhob, wirkte sie schmaler als zuvor.

»Wie ist er gestorben?«, fragte sie leise.

»Erstochen von fremder Hand?«, raunte es aus der Menge. »Wer war der Unhold, wer hat ihn ermordet?«

»Ich war es«, antwortete Segestes mit fester Stimme, als sei es das Selbstverständlichste von der Welt, als habe es sich um einen Hund gehandelt, den man erschlagen musste, weil die Tollwut ihn rasend gemacht hatte. Die Witwe brauchte eine Weile, um die Ungeheuerlichkeit von Segestes' Worten zu erfassen. Wie dreist musste der Gefolgsherr sein, um ihr seelenruhig mitzuteilen, dass er ihren Mann erschlagen hatte? Unschlüssig musterte sie ihn, dann hämmerte sie mit beiden Fäusten auf ihn ein, doch Segestes umklammerte sie mit seinem beiden Armen, die sich wie ein eiserner Ring um sie legten und ihr die Arme an den Körper pressten.

Als Segestes die Weichheit ihres Körpers spürte, überkam ihn eine unbändige Lust. Nur zu gern hätte er ihr das Kleid vom Körper gerissen und wäre gleich hier, einerlei, ob alle zuschauten, über sie hergefallen. Ihr rundlicher Körper strömte Geborgenheit und Wärme aus. Doch er riss sich zusammen und flüsterte ihr halblaut ins Ohr: »Still, still. Dein Mann hat es nicht anders gewollt! Ich werde für dich und deine Kinder sorgen. Besser, als er es je konnte. Es soll deinen Welpen nicht schlechter ergehen als meinen eigenen. Du und deine ganze Sippe, ihr werdet keine Not leiden. Das schwöre ich! Aber wenn du Rache willst, dann werde ich euch vernichten, dich, deine Eltern, deine Kinder, all deine Verwandten. Feinde kann ich nicht dulden! Überleg es dir gut! Ist es denn nicht genug, dass er gestorben ist?«

Er ließ sie los. Einen Moment verharrte sie reglos wie eine Säule und sagte dann laut: »Wir haben einen Gast. Kocht für ihn und bewirtet ihn. Mich aber lasst nun meinen Mann beweinen, bringt ihn in seine Lieblingsecke. Kommt her, meine Söhne, kommt her, meine Töchter, wir wollen um ihn trauern, wie es sich gehört. Und dann wollen wir dem Gefolgsherrn für seinen Schutz danken.«

Sie hatte kaum ausgesprochen, als sich der Kehle einer jungen Magd ein tierischer Laut entrang. Man sah ihr an, dass sie schwanger war. Mit einem großen Messer stürzte sie auf Segestes zu. Der aber riss es ihr aus der Hand und schlug ihr mit voller Wucht ins Gesicht. Das Mädchen drehte sich einmal um die eigene Achse und brach zusammen.

»Ich sollte das Biest erschlagen«, brummte Segestes.

»Wag es nicht! Sie trägt ein Kind von meinem Mann.«

»Gut, aber sie muss verschwinden. Wenn ich sie bei dir antreffe, seid ihr alle des Todes. Ich dulde sie nicht. Jagt sie fort.«

»Lass dich bewirten, Herr, du hattest einen anstrengenden Ritt«, sagte die Hausherrin ruhig. Dann winkte sie ihren ältesten Sohn zu sich, half der Magd aufzustehen und trat mit beiden vor die Tür. Kaum hatte sie das Langhaus verlassen, brachen die Frauen drinnen in ein ohrenbetäubendes Trauergeheul aus.

Als sie allein ins Haus zurückkehrte, musste Segestes gegen das Klagegeschrei anbrüllen: »Sag mir, was du mit der Magd vorhast.«

»Du duldest sie nicht auf meinem Hof, also wird sie ihn verlassen. Alles andere geht dich nichts an!«, gab sie ihm kühl zurück und stimmte in das Klagen der Frauen ein.

12

Arminius marschierte zwischen seinem Bruder und dem Chatten. Sie durchquerten eine Villenlandschaft mit prachtvollen Gutshäusern inmitten fruchtbarer Pflanzungen. Zuweilen erblickten sie einfache Bauernhäuser zwischen kleinen Äckern oder auch lang gezogene und schmucklose Wohngebäude in der Nähe der Villen für die Sklaven. Zur Rechten zeichneten sich immer deutlicher die Umrisse einer Stadt ab. Aus Pflichtgefühl und aus Zeitvertreib memorierten sie lateinische Vokabeln, als plötzlich der Zug vor ihnen zum Stehen kam. Die römische Würde, die *gravitas,* missachtend, die ihm sonst so wichtig war, eilte Salvianus geschwinden Schrittes auf die drei zu. Sein hüpfender Gang und das unentwegte Pumpen der Unterarme erinnerten sie an ein aufgescheuchtes Huhn, und sie lächelten beim Anblick des heranflatternden Lehrers. Von Weitem schon rief Salvianus keuchend: »Kommt! Kommt, Kinder! Seht den Princeps!«

Den beiden cheruskischen Jungen verging augenblicklich das Lächeln, ihre Mienen wurden aufgeregt und ernst. Es verschlug ihnen den Atem. Gleich sollten sie mit eigenen Augen den großen Herrscher des Imperium Romanum sehen, Augustus, den Gebieter über Leben und Tod, den nicht wenige wie einen Gott verehrten. Welchem germanischen Kind war jemals diese hohe Ehre zuteilgeworden?

Arminius und die beiden anderen hatten Mühe, mit dem vorauseilenden Lehrer Schritt zu halten. Sie hasteten vorbei an den wartenden Legionären. Die Mittagssonne nahm derweil sanft in der Landschaft Platz. Als Arminius fast die Bahre mit dem toten Feldherrn erreicht hatte, riss ihn plötzlich jemand am Kragen zurück.

»Halt. Es ziemt sich für uns nicht, bei dem Toten und seinen Verwandten zu stehen«, raunte ihm Salvianus zu. Vor der Bahre warteten Tiberius, Antonia und Julius. Mit unbewegten Mienen schauten sie auf den Hügel, der sich vor ihnen erhob. Das Gras rechts und links neben der Via Aemilia hatte die Sonne gelb gebrannt. Noch war es voll und stark, dachte Arminius, und ist doch bereits dem Tod geweiht. Aber er wusste, dass alles, was jetzt starb, im Frühjahr wieder kommen würde, so Nerthus wollte. Deshalb opferten die Cherusker der Göttin Rinder und Dinkel – manchmal auch gefangene Feinde.

Das Wunder der Welt aber erschien zu Fuß. Ein Mann, etwas kleiner als Tiberius, mit einem eher gewöhnlichen Äußeren, ungepflegt, bärtig, die Haare struppig, bekleidet mit einer einfachen Tunika und einer weißen Toga schritt seelenruhig allein vom Hügel herab wie ein gewöhnlicher Kaufmann, den die Geschäfte in die Fremde führten. Und dennoch ging von dieser alltäglichen Erscheinung eine überlegene Ausstrahlung aus. Dieser Mann besaß eine so wichtige und außergewöhnliche Persönlichkeit, dass er es sich erlauben durfte, höchst einfach aufzutreten. Im Gegenteil, die stilsicher in Szene gesetzte Schlichtheit erhöhte nur seine Autorität.

Arminius erkannte, was Tiberius gemeint hatte, als er davon gesprochen hatte, jemand sei zum Herrschen geboren. Dieser Mann dort, der wie ein einfacher Kaufmann auf der abschüssigen Straße ausschritt, war eigens allein zum Regieren auf die Welt gekommen. Als Augustus den halben Weg zwischen der Hügelkuppe und dem Leichnam des Drusus zurückgelegt hatte, setzte sich – in deutlichem Abstand zu ihm – auch seine Prätorianerkohorte in Bewegung, seine persönliche Schutzgarde, die eine Sänfte mitführte.

Als sich der Kaiser näherte, legten Tiberius, Antonia und Julius ihre rechte Faust aufs Herz und senkten ehrerbietig den Kopf. Doch Augustus kam mit ausgebreiteten Armen und einem Blick, in dem Mitgefühl, Anteilnahme und abgrundtiefe Traurigkeit miteinander wetteiferten, auf sie zu. »Nicht doch, nicht doch!«, rief er.

»Ihr seid die Trauernden. Euch gebühren Trost und Ehrerbietung, nicht mir! Habt ihr doch den Leichnam auf euren Händen aus dem kalten Germanien in die Heimat getragen. Und obschon das alles richtig ist, verzeiht mir, empfinde ich die weit größere Trauer, denn mir verbleibt der schlimme Dienst, den Verlust Roms, den Schmerz des Senates und das Leid des Volkes auf mich zu nehmen. Und wahrlich, welch größeres Missgeschick kann ein großes Volk treffen, als seinen besten Feldherrn zu verlieren!«

Obwohl Arminius' Lateinkenntnisse bereits ausreichten, um den Princeps zu verstehen, begriff er doch nicht den Sinn der Ansprache. Aber sie faszinierte ihn, denn tief in seinem Innern spürte der wache Knabe, dass die Rede des Kaisers weniger dem ähnelte, was ein Mann dem anderen mitzuteilen hatte, sondern mehr dem Vortrag eines cheruskischen Sängers. Die Worte richtete Augustus nicht an den Einzelnen, sondern an die ganze Welt. In den Augen des Kaisers standen Tränen. Noch nie hatte Arminius einen Mann weinen sehen. Das galt bei den Germanen als weibisch, und doch minderten die Tränen des Augustus zu seinem Erstaunen nicht die Würde des Herrschers. Denn in seiner Trauer erkannte der Junge instinktiv auch eine gefährliche Drohung.

»Der Ehemann ist dir, meine teure Nichte, genommen worden, und dir, mein lieber Tiberius, der Bruder. Und dir …«, der Princeps beugte sich zu Julius hinunter und zog ihn an sich, »mein lieber Junge, der Vater. Nichts kann diesen Verlust ersetzen. Rom aber wurde ein kräftiger Schwertarm abgehauen. Schmerz ist deshalb in meinem Herzen. Selbst die Götter sind voller Gram. Erfüllen wir unsere traurige Pflicht. Lasst uns heute den Feldherrn heimbringen.«

Augustus sprach nicht sehr laut, dennoch verstanden ihn selbst die Legionäre der letzten Reihe. Seiner wohltönenden Stimme lauschte man gern. Anders als die raue Aussprache des Feldherrn wirkte die Stimme des Princeps geschmeidig und träufelte, wenn er es wollte, wie Balsam in den Ohren. Nun aber holte Augustus tief Luft. Den Arm um Julius' Schultern gelegt brüllte er laut mit befehlsgewohnter Stimme: »Er soll zu seiner Ehre, zu Ehre seiner Familie in meinem Mausoleum in Rom ruhen. Soldaten, bringen wir euren Imperator nach Hause! Der heutige Tag gehört allein dem Klagen, der morgige aber der Rache!«

Und die Legionäre antworten wie mit einer Stimme: »So soll es sein, Caesar!« Denn für sie war er Caesar, der Kaiser, der Sohn des ersten, des vergöttlichten Gaius Julius Caesar.

Arminius fröstelte mit einem Mal, so kalt wurde ihm plötzlich ums Herz. Denn er begriff, dass der Mann, der dort von Rache sprach, auch die Macht besaß, seine Drohungen in die Tat umzusetzen. Der Herrscher nahm seinen Arm von Julius' Schulter, und dieser wich einen Schritt zurück. Die Prätorianer langten unterdessen am Fuß des Hügels an. Der Sänfte entstieg nun eine Frau in einem dunklen Kleid. Ihr Haar verbarg eine schwarzen Stola. Anders als der Kaiser wirkte sie kühl und zurückhaltend.

»Das ist Livia, die Frau des Augustus und Mutter des Drusus und des Tiberius«, flüsterte Salvianus seinen Schützlingen zu. Arminius wunderte sich über die Selbstbeherrschung, die Livia angesichts der Leiche ihres Sohnes bewahrte. Germanische Frauen wären längst in lautes Wehklagen ausgebrochen. Dann fragte er den Lehrer: »Und Augustus ist der Vater?«

»Nein, Tiberius und Drusus entstammen der ersten Ehe der erlauchten Livia.«

Nun staunte der kleine Cherusker noch mehr, denn die Gefühle des Stiefvaters für den Toten übertrafen offensichtlich die der leiblichen Mutter.

Arminius spürte, dass der Blick des Princeps auf ihm ruhte, doch Augustus sagte nichts und schien sich auch nicht nach ihm zu erkundigen. Es war eher ein kurzes, nachdenkliches Mustern. Nicht die geringste Kleinigkeit schien dem stets aufmerksamen Blick des Herrscher zu entgehen.

Augustus nahm Julius bei der Hand und trat mit ihm hinter der Bahre. Die Träger hoben den Toten auf, und der Zug setzte sich wieder in Bewegung. Hinter der Bahre schritten der Kaiser und der Sohn des Feldherrn, es folgten die Sänfte mit der Mutter des Nero Claudius Drusus und schließlich dessen Ehefrau Antonia und sein Bruder Nero Claudius Tiberius. Dahinter reihten sich die Prätorianer vor den Legionären ein. Arminius, der das Ganze beobachtete, wurde von Salvianus mitgezogen, um mit ihm, Germir und dem Chatten wieder einen Platz am Schluss des Zuges einzunehmen. Allen voran schritt auf der sonnenerwärmten Reichsstraße ein Flötenspieler, der eine Totenklage in die mittägliche Landschaft blies, mit langen lydischen Intervallen, unsagbar traurig. Wie der Schrei einer Zikade, der sich endlos verlängerte.

Als sie endlich den Kamm des Hügels erreichten, klappte den cheruskischen Jungen vor Staunen der Unterkiefer herunter. Soweit das Auge reichte, säumten römische Bürger mit gesenkten Köpfen zu beiden Seiten die Straße, um dem Feldherrn die letzte Ehre zu erweisen. Soweit Arminius zu sehen vermochte, zog sich das Spalier der trauernden Bürger hin. Mit was für einem Volk haben wir Cherusker es hier nur zu tun?, hämmerte es in seinen Schläfen. Werden wir die Römer je besiegen können? Ihm wurde bang ums Herz. Hatte Segestes, Eldas Vater, doch recht mit seiner Ansicht, dass man mit den Römern im Bunde leben musste, wenn man nicht untergehen wollte?

*

Ticinum war eine jener eintönigen römischen Provinzstädte, in der das Leben der reichen Oberschicht einer nie enden wollenden Mittagsruhe glich. Nichts Ungewöhnliches passierte. Der Ehrgeiz dieser Leute erschöpfte sich darin, die eigene Macht am Orte auszubauen und es durch Handel und Ackerbau oder Steuerpacht zu einigem Wohlstand zu bringen. So verlief das Leben zwar langweilig, aber es war sicher. Hielt man sich von der Politik fern, so verschonte sie einen auch. Falls es einen jedoch danach gelüstete, Karriere zu machen, besonders wohlhabend und besonders einflussreich zu werden – was oftmals das Gleiche war –, dann empfahl es sich, der Heimat den Rücken zu kehren. Mächtig konnte man nur in Rom, dem Haupt der Welt, werden, nicht aber in diesem norditalischen Provinzstädtchen.

Lucius Cottus hatte dem Senat der Hauptstadt angehört. Nachdem aber viele seiner Jugendfreunde dem Gemetzel der Bürgerkriegszeit zum Opfer gefallen waren und schon in ihren Gräbern ruhten, hatte er sich in die Provinz zurückgezogen. Dort wurde er immer reicher und genoss die Freundschaft des Princeps, den er bereits zu einer Zeit mit Geld, Rat und Kontakten unterstützt hatte, als noch kaum jemand einen Denar auf den jungen ehrgeizigen Politiker setzte. Nein, Lucius hatte bereits in jungen Jahren weise beschlossen, es sei für ihn gesünder, der Erste in der Provinz zu sein anstatt der Zweite in der Hauptstadt.

Augustus vergaß Lucius Cottus das frühe Bekenntnis zu seiner Person und seine Hilfe nicht. Deshalb nahm der Kaiser mit seinem Gefolge auf der Durchreise nach Rom selbstverständlich im Stadthaus seines alten Freundes Quartier. Außerdem fand sich kein größeres und schöneres Haus in der Stadt als das des Lucius Cottus. Der Hausherr ließ es sich nicht nehmen, allen Gästen persönlich die Zimmer zuzuweisen und dafür Sorge zu tragen, dass sie sich waschen und stärken konnten.

Den Lehrer und die cheruskischen Knaben brachte man allerdings bei den Legionären und Prätorianern im kleinen Militärlager vor der Stadt unter. Den Chatten hatte man für seine Übersetzungsdienste mit großem Dank bedacht und nach Hause entlassen, weil man seine Hilfe nun nicht mehr benötigte. Die Kinder verstanden und sprachen inzwischen gut genug Latein, dass Salvianus mit dem Unterrichten fortan allein zurechtkommen würde.

Nachdem Antonia und Julius sich im hauseigenen Bad gewaschen und anschließend verköstigt hatten, zogen sie sich in das ihnen zugewiesene Zimmer zurück, das im ersten Obergeschoss des zweistöckigen Hauses lag. Es wirkte zwar nicht allzu groß, aber geschmackvoll eingerichtet. Und da es zum Innenhof hinausging, war es ungewöhnlich hell und luftig, weder stickig noch zu warm.

Ermüdet von dem zu Herzen gehenden Empfang, den die Bürger von Ticinum seinem Vater, seiner Familie und ihm bereitet hatten, begab sich Julius schon früh zu Bett. Er schloss gerade die Augen, als ein Sklave ihm mitteilte, dass Augustus ihn sogleich im Speisezimmer, das wegen der im offenen Karree aufgestellten drei Speisesofas Triklinium hieß, zu sprechen wünsche. Der Sohn des toten Feldherrn streifte eilig die Knabentoga über die Tunika, band sich die sandalenartigen Schuhe und wollte sich schon auf den Weg machen, als seine Mutter ihm übers Haar strich. »Hab keine Angst, mein Sohn. Er ist dein Großonkel.« Mit diesen Worten ließ Antonia ihn gehen. In seinem Rücken spürte der Knabe ihren nachdenklichen Blick.

Dass der Princeps ihn zu dieser späten Stunde zu sich befahl und noch dazu ins Triklinium, das eigentlich nur den Männern vorbehalten blieb, erfüllte Julius mit Stolz und Vorsicht zugleich. Was es auch war, das der Kaiser von ihm wollte, es konnte nur etwas sehr Wichtiges sein. Das Speisezimmer galt als der vielleicht ehrenvollste Raum in einem römischen Stadthaus, einem *domus*, das nur derjenige betreten durfte, den der Hausherr ausdrücklich eingeladen hatte. Anders verhielt es sich mit dem Atrium und dem anschließendem Tablinum, das jedem offen stand, der ein Anliegen vorbringen wollte. Diese Räume dienten der Repräsentation.

Der Sklave, dem Julius folgte, führte ihn über die Treppe hinab ins Erdgeschoss und an der Küche vorbei in einen langen Gang auf den von Säulenhallen umgebenen Innenhof. Von dort ging es in den Garten, in dem sich der Hausherr einen Pavillon hatte errichten lassen, der ihm auch als Sommerspeiseraum diente. Wie Julius wusste, besaßen die Häuser reicher römischer Römer meist mehrere, oft drei bis vier verschiedene derartige Säle, die je nach Anlass und Jahreszeit benutzt wurden. Ihre Anzahl und die Feinheit der Ausstattung galten als Statussymbol.

Vor dem Eingang des Pavillons loderten zwei Fackeln, deren Funken in den prächtig bestirnten Nachthimmel emporstoben. Der Sklave blieb stehen und trat zur Seite. Klopfenden Herzens betrat Julius den Pavillon. Um einen reich verzierten Tisch aus Elfenbein und Mahagoni standen in der üblichen Anordnung über Eck die drei großen Speisesofas. Auf dem rechten, das längs zu ihm stand, lag Lucius Cottus auf dem vorderen Platz, der ihm als Hausherrn traditionell zustand. Augustus hatte selbstverständlich den Ehrenplatz auf dem Quersofa hinter dem Tisch eingenommen, während auf dem linken Längssofa Tiberius lag. Freundlich sahen die Männer den Knaben an.

»Komm, leg dich zu uns. Leg dich zu deinem Onkel«, forderte ihn der Kaiser liebenswürdig auf. Julius' Wangen glühten vor Aufregung – einem Jungen, der noch die Knabentoga trug, stand es nicht zu, beim Mahl zu liegen. Er musste wie die Frauen zu Tisch sitzen. Damit erwiesen ihm die Männer eine hohe Ehre, und es war nicht irgendjemand, der ihn so auszeichnete.

»Komm iss und trink mit uns.« Auf dem Tisch standen Rebensäfte und Wein, Wasser und das teuerste Getränk von allen: Eiswasser, das Cottus eigens aus den Alpen mit großem Aufwand herbeischleppen und dann in tief gegrabenen Eiskellern aufbewahren ließ. Auf der mit Intarsien verzierten Tischplatte drängten sich Platten mit gebratenem Fasan, gegrillten Pfauenzungen und einem gekochten Fisch, den Julius jedoch nicht kannte. Ihm fiel auf, dass Augustus Eiswasser trank, während Tiberius und Cottus freudig dem Wein zusprachen. Julius legte sich zu Tiberius, ließ aber einen Platz zwischen sich und ihm frei und schaute erwartungsvoll zum Princeps.

»Tiberius hat uns von deinen Abenteuern und deinem Mut berichtet«, sagte Augustus mit einem wohlwollenden Lächeln. »Erzähl uns, junger Mann, wie hat dir Germanien gefallen?«

Julius blickte unsicher zu seinem Onkel, der ihm aufmunternd zunickte. Dann murmelte er mit belegter Stimme: »Es ist ein Land für Tiere.«

»Und doch hat dein Vater sein Leben darangesetzt, es zu erobern.«

Julius lief rot an. Er bereute seine Antwort. Doch der Kaiser lächelte nachsichtig.

»Nichts auf der Welt wird je wie Rom sein.«

Lucius brach in ein derart dröhnendes Lachen aus, dass der Junge zusammenfuhr. »Doch, doch, Ticinum.«

Augustus warf dem Gastgeber einen Blick zu, in dem sich Missbilligung und Belustigung mischten.

»Mein lieber Lucius, ich fürchte, dir ist dein eigener Falernerwein zu Kopf gestiegen.« Julius war dem Gastgeber dankbar, dass er ihn von dem Zwang erlöst hatte, antworten zu müssen. Und der so liebenswürdig Getadelte hob, wie um das Gegenteil zu beweisen, seinen goldenen Becher, nahm einen kräftigen Schluck und sagte: »Was ist Rom, wenn Augustus nicht in den Mauern der Stadt ist? Ein Speisesaal ohne Speisen. Und was dagegen mein kleines, liebes Ticinum, wenn Augustus hier weilt? Ich will es euch sagen, dann ist Ticinum Rom, denn Augustus ist Rom, und wo Caesar weilt, da wird Rom sein.«

Die Männer schmunzelten. Julius bewunderte die elegante Schmeichelei des Hausherrn – man spürte die Absicht und war dennoch erfreut.

»Schlau, mein alter Freund, denn wenn ich widerspreche, müsste Augustus den Augustus wegen Majestätsbeleidigung anklagen. Und dennoch will ich es versuchen. Wie kann Augustus Rom sein, wo es Rom schon vor Augustus gab und nach seinem Hinscheiden weiter existieren wird?«

»Das mag sein, aber eine Welt ohne Augustus mag ich mir nicht vorstellen, deshalb bleibe ich dabei, für mich ist Rom Augustus, und wo Augustus ist, ist Rom. Und sollte das Undenkbare eintreten, dass Augustus eines Tages nicht mehr auf Erden weilt, dann habe ich mich hoffentlich längst zu den Ahnen aufgemacht und warte darauf, dass der vergöttlichte Augustus mich in meinem jenseitigen Triklinium besuchen wird.«

»Dagegen lässt sich freilich nichts sagen. Und besuchen werde ich dich auch dort, alter Freund, schon um deine Schmeicheleien nicht entbehren zu müssen. Aber du bist uns noch eine Antwort schuldig, Julius. Warum also wollte dein Vater das Land erobern, das du nicht haben willst?«

Julius schrak unmerklich zusammen, denn er hatte gehofft, dass Augustus ihr kleines Gespräch inzwischen vergessen hatte. Doch dann blickte er dem Herrscher offen in die Augen. »Weil mein Vater dieses Land unterwerfen wollte.«

»Und unterworfen hat«, fügte Tiberius hinzu.

»Glaubst du, dass wir Germanien als Provinz benötigen?«, fragte Augustus weiter.

»Mein Lehrer sagt, Rom ist ein Mann, der nicht aufgehört hat zu wachsen.«

»Ein schönes Wort von deinem Lehrer.«

»Ich glaube, dass alle Völker sich glücklich preisen können, wenn sie die Segnungen unserer Herrschaft genießen dürfen.«

»Wohl gesprochen, junger Drusus.« Julius fühlte sich geehrt und war in diesem Augenblick stolz, dass der Princeps ihn mit dem Namen seines Vaters angesprochen hatte.

»Weil dein Vater Germanien unterworfen und das Siegeszeichen an der Albis errichtet hat, sollen er und auch du, weil du ihn begleitet hast, und alle deine Nachkommen, kleiner Julius, den Namen Germanicus, Germanenbezwinger, tragen. So werde ich es in fünf Tagen anlässlich der Beisetzung von Drusus in meinem Mausoleum auf dem Marsfeld in Rom vor allen Senatoren, Rittern und

Plebejern verkünden. Erweise dem Namen Germanicus, den dir dein Vater erfochten hat, Ehre, junger Mann.«

Julius strahlte vor Glück. Das gequälte Lächeln, mit dem sein Onkel Tiberius die Worte des Kaisers begleitet hatte, verunsicherte ihn nur kurz. Rasch tilgte er diesen gewiss falschen Eindruck aus seinem Gedächtnis. Augustus winkte einen Sklaven herbei und ließ seinen und den Becher, der bei dem Knaben stand, mit Wein füllen. Dann erhob er den Goldbecher. »Darauf lasst uns trinken, dass du von heute an Germanicus bist!«

Die Männer lachten den Knaben an, dann führten sie ihre Becher zum Mund. Der Junge tat es ihnen gleich, innerlich vor Freude jubelnd über diesen Namen. Es schien ihm, als sei der Name ein Versprechen, ein Gelübde seines Vaters, ihn sein ganzes Leben lang zu begleiten, als verbinde dieser Name Sohn und Vater über den Tod hinaus. Der Wein schmeckte süß und bitter zugleich.

»Deine erste Aufgabe, Germanicus«, fuhr Augustus fort, »besteht darin, dem jungen Germanen, den wir Arminius nennen, römisches Denken und römische Sitten unentbehrlich zu machen, denn wir wollen durch Germanen wie Arminius über Germanien herrschen. Lerne mit ihm, freunde dich mit ihm an, mach ihn dir und uns zum Bundesgenossen!«

In der Nacht konnte Julius lange nicht einschlafen. Verwirrende Bilder jagten durch seinen Kopf. Er stellte sich vor, dass er an der Albis stand, das Riesenweib über den Fluss kam, aus dem Boot stieg und vor ihm niederkniete. Laut rief sie in bestem Latein: »Heil dir, Germanicus, das Land jenseits des Flusses, das Land unserer Götter, unserer Heiligtümer und Reichtümer liegt ergeben offen vor dir. Betritt es, Herr! Nimm es in Besitz!«

Bald darauf, er wusste nicht zu sagen, wann, ging das Wachen allmählich in Schlummern über, die Bilder folgten ihm in den Traum. Doch wie wir das Spiel unserer Fantasie auch zu lenken verstehen, sind wir doch unseren Träumen ausgeliefert. Denn kaum hatte der Knabe im Traum das jenseitige Ufer erreicht, fielen die Germanen über ihn her und begannen, ihn bei lebendigem Leibe mit scharf geschliffenen Unterschenkelknochen auszuweiden. Er blutete, doch er starb nicht, er schrie, bis die Stimme der Mutter an sein Ohr drang und ihre Hände ihn aus dem Alb rissen. Schweißgebadet schaute er sie mit wirren, furchtsamen Augen an: was für ein schreckliches Land, dieses Germanien!

13

Wann hatte man je gehört, dass der erste Schnee im Oktober fiel? Obwohl es für diese Jahreszeit ungewöhnlich war, lagen die Felder rund um den Hof des Fürsten Segestes unter einer dicken weißen Decke. Selbst die Zweige und Äste der Bäume trugen weiße Hauben. Elda staunte über die sanfte Stille, die so überraschend und auf leisen Sohlen mit dem Schnee gekommen war. Es schien ihr, als ob die Natur sich in ein undurchdringliches Schweigen hüllte. Und wenn sie sich doch verleiten ließ und einmal sprach, dann raunte sie nur.

Der Vater hatte, als er aus der Tür trat, missmutig den Schnee in die Hand genommen und ihn zwischen den Fingern verrieben. Er fühlte sich überrumpelt. Dann ging er hinüber zu dem kleinen Gehege vor dem Stall und befühlte das Fell des Wolfshundes. Es war, wie er es erwartet hatte, sehr dick. Zurück in der Wohnhalle brummte er nur missmutig: »Es wird ein langer und kalter Winter.«

Deshalb beschloss Segestes, bevor der große Frost eintreffen würde, mit zwei Knechten, seinen beiden Söhnen und dem Wolfshund auf die Jagd zu gehen. Plötzlich trieb ihn eine fast hektische Eile, die man selten an ihm beobachtete, so als hätte ihn nicht nur der Wintereinbruch überrascht, sondern mit dem Schnee noch etwas Anderes, Geheimnisvolles.

Segestes, der die Knechte und Söhne barsch zur Eile angetrieben hatte, zog den Winterpelz über und verabschiedete sich rasch von allen, wobei er nicht versäumte, jeden zu ermahnen, seine Pflichten zu erfüllen. Dann stieg er aufs Pferd und ritt los, gefolgt von den beiden Söhnen, den Knechten, die jeweils ein Pferd für die erhoffte Beute mitführten, und dem Wolfshund.

Da sie Neumond hatten, wusste Elda, dass ihr Vater und ihre Brüder nicht vor Halbmond zurückkehrten. Er würde durch die ausgedehnten Wälder ziehen und es so einrichten, dass er unterwegs bei seinen Gefolgsleuten übernachtete. Sie kannte diese frühwinterlichen Jagdtouren, denen immer etwas Mysteriöses anhaftete.

Der Tag schleppte sich mit dem Ausbessern der Kleidung zäh dahin. Elda hasste diese Arbeit. Nachdem sich endlich der Abend auf den Hof herabgesenkt hatte und die Bewohner am Herdfeuer saßen, rückte Elda wie von ungefähr zu Ingard, der alten Köchin. So unauffällig wie möglich bemühte sie sich, von ihr alles über Nehalenia zu erfahren, was sie über die weise Frau wusste. Selbst den Weg zu ihr ließ sie sich beschreiben. Plötzlich hielt Ingard mitten in der Erzählung inne und musterte die Fürstentochter. »Du willst doch nicht etwa Nehalenia einen Besuch abstatten?«

Elda lachte etwas zu laut auf. »Nein, bewahre, bei dem Wetter!«

»Merk dir, man geht nur zu Nehalenia, wenn einen schwere Sorgen drücken. Wer unnütz die Zeit der weisen Frau vergeudet, findet sich zum Waldgeist verwandelt wieder. Sei auf der Hut, mein Kind, sei auf der Hut. Viele Eichhörnchen waren zuvor kleine Mädchen, die Nehalenia leichtfertig die Zeit stahlen.«

In dieser Nacht lag Elda lange wach. Immer wieder fragte sie sich, ob ihr Anliegen wirklich so wichtig war, dass sie den gefahrvollen Weg zu der mächtigen Frau wagen sollte. Weit nach Mitternacht rang sie sich schließlich doch zum Aufbruch durch.

Vorsichtig schaute sie sich um, ob auch wirklich alle fest schliefen. Dann zog sie eine Hose und ein Hemd unter ihr Wollkleid, nahm die Filzmütze und ihren Bärenfellmantel. Sie schlich zu den Töpfen und Löffeln, nahm ein großes Messer an sich, das Ingard für gewöhnlich benutzte, um Kohl und Fleisch zu schneiden, und schlich hinaus in die eisige Kälte. Doch etwas Gutes hatte der Frost: Die Sterne standen klar und leuchtend am Himmel und erhellten den Weg. Auch der Mond schaute auf Elda herab, ein wenig besorgt, wie ihr schien, als wolle er sich zu ihr gesellen, um ihr ins Gewissen zu reden. Leise holte sie ihr Pferd aus dem Stall und führte es am Zügel, bis sie weit genug vom Hof entfernt war. Dann stieg sie auf und ritt los.

Weiß wehte ihr Atem und der des Pferdes voran. Der Weg führte sie in den großen Wald, aus dem morgens die Sonne aufstieg. Unheimlich kam ihr jetzt der vertraute Forst vor. Allerlei Geister hausten hier, mit denen selbst am Tage nicht zu scherzen war. Aber das Mädchen brauchte Gewissheit darüber, ob ihr Vater richtig entschieden hatte und Ergimer zu Recht nach Rom verschleppt worden war. Bedeutete die Trennung Willkür oder Schicksal? Tapfer biss sich Elda auf die Unterlippe und trieb ihre Stute an.

Zuerst spürte sie nur die Unruhe des Pferdes, dann drang auch das Geheul der Wölfe an ihr Ohr. Sie brauchte nicht lange in ihren Erinnerungen zu suchen – die Geschichten von Wölfen, die nachts zu Menschen werden, um bei Sonnenaufgang wieder die Gestalt von Wölfen anzunehmen, kamen ihr wie von selbst zu Bewusstsein. Einmal wurde ein solcher Werwolf, den ihr Vater gefangen hatte, totgeschlagen und im Albenteich versenkt.

Unterdessen raschelte es beunruhigend im Unterholz. Ängstlich spähte Elda nach beiden Seiten des Weges. Da nahm sie im Augenwinkel einen Schatten wahr, der rechts durch das froststarre Gebüsch huschte. War es ein Mensch? Das Wesen schien sich auf zwei Beinen zu bewegen, und der Oberkörper hatte wie schmutziges Zinn ausgesehen. Das Herz schlug Elda bis zum Hals, als sie ihr Pferd antrieb.

Schneller, immer schneller. Unversehens bäumte sich die weiße Stute auf, zu überraschend für Elda, um zu erkennen, wovor das Pferd scheute, und sie fiel herunter. Schmerzhaft schlug sie auf dem gefrorenen Waldweg auf, obwohl ihre dicke Kleidung den Aufprall etwas dämpfte und wohl verhinderte, dass sie sich einen Arm oder eine Rippe brach. Wieder zu Atem gekommen sah sie das Pferd auf dem Weg hinter der nächsten Biegung verschwinden. Tränen schossen ihr in die Augen. Nun bereute sie, dass sie so leichtsinnig in die Nacht hinausgeritten war. Sie fühlte sich mutterseelenallein inmitten der Welt der Werwölfe, bösen Geister, Zwerge, weißen Frauen und anderer Ungeheuer, die sie sich besser erst gar nicht vorstellte. Dann fasste sie sich und überlegte, was sie tun sollte.

Sie vermutete, dass sie näher an Nehalenias Hütte war als an ihrem Zuhause. Sie stand auf, schritt beherzt aus und versuchte sich Mut zu machen, indem sie ein uraltes Lied sang:

»Nebel kommt aus Nebelland,
Bernstein aus des Meeres Born.
Liegt so tot mein Liebster, ach,
Weit in Wotans kaltem Wald.
Ach, ihr Frygen, ach, ihr Alben,
Werde ohne ihn nun alt.«

Da plötzlich griff eine kalte Hand nach ihr und zerrte sie ins Unterholz. Vor sich sah sie einen halb nackten Jüngling, kahl geschoren, ein Koboldkind, ein Albino, der in einer Hasenfellhose stak. Sein Fleisch schimmerte fahl, die Augen glühten rot und kein Haar bedeckte das Haupt.

Bevor sie schreien konnte, hielt die zerbrechlich wirkende Gestalt ihr mit unerwarteter Kraft den Mund zu. »Still, still.« Dann brach ein ohrenbetäubender Lärm über sie herein. Hart schlugen die Hufe unzähliger Pferde auf den gefrorenen Weg, Wölfe heulten, Hunde jaulten. Raue Männerstimmen riefen: »He ja!«, und, »Voran!«, und, »Fangt ihn, den Zwergenfurz!«

Elda bereute bitter, dass sie nicht zu Hause in ihrem warmen Bett geblieben war, und schloss für einen Moment die Augen. Ach, könnte sie die Zeit nur zurückdrehen! Doch dann trieb sie die Neugier, die Augen wieder zu öffnen. Nun brannte auch der Himmel!

»Wotans wildes Heer!«, raunte ihr der Albino zu. Und da kamen sie auch schon, schwarze, vermummte Gestalten, die auf ihren

Rappen über den Weg flogen, mit Fackeln und verrosteten Schwertern in ihren Händen. Sie spähten nach rechts und nach links. Ihre Stimmen klangen eigenartig hohl und hallten in der eisigen Luft wieder.

»Schaut genauer hin. Wir müssen ihn finden!«

»Wir werden ihn finden.«

»Anders werdet ihr nicht erlöst.«

»Schaut genauer hin.«

»Schaut hin, ihr Unholde!«

Der Schleim der Pferde spritzte auf den Weg und fror sofort an. Endlich entdeckten Elda und der Junge das Ende der unheimlichen Schar. Sie wollten schon aufatmen, da zügelte einer der letzten Reiter sein Pferd und hielt an. Das Pferd tänzelte ungeduldig, während er sich im Sattel aufrichtete und um sich spähte. Nach einer, wie ihnen vorkam, endlosen Weile setzte er sich wieder und ritt langsam am Wegrand entlang. Elda konnte hören, wie er den Rotz hochzog und schnupperte. Aus Angst, ihr Herzschlag könnte sie verraten, traute sie sich kaum mehr zu atmen. Der Reiter näherte sich immer mehr der Stelle, an dem sie und der Junge im Strauch versteckt lagen.

Dann schaute sie plötzlich in das Antlitz des Mannes, bevor sie in einen schwarzen Abgrund fiel. Er schien endlos tief, und es war so finster darin, dass sie nichts, aber auch gar nichts zu erkennen vermochte. Vor ihrem inneren Auge stand das Letzte, was sie vor ihrem Fall erblickt hatte: ein grau-weißer Totenschädel mit Augenhöhlen so schwarz wie der Abgrund.

*

Und Rom stank. Nie zuvor war Arminius ein derart betäubender Geruch nach verdorbenen Lebensmitteln, fauligen Fischabfällen, gärendem Obst und frischen Exkrementen in die Nase gestiegen. Darunter mischte sich der süßlich-scharfe Gestank von Urin, der in der Luft stand und aus den Amphoren drang, die an allen Ecken in der Stadt und in allen Mietshäusern unter den Treppenaufgängen von der Innung der Walker aufgestellt worden waren, um das abgeschlagene Wasser zu sammeln, das sie zum Gerben des Leders dringend benötigten. Diesen Geruch, der sich wie selbstverständlich in Arminius' Riechnerv einnistete, würde er eines Tages nicht mehr empfinden. Sein Widerwille würde abstumpfen.

Aber das konnte der Neuankömmling nicht wissen, wie er auch noch nicht verstand, dass es das Leben und der Tod waren, nach dem Rom roch, nach Geburt und Verwesung in den Duftnoten von Blut und von Ambra, von dem süß-harzigen Weihrauch der Gastmähler und von dem satten Schweiß der Gladiatoren. Der Tod selbst empfing ihn in der flüchtigen Gestalt des Lebens. Das Leben, das ein Hauch sein konnte oder eine Ausdünstung, je nachdem, so leicht und doch so beharrend, weil es wusste, dass es unweigerlich vergehen würde und nur eine Erinnerung hinterließ, die in der Luft hängenblieb, der Hauch aus den Lungen, der Arminius und jeden anderen als Atmosphäre umgab. All das wusste Arminius in diesem Moment noch nicht, obwohl er spürte, dass er eine Grenze überschritten hatte. Seine geschlossene und tröstlich kleine Welt zerfiel endgültig unter dem Ansturm der mächtigen Aromen.

Der Gestank eilte der Stadt sogar voraus. Arminius hatte auf seiner Reise hierher inzwischen viele römische Orte gesehen, deren Eingangsstraßen allesamt Mausoleen säumten. Salvianus hatte ihm erklärt, dass die Römer mit ihren Toten lebten und dass ihre Ahnen solange existierten, wie sich ihre Nachkommen an sie erinnerten. Deshalb setzten sie ihre Grüfte an die Ränder der Straßen, an belebte Stellen, sodass immer jemand an den Toten dachte, weil er sozusagen mit den Augen darauf gestoßen wurde. Das garantierte dem Verblichenen die Teilnahme am Leben. Doch die Größe und Vielzahl der Grabmäler hier an der Via Flaminia, über die sie vorbei am Marsfeld bis zum Forum in die Stadt einzogen, übertrafen alle Mausoleen, die Arminius unterwegs gesehen hatte.

Der Mittelpunkt der Welt schien Arminius auf den ersten Blick nur aus einer unüberschaubaren Ansammlung von Geschöpfen, Gemäuern und Gerüchen zu bestehen. Überall standen Menschen, sie schauten aus allen Fenstern der albtraumhaft großen Mietshäuser, die die Römer *insulae* nannten, drängten sich auf allen Treppen und an den Rändern der nicht allzu breiten Straßen. Zwar bildeten seit Ticinum die Menschen ein Spalier, um dem Kaiser und dem Toten zu huldigen, doch war deren Zahl nichts im Vergleich zum Gedränge in der Stadt der Städte. Rom bestand nur aus Menschen über Menschen und aus beunruhigend vielen Häusern, deren Höhe und Breite den Jungen schwindeln machte.

Wo war er? Bei den betriebsamen Zwergen, tief in der Erde, bei den geschäftigen Mischwesen in der Zwischenwelt, in den Irrgärten des Wahnsinns? Arminius hatte das Gefühl, in einen Ameisenhaufen eingesunken zu sein. Überall um ihn herum krabbelten Tausende von Lebewesen, unter ihm, über ihn, neben ihm und kamen ihm gefährlich nahe. Wie sie mit ihren schamlosen Blicken ihre unanständige Neugier an ihm weideten! Er trieb dahin in einer Sturmflut aus Gesten, Grimassen, Pranken, Beinen und Füßen, in einem Wildwasserstrudel des schieren bunten Menschenlebens, in dem er unterzugehen drohte. Eine betäubende Kakofonie aus Schreien und Rufen schlug ihm an die Ohren. Arminius rang nach Luft. Auf seiner auffallend hellen Haut bildeten sich im Gesicht und am Hals rote Flecken. Sein Puls raste. Er glaubte zu ersticken. Auch Germir wirkte blass um die Nase, als die Trauerprozession mit Augustus an der Spitze in Rom Einzug hielt.

Endlich gelangten sie auf einen langen ovalen Platz, der rechts und links von Gebäuden und vorn und hinten von Tempeln gesäumt wurde. Rechter Hand erhob sich ein Hügel, der schwer an den vielen Gebäuden trug, mit denen man ihn bebaut hatte.

»Das Zentrum der Welt, das Forum Romanum, der Ort, an dem alle Angelegenheiten der Stadt und des Reiches beschlossen werden«, flüsterte Salvianus mit vor Ehrfurcht heiserer Stimme. Dann zeigte er auf einen hohen Ziegelbau von beeindruckender Schlichtheit. »Die Curia Julia, die Caesar errichtete.«

»Wozu ist sie da?«, fragte Arminius.

»Dort drin versammelt sich der Senat von Rom, um über alle Angelegenheiten des Reiches zu beraten. Und siehst du das große Gebäude hinter uns?« Arminius wandte sich um und erblickte einen Riesenbau, dessen erstes Obergeschoss Bögen zierten. Er zählte elf hausgroße Rundungen.

»Das Staatsarchiv! Darin lagern alle Schriftstücke und Akten, die Rom betreffen, von den Protokollen der Sitzungen des Senats angefangen bis zu den Eintragungen im Kataster über Grundstücksverkäufe.«

Am meisten aber staunte Arminius darüber, dass Roms wichtigster Platz eine einzige Baustelle war. Gegenüber der Kurie wurde eine fünfschiffige Halle ausgebessert, in der offensichtlich ein Brand gewütet hatte. Salvianus, der dem Blick seines Schützlings folgte, raunte ihm zu: »Die Basilica Julia. Wenn sie wiederhergestellt ist, wird das Gericht dort tagen und die Rechtshändel entscheiden.«

»Regeln das nicht die Männer unter sich?«

»Habt ihr keine Gesetze?«

»Doch.«

»Und gibt es bei euch keine Instanz, die einen Streit beilegt oder ein Verbrechen ahndet?«, fragte Salvianus.

»Doch, das Thing. Der Ratschluss der Männer und Priester.«

»Wir setzen Männer ein, die das nach dem Gesetz und ihrem Ehrgefühl entscheiden.«

Arminius wollte weiterfragen, doch Salvianus gebot ihm zu schweigen. Inzwischen hatte Augustus die Rednertribüne bestiegen. Deren Vorderseite zierten die Rümpfe der in der Schlacht bei Actium versenkten Schiffe, in der Augustus seinen Rivalen im Kampf um die Macht, Marcus Antonius, besiegt hatte. Der Kaiser stand kaum auf dem hohen Podest, da verstummte die Menge, wie von Geisterhand zur Ruhe gebracht.

Arminius war so überwältigt von den neuen Eindrücken, dass er der kurzen Ansprache des Kaisers nicht zu folgen vermochte. Sein Kopf brummte, und er hoffte nur, dass sie bald in ihren Unterkünften ankommen würden, damit er sich erholen konnte.

Der Zug setzte sich wieder in Bewegung, ließ das Forum linkerhand im Osten zurück und bog auf eine Straße, den Clivus Palatinus, der bergaufwärts führte. Je höher man kam, desto mehr ließ der Druck der Gerüche Roms auf die Riechnerven des Jungen nach. Die Luft roch frischer als im Tal. Dennoch spürte Arminius eine bleierne Müdigkeit in den Beinen. Germir schaute ihn prüfend an und rief ihm dann zu: »Komm, hak dich bei mir ein!« Gern folgte Arminius der Aufforderung und ließ sich von seinem Bruder die Straße hinaufziehen. Als sie endlich oben angekommen waren, blinzelte der erschöpfte Knabe direkt in das schmerzende Gelb der Sonne. Sie wärmte noch, brannte aber nicht mehr, denn sie war bereits dabei, dem Mond das Feld zu räumen.

Zu beiden Seiten der Straße erstreckten sich Mauern, hinter denen sich einzelne Anwesen verbargen, die sich, wie Arminius bereits von unten gesehen hatte, bis zum Abhang des Palatin hinzogen und von unten teils durch Grundmauern gestützt wurden. Nach einer Weile sah Arminius einen von zwei mächtigen Pfeilern getragenen Bogen, der die Straße überspannte. Sie schritten darunter hindurch und kamen in einen großen Innenhof, den Säulenhallen umgaben, von denen man ins Innere der Häuser gelangte. Auf einem weiteren Bogen entdeckte Arminius einen Wagen, den vier Pferde zogen, und erfuhr, dass dieser Quadriga hieß. Dahinter erhob sich ein majestätisch auf einem Podest ruhender Tempel.

»Das ist der Tempel des Apollon«, sagte Salvianus halblaut. »Und diesen Bogen hat Augustus zu Ehren seines Vater Cornelius Octavius errichten lassen. Der Princeps wurde nämlich hier oben auf dem heiligen Hügel geboren.«

»Warum ist der Hügel heilig?«

»Weil von hier aus Rom seinen Anfang nahm. Hier oben gründeten die Brüder Remus und Romulus die Stadt.«

Während der tote Feldherr feierlich in der Aula, die sich vor dem Haus der Livia und dem Palast des Augustus befand, aufgebahrt wurde, hatten sich die Brüder auf dem warmen Boden aus grauschwarzem Travertin niedergelassen. Sie baten Salvianus, ihnen die Gründungslegende Roms zu erzählen. Er schilderte gerade den Mord des Romulus an seinen Bruder Remus in leuchtenden Farben – und erschreckte damit die beiden Knaben so sehr, dass sie ihre Hände ineinander legten und schworen, einander immer beizustehen und niemals zu verlassen –, als ein schwarzer Schatten auf sie fiel. Sie schauten auf und sahen Tiberius, dessen breiter Rücken die Sonne verdeckte.

»Es ist soweit«, sagte er.

Die Brüder sprangen auf, ihre Herzen zogen sich vor Angst zusammen.

»Du bist alt genug, Flavus, dass du das Waffenhandwerk bei den Prätorianern erlernen kannst. Es ist eine große Ehre für dich, in die Leibwache des Kaisers aufgenommen zu werden. Nimm deine Sachen und folge mir.«

»Und Arminius?«

»Er bleibt hier und wird im Haus der Livia gemeinsam mit Germanicus aufgezogen.«

Arminius spürte, dass ihn die Worte wie ein glühendes Schwert trafen. Er sollte sich von seinem Bruder trennen? Er hatte alles verloren, seine Eltern, seine Heimat, seine Freunde, und nun zwang man ihn auch noch, den einzigen Menschen, der ihm verblieben war, herzugeben! Es war ihm stets gelungen, nicht vor den Römern zu weinen, doch nun schossen ihm brennende Tränen in die Augen, die aus der Wunde sprudelten, die ihm die Anweisung des römischen Feldherrn geschlagen hatte. Er wischte sich mit dem Ärmel über die Augen, umsonst, neue Tränen drangen nach. Er schluchzte herzzerreißend und zog den Rotz hoch. Im Augenwinkel sah er neben sich einen blau gewandeten Schwertträger. Blitzschnell zog er ihm das römische Kurzschwert, den *gladius*, aus der Scheide und richtete es drohend auf den Prätorianer, der es sich zurückholen wollte.

»Germir bleibt bei mir!«, schrie Arminius.

Zwei andere Prätorianer stürzten mit gezückten Waffen auf ihn zu, doch Tiberius hob die Hand und hielt sie zurück. »Zu viel Aufwand für einen kleinen Jungen«, sagte er, zog sein Schwert und ging auf Arminius zu. Der Junge hieb mit aller Kraft und seiner ganzen Wut auf Tiberius ein, der sich eine ganze Weile spielerisch verteidigte.

»Eine beeindruckende Entschlossenheit, viel Ungestüm, aber leider keine Technik. Der Fehler deines Volkes«, höhnte der Römer.

Mit einer wie nebenbei ausgeführten Bewegung schlug er dem Jungen das Schwert aus der Hand, das im hohen Bogen durch die Luft flog und klirrend an einer Mauer landete.

»Lerne deine Wut zu zügeln, Arminius, erlerne erst das Waffenhandwerk, bevor du zur Waffe greifst«, sagte Tiberius. Mit einem Blick auf Flavus, der noch immer dastand, wie vom Donner gerührt, fuhr er fort: »Und du steh nicht da wie eine Statue, folge dem Prätorianer, der gerade das Schwert aufliest, das er verloren hat.«

Der Prätorianer lief vor Wut rot an. Gehorsam trat Flavus zu dem Mann, der sein Schwert in die Scheide zurückgleiten ließ. Noch einmal bäumte sich alles in Arminius auf, und er machte einen Schritt, um seinem Bruder hinterherzurennen. Doch schon spürte er schmerzhaft den knochigen Griff des Tiberius, der sich um seine Kehle legte.

»Lerne zu gehorchen, Germane, sonst bist du des Todes!«, fuhr er den Jungen an, während er zudrückte, fester und immer fester, bis Arminius die Sinne schwanden.

*

Sie schaute in zwei gütige blaue Augen. Nachdem sie ihr Staunen überwunden hatte, blickte Elda sich um. Die Frau vor ihr wirkte trotz ihres Alters hochgewachsen und asketisch schlank. Sie befanden sich in einer runden Hütte, die recht groß war. In der Mitte knisterte und knackte lustig ein Feuer. Jetzt erst stellte Elda fest, dass sie unter einem dicken Fell lag und dass sie sich geborgen und wohlig warm fühlte. Aber wo befand sie sich?

»Danke Ansar, dass du hier bist. Er hat dich gerettet«, sagte die Frau. Elda blickte sich in der Hütte um und entdeckte in einer Ecke den Albino. Er trug inzwischen Leinenhosen und ein Leinenhemd, und außer dass seine Augen immer noch rot waren und ihm keine Haare wuchsen, sah er wie ein Mensch aus und nicht mehr wie ein Kobold. Die Frau reichte ihr eine Tasse mit einer schwarzen, stark nach Kräutern duftenden Flüssigkeit.

»Trink das, Elda.«

Das Mädchen nahm verwundert die Tasse. »Du kennst meinen Namen?«

»Ich kenn die Sterblichen und die Unsterblichen.«

»Du bist Nehalenia?«

»Ja.« Die Frau lächelte. »Aber jetzt trink.«

Elda hielt die Tasse mit beiden Händen umklammert. Die Kräuter dufteten betörend und verführten ihre Geruchsnerven. Sie schlürfte den heißen Trunk mit kleinen Schlucken und genoss das Wohlgefühl, das sich langsam, Tropfen für Tropfen auf ihrer Zunge ausbreitete. Honig war in dem Trunk und Milch, Kamille und Süßgras und Aromen, die sie das erste Mal schmeckte, süßsauer, frisch wie ein Luftzug, der über die Zunge zog und schließlich einen leicht blumigen Geschmack im Schlepptau führte. Sie fühlte, dass sich die ganze Welt in ihr ausbreitete und ihr Raum zum Atmen brachte. Elda konnte regelrecht spüren, wie sich ihre Bronchien weiteten. Dankbar schaute sie Nehalenia an und deutete fragend auf das Getränk.

»Was ist das?«

»Gesundheit für ein kleines Mädchen, das sich beinahe den kalten Tod geholt hätte.«

»Ich habe ihn gesehen, den Tod«, erinnert sich Elda plötzlich mit Schrecken. Wieder stand der Totenschädel vor ihrem geistigen Auge. Nehalenia machte eine wegwerfende Handbewegung.

»Ach was, es war nicht dein Tod, es war sein Tod«, sagte die weise Frau und deutete auf den Albino in der Ecke. »Aber er ist ihm entgangen, denn es ist noch nicht Zeit für ihn.«

»Siehst du es etwa den Menschen an, wann ihre Zeit kommt?« Elda ließ verwundert die Tasse sinken. Nehalenia führte sie wieder zum Mund des Mädchens.

»Trink, bevor es kalt ist. Es hilft nur, wenn man es so heiß trinkt, dass es einem fast die Eingeweide verbrennt. Ich erzähle dir inzwischen, was du wissen willst, du aber trink, unablässig, stetig, mit kleinen Schlucken!« Elda folgte der Aufforderung und schlürfte den Sud, während sie gespannt Nehalenias Worten lauschte.

»Immer wenn der erste Schnee fällt, werden die Knaben, die zu Jünglingen herangewachsen sind, wie dein Bruder Segimund in den Kreis der Männer aufgenommen. Um die Verbindung zu den Ahnen aufzunehmen, jagen sie als wildes Heer, als Totenkrieger verkleidet und mit Schädelmasken bedeckt, durch die vereiste Landschaft, über den Neuschnee. Leider glauben sie, dass der Neuschnee, der den Tod darstellt, auf ihrem Durchgang zu einem neuen Leben, zum Leben der cheruskischen Krieger mit Blut benetzt werden muss, mit dem Blut eines Koboldes. Deshalb haben sie Ansar gejagt, um ihn zu opfern. Jedes Mal muss eines dieser bemitleidenswerten Wesen sterben.«

Elda erschrak. Das hatte sie nicht gewusst. Ihr älterer Bruder, der bereits zur Jungmannschaft gehörte, hatte ihr nichts davon erzählt, auch ihr Vater nicht, niemand, denn sie war ja nur ein Mädchen. Die Weihe zum Mann gehörte zum Geheimnis der Männer.

Nehalenia schüttelte den Kopf und sagte mit einer Stimme, in der sich Wut und Trauer mischten: »Ich habe es ihnen immer und immer wieder erklärt, dass sie diese amen Kerle nicht töten sollen, aber nur wenige Fürsten wie Segimer haben mir geglaubt. Die anderen meinen immer noch, dass ihre Söhne ohne vergossenes Blut nicht zu Männern werden.«

Nehalenia stand auf und ging hinüber zu Ansar. Liebevoll legte sie ihm die Hand auf die Schulter. Dann entfuhr es ihr so heftig, dass Elda erschrak, denn Nehalenias Zorn brachte die Erde zum Beben: »Was haben ihnen diese armen Kreaturen nur getan? Sie stehen unter Wotans Schutz. Wann werden sie das je begreifen?« Gleich darauf entspannten sich ihre Gesichtszüge wieder, und sie lächelte. »Ansar hat dich schon einmal gerettet. Wer von einem Kind Wotans gerettet wird, ist etwas ganz Besonderes. Und du, Elda, bist etwas ganz Besonderes. Es ist sein Schicksal, dir beizustehen. Du wirst ihn mitnehmen. Er bleibt von jetzt ab bei dir. Denn wisse: Nicht um Antworten zu bekommen, haben dich die Götter hierher geführt, sondern damit du einen Gefährten findest.«

Elda machte große Augen, schaute wieder zu Ansar, dann schüttelt sie heftig den Kopf. Voller Abscheu erinnerte sie sich daran, wie ihr Vater das missgestaltete Neugeborene einer Magd bei den Füßen gepackt und auf den Dung geworfen hatte. »Mein Vater wird ihn wegjagen oder gar töten.«

Nehalenia lachte kurz auf. »Ich bringe dich nach Hause. Ich werde es ihm verbieten. Hat er ihn gestern Abend nicht erwischt, bekommt er ihn nie wieder. Die Jagd ist vorbei, jedenfalls für Ansar. Vertrau mir, dein Vater kann mir den Wunsch, dass Ansar von nun an dein Diener ist, nicht abschlagen.«

»Warum?«

Nehalenia lächelte fein und fragte: »Was wolltest du eigentlich von mir?« Noch bevor Elda antworten konnte, sprach die weise Frau weiter. »Ach ja, du willst wissen, ob dein Vater richtig handelt. Ob die Zukunft der Cherusker im Bündnis mit Rom liegt. Ich darf dir darauf keine Antwort geben. Aber du wirst deine Antwort selbst finden. Hab nur Geduld. Eines Tages wird die Antwort dir klar vor Augen stehen, und dann weißt du, was zu tun ist. Du wirst nicht zweifeln und nicht zögern, sondern tun, was getan werden muss. Die Götter haben dich dafür ausgewählt, mein Kind.«

14

Ein dumpfes Geräusch drang bis in die Tiefen seines Schlafes und beunruhigte Germanicus. Das Bellen eines heiseren Wolfes gleich darauf riss ihn endgültig aus dem Schlummer. Er öffnete die Lider, richtete sich im Bett auf und starrte mit großen Augen schlaftrunken in die Finsternis. Nicht einmal die Wand ihm gegenüber vermochte er zu erkennen, so dunkel war es in diesem Raum ohne Fenster, von dem nur ein türloser Ausgang zum Innenhof führte. Germanicus brauchte eine Weile, um sich daran zu erinnern, dass er das Zimmer im Hause seiner Großmutter Livia nicht allein bewohnte, sondern gemeinsam mit Arminius. Sein einjähriger Bruder und seine dreijährige Schwester befanden sich noch in der Obhut der Amme, wo sie auch während des Feldzuges verblieben waren, während Germanicus mit seiner Mutter den Vater ins Germanenland begleiten durfte. Allmählich begriff er, dass das Geräusch, das er als Gebell wahrgenommen hatte, in Wirklichkeit nur einen deftigen cheruskischen Fluch seines Mitbewohners darstellte.

Seit er und Arminius angefangen hatten, miteinander zu reden und bisweilen sogar zu scherzen, war in Germanicus so etwas wie Zutrauen zu dem fremden Jungen gewachsen. Doch als ihnen an diesem Abend das Zimmer zugewiesen wurde, begegnete ihm jener plötzlich seltsam verschlossen, ja geradezu feindselig. Es hatte den Barbaren nicht einmal interessiert, in welchem der beiden Betten er schlafen würde. Er zog sich vollkommen in sein Inneres zurück. Nachdem Germanicus seine Wahl getroffen hatte, warf Arminius sich nur wortlos auf das andere Bett, drehte sich zur Wand und schlief wortlos ein. Zunächst wunderte sich Germanicus über das schroffe Verhalten des anderen, schrieb es aber dann der Erschöpfung zu. Wie musste wohl jemandem wie Arminius hier in Rom zumute sein, der aus der öden germanischen Wildnis stammte, die er ja selbst erlebt hatte? Wie kam er zurecht mit dieser Flut unbekannter Eindrücke in der Hauptstadt des Römischen Reiches?

Langsam, aber unaufhaltsam drängte sich Germanicus der unangenehme Gedanke auf, dass Arminius, für den ihn Augustus verantwortlich gemacht hatte, im Begriff war, sich heimlich aus der Unterkunft zu schleichen. Es dauerte eine Weile, bis sich Germanicus' Augen an die Dunkelheit gewöhnten. Den Umriss der Tür erkannte er nur, weil das Mondlicht vom Innenhof aus noch in ihren Raum hereinfiel. Leise kroch er vom Bett und schlich barfuß über den steinernen Boden. Im Streulicht des bestirnten Himmels ließen sich die prachtvollen Fußbodenmosaike der den Hof umgebenden Säulenhallen nur erahnen. Aber dafür hatte er jetzt ohnehin keinen Blick.

Germanicus bemerkte gerade noch, wie Arminius am Ende des Ganges nach links abbog, und rannte ihm hinterher. Doch als er um die Ecke bog, konnte er ihn nirgends entdecken. Er vermutete, dass Arminius in den Flur gelaufen war und den Innenhof verlassen hatte. So schnell er konnte, eilte Germanicus zu dem Korridor, der von der Mitte der Schmalseite durch eine Zimmerflucht zum nächsten Innenhof führte. Warmes Fackellicht flackerte noch aus einigen links und rechts vom Gang abgehenden Zimmern, züngelte in schmalen Streifen über die Bodenmosaike und berührte mit glühenden Fingern die Wände. Der Junge hatte jetzt keinen Sinn dafür, die Kunst der Flammen zu bewundern, die durch ihren ausgewählten Schein die Motive der Mosaiken veränderten und die Bilder an den Wänden beunruhigend verfremdeten. Das tagsüber leuchtende Rot in den Fresken verwandelte sich im Feuerschein zu Glutkernen. In diesem Licht nahmen harmlose Hirtenknaben plötzlich das gefährliche Aussehen von Dämonen der Lust an, die einem das Leben auszusaugen verstanden. Germanicus erkannte plötzlich die vertraute Umgebung nicht mehr wieder. War denn die Nacht in Wahrheit nichts anderes als ein böser Magier, der die Schafe in reißende Wölfe zu verzaubern vermochte?

Gelächter, gemein und schmutzig, der spottende Klang der Flöten und das Grunzen der Hörner, vermischt mit vielen nicht weniger unangenehmen zum Teil schmatzenden Geräuschen, zog aufdringlich wie der Geruch von in altem Öl gebratenem Fisch durch die Gänge des miteinander verbundenen Häuserkomplexes. Dem Jungen schwanden fast die Sinne, doch er raffte sich auf und zwang sich zur Konzentration. Der Kaiser hatte ihm doch einen wichtigen Auftrag anvertraut. Wo, bei Jupiter, war Arminius abgeblieben? Hatte auch der kleine Germane sich verwandelt? In einen Satyr vielleicht? Einen Gespielen Pans?

Germanicus ärgerte sich darüber, dass man ihn nur über die Götter und über die Riten, um sie zu ehren, aufgeklärt hatte, nicht aber über die Dämonen. Nach römischer Auffassung existierten einzig die Götter, die von Leidenschaften beherrscht und getrieben wurden wie die Menschen. Aber obwohl sie den Menschen darin glichen, galten sie weder als gut noch als böse, sondern vereinigten in sich Gut und Böse, je nachdem. Erschöpfte sich damit aber bereits der Reigen übernatürlicher Gestalten?

Die chaldäische Sklavin hatte ihm einmal angedeutet, dass im Osten Dämonen ihr Unwesen trieben, an deren Bosheit man zur eigenen Sicherheit nicht zweifeln durfte, doch weiter war sie mit ihrer Erzählung leider nicht gekommen. Denn Antonia verbot der Sklavin, ihren Sohn mit abergläubischen Geschichten zu verwirren. So sehr er auch bat, so sehr er bettelte, die Chaldäerin sprach niemals wieder darüber. Dabei hatte er doch das Riesenweib an der Albis mit eigenen Augen gesehen, genauso wie er Zeuge des geweissagten Todes seines Vaters geworden war. Wölfe heulten dazu, und das wilde Heer zog in jenen Stunden am Himmel vorüber. Er hatte doch mit eigenen Sinnen das Unbegreifliche erfasst, das die Römer

Aberglauben nannten. Ihm kam das viel wirklicher vor als all die täglichen Opfer für die Hausgötter und die Festtagsriten, die man pünktlich feierte, weil es sich eben so gehörte. Tief, ganz tief in seinem Herzen ahnte Germanicus, dass es Geister gab, von denen die Römer keine Kenntnis besaßen oder besitzen wollten, was auf ein und dasselbe hinauslief, auf pure Ignoranz. Die Dämonen der chaldäischen Sklavin zum Beispiel. Ihm schien der verpönte Aberglaube weit realer zu sein als die geordnete römische Religion, die letztlich nur einen einzigen Gott kannte, nämlich die Disziplin. Doch all das vermochte er noch nicht in Worte zu fassen, es blieb eine dunkle Ahnung, die ihn so verlässlich heimsuchte wie ein immer wiederkehrender Albtraum.

Das alles ermüdete den Jungen. Er sehnte sich nach seinem Bett und nach dem ammenwohligen Schlaf, der ihn träge wie einen satten Säugling machen würde. Fabelwesen in verzauberter Landschaft tanzten vor seinen Augen. Undeutlich erinnerte er sich daran, dass er eine Aufgabe hatte. War er etwa eingeschlafen?

Germanicus verpasste sich eine schallende Ohrfeige. Die Wange brannte wie Feuer. Der Schmerz erfrischte ihn wie ein kaltes Bad. Endlich sah er ihn wieder: Arminius hatte offenbar den Knall der Ohrfeige gehört, blieb stehen und wandte sich misstrauisch und ängstlich um. Germanicus gelang es gerade noch, in ein Zimmer zu springen. Vorsichtig lugte er um die Ecke.

In seiner grauen Hose und dem grauen Hemd durchquerte Arminius den Gang. Unter dem Arm trug er seinen Fellmantel. Alles, was er besaß, hatte er also bei sich. Das konnte nur eines bedeuten, nämlich dass er zu fliehen beabsichtigte. Germanicus überlegte kurz, ob er Alarm schlagen sollte, aber er fühlte sich bei dem Gedanken nicht recht wohl. Er musste es selbst und allein schaffen, den Barbaren von dem dummen Plan abzubringen, die größte Chance seines armseligen Lebens zu vertun. Schließlich war er der Sohn eines Feldherrn und kein Denunziant. Hatte er dem Augustus denn nicht versprochen, sich um den germanischen

Fürstensohn zu kümmern, ihm zu helfen, ihn zum Römer zu bilden? Germanicus beschloss, Arminius zu folgen.

Da drang ein rhythmisches Stöhnen, ob aus Qual oder Wohlbehagen konnte er nicht ausmachen, an sein Ohr. Das Geräusch wurde lauter. Arminius musste es ebenfalls vernommen haben, denn er blieb stehen. Germanicus verbarg sich hinter einer Ecke, denn inzwischen verführte ihn vollends die Aussicht auf ein großes Abenteuer, dass sich hier ganz offensichtlich anbahnte. Jetzt konnte er Arminius auch deutlich erkennen. Im verschwenderischen Umgang von Licht und Schatten modellierte der Schein der blakenden Fackeln die Züge seines zunächst verwunderten, dann aber bald schon angeekelten Gesichtes gespenstisch nach. Nach einer Weile riss sich der junge Cherusker von dem Anblick los und ging schnellen Schrittes weiter. Dabei schüttelte er sich unwillkürlich. Germanicus folgte ihm. Im Vorbeigehen warf auch er einen Blick in das Zimmer. Es dauerte einen Moment, bis er begriff, was er gerade beobachtet hatte.

Es war nicht das erste Mal, dass sich dem Jungen eine solche Szene bot. Er war damit aufgewachsen, dass alle von Tugenden sprachen und sich dabei paarten wie die Böcke. Diesmal vergnügte sich eben Tiberius, der nackt und vom Weine erhitzt, mit stumpfer Lust in einen sehr jungen Sklaven drang. Also strebte das Festmahl seinem Höhepunkte zu, und Tiberius hatte das Essen und Trinken für ein anderes Vergnügen kurzzeitig unterbrochen. Trotz seine Jugend wusste Germanicus, dass sein Vater Drusus – darin dem Augustus nahe – nichts für Knaben übrig hatte. Ansonsten aber gehörte es in Rom zur Normalität, dass sich Männer mit Männern, lieber aber noch mit Knaben abgaben. Die Genießer unterschieden sich nur darin, ob sie für jene Jünglinge schwärmten, denen noch kein Bart wuchs, oder für jene, denen bereits der erste Bart spross.

Der angewiderte Gesichtsausdruck des Arminius hatte Germanicus verraten, dass jener davon noch nichts wusste. Oder schätzten die Barbaren die Liebe zum eigenen Geschlecht am Ende überhaupt nicht? Germanicus selbst war allerdings bei Weitem zu jung und zu behütet aufgewachsen, um das, was er wusste, auch zu kennen. Er erinnerte sich daran, dass seine Eltern auf dem Weg an die Albis einmal, als sie glaubten, er schliefe, über diese Dinge gesprochen hatten. Sie bedauerten, dass Tiberius, seit er auf Befehl des Augustus seine geliebte Frau verlassen musste, Trost zwischen den Hinterbacken von Lustknaben suchte. Was für ein tristes Geschäft, hatten sie gesagt. Und das lauschende Kind war mit der großen Frage zurückgeblieben, weshalb sie die Hinterbacken von Knaben traurig fanden. Germanicus wusste es bis heute nicht, obwohl die Gestalt seines Onkels wenig Freude ausstrahlte, aber froh hatte er ihn ohnehin noch nie gesehen. Er wischte diese Gedanken, die ihn überfallen hatten, fort und konzentrierte sich ganz darauf, den flüchtenden Barbaren zu verfolgen, ohne dass dieser ihn entdeckte. Seine Abenteuerlust wuchs.

Vor ihnen lag ein weiterer Innenhof, der zum Tablinum und von da aus zum anschließenden Atrium führte. Arminius schaute sich vorsichtig um. Auf Zehenspitzen schlich er an dem angeketteten Pfortensklaven vorbei. Germanicus folgte ihm. Kaum auf die Straße gelangt begann Arminius zu laufen, Germanicus folgte im gebührenden Abstand – zwei Jungen um Mittenacht in Rom unter einem klaren Sternenhimmel. Kaum konnte der Römer mithalten, so schnell flitzte der junge Cherusker, so sehr trieb es ihn fort, einem unbekannten Ziele zu. Germanicus ließ sich nicht abhängen und blieb doch unbemerkt. Sie eilten vorbei an der Aula, in der Drusus aufgebahrt lag. Würde der Vater stolz sein auf ihn? Bestimmt! Ganz gewiss! Schon hatten sie die Aula hinter sich gelassen, waren unter dem eindrucksvollen Bogen hindurchgerannt und schließlich den Clivius Palatinus hinunter bis zum Forum gelaufen.

An einem großen Mietshaus bog Arminius plötzlich in eine kleine dunkle Straße ab. Erschrocken stellte Germanicus fest, dass der Cherusker in die Subura hastete, in jenes Viertel von Rom, das auch für Erwachsene um diese Zeit brandgefährlich war – wenn man dort nur sein Geld oder die Unschuld verlor, konnte man noch von Glück sagen. Die Straßen verengten sich zu dunkeln Gassen. Die sich schwarz mit dem Nachthimmel verbindenden aufstrebenden Wände der Mietshäuser verwandelten die Gassen in Bergstollen, die in die Unterwelt führten. Hin und wieder drang Licht aus einer Kaschemme. Vor dem jungen Römer platschte eine übel riechende Masse auf das Pflaster. Jemand hatte, weil es in den Mietwohnungen keine Toiletten gab, wie üblich seinen Nachttopf einfach aus dem Fenster auf die Straße entleert. Germanicus schüttelte sich vor Ekel, als ihm bewusst wurde, dass er barfuß unterwegs war. Doch die Verlockung durch das Abenteuer überwog das Unbehagen.

Arminius und kurz darauf Germanicus bogen um eine Ecke und kamen an einem von Fackeln hell erleuchtetem Gebäude vorbei, vor dem ein reges Treiben herrschte. Geschminkte Jünglinge und Mädchen, die man zuweilen erst auf den zweiten oder dritten Blick unterscheiden konnte, unterhielten sich mit älteren Frauen, die vulgäre durchsichtige Gewänder trugen, die alles zeigten, was man eigentlich nicht zu sehen wünschte, und fette weibische Männer stritten um Kunden, die sie ins Innere des Hauses zu ziehen gedachten.

Da bemerkte Germanicus, dass ein gepflegter älterer Herr aus der Tür trat, der zu seinem Erstaunen so gar nicht zu der vulgären Umgebung passte. Die weiße Toga, die sorgfältig gebrannten, schier unzähligen Löckchen auf seinem Haupt, das goldene Armband um das linke Handgelenk und die beiden schweren Ringe an den Fingern der linken und der rechten Hand wiesen ihn als Senator, zumindest aber als vermögend aus. Sie sahen einander an, und der Junge wurde von einer Woge der Übelkeit erfasst, als er spürte, dass der triefende Blick des alten Lüstlings ihn bereits vergewaltigte. Instinktiv erkannte er die Gefahr, und doch konnte er weder wegschauen, noch weglaufen, denn er fühlte sich wie vom

Ekel gebannt. Schließlich zeigte der Mann schlaff mit dem Finger auf ihn. Endlich vermochte Germanicus, sich loszureißen, wandte sich zur Flucht, doch im selben Moment spürte er schon, wie ihn die kräftigen Arme eines Sklaven umklammerten. Er trat und biss und schrie – umsonst.

»Lass mich, lass mich los, ich bin der Sohn des Nero Claudius Drusus!«, rief er verzweifelt. Aber der Sklave lachte nur und ließ ein Schnalzen hören, dessen Gemeinheit Germanicus plötzlich Todesangst einflößte. »Um so schlimmer für dich, dann müssen wir dich, wenn du meinem Herrn genügend zur Lust gedient hast, zerstückeln und im Tiber versenken, damit sich niemand an uns rächen kann.«

Dem Knaben schlug das Herz bis zum Hals.

»Arminius!«, konnte er noch schreien, bevor der Kerl ihm mit seinen groben Händen den Mund zuhielt und knurrte: »Halts Maul!«

Arminius blieb stehen, drehte sich um und entdeckte zu seiner Verwunderung Germanicus. Dann verschwand er im Dunkeln.

Verzweifelt versuchte Germanicus sich aus dem Griff des Sklaven zu lösen, doch er war zu schwach. Tränen der Wut traten ihm in die Augen, sodass er das grelle Licht über dem Eingang und im Flur des Hauses als brennenden Schmerz empfand. So muss es sein, wenn man geblendet wird, durchfuhr es ihn. Der Mann zerrte ihn mit sich, bis er den Knaben schließlich in einen Raum stieß und die Tür hinter ihm verriegelte.

Panisch wie ein gehetztes Tier sah sich Germanicus um. In dem viereckigen Raum gab es weder ein Fenster noch eine weitere Tür. Vom Schweiß und vom vergossenen Samen der Männer war der Estrich grauschwarz geworden und glänzte fett. Es roch süß und scharf wie eine Mischung aus überreifem Flieder und Urin. Die Hälfte des Raumes nahm ein kniehohes gemauertes Bett ein. Der junge Römer hätte sich am liebsten getötet, um der Qual und der Schande zu entgehen, die ihm bevorstand, doch er hatte kein Messer, er hatte gar nichts bei sich! Er schaute an sich herab und stieß ein bitteres Lachen aus. Die Aussicht auf das große Abenteuer hatte ihn blind gemacht für die Gefahren, die an jeder Ecke lauerten. Diese Stadt kannte weder Mitleid noch Erbarmen. Er war aus dem Bett gesprungen und hatte, nur mit einer Tunika bekleidet, Arminius' Verfolgung aufgenommen. Kein Wunder, dass der alte Lüstling ihn als leichte Beute wegfangen ließ!

Und das also sollte nun das große Abenteuer gewesen sein? Ein Ausflug in nächtliche und zu Recht übel beleumdete Gassen, bevor er dem widerlichen alten Kerl zu Willen sein musste, um anschließend auf dem Schindanger geworfen zu werden? Plötzlich erfasste den Knaben ein so großes Mitleid mit sich selbst, dass er in Tränen ausbrach. »Mutter!«, wimmerte er. Im selben Augenblick öffnete sich die Tür, und der Mann betrat den Raum. Er lächelte zuckersüß, sein weichliches, verschwitztes Gesicht zerfloss in einem einzigen Lächeln, in dem seine Augen schwammen. In ihnen war nichts Klares, nichts Männliches, Germanicus fand darin nur Verschlagenheit und Heimtücke.

»Ruf weiter nach deiner Mama, mein Täubchen. Ich hab es gern, wenn ihr nach eurer Mama ruft. Ich will dir einen schönen Tod gewähren«, sagte der Mann heiser und wedelte mit einer gelben Kordel vor den Augen des Jungen herum. »Sie ist aus Gold. Ich werde dich würgen, während wir uns vereinigen. Es ist zu schade, dass man nur einmal diesen Spaß miteinander haben kann. Aber so ist es nun mal. Lass es uns genießen. Hab keine Angst, ich bin erfahren.«

Der Lüstling ließ seine Tunika fallen. Germanicus musste sich übergeben.

»Macht nichts, macht gar nichts«, murmelte der Mann, während er sich dem Knaben näherte. Außer sich vor Entsetzen starrte Germanicus auf die ausgestreckten Hände, die ihm näher und immer näher kamen. Gleich würden die dicken Finger wie eine Herde Ferkel über seinen Köper wandern. Geifer troff ihm aus den Mundwinkeln, und seine Zunge zischelte wie eine Schlange. Dann stieß der alte Römer ein gurgelndes Grunzen aus und sank mit weit aufgerissenen Augen vornüber. Germanicus sprang rasch zur Seite, um dem massigen Leib auszuweichen. Plötzlich sah er Arminius vor sich. Er starrte erst ihn an und dann seinen bäuchlings vor ihm liegenden Peiniger. Tief in dessen Rücken stak das Messer des Arminius.

»Komm!«, sagte er nur.

*

Über dem nachtschwarzem Wasser des Tibers lag ein Teppich aus Sternenlicht. In einiger Entfernung ragte die Tiberinsel mit dem Heiligtum des Asklepios aus dem Fluss. Auf dem gegenüberliegenden Ufer erblickte Arminius den Vatikanischen Hügel und die Anhöhe des Janus, deren Friedhöfe und Parks sich hinter den Vorhang der Nacht verbargen. Er erhob sich beunruhigt und wollte schon zurück in den Fluss steigen, weil er befürchtete, dass ein Strudel Germanicus erfasst haben könnte. Doch da tauchte dieser endlich wieder auf und kroch ans Ufer. Lange war er im Fluss und unter Wasser geblieben, um das Erbrochene, um den ganzen Schmutz des Erlebnisses von sich abzuwaschen. Der Cherusker reichte dem nackten Jungen, der nur noch sein goldenes Amulett, die *bulla,* um den Hals trug, seinen Fellmantel. Germanicus hüllte sich darin ein, zog den Mantel fest um sich und genoss die Wärme, die vom Fell ausging und durch alle seine Poren ins Innere drang.

»Ein schönes Fell.«

»Bärenfell. Das Beste, was es gibt. Mein Vater hat den braunen Gesellen selbst erlegt und ihm eigenhändig das Fell über die Ohren gezogen.«

Seltsam, aber diese Worte machten, dass sich Germanicus noch wohler in dem Mantel fühlte als ohnehin.

»Wohin wolltest du eigentlich?«, fragte er.

»Zu meinem Bruder.«

»In die Prätorianerkaserne?«

»Ja. Ich hatte mich erkundigt, sie liegt außerhalb der Stadtmauern.«

»Und dann?«

»Wollte ich mit ihm fliehen.«

»Du wärest nicht weit gekommen!«

Wütend sprang Arminius auf und wollte eine zornige Antwort geben, doch Germanicus lächelte nur: »Glaub mir. Es ist sinnlos. Du würdest bis an das Ende deiner Tage ein Gejagter bleiben, und deine Familie würde man töten. So geht man mit den Angehörigen flüchtiger Geiseln um, sie werden niedergemacht.«

Arminius ließ den Kopf sinken. Daran hatte er noch nicht gedacht. Germanicus stand auf und nahm den fremden Jungen in den Arm. »Du hast mir das Leben gerettet«, sagte er leise. Dann ließ er ihn los und wandte sich zum Gehen. »Komm, wir gehen zurück, bevor man merkt, dass wir nicht in unseren Betten liegen.«

Widersprüchliche Gefühle ließen Arminius zögern.

»Du wirst ein großer Fürst deines Volkes werden, wenn du von uns alles lernst, was man lernen kann«, sagte Germanicus. »Ich werde dir dabei helfen. Ich stehe in deiner Schuld. Freund?« Er streckte Arminius die rechte Hand entgegen.

Dieser kam zögernd auf ihn zu, schaute ihm prüfend in die Augen, dann legte er seine Hand in die des Römers. »Freund!«

Dann machten sie sich schweigend auf den Heimweg. Nach einer Weile fragte Germanicus: »War es dein Erster, ich meine, hast du schon mal jemanden getötet?«

»Nein«, antwortete Arminius leise und vermied es, den anderen anzusehen.

»Und wie ist es? Ist es schlimm?«

»Er musste weg.«

Germanicus schaute ihn verwundert an. »Was heißt das, er musste weg? Ich verstehe diesen Ausdruck nicht.«

»Mein Vater sagt, wenn ein Bulle oder ein Bock oder ein Rüde die eigenen Jungtiere angreift, dann muss er weg!«

Germanicus fröstelte, er zog den Mantel noch fester um sich. Dann entschied er: »Keiner darf je von unserem Ausflug erfahren!«

»Niemand!«

»Schweigen?«

»Schweigen!«

»Schwörst du?«

»Zum eigenen Nutzen. Bei Týr will ich die Ereignisse dieser Nacht vergessen!«

»Bei Jupiter, ich auch«, seufzte Germanicus, »bis auf eines.« Arminius sah ihn fragend an. »Einzig, dass du mir das Leben gerettet und mich vor Schande bewahrt hast, werde ich für immer im Gedächtnis bewahren!«

*

Niemand im Haus der Livia hatte die Abwesenheit der beiden Jungen bemerkt. Bereits in den frühen Morgenstunden setzte eine flinke Geschäftigkeit im Haus wie in der ganzen Stadt ein. Denn an diesem Tag war es endlich soweit: Der Leichnam des Drusus wurde vor den Augen wohl aller Römer auf dem Marsfeld verbrannt. Anschließend sollte die Urne des beliebten Feldherrn in einer pompösen Prozession in das Mausoleum des Augustus gebracht werden, das sich gegenüber dem Friedensaltar, der Ara Pacis, erhob. Augustus und Tiberius hielten die Trauerreden für den toten Schlachtenlenker. Das Volk war, wie es ihm zukam, ergriffen, und den Boden des Marsfeldes netzten vergossene Tränen.

Ein paar Tage lang beschäftigte der spektakuläre Tod des Senators Calpurnius Gallus Piso im Bordell die Fantasie der Römer. Um dem Gerede den Boden zu entziehen, warf man den Leibsklaven des Senators, der seinen Herrn an jenem Abend bei seinen Ausschweifungen begleitet hatte, in der Arena den hungrigen Löwen zum Fraß vor. Er hatte sich vor allem dadurch verdächtig gemacht, dass er allerlei merkwürdige Geschichten von einem hohen Knaben, dem Sohn des Drusus, erzählte. Es erbitterte die Römer, die gerade den verehrten Feldherrn zu Grabe getragen hatten, dass ein verruchter Sklave den Sohn des Drusus mit den schmutzigen Lastern eines zweifelhaften Senators in Verbindung brachte. Man hielt ihn deshalb für den Mörder seines Herrn, und aus Ermangelung eines anderen Verdächtigen fragte man nicht lange nach einem Motiv, sondern schrieb die Bluttat der Verwirrung des Geistes zu, der von den ständigen Ausschweifungen zerrüttet worden war. Und damit hatte man ja auch in gewisser Hinsicht Recht.

Augustus bedauerte den Tod der Schande Roms keineswegs. Er hätte den Mann nicht selbst aus dem Weg räumen lassen können, ohne den Senat zu beunruhigen, was politisch nicht in seinem Sinne war. Doch dass der alte Lüstling seinen schmutzigen Leidenschaften zum Opfer gefallen war, sollte ihm nur recht sein. So hatten also die Götter, die diesen Frevel nicht länger mit ansehen wollten, selbst gehandelt.

Antonia, Livia und der Erzieher Salvianus konnten bald erfreut feststellen, dass Arminius und Germanicus von nun an unzertrennlich waren. In allen Dingen standen sie wie Brüder füreinander ein. Besonders zufrieden aber war Tiberius – sein Plan schien aufzugehen.

15

Flavus trug die unter dem Brustpanzer aus dunklem Leder hervorleuchtende blaue Tunika und den gleichfarbigen Mantel der Prätorianer darüber, eine Kleidung, die sein blondes Haar und seinen scharf geschnittenes Gesicht prachtvoll zur Geltung brachten. Arminius hatte zur Feier des Tages die Knabentoga angelegt. Die Brüder saßen nebeneinander auf einem der mittleren Ränge im Circus Maximus zwischen den unteren gemauerten Sitzreihen der Ritter und den oberen hölzernen Plätzen der Plebejer, der gewöhnlichen freien Römer. Die meisten Männer auf den oberen Rängen hatten sich schon am frühen Vormittag eingefunden, um auf den Sieger des ersten Wagenrennens zu wetten. Einige waren auch gekommen, um sich ein wenig zu prügeln, und danach einfach sitzen geblieben, weil sie das alljährlich stattfindende Trojaspiel miterleben wollten.

Aus allen Himmelsrichtungen strömten Abgaben, Tribute und Steuern in die Taschen der römischen Senatoren und Ritter. Und überall schufteten Menschen, um das einfache römische Volk, die *plebs,* das seine Zeit vorzugsweise in den Arenen und Theatern zubrachte, mit Gratisspielen und Gratisgetreide zu versorgen. Mit ausreichend Brot und Spielen bedacht, hielt es Ruhe. Darin bestand der tiefere Sinn der Pax Augusta, des andauernden Friedens, der mit Augustus begann.

Der Grundsatz seiner Herrschaft war denkbar einfach: Menschen, die mit Nahrung und Unterhaltung ruhiggestellt werden, begehren nicht auf. Um diese einlullende Wirkung zu erreichen, muss zum einen die Nahrung simpel sein, und zum anderen darf die stetige Unterhaltung das Denkvermögen der Volksmassen nicht übersteigen – auch im Genuss macht Anstrengung unzufrieden und nörglerisch.

Biete dem Volk ein große Suhle mit ausreichend Eicheln, und es wird sich hineinlegen. Das hatte der Herrscher Germanicus und Arminius persönlich beigebracht. Und er führte ein anschauliches Beispiel dafür an: Drusus, der verblichene Vater des Germanicus, hatte sich gern bei den Spielen sehen lassen und nicht geknausert. Deshalb war er beim Volk beliebt gewesen und wurde noch heute verehrt. Tiberius hingegen mochten die einfachen Leute nicht, weil er aus seiner Verachtung gegenüber den öffentlichen Belustigungen keinen Hehl machte und zudem zu Recht als Geizhals galt. Beim alljährlichen Gedenken an Drusus' Tod beklagten fast alle, dass das Schicksal den lebensfrohen Feldherrn und nicht seinen finsteren Bruder ereilt hatte.

Glaubte man indes, dass das Leben dieser Leute einem einzigen Spaziergang glich, irrte man gründlich: Auf der Suche nach außergewöhnlichen Erlebnissen mussten sie beständig von einem Ereignis zum nächsten hasten, Hamster im Laufrad der Spiele. Und diese ununterbrochene Geschäftigkeit in Geschrei und Gestank, die sie Leben nannten, untergrub die Gesundheit rasch und sicher.

Zum Zeichen, dass Germanicus die *toga virilis,* die Männertoga, verliehen wurde, war der Kaiser am Morgen mit ihm vor den Senat getreten. Dort hatte Augustus die vom Volk bejubelte Volljährigkeit des jungen Römers verkündet. Nur wenige Stunden später wurde Germanicus auch noch die große Ehre zuteil, als Führer der Jungmannschaft, als *princeps iuventutis,* die Knaben und Jünglinge im Staatsfest des Trojaspiels anzuführen.

Arminius hatte von seinem Lehrer Salvianus erfahren, dass sich die Römer von den Troern herleiteten. Ihr Stammvater war Aeneas, der die Überlebenden der von den Griechen geschlagenen Bewohner von Troja mit Schiffen nach Italien brachte. Zur Ehre seines verstorbenen Vaters richtete er, kaum in Italien gelandet, Reiterspiele mit Wettkämpfen aus, und der Staatsdichter Vergil hatte diese erste Reiterparade, bei der der sagenhafte Iulus die Jungmannschaft führte, besungen: »Iulus, so stattlich wie keiner der andern; auf dem Sidonier-Ross ritt er, das ihm die herrliche Dido schenkte, Erinnerungsstück an sie selber und Zeugnis der Liebe.«

Germanicus und auch Arminius kannten diese Verse auswendig – niemand in Rom konnte als gebildet gelten, der nicht wenigstens ein paar Zeilen des hochverehrten Publius Vergilius Maro herzusagen wusste.

Das Fest wurde fortan Trojaspiel genannt, und Augustus richtete es gern aus, denn es verherrlichte nicht nur den Gründungsmythos der Stadt Rom, sondern auch Augustus selbst und dessen Geschlecht. Dank der Adoption durch Julius Caesar und seiner Mutter Julia empfand sich der Kaiser ganz als Julier, die sich wiederum auf Iulus als ihren Stammvater beriefen.

Die besten Pferde, die sich die Eltern der jungen römischen Elite leisten konnten, trugen kostspieliges Zaumzeug. Im Sattel saßen ihre Söhne, die jugendlichen Häupter mit Kränzen aus Eichenlaub geschmückt. Die Sonne spiegelte sich in den Goldharnischen, die sie über ihren Tuniken trugen. In der linken Hand die Zügel, in der rechten Hand ein Lanzenpaar mit eiserner Spitze und einem Schaft aus dem schwarzen Holz der Kornelkirsche, ritten sie nun in drei Abteilungen in die Arena ein. Dem Führer einer der drei Abteilungen folgten jeweils zwölf Knaben oder Jünglinge in zwei Reihen zu sechs Reitern. Die Pferde wieherten munter, als kitzele sie der wettkampferprobte Sand der Arena in den geblähten Nüstern und spornte sie geradezu an.

Posaunen erklangen, Trommelwirbel stiegen in die Luft. Aufgeregt stieß Arminius den Bruder an und deutete mit dem Finger auf Germanicus. »Schau, Flavus, da ist er, da ist Germanicus. Ab heute gehört er zu den Männern.« Arminius lehnte sich einen Moment lang zufrieden zurück, begann dann aber doch, so unruhig auf seinem Platz hin und her zu rutschen, als ritte er an der Seite des Freundes.

Und nun begann das Spiel. Die Abteilungen zogen mit gezückten Waffen gegeneinander an, lieferten sich im spielerischen Wechsel glanzvolle Scheinangriffe und formvollendete Rückzüge, stürmten gleich darauf wieder aufeinander los, wichen zurück, flohen und verfolgten sich gegenseitig, um erneut anzugreifen. Krieg war Choreografie. Wer das nicht verstand, der wusste nicht zu kämpfen. Und die Göttin der Choreografie war die *disciplina,* die harte, die unerbittliche römische Disziplin.

Ob sich nun die eigenen Kinder unter den Reitern befanden oder nicht, die Römer waren ungemein stolz auf die Jungmannschaften im Trojaspiel. Und dieser Stolz dirigierte das Konzert der vielstimmigen Zurufe.

Arminius neigte sich zu seinem Bruder und brüllte ihm ins Ohr: »Weißt du, wie man bei uns zu Hause die Knaben in den Kreis der Männer aufnimmt?«

»Nicht genau. Ein Teil des Rituals ist geheim«, schrie der Bruder zurück.

»Was weißt du davon?«

»Nicht viel, nur dass wir von unserem Vater unsere Waffen bekommen hätten. Danach hätten wir im heiligen Hain im Kreis der Männer das erste Mal den Schwerttanz aufführen müssen.«

»Weißt du, wie der geht?« Flavus schüttelte nur den Kopf. »Den hätten wir üben müssen, wie die römischen Jungen das Trojaspiel.« Arminius schwieg und blickte traurig zu Boden. Flavus stieß ihn derb, aber herzlich an. »He, was ist denn los mit dir?«

»Ach, nichts, ich hätte nur so gern von Vater meine Waffen bekommen. Du nicht?«

»Weiß nicht. Es ist so lange her. Er hat uns doch gehen lassen. Jedenfalls sind wir jetzt hier«, meinte Flavus und wies auf seine rechte Seite, wo er sein Kurzschwert trug. »Ich habe meine Waffen von meinem Präfekten bekommen. Weißt du eigentlich, dass wir viele Germanen in der Kaserne sind? Und täglich kommen mehr. Sugambrer, Cherusker, Marser, Chatten, Ubier, Bataver, Brukterer,

Sueben, Angrivarier, von allen Stämmen treffen junge Männer ein. Es heißt, Augustus will sich eine Leibwache aus Germanen zusammenstellen.«

»Woher weißt du das?«, staunte Arminius.

»Von meinem Präfekten. Ich soll ein Centurio der germanischen Leibwache werden. Weil ich schon so lange in Rom bin.«

Arminius warf dem Bruder einen bewundernden Blick zu. Er war jetzt sehr stolz auf ihn, und Flavus genoss augenscheinlich die Anerkennung seines Bruders.

»Siehst du, so sorgt Rom für uns. Eines Tages werden wir römische Bürger sein. Und aus unseren Söhnen können sogar Senatoren und Feldherren werden. Ist das nicht herrlich? Arminius, wir hatten am Ende doch großes Glück, als sie uns aus den heimischen Wäldern schleppten und hierher brachten. Größeres Glück als wir Dummköpfe damals ahnten.«

»Trotzdem möchte ich Vater und Mutter wiedersehen«, sagte Arminius leise. Der Ältere legte liebevoll seinen Arm um den Jüngeren. »Ich auch. Wenn die Götter wollen, werden wir es auch – eines Tages.«

Beifall brandete auf. Die Reiterabteilungen ritten zum Abschluss eine große Runde durch die lang gestreckte, ovale Arena.

»Sieh dich an, Arminius. Du lebst im Hause des Princeps, wirst zusammen mit dem Enkel der Kaiserin erzogen. Und da trauerst du den germanischen Wäldern nach?«

»Nicht den Wäldern, Flavus. Ich habe Sehnsucht nach unseren Eltern.« Und nach Elda, die er in all den Jahren nicht vergessen hatte, doch das verschwieg er dem Bruder. Mit Germanicus könnte er darüber reden, vielleicht, obwohl er auch das vermied, aber auf keinen Fall mit Flavus. Der würde ihn nur auslachen und ihm wahrscheinlich einen Bordellbesuch spendieren.

»Man kann nicht alles haben, Bruderherz«, sagte Flavus lächelnd und erhob sich, weil sich der Circus bereits zu leeren begann. »Komm, wir wollen Germanicus gratulieren.«

»Das müssen wir wohl verschieben«, sagte Arminius. Flavus schaute ihn fragend an. »Er wird von Augustus persönlich abgeholt. Zum Festmahl zu seinen Ehren.«

»Und du?«

»Oh, wir werden zwar zusammen erzogen, verbringen fast jeden Tag miteinander, sind Freunde, aber vergiss nicht, Flavus, ich bin kein Römer, ich bin für sie ein Barbar.« Einem plötzlichen Impuls folgend, schloss Flavus seinen Bruder fest in die Arme. Dann meinte er lachend: »Nicht mehr lange. Wollen wir wetten?« Arminius schaute ihn fragend an. »Wer von uns zuerst römischer Bürger ist, du oder ich.«

»Du scheinst es ja kaum erwarten zu können.«

»Und du?« Ja, was war mit ihm? Arminius wusste nicht, ob er lieber Bürger des Römischen Reiches werden oder Germane bleiben wollte. Er hatte lesen und schreiben gelernt, konnte etwas Griechisch, las Vergil, Horaz und Cicero, hatte Rhetorikstunden, aber auch eine gründliche Ausbildung im Reiten, Fechten und römischer Taktik absolviert, er sprach täglich Latein und träumte schon auf Latein. Jede Minute nutzte er eifrig, um zu lernen und um seinen Körper im Waffenhandwerk auszubilden, trieb bereits nach dem Aufstehen Sport und hielt ständig Ausschau nach den besten Meistern im Schwert- und im Faustkampf. Es gab immer noch eine Finte und eine Parade, die man lernen konnte. In Germanicus besaß er in all diesen Unternehmungen einen idealen Gefährten und oft auch einen großartigen Gegner in den vielen kleinen und größeren Wettkämpfen, zu denen sie von ihrem jugendlichen Ungestüm getrieben wurden. Sie wetteiferten miteinander und schenkten sich nichts. Das schätzten sie aneinander, dafür liebten sie sich ohne Haken und Ösen wie es nur wirkliche Freundschaft und die Bedingungslosigkeit der Jugend vermag. Manchmal fragte er sich bereits, wie das eine oder andere Wort auf cheruskisch hieß. Immer wenn er Flavus in der Kaserne besuchte, was ihm nach einem Jahr der Trennung und durch die Fürsprache des Germanicus erlaubt worden war, sprach er mit ihm in seiner Muttersprache, weil er fürchtete, sie allmählich zu vergessen.

Am nächsten Tag wurde er zu Augustus ins Atrium des kaiserlichen Hauses gerufen. Der Herrscher saß auf seiner Lieblingsbank im Tablinum, umgeben von Antonia und Livia, seinen Adoptivsöhnen – dem jüngeren Lucius Caesar und dem älteren Gaius Caesar – sowie Germanicus.

Arminius liebte die freundliche Atmosphäre in diesem Teil des Hauses. Im Wasserbassin des Atriums schwammen Goldfische. Durch die quadratische Dachöffnung darüber fiel das Licht ungehindert in die Räumlichkeiten und schuf eine diffuse Helligkeit, in der man meinte, die einzelnen Lichtpunkte wie Staub erkennen zu können.

Gaius Caesar, der unmittelbar neben dem Herrscher stand, wurde an den Gerüchtebörsen Roms und im Senat bereits als der nächste Kaiser gehandelt. Der hübsche junge Mann von achtzehn Jahren war der Sohn von Julia, der Tochter des Augustus, und Agrippa, dem besten Freund des Kaisers. Agrippa war nun schon über zehn Jahre tot. Die Erziehung des Gaius Caesar hatte Livia übernommen, die Frau des Augustus, Mutter von Tiberius und Drusus und Germanicus' Großmutter. Nach dem Tod seines treuen Freundes Agrippa, der ihm den Weg zur Macht freigekämpft hatte, hatte Augustus seine Tochter zwar in die Ehe mit Tiberius gezwungen, doch dem Paar war kein Glück beschieden. Julia hatte ihren Mann betrogen und ihn, sooft sie nur konnte, lächerlich gemacht. Darüber trübsinnig geworden hatte sich Tiberius vier Jahren zuvor – für alle überraschend, für manche schockierend – aus der Politik zurückgezogen und lebte nun freiwillig im Exil auf der Insel Rhodos. Augustus verübelte ihm diesen Schritt immer noch. Tiberius lebte auf der fernen Insel in Ungnade und verdankte es allein der schützenden Hand seiner Mutter, dass ihn nicht schon längst das Gift oder der Stahl eines gedungenen Mörders niedergestreckt hatte.

Aber auch für Julia, die Mutter von Gaius Caesar, brachte die Ehe keinen Nutzen. Des ausschweifenden Lebenswandels seiner Tochter überdrüssig und, wie man es sich in ganz Rom hinter vorgehaltener Hand erzählte, erbost über eine Verschwörung, die in Julias Haus, einem beliebten Treffpunkt eitler Ehrgeizlinge, aufgedeckt worden war, schied Augustus, ohne den Ehemann zu fragen, einfach ihre Ehe mit Tiberius. Dann verbannte er seine Tochter auf eine kleine Mittelmeerinsel, wo sie nur mit dem Allernotwendigsten versorgt blieb.

Gaius Caesar focht das alles nicht im Mindesten an. Seine Mutter bedeutete ihm ebenso wenig wie seinem jüngerer Bruder Lucius Caesar. Eine Amme hatte die beiden liebevoll umsorgt, die Großmutter erzog die beiden Jünglinge. Ihrer Mutter Julia waren sie nur bei offiziellen Anlässen begegnet, an denen die Familie vor den Römern und der Welt eben als Familie auftrat.

Germanicus, der am weitesten außen stand, bemühte sich, seine Freude zu unterdrücken, und setzte eine würdige stoisch-unbewegte Miene auf, die so gar nicht zu seinem jungenhaften Gesicht und den aufgeregt tanzenden Fingern, die er hinter seinem Rücken zu verbergen trachtete, passte.

»Ich grüße dich, Arminius«, sagte Augustus freundlich. Wie er es gelernt hatte, senkte der Junge vor dem Herrscher ehrerbietig den Kopf. »Salve Caesar!«

»Du hast dich bewährt. Seit du zu uns gekommen bist, hast du zu denken und zu handeln gelernt wie ein echter Römer. Zum Beweis erfreue uns mit ein paar Zeilen aus dem Vergil oder dem Horaz!«

Arminius lächelte, dann konzentrierte er sich und begann mit Vergil:

»Nah an die Stadtmauern kamen derweil die berittnen Trojaner
auch die etruskischen Feldherren, kurz, alle Kämpfer zu Pferde,
streng nach Schwadronen geordnet. Über das flache Gelände
trappelten wiehernd die Rosse, sie warfen die Köpfe, sich gegen

Zügeldruck sträubend, bald hierhin, bald dorthin; von ehernen Lanzen
starrte weithin die Flur, hoch blitzten die Waffen im Felde.«

Er zitierte die lateinischen Verse mit einer vollkommenen römischen Aussprache, so als sei er auf dem Palatin oder der Esquilin, dem Virminal oder dem Capitol geboren und wie ein Römer bei der ersten Waschung unmittelbar nach der Geburt in Tiberwasser getaucht worden. Nur sehr geübte Ohren hätten an seinem tieferen Stimmsitz die fremde Abstammung erkennen können. Er holte kurz Luft, dann fuhr er mit Horaz fort:

»... so sahn zur Schlacht am rätischen Alpenjoch
den Drusus ziehn die wilden Vindeliker,
und ihre siegverwöhnten Scharen
spürten, erdrückt von des Jünglings Kriegskunst ...«

Arminius hielt kurz inne, um die Spannung zu steigern und lächelte Germanicus an, dem warm ums Herz wurde. Dann sprach er weiter:

»... was großer Blick, was erbliche Tüchtigkeit,
an gottgeliebtem Herde gepflegt, vermag
und wie gewaltig in den Söhnen,
in den Neronen, der Geist Augustus' ist.«

Augustus lachte über das ganze Gesicht, als er Beifall klatschte. »Brav von dir, unsern Freund Horaz zu deklamieren, der leider von uns gegangen ist und den ich noch heute nach Jahr und Tag seit dem Moment seines Hinscheidens vermisse. Kein Mann von so gewaltigem Talent hat seither die Erde berührt. Meine Neffe hier ...«, er wies auf Germanicus, »meint, Ovid könne es mit ihm aufnehmen. Doch zu leicht, finde ich, tändelt dessen Gesang.«

Germanicus errötete leicht wegen der Zurechtweisung. Aber das lag nicht in der Absicht des Herrschers, der sogleich, an Arminius gewandt, fortfuhr: »Mit der Auswahl der Verse hast du Roms großen Feldherrn Drusus geehrt, du hast deinem Herrscher, mir, Ergebenheit bewiesen, und du hast den Freund gelobt, den Sohn des Drusus. Du hast auch allen Grund dazu, ob du es weißt oder nicht, Germanicus herzinnig zu danken. Mit der ganzen Gewalt seiner jugendlichen Beredsamkeit hat er darum gebeten, was sag ich, gefordert, gewünscht, gebettelt, so wie es nur ein echter Mann kann, dass dir zur Feier seiner Volljährigkeit von mir das römische Bürgerrecht verliehen werde. So arg gedrängt sah sich seit Anbeginn der Welt ein Herrscher selten, sodass ich mich endlich der mit so viel Tugend und Ehre vorgetragenen Bitte nicht verschließen konnte.«

Augustus erhob sich. Dann fuhr er mit lauter Stimme fort, als stünde er auf der Rednertribüne im Forum Romanum und spräche zum Volk von Rom: »Ab heute wirst du als Julius Caesar Arminius in die Freiheit der römischen Bürger aufgenommen, und dir wird das römische Bürgerrecht verliehen. Ich will dich also nicht länger in der Knabentoga sehen. Bereite dich darauf vor, meinen Sohn, Gaius Caesar, auf seinen Missionen zu begleiten. Du bist alt genug. So, und jetzt lass dich umarmen, Römer, Mitbürger, Freund.« Nachdem Augustus gesprochen und Arminius umarmt hatte, herrschte für einen Moment Ruhe, bevor Jubel losbrach. Germanicus stürzte auf den Freund zu und schlang die Arme um ihn.

»Bruder!«, rief er.

Und Arminius antwortete: »Bruder!«

16

Kaum ein Jahr war vergangen, als Flavus tatsächlich zum Centurio der germanischen Leibwache des Augustus befördert wurde. Arminius und er sahen sich nun häufiger, doch nur für kurze Zeit. Der Kaiser übertrug Gaius Caesar die Aufgabe, nach Kleinasien zu gehen, um in Armenien wieder einen den Römern genehmen Fürsten einzusetzen. Auch beauftragte er ihn damit, die Parther, ein stets gefährliches und widerspenstiges Volk, das alles daransetzte, im Mittleren Orient zur Großmacht aufzusteigen, in die Schranken zu weisen. Arminius sollte den Enkel des Augustus bei dieser seiner ersten großen Mission als Staatsmann und Feldherr begleiten, um Erfahrungen im Umgang mit den Provinzen, den Verbündeten und den Feinden zu sammeln. Außerdem sollte er seine praktischen Kenntnisse der Reitertaktik erweitern. Wenn er sich bewährte, wollte man ihm bald schon ein eigenes Kommando übertragen. Und auch Germanicus sollte nicht in Rom bleiben, auch für ihn war es Zeit, Dienst und Ausbildung im Heer zu beginnen. Er wurde Lucius Domitius Ahenobarbus, dem Befehlshaber der Rhenus-Armee, zugewiesen.

Der letzte gemeinsame Tag der beiden Freunde in Rom bedeutete auch die letzten Stunden ihrer Kindheit – Militärdienst und Kampf, Politik und Krieg erwarteten sie bereits. Doch an diesem Tag wollten Arminius und Germanicus noch einmal Rom und ihre Freundschaft genießen. Und man ließ sie gewähren.

Den Vormittag hatten sie in den Thermen verbracht, zunächst ein Warmwasserbad genommen und ausgiebig geschwitzt. Dann suchten sie gemeinsam die Latrine auf, denn das warme Bad hatte ihre Verdauung gefördert.

Eine Latrine bestand aus einem an der Stirnseite offenen Rechteck. Darin verliefen rechts, links und hinten drei Bänke mit zwanzig oder dreißig Latrinenlöchern. Da es ja in den Mietshäusern keine Toiletten gab, suchten die meisten Römer zur Verrichtung ihrer Notdurft die peinlich sauberen öffentlichen Latrinen auf. Hier ließ sich die Zeit, die man für sein Geschäft benötigte, in angenehmer Unterhaltung verbringen. Zuweilen wurden auch Geschäfte ganz anderer Art abgeschlossen. Selbst Römer, die in ihrem Haus über einen eigenen Abtritt verfügten, suchten der Gespräche wegen die öffentlichen Bedürfnisanstalten auf. Als Arminius das erste Mal in eine öffentliche Toilette mitgenommen worden war, verstörte ihn das sehr, denn er war es gewohnt, zum Zwecke der Entleerung im Wald zu verschwinden und die Angelegenheit allein und ohne Zeugen zu erledigen. Er hatte einen hochroten Kopf bekommen beim Anblick der nebeneinandersitzenden Männer in der Latrine, der eine mit entspanntem, der andere mit verkniffenem Gesicht, schwatzend, furzend und scherzend. Die Gespräche selbst wurden lieblich vom Rauschen der Wasserkanäle untermalt, die sich unter der Latrinenverkleidung oder vor den Sitzbänken entlangzogen, unterbrochen nur durch das gelegentliche Plumpsen der herabfallenden Exkremente, die sogleich vom fließenden Wasser erfasst und in eine der Kloaken Roms gespült wurden, die allesamt in den Tiber mündeten.

Nachdem der Knabe sein Befremden überwunden hatte, empfand er die römische Sitte, sich mit eigens dafür an Stöcken befestigten Schwämmen zu säubern, die anschließend in einer vor den Sitzbänken entlanglaufenden Rinne mit fließendem Wasser ausgespült wurden, als ausgesprochen angenehm und erfrischend. Das war besser als die nassen Blätter zu Hause, die zudem im Winter nicht zur Verfügung standen. Seit Arminius in Rom lebte, war Schluss mit den gelegentlichen, sehr schmerzhaften Wunden an seinem Hinterteil. Mit der Zeit gewöhnte er sich sogar daran, dass sein stilles Geschäft in ein öffentliches verwandelt wurde.

»Wo werden wir bloß unseren nächsten Haufen setzen, Bruder?«, fragte Germanicus in gespieltem Ernst.

»Mögen die Götter es uns inmitten römischer Bürgerärsche tun lassen«, antwortete Arminius.

»Bei Jupiter, wohl gesprochen. Nur um es zu wissen, wo verrichten die Germanen ihr Geschäft?«

»Heimlich im Wald.«

Germanicus verzog angewidert die Miene. »Kacken sie etwa allein? Ohne Gesellschaft? Barbaren!« Er wollte es nicht glauben. »Nicht einmal ein Windchen, das sie miteinander teilen?«

»Das schon. Zuweilen auch eine Böe oder eine Sturmbrise, manchmal glaubt man auch, Gott Donar wohne in den Eingeweiden eines Mannes oder einer Frau, aber nur die Winde sind öffentlich und allen Nasen zugänglich. Um sich jedoch von den Werken ihres Magens und Darms zu trennen, verstecken sich die Cherusker. Niemand darf sie dabei beobachten.«

»Harte Zeiten stehen mir bevor.« Germanicus war kurz davor, in Selbstmitleid zu versinken. Entsetzt schüttelte er den Kopf. »Allein mit meinen Exkrementen!«

»Und wie ist es im Osten?«, wollte Arminius seinerseits wissen.

»Ach«, log Germanicus, »da kacken die Leute erst gar nicht.«

Arminius sah ihn erstaunt an. Der fuhr mit großer Ernsthaftigkeit fort: »Da sind sie so geizig, dass sie sich ohnehin von nichts trennen können.«

»Dummkopf!«, schimpfte Arminius, der dem Freund beinahe auf dem Leim gegangen wäre. Aber er hatte auch so viele fantastische Geschichten über den Osten gehört, dass er wie viele andere Römer meinte, im Osten sei alles möglich.

»Na, würde ich nicht Germanicus heißen, müsste ich auch nicht in den nassen und finsteren Norden.«

»Du sprichst von meiner Heimat.«

Germanicus ging nicht darauf ein. Dass der Freund in dieser Wildnis zur Welt gekommen sein sollte, konnte er sich inzwischen nicht mehr vorstellen, denn aus dem kleinen, zottigen Germanen, mit dem er sich einst auf einem Schiff geprügelt hatte, war längst ein ansehnlicher römischer Jüngling geworden.

»Und würdest du nicht Arminius heißen, müsstest du auch nicht nach Armenien, Prinz Blauauge.«

So verließen sie unter Scherzen froh und erleichtert die Latrine, erfrischten sich im Kaltwasserraum, schwammen und tauchten eine Weile in dem großen Bassin, dessen Boden mit einem Mosaik aus springenden Delfinen verziert war. Anschließend gingen sie in das Theater, das der Tiberinsel gegenüberlag und nach Marcellus, dem verstorbenen Onkel des Germanicus, benannt worden war.

Sie nahmen weit oben in einer der letzten Reihen Platz. Es war, als säßen sie am oberen Rand eines Trichters und schauten auf die tief unter ihnen liegende Bühne herab. Gegeben wurde zunächst eine Pantomime, in der es um eine Frau ging, die ihren Mann begrub und in seinem Grabmahl verhungern wollte, um ihm in den Tod zu folgen, währenddessen jedoch mittels einer List von einem römischen Soldaten verführt wurde und so wieder Gefallen am Leben fand.

Die beiden Jünglinge amüsierten sich prächtig. Germanicus stieß seinen Freund lachend in die Seite: »Gut, dass wir Soldaten werden. Übrigens, wir lernen die trauernde Witwe nachher kennen. Würde sie dir gefallen? Ich hab da etwas arrangiert.« Arminius schaute ihn fragend an, doch Germanicus lächelte nur verschmitzt.

Inzwischen hatte eine ursprünglich griechische Komödie begonnen, in der die Frauen, erbost über die ständigen Kriege der Männer, den ehelichen Beischlaf verweigerten, wenn ihre Männer nicht zur Vernunft kämen und endlich Frieden schlössen. Arminius fand das Stück sehr interessant, doch Germanicus winkte nur höhnisch ab: »Typisch Griechen, lassen sich von jedem Weiberrock beherrschen.«

Die anschließende Tragödie ermüdete die beiden so sehr, dass sie einnickten. Vom Schlussapplaus geweckt packte Germanicus den Freund am Handgelenk und zog ihn eilig mit sich. Gegen den Strom der Zuschauer, die das Theater verließen, arbeiteten sie sich bis hinunter zur Bühne. Dort empfing sie ein Sklave, führte sie durch den Bühneneingang aus dem Theater zu einer kleinen Taverne unmittelbar am Tiber. Er deutete auf einen großen, mit Wein, Wasser, Speisen und Blumen gedeckten Tisch. Kaum hatten sie sich niedergelassen, da stürmten auch schon die hungrigen und durstigen Schauspieler herein und setzten sich zu ihnen. Ganz Mann von Welt, lobte Germanicus die Aufführungen, besonders die Schauspieler, und ließ sich auch eingehend über die Darbietung aus, die sie verschlafen hatten. Arminius staunte.

»Honig!«, schrie Germanicus zum Wirt hin, nachdem er den Wein gekostet und die Miene verzogen hatte. »Ist der etwa vom vatikanischen Hügel, oder hast du uns gleich Essig serviert? In den Wein muss dringend Honig.« Dienstbeflissen schleppte der Wirt in einer Karaffe flüssigen Honig herbei, goss ihn in den Wein und verrührte das Ganze. Germanicus kostete erneut und lobte den Wirt, der nun vom Halunken zum Meister aufgestiegen war. Arminius bewunderte den Freund für seine Leutseligkeit, für die Gabe, eine ganze Tafel zu unterhalten und wie von selbst zum Mittelpunkt der Gesellschaft zu werden.

Als er vom Wasserabschlagen wieder in die Taverne trat, war es, als habe sich ein Schleier vor seine Augen gelegt. Alles wirkte milder, sanfter gezeichnet. Auch hatte er das Gefühl, sich auf einem schwankenden Boot zu befinden. Die Schauspielerin, die in der Pantomime das trauernde Eheweib, das sich zur feurigen Geliebten des Soldaten mauserte, gegeben hatte, stand plötzlich vor ihm und lächelte ihn verführerisch an. Germanicus hatte eine andere Schauspielerin untergehakt und zog sie schwankend mit sich. Bevor er mit ihr in den Hinterräumen verschwand, drehte er sich noch einmal zu dem Freund um, lächelte schief und raunte: »Zeit für die Kavallerie!«

Die Frau vor Arminius küsste ihn auf den Mund, der ihm mit einem Mal riesig und flammend rot vorkam, dann griff sie nach seiner Hand und zog ihn durch den Gastraum in einen Flur und schließlich in einen finsteren Korridor, von dem ein paar Zimmer abgingen. Sie waren kaum in einem schlecht beleuchteten Raum angekommen, da befreiten ihre Hände ihn von der Toga, griffen beherzt unter seine Tunika und öffneten den Unterleibswickel, der zu Boden glitt. Arminius spürte die Wärme, die sich in einem Punkt versammelte und herauswollte, die Sehnsucht, in die Dunkelheit zu fließen. Er sah die Frau an. Es war nicht Elda.

»Nein«, sagte er und blickte in zwei verwunderte Augen.

»Nein!«, wiederholte er entschieden.

»Willst du einen Knaben?«

»Nein, ich will gar nicht!«

Die Frau grinste gewöhnlich. »Da sagt mir meine Hand aber etwas anderes.« Ihre Stimme klang unangenehm vertraut. »Entspann dich.« Jetzt spürte er die Trunkenheit schwer wie Blei, er wollte fort, konnte sich jedoch nicht lösen und sank ins Nichts, dabei sich verströmend ... Wie lange das ging, wusste er nicht.

Das Nächste, was er wahrnahm, war eine Kerze, die den Raum ein wenig beleuchtete, und die Frau, die nun über ihm wippte, und deren Gesicht zu zerfließen schien. Er stieß sie von sich. Es dauerte eine Ewigkeit, bis er endlich den Wickel um den Unterleib geschlungen und die Tunika übergezogen hatte. Die Toga legte er sich einfach über die Schulter. Instinktiv spürte er, dass er in seinem Zustand die Kunst, sie mit perfektem Faltenwurf um den Körper zu schlingen, nicht mehr beherrschte. Als er endlich das Zimmer verließ, schaute er sich aus Scham nicht nach der Frau um. Er tastete sich durch den dunklen Flur bis zum Hintereingang und gelangte von dort ins Freie.

Die frische Luft traf ihn wie ein stumpfer Holzblock an der Stirn. Er schwankte und wankte immer weiter, bis er nah am Ufer auf die Knie sank. Als er versuchte, sich mit beiden Händen Wasser ins Gesicht zu schaufeln, verlor er das Gleichgewicht und fiel mit dem ganzen Oberkörper in den Fluss. Aber es war gut, es war gut so. Das kühlende Nass erfrischte ihn. Mehrmals tauchte er den

Kopf unter. Dann steckte er sich den Finger in den Hals und erbrach. Er zog sich aus und badete im Tiber. Danach fühlte er sich besser, legte sich nackt ins Gras und schaute in den Sternenhimmel.

»Tiberinus, der Flussgeist, ist ans Ufer gekrochen. Was sagt man denn dazu?« Es war Germanicus. Arminius richtete sich auf, der Freund setzte sich zu ihm.

»Besser?«

»Ja.«

»Unser letzter Abend. In ein paar Stunden schon geht es in die Welt hinaus, bis an die Grenzen des Imperiums.«

Sie schauten auf die Silhouette der Stadt, auf die Tempel, die Gesteinsmassen der Mietshäuser, Theater und Arenen, auf das an unterschiedlichen Stellen gespenstisch in der Stadt aufflackernde Licht der Fackeln.

»Wenn ich in Germanien bin, soll ich jemanden etwas von dir bestellen?«

»Ja, sag meinem Vater, dem Cheruskerfürsten Segimer, dass ich lebe und dass es mir gut geht.«

»Verlass dich auf mich.«

»Und ...«, begann Arminius und hielt inne. Etwas warnte ihn davor, weiterzusprechen.

»Und?«, fragte Germanicus. Arminius spürte, dass er einen Fehler beging, doch er verdrängte die dunkle Anwandlung und schaute dem Freund ins offene Gesicht.

»Sag auch Elda, der Tochter des Segestes, dass ich an sie denke. Und beschütze sie, wenn ihr Gefahr drohen sollte!«

»Sie muss etwas ganz Besonderes sein, wenn du nach so vielen Jahren immer noch an sie denkst.«

Als er den neugierigen und vor allem unternehmungslustigen Blick des Freundes sah, wusste Arminius, dass es falsch gewesen war, von Elda zu sprechen.

Teil II:
Cherusker und Römer

17

Wie ausgewechselt, ja beinahe wie ein anderer Mensch erschien Elda der Vater, seit er aus dem Ort der Ubier am Rhenus zurückgekehrt war, den die Römer zur Hauptstadt der entstehenden Provinz Germania zu machen gedachten. Das Mädchen konnte sich nur noch über Segestes wundern, denn seit diesen Tagen legte er eine für seine Verhältnisse außergewöhnlich gute Laune an den Tag. Verjüngt, das war das richtige Wort, er wirkte verjüngt. Es war, als ob der Panzer aus Härte und Übellaunigkeit Risse bekam und abfiel. Er scherzte hin und wieder und sah auch zuweilen über manchen Fehler der Mitglieder seiner Sippe hinweg, den er vordem streng geahndet hatte, und bemühte sich sichtlich um eine gewisse Leutseligkeit. Er fragte sogar Ansar, den er immer nur den Fahlen oder wegen seiner roten Augen das Frettchen genannt hatte, nach seinem Namen und achtete darauf, ihn mit diesem anzusprechen.

Inzwischen war Elda zweiundzwanzig Jahre alt und hatte seit geraumer Zeit allen Versuchen ihres Vaters, sie zu verheiraten, erfolgreich getrotzt. Ihre Widerspenstigkeit hatte sich unter den Cheruskern herumgesprochen. Den einen Bewerber hatte sie vergrault, den anderen zum Gespött gemacht. Sie musste kaum mehr befürchten, dass noch jemand um sie freien würde. Scheinbar hatte auch ihr Vater schweren Herzens eingesehen, dass es vergeblich war, nach einem Mann für sie zu suchen, zumal sie inzwischen ohnehin zu alt dafür war. Vor fünf, sechs Jahren war sie im besten Alter für eine Ehe gewesen. Aber alle jungen Männer, die für sie infrage kamen, hatten mittlerweile andere Bräute gefunden. Segestes hatte getobt und geflucht, die Tochter eingesperrt, sie hungern lassen und sie einmal sogar geschlagen, aber nichts konnte ihren Willen brechen.

Die Winter gingen ins Land und wurden vom Frühling vertrieben, der Sommer zog vorüber, und wie in jedem Herbst begaben sich die Cherusker, als die Ernte eingefahren und das Erntedankfest gefeiert war, zum Thingplatz. Wie immer zog es Elda dort zu der Senke, die der Bach durchteilte. Sie ließ sich im Gras nieder, schloss die Augen und dachte an Ergimer. In diesen einsamen Momenten sah sie ihn wieder vor sich, wie er in den Bach fiel, wie er sie verfolgte, sie warnte, zur Flucht aufforderte und die Römer von ihr ablenkte, bis er schließlich selbst von ihnen gefangen genommen wurde. Wenn sie die Augen wieder öffnete, lag die Wiese trist vor ihr, und nichts deutete mehr auf den Freund hin. Oft fragte sie sich, wie er jetzt wohl aussah, wenn er überhaupt noch lebte. In ihren Träumen war er immer noch ein Knabe und sie ein kleines Mädchen, in ihren Träumen war die Zeit stehen geblieben. Elda liebte ihre Träume und flehte die Schicksalsgöttinnen an, sie Wirklichkeit werden zu lassen. Längst war ihr Leben in zwei Teile zerfallen, die Zeit vor dem Tag am Bach, an dem Ergimir geraubt wurde, und die endlos langen Zeit danach, die immer noch anhielt. Die Schuld daran trug kein anderer als ihr Vater.

Auf dem alljährlichen Thing verbrachte Elda fast die ganze Zeit im Lager bei Ergimers Mutter. Lanina erinnerte sie an den Freund, und es tat Elda gut, mit einem ihm so nah verwandten Menschen zusammen zu sein. Dabei blies sie nicht ständig Trübsal, sondern ritt und focht, kochte und nähte, lachte und sang. Vor allem im Reiten und Kämpfen übte sie sich, obwohl sie das nur heimlich konnte, denn ihr Vater hätte das nicht gebilligt. Aber wenn die Traurigkeit sie überfiel wie ein Schwarm Krähen, die plötzlich den Himmel verdunkelten, vermochte nicht einmal Ansar sie aus ihrer düsteren Sehnsucht zu befreien.

Obwohl sie Nehalenia selten sah, hatte Elda dennoch das Gefühl, dass sie sich in ihrer Nähe aufhielt. Vielleicht hielt ja die weise Frau schützend ihre Hand über sie, denn bei allem Zwang, den Eldas Vater auf seine Tochter ausübte, hatte er eine bestimmte Grenze doch nie überschritten.

Eines Mittags traf ein römischer Bote ein. Segestes empfing ihn sogleich. Die beiden Männer schritten lange nebeneinander her und unterhielten sich. Als sie zurückkamen, bestieg der Bote wieder sein Pferd. Beim Abschied sagte Segestes: »Lass Saturninus wissen, dass wir kommen werden.«

»Salve!«, rief der Bote und ritt los. Segestes sah ihm mit einem triumphierenden Blick nach. Alles fügte sich bestens.

Wenig später versammelte er seine Familie im Haus. Elda musterte ihren Vater, wie sie es immer in diesen Momenten tat, um das, was auf sie zukam, vorauszuahnen und sich innerlich gegen die Launen des Fürsten zu wappnen. Aber er wirkt gelöst, so als sei er seinen Zielen und Wünschen bedeutend näher gekommen. Feierlich schaute er in die Runde, dann zwang er sich zur Ruhe, um gemessen zu sprechen.

»Heute ist ein Feiertag für uns. Die Römer werden am Rhenus in der Stadt der Ubier einen Altar für ganz Germanien einweihen, als mächtiges Zeichen dafür, dass wir von nun an zum Reich gehören. Das wird ein weithin sichtbares Zeichen des Friedens sein. Ja, ihr, meine Blutsverwandten, Gefolgsleute und Knechte, wir Cherusker werden dazugehören. Wir werden Germanen und Römer sein.

Der römische Legat für die Provinz Germania hat nun zur Weihe der Ara Ubiorum die wichtigsten Fürsten der germanischen Stämme eingeladen, und als Einzigen von den cheruskischen Gefolgsherrn mich. Nicht Segimer oder die anderen Trottel, die ihren dumpfen Kopf nicht aus der Vergangenheit bekommen, sondern mich, der ich die neue Zeit sehe und nutzen werde, zu unser aller Nutz und Frommen. Morgen brechen wir auf an den Rhenus zur Stadt der Ubier.

Aber heute feiern wir. Schlachtet ein Schaf, und holt Met aus den Vorratskammern. Heute wollen wir es uns gut gehen lassen! Begrüßen wir die neue Zeit mit dem Frohsinn, der ihr zukommt!«

Jubel brandete auf. Während alle mit großer Freude Hand anlegten, um das Fest vorzubereiten, trat Segestes zu seiner Tochter. Er lächelte sie an, wohl das erste Mal seit Jahren.

»Komm, meine Tochter. Ich möchte mit dir reden. Nein, hab keine Angst, ich will nur reden, wie ein Vater mit seiner Tochter redet.« Innerlich auf der Hut erhob sie sich und folgte ihm hinaus.

Vater und Tochter schritten über den Hof und nahmen den Weg zum Wald hinunter. Die Sonne neigte sich schon zu den Wipfeln der hohen Eichen und würde bald hinter ihnen verschwinden. Aber noch besaß sie Kraft und liebkoste mit ihrer milden Wärme Eldas Gesicht. Bis jetzt waren sie schweigend nebeneinander hergegangen. Elda spürte, dass der Vater nach den richtigen Worten suchte. Seine unerwartete Verlegenheit rührte sie fast. Plötzlich blieb er stehen und wandte sich zum Hof um. Er sprach so leise, dass sie erst nach einer Weile begriff, dass er bereits zu reden begonnen hatte.

»Unsere Vorfahren sind vom Land jenseits der Albia hierhergekommen und haben dort oben eine kleine Hütte errichtet. Warum sie fortgegangen, warum sie hierher gekommen sind, weiß ich nicht. Aber die Götter haben sie sicher geführt, sie haben unsere Ahnen beschützt. Was glaubst du, aus welchem Grund, Elda?«

»Weil sie den Göttern opferten und sich an ihre Gesetze hielten?«

»Das haben andere auch getan, und dennoch sind sie und ihre Stämme untergegangen. Du bist klüger als deine Brüder, du hast einen regen Verstand. Sag mir, wenn zwei Gefolgsherren in der gleichen Weise den Göttern opfern und sich an ihre Weisungen halten, der eine aber mit seiner Familie zu Reichtum und Ansehen kommt und der andere in Elend und Leid versinkt, woran liegt das wohl? Die Götter müssten doch beide gleich begünstigen.«

»An den Nornen. Selbst die Götter fürchten diese mächtigen Frauen«, mutmaßte Elda.

»Aber wonach richten sich die Nornen? Warum weben sie dem einen diesen Schicksalsfaden und dem nächsten einen anderen, dem einem zum Gelingen, dem anderen zum Verderben?«

»Das können wir nicht wissen.«

»Komm, meine kluge Tochter. Endet hier bereits deine Weisheit? Mein Verstand arbeitet viel langsamer, aber ich habe darüber nachgedacht, Jahr für Jahr, warum das so ist. Immer wieder!« Sie sah ihn erstaunt an.

»Ich habe lange gebraucht, um es zu verstehen, aber dann war es schließlich ganz einfach. Weil die einen etwas Neues wagen, während die anderen nur das Bewahren wollen, was früher einmal das Neue war, inzwischen aber das Alte ist. Verstehst du, alles Alte war einmal etwas Neues. Und diejenigen, die klug genug waren, das Neue zu erkennen, und stark genug, es auch durchzusetzen, haben überlebt und wurden reich und angesehen.«

Segestes klopfte ihr mit dem Knöchel seines gebogenen Zeigefingers schmerzhaft gegen die Stirn, als wollte er ihr den Gedanken einhämmern. Dann ließ er von ihr ab und wandte seinen Blick dem Hof zu. Wehmütig, wie es ihr schien, starrte er auf sein Anwesen. Plötzlich spürte Elda, dass es ihr das erste Mal gelingen könnte, den Vater zu verstehen.

»Hat also das, was wir gestern gelebt haben, heute keinen Wert mehr? Ist unsere Lebensweise, sind unsere Bräuche und Vorstellungen überholt?«, fragte sie.

»Nicht alles, aber manches.«

»Was, Vater, was ist anders geworden?«

Er zögerte mit seiner Antwort, sein Unterkiefer mahlte lautlose Worte. Sie sah ihm an, wie er mit sich rang. Doch dann fasste Segestes den Entschluss, seine Tochter in seine Zukunftspläne einzuweihen. Weshalb sollte er schweigen, wo ihn niemand mehr aufhalten konnte? Sollte sie eben die Wahrheit erfahren. Sie würde sich ohnehin daran gewöhnen müssen, zumal sie eine Rolle in seinem Spiel einnahm.

»Wisse, meine Tochter, die Zeit der Könige ist angebrochen. Die Cherusker werden nur groß und mächtig werden, wenn sie sich starken Königen fügen und mit den Römern zusammenarbeiten.«

»Was ist mit Marbod?«

Ja, was war mit dem mächtigen Herrscher der Markomannen, der weit weg am Oberlauf der Albia ein mächtiges Königreich aufgerichtet hatte und nun seine eisernen Finger nach Norden und Süden, nach Osten und Westen ausstreckte, was war mit dem ersten germanischen König, den die anderen Stämme und auch die Römer fürchteten?

Segestes lachte laut auf. »Marbod? Marbod?«, rief er höhnisch aus. »Er ist der beste Beweis dafür, dass die Zeit der Könige angebrochen ist. Und dafür, dass ich recht habe. Ohne den Schutz der Römer würde er uns eines Tages zu seinen Untertanen machen. Aber er beweist auch in anderer Hinsicht die Richtigkeit meines Denkens, denn er wird untergehen, der große König, weil er gegen die Römer handelt, sich nicht mit ihnen verbündet, selbst größer als die Römer sein will. Doch der Bär bricht dem Wiesel das Genick. Nein, Marbod wird von den Römern gefällt werden. Er ist ihnen schon zu mächtig geworden.

Das Heil der Cherusker liegt in der Freundschaft mit den Römern. Von ihnen müssen wir lernen. Sie bringen das Neue. König unseres Stammes wird, wer die Cherusker den Römern zuführt.«

Es verschlug ihr den Atem. Plötzlich begriff sie, worauf der Vater all die Jahre hingearbeitet hatte.

»Hast du deshalb dafür gesorgt, dass Germir und Ergimer nach Rom verschleppt wurden?«

»Die Cherusker werden keinen Mann ohne Erben wählen. Segimers Sippe vergeht, ein entlaubter Stamm. Einer, der am Alten hängt und deshalb mit dem Alten untergeht.«

»Deshalb also! Er war dein stärkster Gegner unter den Gefolgsherren, deshalb hast du ihm die Kinder nehmen lassen, um ihn zu vernichten.«

Eisige Schauer jagten ihr über den Rücken. Der Plan ihres Vaters war aufgegangen. Seit diesem verhängnisvollen Tag war Segimer ein gebrochener Mann. Mit einer einfachen List hatte Segestes den mächtigen Fürsten wie eine Eiche gefällt. Er hatte ihm seine Zukunft, er hatte ihm seine Kinder genommen, den Sinn seines Lebens.

»Welch dämonische List, die im Inneren des Herzens eine Wunde geschlagen hat, an der er langsam, aber sicher verblutet«, sagte sie voller Abscheu.

Aber das traf Segestes nicht, weil es ihn nicht scherte, was seine Tochter dachte. Er packte ihren blonden Haarschopf, riss ihren stolzen Kopf nach hinten und beugte sich über sie.

»Ich musste die beiden aus dem Weg schaffen. Was hätte ich dafür gegeben, solche Söhne zu haben! Du weißt, dass deine Brüder nichts taugen. Schwerfälliges Vieh, der schlechtere Teil meines Samens – und der bessere Teil bringt ein Mädchen hervor! Geschlagen war ich!«

Er ließ sie los. Sie taumelte, fing sich und trat einen Schritt zurück. Er schaut sie mit harten Augen an und lachte kehlig.

»Am Ende ist es sogar ganz gut, dass du dich jedem Freier widersetzt hast. Du wirst mir einen Erben zur Welt bringen, meinen Enkel, der eines Tags über Germanien herrschen wird. Und weißt du auch, wer der beste Erzeuger für meinen Erben wäre?«

Elda schwindelte. Sie ahnte, was er sagen würde.

»Ein römischer Senator oder Prinz«, fuhr Segestes gnadenlos fort. »Die Könige Germaniens, hervorgegangen aus der Mischung des besten Bluts der Römer und der Cherusker! Das ist die Zukunft!«

Entsetzt und ratlos schickte Elda noch in der Nacht Ansar mit einer Nachricht zu Nehalenia.

Als der Tag anbrach, bestiegen Frauen und Männer die Pferde und wollten losreiten.

»Wo ist denn unser unvermeidliches und ach so emsiges Frettchen abgeblieben?«, rief Segestes mit einem spöttischen Unterton in der Stimme. »Auch gut, wenn der überflüssige Fresser weg ist«, setzte er hart hinzu, bevor Elda sich eine Ausrede ausdenken konnte, und gab das Signal zum Aufbruch.

Elda erschrak. Ihr kam der Verdacht, dass Ansar ihrem Vater in die Arme gelaufen war und Segestes ihn getötet hatte, weil er nichts mehr fürchtete, auch Nehalenia nicht, denn die weise Frau gehörte zum Alten, auf das er keine Rücksicht mehr zu nehmen glaubte.

18

Während des langen und beschwerlichen Ritts zur Stadt der Ubier, dem Oppidum Ubiorum, fühlte sich Elda schmerzlich hin und hergerissen zwischen der Sorge um ihren verschwundenen Gefährten und dem Staunen über die vielen unbekannten Eindrücke, die auf sie einstürmten, seitdem sie den Rhenus erreicht hatten. Zum ersten Mal in ihrem Leben erblickte sie einen so mächtigen Strom, betrat eine Stadt, die sie bis dahin nur aus den Geschichten vorbeireisender Kaufleute kannte und die sie für Übertreibungen gehalten hatte. Als sie nun die gemauerten Häuser betrachtete, stellte sich nichts von dem, was ihr erzählt worden war, als übertrieben heraus. Die verspielten Farben der Fassaden bereiteten ihr eine Art kindlicher Freude. Am liebsten wäre sie stehen geblieben und hätte ihrer Fantasie freien Lauf gelassen. Was verbarg sich wohl hinter den blau und gelb und rot getünchten Wänden? Als Elda vom Pferd stieg, spürte sie das harte Pflaster der Straßen unter ihren Füßen, die bisher nur an weiche Feld- und Waldwege gewohnt waren. Sie bewunderte den Marktplatz mit seiner Rednertribüne, die großen Hallen und die monumentalen Häuser der römischen Götter.

»Da seht ihr, was wir Germanen können, wenn wir uns nur mit den Römern verbünden«, rief Segestes voller Bewunderung aus. Und nicht einmal Elda konnte ihm widersprechen. »Wir sollten uns an den Ubiern ein Beispiel nehmen.« Das war ihr denn doch zu viel, und sie wollte schon etwas möglichst Spöttisches erwidern, da trat ein Beamter des Statthalters auf sie zu und begrüßte sie würdevoll. Er fragte Segestes nach seinem Namen und bot sich an, sie sogleich zum Haus des Ritters Lucius Marcus Lupus zu führen, der sich die Ehre gäbe, sie für die Dauer ihres Aufenthaltes bei den Festlichkeiten als Gast in seinem Haus beherbergen zu dürfen.

»Der Statthalter hat alles trefflich vorbereitet«, stellte Segestes befriedigt fest.

»Saturninus ist ein erfahrener Politiker und ein siegreicher Feldherr. Er überlässt nichts dem Zufall«, erwiderte der Beamte in belehrendem Ton und mit unbewegtem Gesicht. »Euer Gastgeber, der ehrenwerte Lucius Marcus Lupus, ist römischer Ritter, außerdem der Steuerpächter der Germania inferior.«

Elda wusste, dass der Senat die Steuerschuld an Privatpersonen verpachtete, denen es dann überlassen blieb, das Geld einzutreiben. Eine verwerfliche Tätigkeit, wie Elda fand, deshalb traute sie ihren Ohren nicht, als sie den Römer prahlen hörte: »Er besitzt das größte Haus und ist der zweitwichtigste Mann in der Provinz, nach dem Statthalter, versteht sich. Ein besseres Quartier könnt ihr schwerlich finden.«

Elda sah ihrem Vater an, dass er sich geschmeichelt fühlte, und beschloss, von nun an besonders auf der Hut zu sein, denn mit Speck fing man bekanntlich Mäuse.

Unterdessen waren sie vor dem zweistöckigen Haus des Ritters angekommen. Die Mauern des Gebäudes schienen kein Ende zu nehmen und den ganzen Straßenzug auf einer Seite zu begrenzen. Elda fragte sich, wie weit sich das Anwesen hinter den Mauern wohl erstreckte. Steuern einzunehmen schien ein einträgliches Geschäft zu sein.

Im Grunde war es natürlich Diebstahl, aber wer lebte schon besser als ein Dieb, den die Macht beschützte, weil sie seine Komplizin war. Immer, wenn die Steuereintreiber auf dem Hof des Segestes erschienen waren, hatte Elda sich für den Vater geschämt, der bereitwillig seinen Tribut entrichtete, obwohl er doch ein freier cheruskischer Fürst war und das Raubgesindel mit bissigen Schweinen vom Hof hätte jagen sollte, anstatt ihnen von ihrem hart erarbeiteten Gut abzugeben. Und wofür? Damit sich dieser Ritter hier ein großes Haus bauen konnte?

Der Zauber der unbekannten Welt schwand, als Elda der Preis der Pracht in den Sinn kam. Mit einem Mal fehlte ihr Ansar, und sie fragte sich traurig, wo er wohl war und wie es ihm ging. Sollte ihr Vater tatsächlich Hand an ihn gelegt haben, so würde sie ihm das nicht durchgehen lassen, sondern den Tag herbeisehnen, ihn dafür zu bestrafen. Die kindliche Freude in ihren Augen erlosch.

Den pompösen Eingang des Hauses fassten zwei dorische Säulen ein, während auf der Eingangstufe ein Schriftzug in vergoldeten Lettern mahnte: »Du bist willkommen! Lass deshalb alle Unbill fahren!« Das hättest du wohl gern, dachte Elda böse.

»Tretet ein«, forderte der Beamte Segestes und seine Familie auf. Elda folgte ihrem Vater nach ihrer Mutter, dem älteren Bruder, seiner Frau und ihren drei kleinen Rangen ins Atrium.

Der Pfortensklave, der in der Nische, die vom Eingang rechts abging, angekettet war, schlug eine kleine Glocke. Ein anderer Sklave – wie es schien der Verwalter des Hauses – kam ihnen entgegen und führte sie nach einer kurzen, gewohnheitsmäßig freundlichen Begrüßung in die Empfangshalle. Aus dem Inneren des Hauses trat bald darauf der Hausherr, begleitet von zwei Mädchen, die Elda auf sieben und fünfzehn Jahre schätzte. Während die Jüngere die neuen Gäste scheu anblickte, musterte die Ältere sie unverhohlen mit einem Blick, in dem Neugier und Furcht standen. Elda erkannte, dass sie und ihre Familie in den Augen der Mädchen eine Unterart schöner wilder Tiere waren, nämlich Barbaren. Die Römer schienen es für ein Mittel der Herrschaft zu halten, sie zu zähmen. Sie aber wollte kein Haustier werden.

»Edler Lucius Marcus, ich bringe dir deine Gäste!«, sagte der Sklave.

Der Hausherr lächelte freundlich und streckte Segestes die Hand hin. Diese Art der Begrüßung war dem Cheruskerfürsten fremd, doch nach einem kurzen Zögern legte er seine Hand um die des Römers. Nicht weniger erstaunt war Elda, als die beiden Töchter des Steuereintreibers sie auf den Mund küssten.

»Dies sind meine beiden Töchter Marcia major und Marcia minor. Ihre Mutter hat uns leider vor einem Jahr verlassen, ohne mir einen Erben geschenkt zu haben. Das Klima hier war ihr zu rau. Aber was rede ich. Ihr werdet müde sein, Thulicus wird euch eure Zimmer zeigen. Erfrischt euch erst einmal und ruht von den Anstrengungen der weiten Reise aus. Wir treffen uns zur neunten Stunde zum Abendessen im Garten.«

Die Mutter half Elda am nächsten Morgen, ihre langen, blonden Haare kunstvoll herzurichten. Sie waren zu einem Zopf gebunden, der ihr fast bis zur Hüfte reichte. Marcia major hatte ihr eines ihrer Seidenkleider angeboten, doch Elda trug lieber ihr schönstes Kleid. Es war aus weißer Wolle gewebt und brachte die Kette aus Bernstein wunderschön zur Geltung.

Zuvor hatte Elda eine Weile lustvoll im Bade verbracht, das sich in dem prachtvollen, mit Skulpturen und kunstvoll geschnittenen Bäumchen verzierten Garten des Anwesens befand. Lavendel und Myrte schwammen im Wasser, verführten die Geruchsnerven und hinterließen ihren zarten Duft auf der Haut. Die Töchter des Hauses halfen ihr bei der Auswahl der Badeessenzen und Öle, die ihre Haut geschmeidig machten. Zu Hause hatte Elda im See unweit ihres Gehöfts hin und wieder ein Bad genommen, doch ein großes Bassin im Garten, das man täglich nutzen und in dem man den Körper mit allerlei Zusätzen verwöhnen konnte, war ihr bisher fremd. Es erschien ihr als durchaus nachahmenswerte Einrichtung.

Gegen ihren Willen musste sie sich eingestehen, dass sie von all dem Luxus beeindruckt war. Ihr Kopf lehnte jeden Zierrat und Putz ab und doch genoss sie im Stillen beides sehr. Schlug ihr Fühlen dem Denken etwa ein Schnippchen? Sie schob ihre Verwirrung auf den außergewöhnlichen Tag, auf das üppige Mahl, das ihr Gastgeber hatte auftischen lassen, auf seine elegante Gesprächsführung und nicht zuletzt auf das weiche Bett, in dem sie geschlafen hatte.

Die Weihe des Altars für ganz Germanien am späten Vormittag stellte alles, was Elda bis dahin in ihrem Leben gesehen hatte, in den Schatten. Eigens für das feierliche Zeremoniell waren elf salische Priester aus Rom angereist. Alle traten in leuchtend weißen Gewändern auf, die bis zu Erde fielen, sodass man ihre Füße nicht sah. Der für das Ritual unverzichtbare zwölfte Salier war der Statthalter Saturninus höchstselbst, der auch der Bruderschaft der salischen Priester angehörte. Umrahmt von den anderen Saliern stand Sentius Saturninus auf halber Höhe mitten auf der Freitreppe und hob den Arm. Die vielen Menschen – Römer, Germanen und Gallier –, die sich auf dem Platz versammelt hatten, verstummten und blickten erwartungsvoll auf die stattliche Erscheinung.

»Rom besitzt viele Provinzen«, hob der Statthalter mit lauter, wohltönender Stimme an. »Ich kenne sie alle! Aegyptus ist geheimnisvoll, Achaia ist weise, und Africa Proconsularis ist reich, Gallia Lugdunensis und vor allem Gallia Narbonensis blühen in großer Pracht. Aber Aegyptus wird schal wirken mit seinen Allerweltsgeheimnissen, Achaia dumm mit seiner Spitzfindigkeit, Africa Proconsularis wird ein Bettler sein und Gallia wie ein armseliges Pflänzchen erscheinen im Vergleich zu den tiefgründigen Geheimnissen, der natürlichen Klugheit, dem erarbeiteten Reichtum und der von selbst sprießenden Kraft der blühenden Gärten der neuen Provinz Germania Magna, die ich mit euch, meine lieben germanischen Freunde, schaffen werde. Im Angesicht des Altars der Provinz Germania sage ich, dass von hier künftig Heil und Segen ausgehen werden.«

»Heil und Segen!«, antworteten wie aus einer Kehle die römischen Soldaten und Beamten, die sich versammelt hatten.

Anschließend weihten die Salier die Flaminen, die neuen Priester des Altars. Unter ihnen war Segimund, Eldas jüngerer Bruder, den Segestes zum Priester bestimmt hatte, um einen Vertrauten in der Nähe des zentralen Heiligtums zu haben. Auch eignete sich der empfindsame junge Mann ohnehin nicht für die Herrschaft und den Krieg.

Während des Zeremoniells wurden Segimund in einem schaurig-schönen Ritual die Arme mit Goldbändern umwunden, die zuvor in das Blut eines geopferten Stieres getaucht und mit Eichenlaub geflochten worden waren. Weitere Opferhandlungen folgten, die Elda tief beeindruckten. Seher weissagten die Zukunft aus dem Flug und Geschrei der Vögel und aus der Eingeweideschau geschlachteter Opfertiere. Selbstredend verwiesen alle Vorzeichen auf eine herrliche Zeit und eine große Zukunft.

Der große Tag wurde gekrönt durch ein glanzvolles Fest, das der Statthalter für die römischen Edelleute und die germanischen Fürsten in seinem Haus ausrichtete. Selbst Segestes wirkte so unruhig wie ein Jüngling, der in den Kreis der Männer aufgenommen werden sollte. Die Aufregung steht ihm, dachte Elda, sie macht ihn jünger, umgänglicher, freundlicher.

Alle, die sich an diesem Abend im Haus des Statthalters einfanden, gehörten der neuen Oberschicht der Provinz an. Es waren die mächtigen Männer und Frauen der Germania Magna, römische Beamte, Offiziere der Legionen und Hilfstruppen sowie germanische Fürsten. Die anwesenden Gefolgsherren hatten sich durch das Bündnis mit den Römern einen Vorteil gegenüber den anderen Fürsten ihrer Stämme verschafft. Und jeder von diesen Männern, die mit ihrer gewaltigen Statur, ihren langen Haaren – einige von ihnen, die Sueben, hatten allerdings das widerspenstige Haar in einen festen Knoten auf der rechten Stirnseite gezwungen –, mit wallenden Bärten, bekleidet mit Fellen oder Hosen und Hemden aus gefärbter Wolle, war entschlossen, diesen Vorteil rücksichtslos zu nutzen. Das mussten sie auch, denn sie waren zu weit gegangen, um auf halbem Weg stehen bleiben zu können – ihr Verhalten gegenüber den Römern rief unter den Germanen auch Widerspruch und sogar tödlichen Hass hervor.

Wissend, dass er es mit Barbaren zu tun hatte, die nicht im Liegen aßen, hatte Saturninus statt der Speisesofas lange Tische an die Wände stellen lassen, deren intarsienverzierte Platten sich bogen unter Wein, Met, Wasser, Brot und den verschiedensten Braten, vom Eber bis zum Fasan. Eine kleine Gruppe von Flötenspielern musizierte, während sich ein paar etwas verloren wirkende Tänzerinnen zu den Klängen bewegten. Sklaven huschten hin und her, um den Gästen die Wünsche von den Augen abzulesen. Saturninus tat alles, damit das süße Gift des Luxus in die Adern der neuen germanischen Oberschicht drang.

Während Segestes mit dem Statthalter, dem Ubierfürsten Ubulux und einigen anderen Gefolgsherren über Marbod sprach, den alle gleichermaßen als Bedrohung empfanden, schlenderte Elda neugierig durch die Halle, bewunderte die Wandmalereien, die Götter, Dämonen, Tiere und Menschen, die in einer schönen lindblauen Welt lebten. Unschuldig nackte Knaben hielten kleine Amphoren in der Hand, während über ihren Häuptern Delfine sprangen oder mit Schleiern bekleidete Mädchen sich wohlig in Bächen und Seen rekelten. Was sie sah, musste die wirkliche Welt sein, denn sie war um so vieles schöner als die Scheinwelt, in der die Cherusker ihr Leben fristeten. Keine Spur von Leid und Schmerz, von Kümmernissen und Angst fand sich in dieser römischen Wirklichkeit. Sollten die Menschen nicht befreit und unbeschwert leben dürfen, fragte sich Elda. Wer hatte nur die grauen Weiber Not, Pein und Sorge gezeugt? Und wozu?

Warum hatte sie nicht mit Ergimer gemeinsam aufwachsen, ihn heiraten, Kinder mit ihm haben und ihre Tage im Kreis der Enkel und vielleicht sogar Urenkel nach einem satten und arbeitsreichen Dasein beschließen können? Warum mussten fremde Männer von weither kommen und ihn verschleppen? Weshalb durften sie so einfach in das Leben anderer Menschen eingreifen? Elda wusste zwar, dass es so war, aber sie verstand nicht, warum es so sein musste.

Doch dann ergriff sie erneut der Zauber der Fresken. Woher kannte der Maler nur die wirkliche Welt? Je länger sie die Bilder mit den Augen liebkoste, desto mehr schwand jeder Zweifel, dass der Künstler die Vorbilder für sein Werk mit eigenen Augen gesehen hatte, weil er sie so überzeugend zu porträtieren verstand. Oder hatten ein Magier, ein Gott oder eine weise Frau die Bilder an die Wand gezaubert? Während Elda sich immer tiefer in den Einzelheiten der dargestellten Szenen verlor, trat ein junger Mann in Begleitung zweier Frauen zu ihr.

»Gefallen dir die Bilder?«, fragte er.

Elda brauchte einen Moment, bevor sie begriff, dass ein Fremder sie ansprach, und schaute sich um. Vor ihr stand ein schöner Mann, aus dessen ebenmäßig rundlichem Gesicht große schwarze Augen unter einer hohen Stirn hervor lächelten. Seine Haare bogen sich mutwillig in unzählige Locken, während ihm zwei zangenförmige Strähnen keck in die Stirn fielen.

»Ja, sehr«, antwortete Elda schließlich. »Lauter Frauen und Knaben, leider fehlen die Männer. Sind sie im Krieg? Und wenn ja, warum sind die Knaben und Frauen so ausgelassen, während die Männer kämpfen?«

Der junge Offizier betrachtete sie verwundert und belustigt zugleich. Sie spürte, dass er darüber rätselte, ob sie es wirklich nicht wusste oder sich über ihn lustig machte.

»Aber das Bild ist doch voller Männer! Schau genau hin«, sagte er lächelnd. Elda verstand, was er meinte, und beschloss, zum Angriff überzugeben, um sich keine Blöße zu geben.

»Aber wo denn? Sag bitte, kannst du irgendwo einen Bart entdecken?« Sie schaute ihm herausfordernd aufs Kinn. Eine leichte Röte strich über seine Wangen. Eine seiner beiden Begleiterinnen, die Elda schon die ganze Zeit verwirrte, weil etwas an ihr unecht wirkte, lachte schrill auf. Dann trat sie unverschämt nahe an Elda heran.

»Was ist denn das für ein Schätzchen? Nur weil Germanicus nicht aussieht wie ein Affe, soll er kein Mann sein?«, zischte sie.

Elda wusste nicht, was das sein sollte, ein Affe, und verzichtete deshalb auf eine Antwort.

Doch die zweite Frau stichelte: »Schau mal, Popea, was unsere kleine Kuhmagd für einen Fetzen trägt.«

»Findet unsere kleine Hinterwäldlerin wahrscheinlich schick, aber der Stoff ist natürlich viel zu derb«, sagte Popea abfällig.

»Stimmt, nicht mal meinen Sklaven würde ich diesen Sack zumuten.«

Elda bemerkte, dass der römische Offizier sie nicht aus den Augen ließ. Er wartete gespannt darauf, was sie auf die Unverschämtheiten antworten würde. Sie spürte, wie eine hilfslose Wut in ihr hochstieg, doch dann entdeckte sie endlich, was sie unterbewusst die ganze Zeit beschäftigt hatte: Trotz ihrer dunklen Augen hatte Popea dickes, blondes Haar!

»Unechte Haare, unechte Worte. Fehlen dir etwa die Haare auf dem Kopf, dass du eifrig aufsammeln musstest, was wir abschneiden ließen, um damit deine Glatze zu bedecken?«

»Ich ... ich habe doch keine Glatze, ich ...«, Popea lief puterrot an, ihre Schlagfertigkeit war dahin.

»Ich verstehe ja, dass du so aussehen möchtest wie ich«, fuhr Elda mit einem unschuldigen Lächeln fort. »Du hättest mich auch fragen können, ich hätte dir gern eines meiner Kleider geschenkt.«

»Komm, Saturnina«, sagte Popea spitz, hakte ihre Freundin unter und warf Elda einen hasserfüllten Blick zu. »Du wirst deine Frechheiten noch bereuen, das verspreche ich dir.«

Als die beiden Römerinnen verschwunden waren, sah der Offizier Elda mit einem breiten Grinsen an.

»Sind alle Germaninnen so schlagfertig?«, fragte er schmunzelnd.

»Sind alle Römerinnen so überheblich?«

»Ich darf mich vorstellen: Julius Claudius Nero Germanicus.«

»Oho! Wenn man dich morgens ruft, ist man am Abend mit deinem Namen noch nicht fertig.«

»Du kannst mich ruhig wie alle Germanicus nennen. Zu welchem Stamm gehörst du?

»Zu den Cheruskern.«

»Hast du von einem Mädchen gehört, das Elda heißt?«

Sie zuckte zusammen. Woher kannte dieser Römer ihren Namen? Es war besser, vorsichtig zu sein. Womöglich hatte ihr Vater den jungen Mann auf sie angesetzt. Er wollte sie ja ohnehin mit einem Römer verheiraten. »Ja, ich habe von ihr gehört. Kennst du sie denn?«

»Nein, aber ein Freund bat mich, sie zu grüßen, wenn ich sie treffen sollte.«

»Ein Freund? Sie hat mir nichts davon erzählt, dass sie einen Römer kennt.«

»Oh, mein Freund ist kein Römer, obschon er ein römischer Bürger ist.«

»Ziemt es sich bei euch, einer Frau gegenüber in Rätseln zu sprechen?«

»Das nicht, aber was ich zu sagen habe, geht nur Elda etwas an. Weiß ich, ob ihr nicht am Ende verfeindet seid?«

Elda musste laut und hell lachen. »Verfeindet? Ich mit Elda verfeindet? Glaub mir, Römer, sie ist mir näher als jeder andere Mensch.«

»Ich glaube dir«, antwortete Germanicus feixend, und sie fragte sich, ob er sie durchschaute.

Doch er blickte sie nur freundlich an und erzählte von Arminius. Während sie dem jungen Römer lauschte, schlug Elda vor Hoffnung das Herz bis zum Hals. Sie zwang sich, ihre Aufregung zu verbergen, denn sie wollte sich nicht verraten.

»Hat dein großer Arminius auch einen germanischen Namen?«

Germanicus legte die Stirn in Falten. »Ja, warte mal, wie war der doch gleich ... wir waren ja noch Kinder, als er seinen richtigen Namen bekam, warte, irgendetwas mit Egim ... Igimir ... Edimir ...«

»Ergimer vielleicht?«

Als sie das Lachen in seinen Augen entdeckte, wusste sie, dass sie sich verraten hatte.

»Ja, Ergimer. Sag bloß, du kanntest ihn auch als Kind?«

»Nicht gut, etwas«, antwortete sie gespielt kühl, während in ihr alles jubelte, denn nun wusste sie, dass der Freund lebte. Aber gab es Ergimir denn wirklich noch, oder hatte er sich vollkommen verändert, sich in einen Römer mit dem merkwürdigen Namen Arminius verwandelt? Sicher war er in der langen Zeit ein anderer geworden. So einer vielleicht wie der Jüngling ihr gegenüber, ein junger, aufgeblasener Kerl, der meinte, ihm läge die ganze Welt zu Füßen. Allerdings spürte sie, dass er wirklich mit Ergimer oder Arminius befreundet war, denn seine Augen strahlten, als er von ihm sprach.

»Weißt du«, sagte Germanicus, »als mein Vater damals nicht weit von hier starb, hätte ich nicht gedacht, dass ein Germane einmal mein bester Freund sein würde. Aber so ist es, und so wie es mit uns kam, kann es mit allen hier werden.« Er berührte Eldas Schultern und drehte sie einmal im Halbkreis. »Na, was siehst du?«

»Römer.«

»Und?« Plötzlich bemerkte sie, dass ihr Vater sie die ganze Zeit beobachtet hatte. Sie konnte förmlich auf seiner Stirn lesen, was er dachte.

»Verräter!«, sagt sie kalt und wollte den erstaunten Römer stehen lassen, doch der hielt sie fest. »Der Verrat, meine Schönheit, ist das Fundament der Reiche. Nichts Großes in der Geschichte ohne Verrat.«

»Groß scheint mir nur deine Dummheit zu sein, größer aber noch deine Überheblichkeit!«

Elda riss sich los und spürte, als sie sich entfernte, seinen lächelnden Blick im Rücken. Sie wusste, dass sie zu grob gewesen war, aber sie wollte ihn nicht zu nah an sich heranlassen, den Freund des Arminius, diesen Mann, der offenbar nur zu gut wusste, dass er den Frauen gefiel. Ein eitler Schönling, sagte sie sich und verdammte ihn aus ihren Gedanken.

Noch in der Nacht erkundigte sich Germanicus bei Sentius Saturninus nach der jungen Frau. Er hatte sich nicht geirrt, es war tatsächlich Elda, und sie war wirklich etwas Besonderes.

»Ihr Vater sucht nach einem römischen Ehemann für sie.«

»Wieso das?«, fragte Germanicus barscher, als er wollte.

»Segestes wird König der Cherusker werden und will einen germanisch-römischen Enkel für sein Geschlecht. Wie ist es mit dir? Du heißt doch Germanenbezwinger, dann fang doch am besten gleich bei ihren Töchtern an, mein Freund.«

Zur gleichen Stunde stand Elda im Garten ihres Gastgebers. Ihre Familie schlummerte bereits. Doch sie war noch einmal aufgestanden. Sie wollte allein sein mit den Sternen, um die Unruhe in ihrem Herzen zu besänftigen. Der junge Mann ging ihr nicht aus dem Sinn, und auch nicht, dass Ergimer lebte, nur dass er jetzt Arminius hieß und weit, weit fort dem Römischen Reich diente. Wehmutsvoll erinnerte sie sich an die schöne Zeit, in der sie noch Römer und Cherusker gespielt und erbittert darüber gestritten hatten, wer der Cherusker sein durfte und wer den Römer geben musste. Sie hatte damals darauf bestanden, dass er den Römer geben würde, und nun war er, Arminius, der Römer.

Ein Geräusch riss sie aus ihren Gedanken. Etwas raschelte im Gebüsch. Sie wollte schon ins Haus flüchten, als eine Gestalt im fahlen Licht der Sterne vor ihr auftauchte und sie aus roten Augen anlachte.

»Ansar!«, rief sie voller Freude aus. Er legte den Zeigefinger auf die Lippen.

»Wo warst Du? Ich habe mir solche Sorgen gemacht.«

»Nehalenia brauchte länger für das Orakel. Und als ich zurückkam, erfuhr ich, dass ihr euch bereits auf den Weg zum Rhenus gemacht habt.«

Elda umarmte ihren Gefährten, drückte seinen Kopf an ihre Brust und fuhr ihm immer wieder durch das struppige Haar, glücklich, dass sie ihn wiederhatte. Innerlich leistete sie ihrem Vater Abbitte, weil sie ihn verdächtigt hatte.

»Was sagt Nehalenia?«, fragte Elda.

»Dass die Zeit der Prüfung gekommen ist!«

19

Er ritt den ganzen Tag, wechselte an einer Station der Reichspost nur kurz das Pferd und ritt die Nacht hindurch weiter. Am Morgen machte er Station in der Villa eines Senators in Aquileia, schlief zwei Stunden, wusch sich und schwang sich auf ein frisches Pferd. So erreichte Arminius in nur zwei Tagen das Militärlager des Tiberius im Norden der römischen Provinz Pannonia unweit der Grenze zum Noricum. Drei Legionen und ein paar Reiterverbände lagerten hier und warteten nur auf das Kommando des Feldherrn zum Aufbruch.

Als er vom Pferd sprang, spürte Arminius zwar jeden Muskel, aber die Freude und die Neugier auf ein Wiedersehen mit Tiberius nach all den Jahren trieb ihn weiter. Der Feldherr hatte sich zehn Jahre zuvor aus der Politik zurückgezogen und seither im freiwilligen Exil auf der Insel Rhodos gelebt. Den Grund dafür sahen einige im Verdruss über seine Gemahlin Julia, andere in der Zurücksetzung des Tiberius durch Augustus, der seine Enkel Gaius Caesar und Lucius Caesar zu seinen Nachfolgern erkor. Aber niemand wusste letztendlich genau, was den melancholischen Mann ins Exil getrieben hatte.

Doch die Zeit hatte für ihn gearbeitet. Seine Ehe war inzwischen geschieden und die untreue Frau auf eine kleine Mittelmeerinsel verbannt worden. Die beiden Enkel des Kaisers waren überraschend jung an den Folgen von Verletzung und Krankheit verstorben. Danach war Tiberius von Augustus adoptiert und damit offiziell vor aller Welt zu seinem Nachfolger bestimmt worden. Eine einzige Bedingung hatte ihm Augustus gestellt: Tiberius musste seinerseits seinen Neffen Germanicus an Sohnes statt annehmen.

Als Arminius das Zelt des Imperators betreten wollte, hielt ihn ein Prätorianer auf. »Wer bist du?«

»Julius Caesar Arminius.«

Der Prätorianer salutierte, und Arminius betrat das große, mannshohe Zelt. Auf einem Sessel saß Tiberius. Mehrere Offiziere umstanden ihn, und er unterhielt sich gerade mit einem Reitertribun. Arminius erschrak bei seinem Anblick. Die Augen des Mannes, der ihm einst seinen römischen Namen gegeben hatte, blickten womöglich noch freudloser als früher, sein Gesicht war mit Ausschlag und mit Narben von verheilten Pusteln übersät, untilgbare Spuren der um sich greifenden gefürchteten Mundlepra. Als er kurz aufblickte, gewahrte er Arminius und überlegte einen Moment, bevor sich sein finsterer Gesichtsausdruck aufhellte. »Ist das nicht … bist du nicht?«

»Julius Caesar Arminius, Imperator!«

Tiberius sprang auf. Er mochte jetzt an die fünfzig Jahr zählen, wirkte aber immer noch jugendlich. Nur ein kleiner schwarzer Strich am linken Ohr verriet, dass er sich die Haare färbte. Der Feldherr strahlte freudig, als er Arminius fest in den Blick nahm, und unterdrückte spürbar die Regung, ihn zu umarmen. Dann wandte er sich dem Mann zu, mit dem er gesprochen hatte.

»Komm, Velleius, komm her, und werde Zeuge meiner Freude!« Der Angesprochene folgte lächelnd der Aufforderung seines Vorgesetzten, und Tiberius legte ihm seine rechte Hand auf die Schulter. »Das, mein lieber Velleius, ist der Junge, den ich vor über zehn Jahren aus Germanien mit nach Rom gebracht habe. Ich wusste, dass er eine Zierde unserer Armee werden würde.«

Arminius hob abwehrend die Hände, doch der Feldherr drückte sie, keinen Widerspruch duldend, nach unten.

»Und das, mein lieber Junge, ist mein bester Reitertribun und Freund Velleius Paterculus. Halte dich an ihn, wenn du noch etwas lernen willst. Ich glaube, mein lieber Freund, wir können dem jungen Mann ein Kommando überlassen?«

»Die germanischen Reiter benötigen einen klugen und kühnen Anführer!«, sagte Velleius Paterculus lächelnd.

»So soll es sein«, sagte Tiberius und setzte hinzu: »Das Wiedersehen muss gefeiert werden.« Er blickte sich im Kreis seiner Offiziere um und erntete zustimmendes Nicken.

»Hat nicht Bacchus Indien erobert? So wird Biberius auch die Markomannen besiegen«, rief ein Tribun, dem eine Narbe quer übers Gesicht lief, mit rauer Stimme. Alle amüsierten sich über den derben Spaß, den Namen Tiberius – Sohn des Flusses Tiber – zu Biberius – Trinker – zu verballhornen. Am lautesten aber lachte der Imperator selbst über den Scherz, der auf seine Kosten ging.

»Seien wir heute groß im Trinken, morgen werden wir groß sein im Kämpfen«, sagte er, nachdem sich das Gelächter gelegt hatte. Dann wandte er sich wieder Arminius zu.

»Da auf dem Tisch liegt die Nachricht aus Rom, die dich ankündigt. Sie ist erst vor einer Stunde hier eingetroffen. Wie schnell du geritten sein musst! Respekt.«

»So schnell, Imperator, dass es drei Pferde brauchte.«

»Und einen Hintern, der jetzt zäh wie Leder sein dürfte«, warf der Narbengesichtige lachend ein. »Was hat dich so angetrieben, mein Junge?«

»Ich wollte nicht zu spät kommen, Imperator, wenn du Maroboduus schlägst!«, sagte Arminius lächelnd.

»Ich auch nicht«, ertönte eine Stimme vom Zelteingang her, die Arminius – bei Jupiter! – kannte und die ihm die liebste auf der Welt war. Kein Zweifel, hinter ihm stand Germanicus.

Mit gespielter Verzweiflung sah Arminius abwechselnd zu Tiberius und dann zu dem Neuankömmling: »Kaum gibt es einen Finkennapf Ruhm zu gewinnen, ist er auch schon da, um ihn mir streitig zu machen.«

»Nur die Ruhe, es ist genug Ruhm für alle da. Maroboduus sitzt wie eine Spinne in seinem Nest an der Gabelung der Albis. Eine riesige Burg soll es sein. Er hat vierzigtausend Krieger versammelt.

Germanicus, du kommst von Gajus Sentius Saturninus. Wie steht es mit seinen Vorbereitungen?«

Germanicus nahm den Helm unter den Arm und schritt zu Tiberius, stieß dabei mit todernster Miene Arminius im Vorbeigehen scherzhaft in die Seite und baute sich vor dem Imperator auf.

»Die Truppen sind versammelt. Er wird morgen früh losmarschieren. Er lässt dir ausrichten, du sollst nicht bummeln, sonst ist er vor dir in Marobudum und wird den Markomannen allein schlagen!«

»Hoho, er wäre kein guter Feldherr, wenn er nicht seine Truppen wie seine Worte ins Gefecht zu schicken verstünde. Das ist der Plan, meine Herren: Wir werden mit unseren Legionen morgen früh aufbrechen und vom Süden her Bohemia aufrollen, während Saturninus vom Westen, von Mogontiacum aus losschlägt. Zwei starke Heereskeile werden getrennt marschieren, sie werden einen eisernen Ring um den Hals des Maroboduus legen, um ihn dann gemeinsam zuzuziehen.«

»Ruhm und Ehre!«, riefen die Offiziere.

»Ja, Ruhm und Ehre. Wenn der einzige germanische König fällt, der mächtig genug ist, Rom gefährlich zu werden, dann liegt uns ganz Germanien diesseits und jenseits der Albis zu Füßen«, sagte Tiberius. Nachdenklich schaute er Arminius an und strich ihm kurz über die Wange. »Kämpfe gut, mein Junge, es wird auch dein Land sein!« Er wies auf ihn und fuhr fort: »Hier steht der künftige König des Cheruskerlandes. Mit den anderen Fürsten wirst du Rom dienen. Aber sag mir, mein Junge, was ist Rom?«

»Unser Wille, unsere Disziplin und unser Verstand.«

»Nerv von unsren Nerven, Sehnen von unsren Sehnen, Fleisch von unserm Fleisch, das ist Rom. Die Stadt lebt von unserem Blut!«

»Salve!«, riefen die Offiziere.

»Erfrischt und säubert euch, wir sehen uns in einer Stunde im Speisezelt«, sagte Tiberius. Die beiden jungen Männer salutierten, dann legten sie sich die Arme um die Schultern, stießen sich noch einmal versteckt in die Seite und traten Arm in Arm nach draußen.

Tiberius sah ihnen mit unbewegtem Gesicht nach. Nur wer den Feldherrn sehr gut kannte, bemerkte den Stolz in seinen Augen. Seine menschgewordene Vision von Rom hatte gerade übermütig sein Zelt verlassen.

Der trunkene Atem der Offiziere machte die Luft im Speisezelt allmählich warm und dunstig. In all dem Lärmen und Zuprosten ließ Tiberius seine Blicke schweifen. Für ihn war es diese Mischung aus Alkohol, überwundener Todesgefahr, erlebten Abenteuern und überbordender Großsprecherei, die nur mühsam die Trauer in der Seele zu verdecken vermochte, die ein Gelage der Offiziere vor einem großen Feldzug zu einem einzigartigen Erlebnis machte.

Es war beglückend und ekelhaft zugleich, weil es sich ständig an der Zumutung stieß, ein Mann zu sein. Als Mann musste man die Führung übernehmen, man hatte sich zu schlagen, in den Krieg zu ziehen, zu töten und sich töten zu lassen, und sich notfalls, wenn man aus politischen oder finanziellen Gründen verleumdet worden war, das Leben zu nehmen, um seine Familie zu retten. Es ging dabei nicht um körperliche Regungen wie Essen, Trinken, Schlafen, Vögeln oder Ausscheiden, es ging einzig darum, den täglichen Überlebenskampf zu meistern.

Das Leben war eine animalische Angelegenheit, und der Krieg spiegelte diese Tatsachen nur offen und deutlich und nicht versteckt und hinterrücks wie die Politik. Tiberius fand den Krieg ehrlicher, weil man den Speer durch die Luft fliegen sah, der dem eigenen Leben ein Ende setzen sollte. Das machte den Reiz dieser Gelage aus – alle wussten, dass sie am nächsten Tag in der Schlacht zusammenstehen mussten, vielleicht erwartete sie auch der Tod. Aber sie waren so herrlich frei, denn sie wussten auch, dass der Dolch nur von vorn und niemals von hinten kam. Deshalb war bei diesen Besäufnissen die Zunge lockerer und das Herz offener.

Aus ebendiesem Grund war es nicht verwunderlich, dass Augustus Legionslager und Krieg hasste. Der große Kaiser war ein durchtriebener Politiker, der virtuos mit den Stimmungen und Gefühlen der Menschen spielen konnte. Bereitwillig richtete er Spiele aus, die das einfache Volk liebte, und ließ sich, wann immer es ging, demonstrativ bei diesen Ereignissen sehen. Als Feldherr jedoch war er eine glatte Fehlbesetzung – alle Siege des großen Augustus hatten andere erfochten, Agrippa, er, Tiberius, selbst oder sein Bruder Drusus. Und genau aus diesem Grunde liebte Tiberius die Gemeinschaft der Männer im Krieg und hasste die Politik.

Augustus, auch hierin typisch Politiker, verachtete die Philosophen, während Tiberius sie liebte. Wie hatte ihm der Stoiker Thrasyllos einmal gesagt: »Nur Soldaten können Philosophen sein.« »Aber ich kenne so viele Soldaten, die keine Philosophen sind«, hatte er damals eingewandt. Thrasyllos hatte nur gelächelt: »Dann sind sie nur Schlagetots, aber keine Soldaten. Der Krieg ist eine Kunst, mein Freund, er ist der Vater aller Dinge.«

Tiberius sah, dass die Offiziere zu viel tranken und unverzinsbare Windbeuteleien verkündeten. Doch er liebte diese Männer, die mit ihm zu der größten militärischen Unternehmung, die Rom seit über hundertfünfzig Jahren gesehen hatte, aufbrachen.

»Imperator«, riss ihn der ewig wissbegierige Velleius aus seinen Gedanken, »Imperator, ich hatte das Gefühl, dass ihr Maroboduus achtet. Aber er ist doch ein Barbar. Warum also?«

Tiberius verzog unwillig den Mund. »Auch die weisen Griechen, die Söhne Alexanders des Großen, unterlagen unseren Bürgerheeren, obwohl wir für sie die Barbaren waren. Warum wohl?«

»Weil sie uns unterschätzt haben, Imperator?«

»Genau darum, mein lieber Velleius, weil sie uns unterschätzt haben. Unterschätzen wir unsre Feinde nicht. Maroboduus ist bei den Barbaren ein so großer König geworden, der Einzige und der Erste, dem sich der Adel einer ihrer Stämme gefügt hatte, weil er uns weder über- noch unterschätzt.«

»Aber woher weiß er so viel über uns?«, fragte Germanicus, und

Arminius, der neben ihm saß, erwartete gespannt die Antwort des Tiberius.

»Ganz einfach. Er wurde in seiner Jugend in Rom ausgebildet. Er kennt uns.«

»Also dürfen wir nicht von oben auf sie herabschauen, sondern müssen auch sie kennenlernen«, sagte Germanicus und schaute gedankenverloren zu seinem Nachbarn. Die anderen Offiziere waren seinem Blick gefolgt und sahen nun alle zu Arminius hinüber.

»Das tust du ja nun schon lange genug«, entgegnete dieser verärgert.

»Erzähl uns von Gaius Caesar!«, hakte Tiberius ein. »Du warst bei ihm im Osten?«

»Ja, und auch als er starb«, antwortete Arminius. »Er war ein ausgezeichneter junger Mann.«

»Wie ist Armenien?«

»Was soll ich sagen, die Götter selbst ruhen sich dort aus. Die Liebe einer Mutter ist nichts gegen die Fürsorge der Sonne. Weintrauben, groß und süß, sprießen dort wie andernorts das Unkraut.«

»Redest du von den Weintrauben oder von den Mädchen?«, warf Germanicus lachend ein.

»Ach, dass du nur an das eine denken kannst, ich rede natürlich von den Weintrauben und den Mädchen. Wir haben den König eingesetzt und die Parther am Fluss Tigranes geschlagen, die unseren König wieder vertreiben wollten. Dabei wurde Gaius Caesar verletzt. So eine Scheißwunde macht aus einem Mann einen anderen Mann.«

»Wohl wahr«, pflichtete Germanicus dem Freunde bei. Tiberius wusste, dass er dabei an seinen Vater dachte, an Drusus, den der Sturz mit dem Pferd das Leben gekostet hatte.

»Ich war bei Gaius Caesar«, fuhr Arminius fort, »in seinem letzten halben Jahr. Er weigerte sich nach Rom zurückzukehren und wollte im Osten bleiben.«

»Wie gut ich ihn verstehe!«, sagte Germanicus halblaut mehr zu sich und ohne, dass es jemand mitbekam.

»Augustus drängte, doch Gaius sehnte sich nur danach, aus der Politik auszuscheiden, und wollte auch kein Kommando mehr übernehmen.«

»Aber was wollte er dann?«, fragte Tiberius stirnrunzelnd. Er hatte nie verstanden, weshalb der Jüngling, der ihm in der Nachfolge vorgezogen worden war und wegen dem er ins Exil gegangen war, so plötzlich auf alles verzichtete und bald drauf starb.

»Er suchte nach der Wahrheit«, sagte Arminius.

»Wahrheit? Was soll das sein?«

»Ich weiß es nicht, Imperator, ich weiß nur, dass es dieses Fieber war, an dem er verglühte, und nicht der Wundbrand. Er las alte griechische Schriften und suchte nach einem verborgenen Heiligtum.«

»Warum ist er dann nicht zum großen Orakelheiligtum nach Eleusis gegangen?«

»Weil er es für Schwindel hielt. Dort amtierten vom Staat eingesetzte Priester. Die sich auch bewusst waren, wem sie zu dienen hatten. Wie kann aber die Wahrheit dienen wollen? Die Wahrheit lebt nur im Verborgenen. Eleusis war für ihn Herrschaft, nicht aber Wahrheit.« Arminius merkte nicht, wie sehr Germanicus an seinen Lippen hing, gespannt auf jedes seiner Worte.

»Wer die Macht hat, hat die Wahrheit«, sagte Tiberius verdrossen.

»Nein, wer die Macht hat, hat nur die Macht. Kurz vor seinem Tod flüsterte mir Gaius noch zu: Wenn die Macht kommt, geht die Wahrheit zuerst.«

»Was heißt das?«

»Ich weiß es nicht, Imperator.«

»Vielleicht weiß es Maroboduus«, warf der mit der Narbe ein und erntete damit Heiterkeit. Und er setzte noch einen Scherz drauf: »Wer von uns in der Schlacht zuerst fällt, kann Gaius im Hades ja fragen, was er damit gemeint hat.«

Die Männer lachten und suchten sich im Witzereißen zu übertreffen. Aus den Augenwinkeln beobachtete Tiberius, der sich gerade einen neuen Becher Wein bringen ließ, dass Arminius das Zelt verließ und Germanicus ihm folgte.

Draußen pfiff der Wind durch die Äste. Der Mond hatte sich hinter einer Wolke versteckt, und auch die Sterne leuchteten nur spärlich. Arminius schlug sein Wasser an einer Birke ab. Germanicus trat neben ihn und tat das Nämliche.

»Hast du Gaius gemocht?«, fragte er den Freund.

»Nein, aber seine letzten Monate, der Verzicht und das Verbrennen in der Suche nach der Wahrheit, weißt du, wie eine Motte Feuer fängt, wenn sie zu dicht an die Kerze gerät, das hat mich beeindruckt. Aber gemocht habe ich ihn nicht, nein. Wie war es in Germanien?«

»Schöne Frauen gibt es dort, schöne Römerinnen und schöne Germaninnen. Und übrigens, ich verstehe jetzt, dass du Elda nicht vergessen konntest.«

»Du hast sie gesehen! Sie lebt! Es geht ihr gut!«

»Sie ist schön. Sie ist eigensinnig. Sie ist eine Herausforderung für einen Mann. Sicher freut man sich, wenn man mit ihr verheiratet ist, auf den Krieg, um sich von ihr zu erholen. Mit einem Wort, die perfekte Frau für einen Militärtribun.«

Arminius lachte laut und glücklich auf. »Du hast also mit ihr gesprochen, und sie hat sich überhaupt nicht verändert.«

Am anderen Morgen brachen die Legionen sehr früh auf. Sie marschierten bis zum frühen Nachmittag, dann errichteten sie das Militärlager. Die folgenden Tage glichen dem Ersten. Manchmal schafften sie 15, manchmal 17 Meilen am Tag. Unaufhaltsam fraß sich der römische Heereswurm durch Bohemia, durch das Reich der Markomannen und ihres Königs Marbod oder, wie die Römer sagten, Maroboduus. Und vom Westen zog ein zweites Heer heran.

Germanicus, der neben Arminius ritt, ließ seinen Blick über die marschierenden Einheiten schweifen, eine endlose Kolonne, die sich durch das böhmische Becken wälzte.

»Anstelle des Markomannen würde ich mich ins eigene Schwert stürzen. So aussichtslos ist seine Lage, dass ich fast Mitleid mit ihm habe«, sagte er.

»Wenn er es nicht tut, wird er einen Grund dafür haben. Unterschätzen wir Marbod nicht. Er wird nicht untätig herumsitzen!«

»Ja, aber zaubern kann auch er nicht«, antwortete Germanicus und trieb sein Pferd an.

Nach und nach wurde das Grün der Halme, die auf den Feldern standen, heller. Die Truppen des Tiberius versorgten sich vom eigenen Nachschub. Der Feldherr achtete darauf, die Bauern auf dem Weg zur Schlacht nicht zu behelligen. Er wusste, dass die Menschen, an denen sie vorbeizogen, hierbleiben würden und auch hierbleiben sollten. Marbods Tage waren gezählt, und dann musste man mit den Menschen, die hier lebten, etwas Neues errichten. Warum also unnötig Feindschaft und böses Blut schaffen? Es war ein schönes Land mit seinen weichgeschnittenen Hügeln, dem ausladenden blauen Himmel, den Wäldern und Feldern, den saftigen Weiden und unzähligen Quellen und Bächen und Flüsschen, die alle zur Albis rieselten und strömten.

Am Fuße eines baumbestandenen Hügels, der auch frisches Wasser aus einem kleinen Bach aus seinem Inneren lieferte, befahl der Feldherr zu rasten. Geübt errichteten die Legionäre das Marschlager. Die Zelte wurden aufgestellt und mit einer schützenden Palisadenwand umgeben.

Germanicus und Arminius nutzten die Zeit für einen Spaziergang im Wald. Germanicus erzählte dem Freund von seiner Lehrzeit in Germanien, die er zunächst bei Marcus Vincius, dann bei Sentius Saturninus verbracht hatte. Er berichtete Arminius von den Städten, die links des Rhenus entstanden, über die festen Legionslager auf der rechten Seite des Flusses, über die Straßen, die sie dort anlegten, über das Zusammenleben mit der örtlichen Bevölkerung, aber auch über die kleineren Aufstände, die noch vor ein paar Jahren immer wieder aufgeflackert und, so schnell sie aufloderten, niedergeschlagen worden waren.

»Es entspricht nicht unserer Lebensart, Herren zu dulden. Und erst recht nicht, Steuern zu zahlen«, meinte Arminius lachend.

»Die Ubier, die Chatten und auch viele Cherusker haben eingesehen, dass sie mit den Segnungen unserer Kultur besser leben.«

»Römische Kultur und germanische Tugenden, römische Ordnung und germanische Kraft könnten etwas völlig Neues schaffen. Ich habe im Osten gesehen, wie nutzlos der ewige Krieg der Armenier gegen die Parther ist. Und auch die Parther werden nicht glücklich im Kampf gegen Rom. Dieser ewige Krieg saugt ihnen die Kraft aus. Meinst du, Kerls wie wir können ein neues Germanien schaffen?« Arminius lachte verwegen.

»Wer, wenn nicht wir, Bruder?« Germanicus stimmte in das Lachen ein. Doch plötzlich verstummten beide, denn sie hörten, wie Männer durchs Unterholz brachen. Sie wollten schon ihre Schwerter ziehen, da kam ein Legionär zum Vorschein.

»Ich hab sie gefunden!«, brüllte er. Dann ging er zu den beiden Freunden und salutierte. »Der Imperator will euch sofort sehen!«

Germanicus und Arminius warfen sich einen überraschten Blick zu, bevor sie in Richtung des Lagers eilten. Dort trafen sie Tiberius in seinem Zelt an. Inmitten seiner Offiziere saß er mit sorgenvollem Gesicht auf seinem Sessel. Die Stimmung befand sich offenbar auf dem Tiefpunkt. Die Züge des Imperators wirkten wie grob gemeißelt, der Feldherr sah aus wie eine schlecht gelungene Statue seiner selbst. Langsam hob er den Kopf und sah die beiden jungen Männer an. Als er sprach, bewegten sich seine Lippen kaum: »Pannonia brennt!«

»Ein Aufstand in Pannonia?«, rief Germanicus entsetzt.

Velleius antwortete für den Feldherrn: »Ja, das ganze Land hat sich gegen uns erhoben, den Statthalter vertrieben und unsere Garnisonen gebrandschatzt. Augustus fürchtet, dass die Aufrührer, wenn sie erst Herr in ihrem Land sind, die Landverbindung nach Achaia und von dort in den ganzen Osten blockieren könnten.«

»Und damit nicht genug«, fiel ihm Tiberius ins Wort, »Aquileia liegt zum Greifen nahe. Wer sagt uns, dass sie nicht ihre Räuberhand nach der Stadt ausstrecken und dann nach Bononia? Und dass sie nicht von dort aus auf Rom zumarschieren?«

»Wir müssen den Feldzug also abbrechen«, stellte Arminius nüchtern fest.

Es hatte sich für Marbod gelohnt, sich nicht ins eigene Schwert zu stürzen. Zaubern konnte er sicher nicht, aber das unverschämte Glück, das ihm zuteilwurde, konnten nur die Götter gewährt haben. Warum straften sie uns?, fragte sich Arminius. Er sah dem Feldherrn an, wie sehr es ihn quälte, den großen Sieg wegwerfen und stattdessen zwei oder drei aufständische Provinzen befrieden zu müssen.

Tiberius erhob sich und ging auf Germanicus zu. In seinem Blick lagen Ruhe und die gewohnte Trauer. Er hatte sich mit der Situation bereits abgefunden.

»Du, mein Sohn, wirst zu Maroboduus reiten und einen Friedensvertrag aushandeln. Wir brauchen Ruhe in unserem Rücken. Das weiß auch der Markomanne. Er ist schlau. Er wird den Preis so hoch treiben, wie es irgend geht. Sieh zu, was du ausrichten kannst. Komm nicht ohne Frieden zurück, aber zu annehmbaren Bedingungen. Velleius und Arminius werden dich begleiten. Arminius sollte noch ein Gefühl für das Denken seiner Brüder haben. Viel Glück! Caecus wird zu Saturninus reiten. Er soll umgehend mit den Legionen an den Rhenus zurückkehren und wachsam sein, dass sich der Brand des Aufstandes nicht auf Germanien ausbreitet. Beeilt euch, wir müssen Geschenke verteilen, mit der liebenden Hand und dem scharfen Schwert, je nachdem.«

Sie alle wussten, was auf dem Spiel stand – die Sicherheit Roms. Wenn sich der pannonische Aufstand auf das ganze Illyricum, auf die Dalmatica und Moesia ausweitete, wenn Maroboduus die

Gunst der Stunde nutzen und sich mit den Westgermanen verbünden könnte, die über den Rhenus drängen und die nun schwächeren Truppen in der Germania angreifen würden, ja, wenn auch unruhige Elemente in der Belgica und der Gallia Lugdunensis sich ermuntert fühlten, dann fiele das Reich wie ein Kartenhaus in sich zusammen!

Sie alle wussten, was auf dem Spiel stand, und der Schlüssel hieß Maroboduus. Wie würde er sich verhalten? Selten lastete ein größeres Gewicht auf den Schultern von Gesandten als auf denen der drei römischen Offiziere.

20

Sie jagten auf ihren schnellen Pferden dahin. Die Landschaften flogen an ihnen vorbei. Auf einer Straße brachten sie schräg eingegrabene Spieße zum Stehen. Sogleich erschien ein Trupp Markomannen. Bevor der Anführer etwas sagen konnte, teilte ihm Arminius mit befehlsgewohnter Stimme auf Germanisch mit, dass Julius Claudius Nero Germanicus, Velleius Paterculus und Julius Caesar Arminius König Maroboduus zu sprechen wünschten.

»Wer sagt uns, dass ihr keine Spione seid, die nur unsere Verteidigungsstellungen ausspionieren wollen?«

»Unser Rang, Dummkopf. Meinst du, dass Militärtribunen als Kundschafter durch die Landschaft schleichen? Tiberius schickt uns!«

Arminius konnte deutlich sehen, wie es im nicht allzu hellen Kopf des Anführers arbeitete. Das listige Lächeln, das sich in seinem dümmlichen Gesicht ausbreitete, rührte Arminius fast. Oh ihr Götter, der Gimpel hatte eine Idee!

»Ich schicke einen Boten zum König, soll er entscheiden.« Doch so schnell, wie der Gedanke in seinem Kopf aufgeleuchtet war, erlosch er auch wieder. Erneut machte sich Ratlosigkeit in seiner Miene breit. »Aber wer von meinen Männern könnte sich eure Namensungetüme merken?«

Arminius barst beinahe vor Zorn. Es ging um eine Angelegenheit von weltpolitischem Ausmaß, und sie scheiterten womöglich mit ihrer Mission, weil diese Trottel sich keine römischen Namen merken konnten.

»Dann sag ihm eben, dass Germanicus ihn sprechen möchte. Kann sich das einer von deinen Männern merken?«

Das Strahlen kehrte in das Antlitz des Markomannen zurück. Erleichtert zog er den Rotz hoch und spuckte ihn aus.

»Das geht. Gerbod, reit zum König, und sag ihm, bei mir wartet ein Römer mit Namen Germanigos, der ihn sprechen will.« Der Angesprochene sprang auf das Pferd und ritt los.

»Wie lange wird es dauern?«, fragte Arminius.

Der Markomanne wollte schon antworten, biss sich aber noch rechtzeitig schmerzhaft auf die Zunge, verzog kurz das Gesicht und setzte wieder die Miene auf, die er für klug hielt.

»Du glaubst wohl, du kannst mich an der Nase herumführen. Ich verrate dir doch nicht, wie lange Gerbod braucht, damit du weißt, wie weit die Burg des Königs entfernt ist!«

Er ließ ein schallendes Gelächter hören, in das seine Leute einfielen. Arminius konnte nur noch die Augen verdrehen und in einer Mischung aus Hilflosigkeit und Bedauern zu seinen beiden Begleitern schauen.

Inzwischen hatte sich der Anführer wieder beruhigt und meinte, sichtlich angetan vom eigenen Scharfsinn, versöhnlich: »Steigt schon ab von euren Gäulen. Ihr müsst ja nicht die nächsten zwei Stunden im Sattel zubringen.«

Er hatte nicht gelogen. Zwei Stunden später war Gerbod zurück und rief schon von Weitem: »Der König hat befohlen, Manigos und seine beiden Begleiter zu ihm zu bringen. Aber wir müssen ihnen die Augen verbinden. Sie sollen unsere Verteidigungsanlagen nicht sehen.«

Arminius informierte seine beiden Gefährten.

»Sie könnten uns aber auch etwas vorgaukeln und uns unterwegs erstechen«, wandte Velleius ein.

»Oder uns als Geiseln nehmen«, fügte Germanicus hinzu.

»Keine Angst, darin habe ich bereits Erfahrung, großer Manigos«, ulkte Arminius mit Galgenhumor. »Aber ich fürchte, wir müssen das Risiko eingehen.« Innerlich widerstrebend ließ er sich als Erster die Augen verbinden.

»Begeben wir uns in die Hände der Parzen«, seufzte Velleius und hielt den Kopf hin.

»In deren zartfühlenden Händen befinden wir uns ohnehin«, lachte Germanicus unbekümmert, und man hätte ihn in seinem schönen Leichtsinn für den ewig jugendlichen Gott Apollon halten können.

Sie kamen rasch voran, weil sich je ein Markomanne hinter ihnen aufs Pferd setzte, um das Tier zu führen. Allerdings kam Arminius die Zeit, die sie ritten, wie eine Ewigkeit vor. Nicht nur, weil sich in der Dunkelheit die Zeit dehnte, sondern auch weil ihm der faulige Atem des Markomannen hinter ihm langsam aber sicher die Sinne zu rauben drohte. Wozu braucht Marbod noch Verteidigungsanlagen, wenn Männer mit einem solch mörderischen Atem unter seinem Befehl stehen, fragte er sich.

Nach einer schier endlosen Weile nahm man ihnen die Augenbinden wieder ab. Sie fanden sich im Innenhof einer Burg wieder. Vor ihnen erhob sich eine riesige Holzwand, davor lag ein sehr breiter und sehr tiefer Wehrgraben. Im Rücken bildete eine Palisadenwand den Außenring. Sie mussten vom Pferd steigen. Gerbod ging voraus. Als sie durch ein breites Tor schritten, sah Arminius, dass die innere Befestigung wie bei römischen Militärlagern mit Steinen und Erde verfüllt war. Die Verteidigungsanlage, die sie sahen, stellte tatsächlich keine große Überraschung für sie dar, denn sie entsprach völlig der römischen Bauweise.

Im Innern stand eine trutzige Wohnhalle, ein riesiges, aus Bohlen errichtetes Blockhaus. In der Mitte des Daches befand sich wie bei einem römischen Atrium ein quadratisches Loch, durch das Licht und Luft fallen konnten. Im Unterschied zu einem römischen Haus erhob sich jedoch ein einzelnes Dach mit großem Abstand über dem Loch, um Regen und Schnee abzuhalten. Arminius erklärte seinen Begleitern, dass es hier genügend Wasser gäbe, sodass man es nicht in einem Bassin im Atrium auffangen musste.

Sie betraten das Haus und gelangten gleich in den großen Saal.

In der Halle herrschte ein diesiges Halbdunkel, an das sich ihre Augen erst gewöhnen mussten. In der Mitte stand ein mehr oder weniger runder Tisch, an dem etwa zwanzig Männer saßen. Drei Gefolgsleute des Königs standen auf und boten den römischen Gesandten ihre Plätze an, blieben dann aber bedrohlich hinter ihnen stehen.

Arminius blinzelte und versuchte, den Krieger, der ihm gegenübersaß, zu erkennen. Seine Ahnung hatte ihn nicht getrogen: Der kräftige Mann mit dem rasierten Gesicht, den leidlich gut frisierten Haaren und den listigen Augen, die er immer wieder zusammenkniff, war Marbod.

»Wer von euch ist Manigos?«, fragte der König der Markomannen.

»Julius Claudius Nero Germanicus!«, gab sich Arminius' Freund zu erkennen. »Neben mir sitzen Velleius Paterculus und Julius Caesar Arminius.«

»Du wirst verstehen, Römer, dass ich dich nicht Germanenbezwinger nennen kann, lassen wir es also bei Manigos«, ließ Marbod in exzellentem Latein verlauten. Das Kräftemessen hat also begonnen, dachte Arminius. Beraubt er Germanicus seines Namens, nimmt er ihm die Würde als Verhandlungsführer. Arminius senkte den Kopf und konzentrierte sich. Sein Gehirn arbeitete fieberhaft. Er musste einen Weg finden, Marbod Achtung einzuflößen, wenn sie nur halbwegs erfolgreich verhandeln wollten.

»Ich sollte einen alten Mann schonen, der weder fremde Namen, noch den eigenen Urin halten kann!«, gab Germanicus barsch zurück.

Wütend über die Beleidigung stand Marbod auf und zog sein Schwert. Mochte er auch die Fünfzig überschritten haben, so war sein Körper immer noch der eines Kriegers, sehnig, muskulös und wendig. Fast gleichzeitig sprang auch Arminius auf, zog noch in der Drehung um die eigene Achse in der Luft sein Schwert und stieß es einem Markomannen, der mit dem Langdolch auf Germanicus zugestürmt kam, in die Brust. Blitzschnell setzte er dann seinen Fuß auf den Bauch des Mannes und zog das Schwert aus dem Leib des Sterbenden, der wie eine Gliederpuppe, deren Fäden man gekappt hatte, in sich zusammenfiel.

Noch bevor Marbod etwas sagen konnte, war Arminius auf den Tisch gesprungen. Germanicus und Velleius folgten ihm mit gezückten Schwertern. Sie hatten sich nicht abgesprochen, aber in diesem Moment trat das große Wunder ein, dass sie meinten, die Gedanken des anderen zu hören. Arminius sprang mit einem großen Satz vom Tisch und ging auf Marbod zu. Germanicus und Velleius, die ihm folgten, hielten ihm den Rücken frei, indem sie sich umwandten und die nachdrängenden Markomannen mit ihren Schwertern empfingen.

Als Marbod und Arminius die Klingen kreuzten, wich der König bald unter den Hieben des jungen Kriegers zurück.

»Du bist ein Germane. Ich sehe es dir an«, keuchte Marbod.

Mehr noch als die Kraft der Schläge machte ihm die Schnelligkeit des Angreifers zu schaffen. Viele mochten kräftiger sein als Arminius, nur wenige aber waren schneller als er. Gern hätte er seinen Gegner noch weiter geschwächt und ihn noch ein wenig länger in den kräftezehrenden Zweikampf verstrickt. Doch Arminius spürte, dass Velleius und Germanicus dem Ansturm der Gefolgsleute nicht mehr lange würden standhalten können. Er beschloss daher, einen kräftigen Streich gegen die Knie des Königs auszuführen, den dieser abwehren würde, um dann als Nächstes auf Marbods Kopf zu zielen. Der Markomanne war ein erfahrener Kämpfer und nicht so leicht mit einer Finte zu überlisten, doch Arminius musste alles auf eine Karte setzen. Wenn dieser Angriff misslang, würde er kaum die Gelegenheit zu einem zweiten haben, dann hätte die Überzahl der Krieger des Königs sie überwunden. Wie erhofft parierte Marbod diesen Streich und sah den nächsten Hieb nicht voraus. Blitzschnell änderte Arminius die Stoßrichtung und schlug das Schwert des Gegners nach unten, sodass es zu Boden fiel. Im gleichen Moment spürte Marbod die Spitze des gegnerischen Schwertes in seiner Halsmulde.

»Lasst die Schwerter fallen!«, brüllte Arminius auf Germanisch. Die Gefolgsleute gehorchten ihm. »Hochverehrter Maroboduus, würdest du die Freundlichkeit besitzen, mit Julius Claudius Nero Germanicus, den du der Einfachheit halber Germanicus nennen darfst, zu verhandeln, oder soll ich dich zu den Manen schicken?«

»Verhandeln wir, Germanicus«, presste der bedrängte König hervor.

»Schick deine Leute hinaus«, forderte Germanicus, noch etwas außer Atem vom Kampf.

»Geht, lasst uns allein.«

Marbods Gefolgsleute verließen den Saal, während sich der König mit den drei Gesandten an den Tisch setzte. Sie verhandelten bis zum Mittag des nächsten Tages. Dreimal servierten die Mägde Speisen und Getränke, dann stand der Vertrag. Und wahrlich, er kam die Römer recht teuer zu stehen, denn sie mussten Marbods Reich nicht nur anerkennen und seine Grenzen respektieren, sondern auch garantieren, dass die Albis die Grenze der Provinz Germania bildete. Jenseits des Flusses aber sollte sich Marbods Einflussgebiet erstrecken, das die Stammesgebiete der Semnonen, der Langobarden, der Rugier und Sachsen umfasste und von der Gabelung der Albis bis ans Mare Suebicum reichte.

In gewisser Weise bewunderte Arminius den König, wie er Stück für Stück sein germanisches Reich erweiterte. Vor wenigen Tagen noch hätte niemand mehr ein paar Kupfermünzen für ihn gegeben, nun aber stand er als Sieger dar. Der Aufstand gegen die Römer in Pannonia hatte Marbod nicht nur den Hals gerettet, er hatte ihm zudem den Kopf vergoldet. Gestern noch hatte es so ausgesehen, als ob ihn zwei mächtige römische Heerzüge vernichten konnten, nun baten die Römer um Frieden und kamen mit Geschenken.

Zum Abschied hielt der König Arminius zurück, während Germanicus und Velleius bereits ihre Pferde bestiegen.

»Ich weiß nicht, aus welchem Stamm du kommst, Germane, aber auch der wird mir eines Tages zu Füßen liegen. Ich habe heute ein gutes Geschäft gemacht. Aber es hätte, wenn du nicht gewesen wärest, um ein Vielfaches besser ausfallen können. Sieh also zu, dass du mir nicht ein zweites Mal unter die Augen kommst, denn dann wirst du sterben. Und achte darauf, dass ich niemals erfahre, aus welcher Sippe du stammst. Ich würde sie ausrotten bis auf das kleinste Kind, das in eurem Schweinestall plärrt.«

Marbods Augen funkelten vor Hass. Er hatte halblaut, aber mit einem wölfischem Grollen in der Stimme gesprochen. Und er war kein Mann der leeren Drohungen. Vor dem geistigen Auge des Arminius erschienen Marbods Krieger als Männer mit scharfen Schwertern und ohne Gesichter, die mit Brandfackeln das Gehöft seiner Eltern überfielen, die Männer erschlugen, die Frauen vergewaltigten und dabei unablässig brüllten: Ergimer hat euch das angetan. Er schlug die Augen nieder aus Sorge, der König könnte seinen Geburtsnamen in seinen Augen lesen.

»Komm endlich!«, rief Germanicus ungeduldig. »Oder veranstaltet ihr da noch ein Familienfest?«

»Aber sicher doch! Wir sind uns so verwandt wie Feuer und Wasser, das erst Ruhe findet, wenn es das Feuer gelöscht hat«, antwortete Arminius. Dann machte er einen Schritt auf Marbod zu. Er spürte die rücksichtlose Gewalt des Mannes und die Heimtücke des gelernten Politikers.

»Warum, Marbod, hast du in Rom nur das Schlechte gelernt, wo es dort doch auch so viel Gutes gibt?«

Jetzt, da er dem Markomannen beim Abschied gegenüberstand, empfand Arminius seltsamerweise Furcht. Er durfte sich nicht von den Netzen der Angst, die der König auswarf, fangen lassen. So kalt, wie er unter Aufbietung seiner gesamten Selbstbeherrschung vermochte, sagte er: »Such nicht nach mir, Marbod! Die Spitze meines Schwertes hat dich schon einmal gefunden, sie wird dich auch ein zweiter Mal finden, und sie wird dann nicht so höflich sein und verharren, alter Mann!«

Im Davonreiten streiften ihre Blicke noch einmal die Verteidigungsanlagen, die Marbod in aller Eile hatte errichten lassen und die für die römischen Legionen kein ernsthaftes Hindernis dargestellt hätten. Das machte ihnen noch einmal bewusst, dass ihnen der Sieg im Feldzug gegen die Markomannen sicher gewesen wäre. Dass sie diesen wegen des Aufstandes im Rücken aufgeben mussten, hatte die Verhandlungen mit Marbod doppelt bitter gemacht. Wie kann das Schicksal nur so einen Widerling begünstigen, fragte sich Arminius.

Germanicus, der rechts neben ihm ritt und seine Gedanken erraten hatte – wenn ihn nicht ähnliche quälten –, versuchte, den Freund zu trösten: »Mag er auch heute triumphieren, umso tiefer wird morgen sein Sturz sein. Das Schicksal ist ein knausernder Geldverleiher, es verschenkt seine Münze nicht!«

Arminius gab keine Antwort. Er gestand es sich nur ungern ein, aber das Gespräch mit Marbod beschäftigte ihn immer noch, weil der Markomanne wie er selbst seine Jugend in Rom verbracht hatte. Waren sie einander ähnlich, verschieden nur, weil er, Arminius, jünger war? Hätte er nur gewusst, was ihn so verunsicherte!

Sicher trug auch die Kunde von Elda, die ihm Germanicus überbracht hatte, zu seiner Verwirrung bei. Ohne Vorwarnung war in der Zeit, die ein Satz benötigte, sich sinnvoll zu runden, eine Wunde, die er für geheilt erachtet hatte, wieder aufgebrochen und blutete. Er beneidete Germanicus darum, Elda gesehen und sogar mit ihr gesprochen zu haben. Tief innerlich verübelte er es ihm auch ein klein wenig. Wieder durchzog ein Schmerz seinen Körper bei dem Gedanken an Elda. Sehnsucht, der Schmerz hieß Sehnsucht.

Nachdem sie schweigend, jeder in seine Gedanken versunken,

den Wegposten der Markomannen passiert hatten, zügelten sie ihre Pferde.

»Zeit, Abschied zu nehmen«, sagte Germanicus. »Du, Velleius, reitest zum Rhenus, zu Saturninus, du Arminius zu Tiberius nach Siscia und ich nach Rom, um die Nachricht vom Friedensschluss mit Maroboduus zu überbringen.«

»Was macht es aus, wenn ich Saturninus die Nachricht bringe und dann zu Tiberius eile?«, hörte sich Arminius sagen. Aber schon, als er die Bitte vorbrachte, wusste er selbst, das sie vergeblich war.

»Der Imperator erwartet dich«, erwiderte Germanicus. »Er hat unsere Aufgaben selbst festgelegt. Finde dich drein wie ein echter Römer. Nur Barbaren folgen ihrem Herzen in die andere Richtung, wenn der Verstand oder die Pflicht in die entgegengesetzte Richtung zeigt.«

Du hast gut reden, dachte Arminius wütend, du hast sie gesehen, mit ihr gesprochen. Und ich? Velleius führte sein Pferd dicht an Arminius Seite, während Germanicus' Pferd von vorn seinen Kopf zwischen die Hälse der anderen beiden Reittiere steckte.

»Kopf hoch, mein Freund. Was immer du dort willst, die Zeit würde ohnehin nicht reichen, um deine Wünsche zu erfüllen. Du müsstest fast vom Pferd aus noch Meldung erstatten und dich sogleich nach Pannonia wenden«, sagte Velleius tröstend.

»Ach, verdammt, Arminius, du kommst schon noch zurück ins Cheruskerland, zu Elda. Jetzt ist keine Zeit, an die Liebe zu denken, Mars regiert, nicht Amor«, fügte Germanicus hinzu.

Wie wahr, dachte Arminius bitter. So lange er lebte, herrschte bereits der Kriegsgott, und wahrscheinlich würde er immer noch regieren, wenn er dereinst zu den Ahnen ging. Musste er denn so lange warten, bis er Elda wiedersah? Mit einem gezwungen Lachen wischte er die trüben Gedanken beiseite. Jetzt hieß es erst einmal, Abschied von den Gefährten zu nehmen.

»Wir sehen uns bald wieder«, sagte er zu ihnen.

»Ja, in Pannonien. Und dann werden wir die Schufte zusammenhauen, die uns den Sieg gegen Maroboduus gestohlen haben«, erwiderte Germanicus grimmig.

»Ruhm und Ehre«, rief Velleius.

»Ruhm und Ehre«, antworteten die beiden anderen, dann umarmten sich alle drei, indem sie sich im Sattel zueinander reckten, und ritten eilig los. Sie wussten nicht, was ihnen die Zukunft bringen würde, aber sie glaubten, dass die Ereignisse der letzten Stunden sie für immer vereint hatten. Gefährten fürs Leben, mit diesem Gefühl nahmen sie Abschied voneinander.

*

Arminius ritt durch den Tag und durch die Nacht und wieder durch den Tag und wieder durch die Nacht. Das Wetter zeigte sich von seiner angenehmen Seite, es war frühlingshaft warm. Zuweilen schlief er im Sattel, zuweilen ruhte er zwei, drei Stunden an einer Station der kaiserlichen Post oder unter einem Baum aus, wenn die Vernunft gebot, dem Pferd ein wenig Erholung zu gönnen, um es nicht zuschanden zu reiten.

In der Nacht hatte er das Militärlager in Nordpannonien passiert, von dem sie noch vor wenigen Tagen hochgemut aufgebrochen waren. Wer hätte damals die jähe Wendung vorausahnen können? Er ließ die alte Militärstraße, die über die Alpen nach Emona führte, links liegen und schlug den geraden Weg nach Süden ein, scharf vorbei an den Julischen Alpen.

Er hatte nicht die Tage und Nächte gezählt, als er endlich die Umrisse von Siscia in der Ferne erblickte. Ungewöhnlich weit von der Siedlung entfernt war er bereits auf römische Späher getroffen. Die Legionäre, aber auch viele Sklaven der römischen Bevölkerung, schufteten in größter Eile, um Befestigungen zu errichten. Die Soldaten hatten ihre Brustpanzer und Waffen unmittelbar neben sich griffbreit abgelegt.

Sogar körperlich spürte Arminius die Nervosität, die in der Luft lag. Die Bewohner und Bewacher der Stadt rechneten mit einem unmittelbar bevorstehenden Angriff. Die Siedlungen, aber auch das Legionslager barsten vor Zivilisten. Es waren Flüchtlinge, die der Schrecken des Aufstands unter den Schutz der Legionsadler getrieben hatte. Noch vor wenigen Tagen, sinnierte Arminius, hatten sie in prächtigen Villen gelebt, und nun schätzen sie sich glücklich, wenn sie in einer Hütte oder einem Zelt Aufnahme fanden.

Schon von Weitem erkannte er Tiberius inmitten seiner Legaten, der sich persönlich ein Bild vom Stand der Arbeiten und der Verfassung der Flüchtlinge machen wollte. Ein Prätorianer trat Arminius entgegen, einer von denen, die Ordnung und Disziplin im Lager gewährleisten und wenn nötig den Imperator beschützen sollten: »Halt, wer bist du?«

Arminius sprang vom Pferd. »Julius Caesar Arminius mit wichtigen Nachrichten für den Imperator!« Er drückte dem Prätorianer die Zügel in die Hand und begab sich zu Tiberius.

»Woher kommt ihr?«, fragte der Feldherr gerade einen Vater, dessen Frau und seine sieben Kinder erschöpft im Staub saßen. Aus ihren Augen sprach die Angst.

»Aus Sirmium, Imperator. Wir haben es einfach nicht für möglich gehalten, dass es den Breukern gelingen würde, die Provinzhauptstadt zu erobern. Sie waren doch nur ein Haufen Barbaren.« Der Mann schüttelte fassungslos den Kopf und fuhr leise fort: »Ich war in den Thermen, als mich die Kunde erreichte, dass die Legionäre der kleinen Garnison geflohen waren und die Stadt schutzlos den Breukern überlassen hatten. Ich lief sofort los und musste mich immer wieder vor den Barbaren verstecken. Meine Hoffnung schwand, sie alle …«, er deutete auf seine Familie, »… lebend wiederzusehen. Aus einem Versteck beobachtete ich, wie der Präfekt mit seiner Familie, den Großeltern, seiner Frau Gaia, seinem kleinen Sohn und den beiden Töchtern aus dem Haus getrieben wurde. Der Anführer der Barbaren …«

»Bato?«, fragte Tiberius.

Die Stimme des Mannes begann zu zittern. »Ja, Bato. Du kannst ihn leicht erkennen an seiner sonnenverbrannten Glatze und der langen schwarzen Haarlocke, die ihm aus der Mitte seiner Platte auf die Schulter fällt. Bato ließ die Familie des Stadtvorstehers auf die Mitte des Vorplatzes treiben. Dann ritt er mit fünf seiner Getreuen immer wieder über den Platz. Bei jeder Runde hieben sie mit den Schwertern auf die Kinder, Frauen und Männer ein. Blut färbte das Pflaster rot, und die Schreie der armen Kreaturen drangen mir mitten ins Hirn. Ich höre sie immer noch. Sie wussten nicht, warum ihnen die fremden Männer die Arme abhackten und die Schädel zertrümmerten. Weißt du das, Imperator? Ich weiß es nämlich auch nicht. Bald schon blitzten ihre Schwerter nicht mehr in der Sonne, weil die Klingen voller Blut waren. Aber sie hörten nicht auf …« Der Mann weinte, ohne dass Tränen aus seinen Augen flossen. Mit beiden Händen hielt er sich die Ohren zu und drehte und krümmte sich dabei vor Schmerzen. Selbst die Sonne schien nur noch auf ihn zu achten, denn er drehte sich in ihrem Lichtkegel.

Arminius wollte schon zu ihm laufen, um ihn aufzufangen, doch da begriff er, dass der Mann nicht taumelte, sondern den armen, blutigen Menschentod tanzte.

»Wer nicht vom Schwert zerhauen worden war, den zertrampelten die Hufe ihrer Pferde. Den Präfekten hatten sie gefesselt und gezwungen, das Gemetzel anzuschauen. Als sie fertig waren, banden sie ihn los und warfen ihm einen Holzstecken hin. Er stach so oft mit dem stumpfen Holz auf sich ein, bis er blutüberströmt zusammenbrach.«

Der Mann blieb plötzlich stehen. »Und weißt du was, Imperator, er brauchte lange, bis das Holz ihm den Tod gab. Aber er tat es stumm. Der Schmerz, den er sich unablässig zufügte, schien geradezu barmherzig, weil er seine Qualen linderte.«

Tiberius legte seinen Arm um den Mann und fragte ihn flüsternd. »Und dann?«

»Wie auf glühenden Kohlen rannte ich, das Herz an den Fußsohlen, denn ich hatte eine so verdammte Angst, dass sie vor mir mein Haus erreichen könnten. Was sie vergnügte, wusste ich ja nun. Aber meines Nachbarn Pech war mein Glück. Sie waren dabei, das Haus neben dem meinen zu brandschatzen, und ich nutzte die mit Blut erkaufte Frist, um meine Familie zu retten. Wir schlichen uns heimlich aus dem Haus und aus der Stadt.«

Der Feldherr umfasste mit seiner rechten Hand kraftvoll und zärtlich den Hinterkopf des Familienvaters und drückte ihn an sich. »Du bist mit deiner Familie in Sicherheit, mein Freund.«

Der vielleicht vierzigjährige Mann machte sich sanft los und schaute dem Feldherrn verwundert wie ein Kind an. »Weiß du, Imperator, was ich nicht verstehe? Wo waren bei dem Gemetzel unsere Leute? Warum haben sie uns nicht beschützt? Hätte nicht die Garnison kämpfen und uns verteidigen müssen? Wo wart ihr, als all das geschah?« In den Augen des Mannes lag kein Vorwurf, nur Unverständnis.

»Richtet mein Zelt für ihn und seine Familie her. Und kümmert euch um ihn. Dir aber, guter Mann, schwöre ich, dass ich solange im Freien schlafen werde, bis die ungeheure Bluttat gerächt ist.«

Mehrere Offiziere begleiteten den Mann samt seiner Familie zum Zelt des Feldherrn, während sich Tiberius an die verbliebenen Legaten und Militärtribunen wandte: »Ihr habt es gehört. In Sirmium haben wir das Vertrauen der Bürger verloren. Wenn die römischen Bürger nicht mehr an die *res publica* glauben, dann bricht das Reich zusammen. Jeden einzelnen Soldaten der Garnison will ich eingefangen wissen. Sie werden gekreuzigt. Allesamt! Und niemand soll es wagen, die Verräter von den Kreuzen zu nehmen, lebendig und tot sollen sie zur Speise der Vögel und des anderen Getiers werden.«

»Marschieren wir nach Sirmium, und kaufen wir uns Bato, Feldherr!«

»Nicht so voreilig, Messalinus. Bato ist schlau. Er will uns in eine Falle locken. Ich werde ihm den Gefallen nicht tun und meine Männer verheizen. Legionärsblut ist kostbar, du kannst es nur ein einziges Mal vergießen. Wir kriegen ihn schon noch, Eile mit Weile, mein Freund!«

Dann drehte er sich um und entdeckte Arminius. Er schritt auf ihn zu, umarmte ihn kurz und herzlich, dann zog er ihn mit sich. »Du hast die Geschichte mitbekommen?«

»Ja.«

»Dann weißt du, wie es steht. Das ganze Illyricum brennt. Sie jagen die römischen Bürger, verbrennen ihre Häuser und Villen und erschlagen ihre Sklaven, wenn es keine Einheimischen sind. Aber selbst ihre eigenen Leute verschonen sie nur, wenn die sich ihnen anschließen. Ich brauche den Frieden in meinem Rücken, um endlich mit den Legionen losschlagen zu können. Habt ihr mit Maroboduus verhandelt? Bringst du mir den Frieden?«

21

Mehr als einmal dachte Germanicus auf seiner langen Reise nach Rom an die junge Frau, die er beim Fest des Saturninus kennengelernt hatte. Er erinnerte sich an ihre blauen Augen, die klar waren wie das Meer zwischen Baiae und Capri und an ihre sinnliche Figur, die aber nicht zu zerfließen drohte. Das altrömische Ideal waren kleine Brüste, die man zu formen suchte, indem die Töchter der Ritter und Senatoren von klein auf mit festen Brustwickeln traktiert wurden, und ausladende gebärfreudige Becken. Eldas Busen jedoch würde wunderbarerweise seine Hände füllen, während ihre Statur fast knabenhaft schlank war. Diese cheruskische Wirklichkeit gefiel ihm weit besser als das altrömische Ideal.

Das alles aber wurde gekrönt durch Eldas natürliche Ausstrahlung. Germanicus hatte genügend junge Mädchen und reife Frauen aus bedeutenden Häusern gehabt, als dass ihm irgendein Wunsch unerfüllt geblieben wäre. Doch die kulturelle Raffinesse, gepaart mit Durchtriebenheit und Dünkel, erweckten bei ihm bestenfalls nur noch Langeweile. Immer häufiger dachte er an seinen Vater Drusus, dessen Ruhm und Beliebtheit beim Volk ebenso auf ihn, auf seinen Sohn, übergegangen waren wie der Ehrenname Germanicus. Voller Liebe und Sehnsucht rief er sich ins Gedächtnis, dass seine Eltern eine glückliche Ehe geführt hatten. Gleichzeitig kam ihm die katastrophale Ehe seines Onkels und nunmehr Adoptivvaters Tiberius mit Julia in den Sinn, die längst geschieden worden war.

Germanicus spürte, dass mit Elda eine Ehe, wie sie seine Eltern geführt hatten, möglich wäre. Natürlich konnte er nicht darauf hoffen, als Spross des ersten Hauses des Reiches eine Germanin heiraten zu dürfen. Aber er konnte es nicht leugnen – er sehnte sich auch körperlich nach ihr. Wenn er schon das eine nicht haben dufte, musste ihm das andere ja nicht unbedingt verwehrt bleiben. Und was war mit Arminius, seinem Freund? Ach der, der trug nur ein Bild aus Kindertagen in seiner Brust, das nichts mehr mit der erwachsenen Frau zu tun hatte.

Man würde sehen, wie die neue Provinz sich entwickelte. Unter politischen Aspekten konnte es sogar sinnvoll sein, dass Germanicus eine Germanin ehelichte. Und es waren allein politische Gründe, die für Augustus bei einer Ehe zählten. Je länger er darüber nachdachte, desto mehr Hoffnung schöpfte Germanicus, Elda eines Tages vielleicht doch noch zu gewinnen. Er musste nur klug genug vorgehen. Wie von ungefähr kam ihm ein Vers seines älteren Freundes Ovid in den Sinn: »Jeder, der liebt, ist Soldat, und sein eigenes Lager hat Amor.« Ein Soldat war Germanicus und ein Liebender zugleich, also durfte ihm Amor das Lager nicht vorenthalten.

Als er nach einer knappen Woche endlich die Kuppeln und Türme Roms erblickte, wurde es ihm warm ums Herz, und er spürte wieder einmal, wie sehr er die germanischen Wälder hasste. Seine wahre Sehnsucht aber galt dem Osten, dort, wo Dichtung und Philosophie und Wissenschaft ein lebendiges Dasein führten. Selbst sein geliebtes Rom war im Vergleich dazu geistige Provinz. Zwar gab es in seinem Zuhause fähige Juristen, gerissene Politiker, begnadete Schlachtenlenker, aber nicht einen Philosophen, der es mit Platon aufnehmen konnte. Germanicus liebte seinen Vergil, seinen Horaz und vor allem die kunstvollen Verse Ovids – aber was waren sie alle im Vergleich zu Hesiod oder Homer? Von dem großen Wissenschaftler Euklid nicht zu reden. Wo auf der ganzen Welt fände sich eine Bibliothek wie die von Alexandria, ganz zu schweigen von den undurchdringlichen Mysterien des Thot und der Isis! Wie sehr hatte er damals Arminius beneidet, dass er Gaius Caesar in den Osten begleiten durfte, während er selbst nach Illyrien und nach Germanien geschickt worden war.

Eines Tages aber würde er nach Ephesos reisen, nach Antiochia, nach Memphis und vor allem nach Alexandria. Eines Tages. Er war ja noch jung. Wie hatte doch Ovid gedichtet: »Nur die Jugend, welche zum Krieg taugt, passt auch zur Liebe.« An Jugend mangelte es ihm nicht, auch nicht an Erfahrungen im Krieg und in der Liebe!

Als er auf dem Weg zum Palatin über das Forum kam, fand er die Kurie offen. Er pfiff einen der herumlümmelnden Botenjungen zu sich, drückte ihm die Zügel seines Pferdes in die Hand und ermahnte ihn, gut darauf aufzupassen. Es würde ihm reichlich entgolten werden. Dann lief Germanicus die Treppe hinauf und betrat die hohe Versammlungshalle. Die Amtsdiener, die am Eingang postiert waren, erkannten ihn und ließen ihn, ohne nachzufragen, passieren.

Drinnen lauschten die Senatoren mit gewichtigen Mienen der Rede des Princeps. Was für eine elende Bande eitler, von blanker Gier getriebener Staatsschauspieler, dachte Germanicus mit einem Gefühl der Verachtung, das er sorgsam hinter einer unbewegten Miene verbarg. Der Kaiser sprach von der Notwendigkeit von Steuern und Opfern angesichts des illyrischen Aufstandes und des Terrors der Breuker.

»Bedenkt, hochverehrte Senatoren, dass unsere Stadt, die uns alles ist, Anfang und Ende, Mutter und Vater, Blut und Atem, Sehnen und Muskeln, der tödlichsten Bedrohung seit ihrem Bestehen ausgesetzt ist. In zehn Tagen können Batos Horden mühelos vor unseren Mauern stehen, sie niederreißen, die Männer töten, die Frauen schänden, die Tempel entweihen und die Stadt dem Erdboden gleichmachen, wenn unsere Legionen sie nicht vernichten. Eile ist also geboten! Von Tag zu Tag, von Stunde zu Stunde gar wächst Batos Heer. Mit jedem Moment, den wir zögernd verstreichen lassen, spielen wir leichtfertig dem Barbaren in die Hände.«

Augustus hatte kaum geendet, da erhob sich eilfertig der Senator Aemilius Gallus: »Nicht nur, dass ich dem Retter des Vaterlandes zustimme und alle seine Vorschläge unterstütze – ich spende eine Million Sesterzen für den Krieg.«

Nobel, aber angesichts deines sprichwörtlichen Reichtums knauserig, dachte Germanicus, der in die Mitte der hohen Halle trat. Ein Gastmahl, so munkelte man, konnte bei dem Senator auch schon einmal eine Million Sesterzen verschlingen – eine halbe Million kosteten die lukullischen Köstlichkeiten, und der Rest ging aus lauter Übermut in Form kostbarer Perlen in Rauch auf. Er hatte diese ins Feuer geworfen, um allen zu zeigen, dass er es sich leisten konnte, so viel Geld im wahrsten Sinne des Wortes zu verbrennen.

Germanicus gegenüber an der Schmalseite der Kurie saß Augustus mit einem sorgenvollen Gesichtsausdruck. An den rechten und linken Längsseiten, die bis zum Ausgang führten, befanden sich die Plätze der Senatoren. Als Augustus ihn sah, wandte er den Kopf so langsam zu ihm, dass jeder Senator seinem Blick zu folgen imstande war. Danach erhob sich der Princeps würdevoll und ging Germanicus gemessenen Schrittes entgegen. Waren alle, die hier saßen und wichtigtuerisch lümmelten, schon Staatsschauspieler von hohen Graden, so übertraf der Princeps sie bei Weitem. Er war der begabteste Politiker, den Rom je gesehen hatte.

»Ah, Germanicus, sei gegrüßt. Mein Herz freut sich, dich zu sehen. Was bringst du Neues von Maroboduus?«

»Frieden, Princeps, ich bringe Frieden.«

»Bei Jupiter, beim vergöttlichten Julius Cäsar, endlich einmal gute Nachrichten! Dann können wir jetzt mit aller Kraft Bato züchtigen und den Aufstand niederschlagen.«

»Salve, Augustus!«, rief Aemilius Gallus, und es gab keinen Senator, der es wagte, nicht in den Ausruf einzustimmen. Im Gegenteil, sie suchten einander zu übertreffen. Unter Jubel verließen Augustus und Germanicus die Kurie.

Die zwölf Amtsdiener liefen vor dem Princeps her und machten ihm den Weg frei. Er hatte sich so sehr an sie gewöhnt, dass er ihre Anwesenheit gar nicht mehr wahrnahm. Im Vorbeigehen wurde der Junge, in dessen Obhut sich das Pferd des Germanicus befand, beauftragt, es in den Reitstall des Kaisers zu bringen.

Nachdem Augustus sich ausführlich nach dem Ablauf der Friedensverhandlungen erkundigt und einige anerkennende Worte für Arminius und Velleius gefunden hatte, lobte er Germanicus, der dies als echter Römer wie selbstverständlich entgegennahm: »Die Bedingungen, die Maroboduus für den Frieden stellt, sind zwar hoch, aber angesichts unserer Notlage erstaunlich moderat. Du hast Rom einen großen Dienst erwiesen.«

»Meine Liebe gehört Rom«, sagte Germanicus.

»Apollon ist mein Zeuge, ich habe deinen leiblichen Vater sehr gemocht. Drusus hatte eine besondere Ausstrahlung, er war liebenswürdig, intelligent, schön, ein Mann, dem Amor und Mars huldigten, wiewohl er nach altrömischer Sitte seiner Frau stets Liebe und Treue wahrte. Weißt du, dass du mich sehr an ihn erinnerst?«

Germanicus errötete. Der Vergleich machte ihn schon deshalb verlegen, weil er ihm wieder einmal vor Augen führte, wie viel er seinem Vater verdankte, dem er andererseits so viel schuldete. Ja, Augustus beschämte ihn, aber der Princeps konnte auch nicht wissen, dass er seinen Vater in den letzten Lebenstagen verraten hatte. Das wussten nur Drusus und er. Und er hatte zu niemandem darüber gesprochen, nicht einmal zu seiner Mutter – die allerdings wohl manches ahnte –, auch nicht zu Arminius oder zu Salvianus. Ein Geheimnis verband Germanicus mit seinem Vater, das Geheimnis des Verrats. Wenn er einst zu den Manen ginge und ihn wiedersähe, würde er ihn um Verzeihung bitten, und vielleicht würde Drusus sie ihm gewähren. Auf Erden jedoch würde er sich mit dieser Schuld plagen müssen. Ja, wenige nur hatten ein so enges Verhältnis zu ihrem verstorbenen Vater – leider bestand das des Germanicus in einer nicht zu sühnenden Schuld.

»Hast du mir überhaupt zugehört, Germanicus?«, fuhr ihn Augustus zornig an. Sie waren inzwischen nicht mehr weit vom Haus des Princeps entfernt.

»Selbstverständlich«, versicherte Germanicus rasch, obwohl er sich seinen Gedanken hingegeben hatte.

»Dann steht der Hochzeit mit meiner Enkelin also nichts mehr im Wege? Ich bin froh, dass sich auf diese Art die Bande zwischen uns festigen.«

Germanicus überlief es siedend heiß. Er sollte heiraten!

»Ich will«, fuhr der Princeps fort, »dass du eine wichtige Rolle in der römischen Politik spielst. Rom ist nicht überreich an so glänzenden Talenten, wie du eines bist. Nicht ausgeschlossen, dass du eines Tages meine Stelle einnimmst. Aber diesen Gedanken wollen wir dem stets misstrauischen Tiberius nicht auf die Nase binden. Durch ihn habe ich dich adoptiert, vergiss das niemals, Germanicus. Lieblich wird dieses Band nun fester gezogen durch die Ehe mit Vipsania Agrippina, der Tochter meines Freundes Agrippa und meiner Tochter Julia.«

Germanicus war, als stürze er in ein tiefes Loch. Er sollte also Agrippina heiraten. Hatte er nicht vor Kurzem noch davon geträumt, Elda zu erobern? Und nun sollte er nach dem Willen des Kaisers dessen Enkelin ehelichen Germanicus kannte sie kaum. Sie waren zwar beide im Haus der Livia aufgewachsen, aber er und die anderen Knaben hatten sich nicht für die Mädchen interessiert. Und als sie damit anfingen, hatte Livia achtgegeben, dass sie nicht mehr zusammentrafen. Überhaupt lebten ständig zwischen zehn und zwanzig Kinder in ihrem Haus. Selbst seine eigene Schwester Drusilla hatte er kaum kennengelernt, ganz zu schweigen vom Schandfleck der Familie, seinem behinderten und eigenbrötlerischen Bruder Claudius, für den er sich vor Arminius sogar geschämt hatte. Seine Geschwister hatte Germanicus nur an den Feiertagen gesehen.

Nun versuchte er sich fieberhaft daran zu erinnern, wie Agrippina aussah und wie alt sie war. Er wusste, dass es keinen Zweck hatte, Augustus zu widersprechen. Also schwieg er, bedankte sich zurückhaltend für die große Ehre, dass sich der viel beschäftigte

Princeps selbst um sein privates Glück kümmerte, und gab sich ganz und gar unerfreulichen Gedanken hin. Augustus tätschelte ihm zufrieden den Rücken.

»Damit du siehst, dass es mir ernst ist, wirst du am Tag nach deiner Hochzeit in dein erstes Amt eingewiesen, das dir die Tür zum Senat aufstoßen wird. Du wirst Quästor, Germanicus«, sagte er gönnerhaft.

Der junge Mann sah den Princeps mit großen Augen an, zweifelte einen kurzen überflüssigen Moment daran, dass er richtig gehört hatte, bevor ein einziger Jubel in seinem Herzen losbrach. Eigentlich war er zu jung für dieses Amt. Doch wenn Augustus es wünschte, spielte das Alter natürlich keine Rolle. Und Augustus wünschte es offensichtlich.

Germanicus fühlte sich erleichtert und auch stolz. Er war klug genug gewesen, nicht zu protestieren, als der Princeps seine Loyalität auf die Probe gestellt hatte. Weil er diese bestanden hatte, belohnte ihn Augustus nun. Und jedes öffentliche Amt in der Karrierelaufbahn, die vom Quästor über den Prätor bis zum Konsul führte, durfte nur antreten, wer verheiratet war. Um Quästor zu werden, hätte Germanicus ohnehin heiraten müssen, und umgekehrt, wenn er verehelicht war, standen die strengen Ehegesetze des Kaisers diesem Amt nicht mehr im Wege. Germanicus hatte das Gefühl, die ganze Welt läge ihm zu Füßen, und er genoss es, weil er zutiefst davon überzeugt war, dass es gar nicht anders sein konnte. Glück war Schicksal. Entweder man war wie er unter dem Füllhorn der Fortuna geboren worden oder eben nicht.

Bei aller Freude beunruhigte ihn der Gedanke, dass er sich kaum an Agrippina erinnern konnte. Aber er verdrängte die Skepsis, denn was hatte die Ehe mit der Liebe zu tun? Schlimmstenfalls konnte er diese Ehefrau bei seiner Großmutter und seiner Mutter auf dem Palatin unterbringen und sich in die Abenteuer dieser Welt, zu denen für ihn die Liebe gehörte, stürzen. Wieder erstand Elda vor seinem geistigen Auge, ihr spöttisches Lächeln, ihr Meeresblick, in dem er zu versinken drohte, die Linien ihres Körpers, die ihn wie auf einem hohen Felsengrat schwindeln ließen, die Entschiedenheit ihrer Stimme, die ihn im Unterleib traf. Er war bereit zu heiraten, wann immer Augustus es wollte. Das hatte keine Bedeutung. Wichtig war nur eines: Er begehrte diese cheruskische Frau, mochte es auch dumm, mochte es auch unvernünftig sein, aber allein der Gedanke an sie löschte Vergangenheit und Zukunft aus, weil er nur ein einziges Jetzt kannte.

Vor seinem Haus angekommen, entließ der Kaiser Germanicus, nicht ohne ihn zum Essen einzuladen. Sie würden zur neunten Stunde im Hause des Senators Publicus Lentinus speisen, der ein enger Freund des Princeps war. Germanicus verabschiedete sich höflich und eilte in den Gebäudeflügel der Livia, um endlich seine Mutter wiederzusehen.

Während er das Bad genoss und die Essenzen ihm Körper und Seele streichelten, saß Antonia bei ihrem Sohn. Sie hatte dafür gesorgt, dass das Bad gerichtet wurde, dass ihre persönliche Sklavin bereitstand, um ihm die Finger- und Fußnägel zu schneiden und die Frisur herzurichten, die vielen kleinen Locken zu brennen, die seit dem Aufstieg des Augustus bei den römischen Männern in Mode gekommen war. Als besonderer Clou galt die Zangenlocke, die keck in die Stirn fiel.

»Agrippina wird dir eine gute Ehefrau sein«, sagte Antonia.

»Ich erinnere mich kaum an sie«, gab Germanicus träge zurück.

»Umso größer wird deine Überraschung sein. Die Götter lieben dich, mein Sohn, und dein Vater höchstselbst hält zum Schutze die Hand über dein Leben. Besser hätte die Wahl des Princeps nicht ausfallen können.«

»Liebt sie mich denn, liebe ich sie?«

»Es gibt keinen Grund, der eurer Liebe im Wege steht. Außer natürlich, du liebst eine andere.«

»Und wenn es so wäre?«

»Dafür ist es jetzt zu spät.«

»Aber du hast dich doch auch geweigert, nach Vaters Tod wieder zu heiraten. Du warst noch jung, du bist immer noch schön, einer neuen Ehe hätte nichts entgegengestanden, zumal Augustus es wollte. Du hast dich ihm widersetzt.«

»Ja, aber nur weil ich mit deinem Vater verheiratet bin und unsere Ehe nicht mit seinem Tod endete. Alles andere wäre Verrat.«

»Augustus zürnte dir. Was, wenn er dich verstoßen und verbannt hätte?«

»Das konnte nicht geschehen«, sagte Antonia ruhig.

»Aber warum nicht?«

»Weil Drusus bei mir ist. Weil er mich nie verlassen hat«, sie legte die Hand auf ihre linke Brust, »tief in meinem Herzen lebt er. Solange ich auf Erden weile, ist er bei mir, wenn ich sterbe, bin ich bei ihm. Ich habe mir das nicht ausgedacht, ich habe es nicht einmal so gewollt. Es ist von ganz allein so gekommen. Ich hätte wieder geheiratet, wenn mein Mann mich verlassen hätte. Aber das ist nicht geschehen.«

»Habt ihr aus Liebe geheiratet?«

»Du fragst, ob wir aus Verliebtheit geheiratet haben, denn wer will wissen, ob er den anderen liebt, bevor er ihn kennt?«

»Einerlei! Habt ihr aus Liebe oder Verliebtheit geheiratet?«

»Weder noch, wir kannten uns kaum. Als wir uns in der Ehe kennenlernten, entdeckten wir zu unserer großen Freude die Liebe.«

»Tiberius hat unter seiner Ehe gelitten, er fand nur den Hass und die Verachtung.«

»Ach, der arme Tiberius. Er vergeht immer noch vor Liebe zu Vipsania Agrippina, seiner ersten Frau.«

»Woher weißt du das?«

»Als er das letzte Mal in Rom weilte, sind die beiden einander zufällig auf dem Forum über den Weg gelaufen. Tiberius ertrug ihren Anblick nicht, rannte mit Tränen in den Augen davon und war in den nächsten Tagen nicht ansprechbar. Finde die Liebe in der Ehe, mein Sohn. Vertraue Agrippina. Ein kluger Mann nimmt eine Frau, die ihm Geliebte, Mutter seiner Nachkommen, treueste Gefährtin und kluge Beraterin in einem ist. Ich kenne Agrippina gut. Das alles könnte sie dir sein!«

Germanicus musterte seine Mutter mit einem nachdenklichen Blick. Hatte sie etwa auf dem Umweg über Livia Augustus diese Ehepläne eingeredet?

*

Das Gastmahl bei Lentinus langweilte Germanicus. Und doch machte er während der *cena,* dem abendlichen Gastmahl, eine gute Figur und spürte, dass die Augen des Princeps wohlwollend auf ihm ruhten. Germanicus wunderte sich allerdings, weshalb der Princeps, der dem Luxus reserviert gegenüberstand und selbst eher bescheiden lebte, einen derart protzenden Kerl wie Lentinus als Freund ertrug. Das musste mit der Zeit zusammenhängen, in der der jetzige Kaiser, damals der junge Octavian, noch ums Überleben und um die Macht kämpfte, was für ihn damals ein und dasselbe war. Aus diesen Männern bestand der engere Freundeskreis des Augustus, Männern, deren Treue sich bereits bewährt hatte, als er noch ein Niemand war.

Sie lagen behaglich auf ihren Speisesofas, er neben Augustus. Germanicus musste gegen die Müdigkeit ankämpfen, die ihn immer wieder in Wellen überkam und ihm mit sanfter Gewalt auf die Augenlider drückte. Sklaven musizierten, und Transvestiten tanzten. Als ersten Gang ließ Lentinus Seeigel, Austern und Muscheln, Drosseln mit Spargel und Masthuhn auftragen. Dazu gab es Eiswasser und kostbaren Falernerwein. Obwohl auch rätischer Wein, den der Princeps bevorzugte, bereitstand. Dann folgten Feigendrosseln, Lendenstücke von Reh und Wildschwein, gebackenes Geflügel und wieder Feigendrosseln mit Stachel- und Purpurschnecken. Den Hauptgang bildeten Saueuter, geräuchertes Wild, Schweinskopf, Fischragout, Frikassee von Kriekenten, Hasenbraten und Brot aus Picenum. Gekrönt wurde das lukullische Mahl durch Pfauenzungen und Kämmen, die man lebenden Hähnen abgeschnitten hatte. Die Speisen wurden in unzähligen Silberschüsseln serviert, aus denen man sich mit den Fingern bediente, weshalb jedem Esser ein Sklave zugeteilt war, der eine Schüssel mit Zitronenwasser bereithielt, sodass man sich zwischendurch, sooft man wollte, die Hände säubern konnte. Mit der Nachspeise aus Honigkuchen und Obst lösten Tänzerinnen aus Andalusien die Transvestiten ab. Sie kamen aus Gades und ließen zum Klang ihrer Kastagnetten lüstern die üppigen Hüften erzittern.

Augustus sah eine ganze Weile zu, dann stand er auf. »Komm«, raunte er Germanicus zu. »Lass uns den angefressenen Speck durch einen Wettstreit wieder verlieren. Mir steht jedenfalls die Lanze.«

Obwohl Augustus stets und ständig die altrömischen Tugenden und die Ehe pries, nahm er selbst es mit der Treue nicht so genau. Sein Verlangen machte nicht einmal vor den Frauen der Senatoren halt. Der Princeps, der wie immer mäßig gegessen und sparsam getrunken hatte, ging zu den Tänzerinnen und winkte zwei von ihnen zu sich. Er achtete darauf, dass Germanicus ihm folgte, als er in den hinteren Gemächern verschwand.

Gegen Mitternacht kehrte Germanicus nach Hause zurück und begab sich sogleich zu seinem Zimmer, aus dem seltsamerweise Licht drang. Nach all dem Essen, Trinken, Plaudern und dem kleinen Liebesspiel im Anschluss war er rechtschaffen müde und verspürte keine Lust auf ein Gespräch jedweder Art. Er sehnte sich nur noch danach, auf sein Bett zu fallen.

Am Tisch in seinem Zimmer, auf dem ein Öllicht brannte, saß eine junge Frau und las in einem Buch, wahrscheinlich in den Elegien des Ovid, denn dieses hatte er dort liegen gelassen. Sie trug ein weißes Seidenkleid, unter dem sich ihr schneeweißer Körper abzeichnete. Römisch makellos. Ihre dicken, schwarzen Haare wurden nur unzureichend von einem goldenen Band zurückgehalten. Überall lugten lockige Strähnen hervor – wie eine Schar schwarzer Wolfshundwelpen, die nicht zu bändigen sind, dachte Germanicus. Um den Hals trug sie eine Kette aus Perlen, in deren porzellanenem Weiß sich das warme Gelb des flackernden Öllämpchens spiegelte. Sie musste ihn im Rücken gespürt haben, denn sie wandte sich um und stand vom Stuhl auf. Ihre großen, runden Augen schimmerten in verführerischem Schwarz. Er erkannte sie sofort wieder: Sie hatte die treuen Augen ihres Vaters Agrippa und die schöne Gestalt ihrer Mutter Julia. Vor ihm stand Agrippina.

»Eigentlich kennen wir uns ja gar nicht«, sagte sie. Ihr Lächeln war scheu und doch auch ein wenig beherzt, wie wenn jemand sich selbst Mut macht.

Germanicus' Müdigkeit war mit einem Mal verflogen. »Und was wir voneinander wissen, ist auch nicht eben viel«, sagte er.

»Und dennoch sollen wir bald Mann und Frau sein.«

»Wir sind Römer.«

»Das ist es, was ich wissen möchte. Willst du die Frau oder die Römerin heiraten?«

»Die Frau kenne ich doch noch gar nicht.«

Sie band ihren Gürtel ab, das Kleid glitt zu Boden.

»Dann solltest du die Frau kennenlernen.«

*

Mit der Ruhe war es ganz und gar vorbei. In der Nähe des Gehöfts hatte man ein niedriges, langes Holzhaus errichtet, in dem die Sklaven untergebracht waren, die Lucius Marcus Lupus dem cheruskischen Fürsten Segestes zur Verfügung gestellt hatte. Löcher und Gräben rissen Wunden in den Boden um das Anwesen. Rhythmische Axtschläge hallten aus dem Wald, aus dem kräftige Bausklaven eifrig Stämme herbeizogen. An zwei Stellen ließ sich schon erkennen, dass hier großzügige Wehrgräben und eine Wehrmauer entstanden. Unterkünfte und Wirtschaftsgebäude wurden errichtet und die Wohnhalle des Fürsten vergrößert. Mit einem Wort, Segestes baute eine Burg.

Elda missfiel diese Geschäftigkeit von Tag zu Tag mehr – ihr Zuhause verlor sein vertrautes Gesicht. Sie lief mit Ansar tief in den Wald und ließ sich von ihm allerlei Kräuter und Pflanzen erklären, um nicht dabei zusehen zu müssen. Als sie zurückkehrte, entdeckte sie die Sänfte des Steuereintreibers mit seinen Tragesklaven und ein paar Bewaffneten, ausgedienten Legionären, die ihn beschützen sollten. Ansar und sie waren noch ein Stück weit entfernt, da rief ihr der Vater schon, gegen den Lärm der Bauleute anbrüllend, zu: »Komm, wir haben Besuch.«

»Verrecken soll er, der römische Hund!«, presste Elda wütend durch die Zähne. Wenn sie von diesem Besuch gewusst hätte, wäre sie länger im Wald geblieben. Zwar kam sie der Aufforderung des Vaters notgedrungen nach, beeilte sich jedoch nicht allzu sehr. Sie fragte ihren Gefährten, ob er nicht ein Mittel kenne, um den Römer durch Magie fernzuhalten.

»Nein, das geht nicht«, lachte Ansar.

Wozu sollt ich mich von ihm im Wissen über heilkräftige Kräuter unterweisen lassen, wenn ihm nicht einmal ein kleiner Zauber gelingt, dachte Elda verärgert.

Inzwischen waren sie auf dem Hof angekommen. Segestes winkte die Tochter eifrig herbei. »Komm, und begrüße unseren Gast.«

Elda ging zu ihrem Vater, während Ansar in einiger Entfernung verharrte.

»Einen famosen Begleiter hast du da«, spöttelte der Römer.

»Ich weiß auch nicht, was sie an dem Frettchen findet!«, dröhnte Segestes.

»Ansar! Er heißt Ansar, Vater«, sagte Elda scharf.

»Sei nicht so streng, Segestes. Den Sklaven darf sie bei mir behalten. Mein Haus ist groß genug, da findet sich auch ein Plätzchen für den da!«

»Er ist kein Sklave! Er ist ein freier Mann«, sagte Elda frostig.

»Putzig, sehr putzig. Das musst du wirklich noch lernen. So einer wie der kann nur ein Sklave sein!«, beschied sie Marcus gönnerhaft.

Der Steuereintreiber war zwar von schlanker Statur, doch ließ ihn seine Überheblichkeit feist wirken. Zu gern hätte Elda einen Pferdeapfel auf seinem Gesicht zerdrückt oder ihn in Schweinemist gestoßen. Seitdem ihr Vater mit der Hilfe des Römers das Familiengehöft zu einer Burg umbaute, spielte sich der windige Römer hier als Herr auf. Elda spürte, dass sie zum Angriff übergehen musste.

»Willst du mein Sklave sein?«, fragte sie ihn mit ihrem liebenswürdigsten Lächeln.

Der Römer schaute sie verdutzt an. Er wusste nicht, wie sie das meinte. Ironisch, sexuell oder als kleines Liebesringen?

»Dummes Ding«, fuhr Segestes sie an. »Wie kann er dein Sklave sein?«

Sie beschloss, ihrem Vater erst gar nicht zu antworten. In ihren Augen verwandelte er sich ohnehin immer mehr zu einem Römerknecht.

»Lieber Marcus, ich glaube, dass du ein perfekter Sklave wärest. Ansar ist nur ein armer, freier Cherusker. Ihm fehlt einfach die Kultur, um ein richtiger Sklave zu sein!«

»Sprich nicht so mit deinem künftigen Mann!«, fuhr Segestes dazwischen.

Elda stand da, wie vom Donner gerührt. Warum war sie nicht von allein darauf gekommen? Nun wurde ihr einiges klar, nun verstand sie, worum es die ganze Zeit ging: Der Preis für die Burg war sie selbst, ihr Vater hatte sie an den Römer verkauft!

»Ach, bin ich etwa der Gegenwert für die vielen Sklaven des

Marcus, die deinen lächerlichen Fürstensitz errichten? Lieber Marcus, lass es dir ein für alle Mal sagen: Du machst ein schlechtes Geschäft, denn ich werde niemals deine Frau ...«

Weiter kam sie nicht, denn Segestes hatte sie bereits am Hals gepackt und drückte zu.

»Und doch wirst du es, Tochter!«, herrschte er sie mit vor Zorn blitzenden Augen an, bevor er sie wieder losließ.

Elda rang nach Luft und hörte, wie ihr Vater zu dem Römer sagte: »Mach dir keine Sorgen, Marcus, ich halte mein Wort. Wenn die Burg steht, führst du sie als Braut heim.«

Elda ging ins Haus. In ihrem Kopf überschlugen sich die Gedanken. Was sollte sie tun, was konnte sie tun? Sie wusste nur eines: Niemals würde sie den Römer heiraten, nie und nimmer. Bis zu dem Tag, an dem die Burg fertig war, würde noch einige Zeit vergehen. Diese Frist würde sie nutzen. Ihr würde, nein, ihr musste etwas einfallen!

Am späten Nachmittag traf sie sich mit Ansar in ihrem Waldversteck.

»Gibt es denn keinen Zauber, der den Römer krankmacht oder ihn tötet?«, fragte sie.

Ansar schwieg. Aber Elda sah, dass er heftig mit sich rang. Schließlich antwortete er, seine Worte wägend und mit großen Pausen: »Es gibt etwas, wovon du jedoch nichts wissen darfst.«

»Was, Ansar? Was?«

Er vermied es, sie anzusehen. »Auch nur darüber zu sprechen, ist schon ein todwürdiges Verbrechen!«

»Niemand wird es je erfahren!«

»Auch ich dürfte es nicht wissen.«

»Dann erzähl es mir, und wisse es nicht.«

»Seidr«, hauchte er kaum hörbar den grollenden Namen mit dem gerollten R.

»Seidr?«

»Pst! Nicht so laut. Ich spreche vom Schadenszauber. Mit diesem Zauber kannst du einen Menschen sterbenskrank machen oder ihn sofort töten.«

»Weißt du, wie das geht?«

Ansar schwieg. Elda sah ihm an, dass er überzeugt war, schon zu viel gesagt zu haben. Aber sie ließ nicht locker.

»Ich kann Nehalenia fragen«, sagte sie.

»Sie ist eine weise Frau. Sobald sie den Zauber anwendet, zürnen ihr die Nornen, und sie wird zur Hexe.«

»Ich frage sie trotzdem!«

»Bist du wirklich fest entschlossen, den Zauber, komme, was da wolle, anzuwenden?«

Wie konnte er da noch fragen?

»Ja.«

»Nicht so leichtfertig, Elda. Es geht um das Leben eines Menschen!«

»Um das Leben eines Römers, der mich noch dazu zur Ehe zwingen will.«

»Ist es auch Zauber, so ist es dennoch Mord! Bedenke das.«

»Worüber soll ich nachdenken, Ansar? Sein Leben oder meines!«

»Dann lass es uns versuchen. Vielleicht gelingt es, vielleicht finden wir dabei den Tod.«

22

Der ganze Sommer und Herbst hatte den Römern im Illyricum keine Vorteile verschafft. Nach wie vor brannten römische Villen und Siedlungen. Dass es Tiberius gelungen war, Sirmium zurückzuerobern, stellte keinen Trost dar, denn die Aufständischen griffen zeitlich und örtlich gezielt an, um dann so schnell wie möglich wieder zu verschwinden. Dass sich die Verluste der römischen Armee trotz Batos Vernichtungs- und Zermürbungstaktik erstaunlich gering hielten, verdankten sie dem Genie des Tiberius, der sich nicht von dem Breuker ins Bockshorn jagen ließ, alle aufgestellten Fallen umsichtig mied und die eigenen Truppen nicht konzentrierte, sondern ebenfalls klug verteilt einsetzte. Dadurch entwickelte sich die Auseinandersetzung auf Leben und Tod allmählich zum Nervenkrieg. Siegen würde, wer die besseren Nerven und die größere Ausdauer besaß. Und in dieser Hinsicht, das wussten sowohl Bato als auch Tiberius, waren die Römer den Breukern überlegen. Doch der römische Feldherr zweifelte nicht daran, dass der geschickte Anführer der Aufständischen desto gefährlicher werden würde, je mehr ihm die Luft ausging. Bato stand mit dem Rücken zur Wand, und es gab nichts zwischen Sieg oder Tod.

Inzwischen war die römische Kriegsmaschinerie in Gang gekommen. Germanicus stellte in Italien ein Heer zusammen und marschierte mit diesen Legionen Marcus Plautius Silvanus, dem Statthalter der Provinz Asia, entgegen, der mit einem Korps von fünf Legionen die körperlich und seelisch stark angespannten zehn Legionen des Tiberius unterstützen wollte.

*

Gut gelaunt ritt Marcus Plautius Silvanus an der Spitze seiner Kampftruppe neben Arminius. Sie hatten Moesia hinter sich gelassen und zogen durch das dalmatische Bergland. Tiefe Täler, hohe Berge – die Wege, die sich durch diese beeindruckende Landschaft zogen, waren für jeden ein Hochgenuss, der sie nicht mit Marschgepäck und Waffen passieren musste. Bald schon würden sie mit dem Heer des Germanicus zusammentreffen. In drei Tagen wollten sie dann bei Tiberius sein.

»Wir kommen langsam in das Gebiet, das die Aufständischen kontrollieren«, warnte Arminius.

»Sollen sie nur kommen«, winkte Plautius ab.

»Wir sollten die lockere Marschkolonne auflösen und die Truppen in Kampfformation vorrücken lassen.«

»Soll ich meinen Männern zumuten, mit der schweren Ausrüstung durchs Gebirge zu krabbeln? Das wären doch nur überflüssige Strapazen. Wo könnte Bato denn hier in den engen Tälern seine Reiterei zum Zuge bringen? Er wird nicht angreifen.«

Arminius wandte sich dem Statthalter zu und blickte ihn erstaunt an. Er sah das Gesicht eines Mannes, der sich am liebsten mit Dichtung und Philosophie, mit Musik und Theater beschäftigte. Es beruhigte Arminius nicht, dass Plautius auch Verdienste als General erworben hatte.

»Was macht dich da eigentlich so sicher, Statthalter?«, fragte er.

»Bato hat noch nie eine so große Streitmacht angegriffen. Es wäre auch seine letzte Aktion gegen Rom.«

»Er hat starke Verbündete.«

»Das ist mir neu. Wen?«, fragte Plautius ehrlich überrascht. Die Selbstsicherheit war aus seiner Stimme gewichen.

»Die Felsen, die engen Wege, die Abhänge, die Bäume«, erklärte Arminius mit großem Ernst.

Plautius brach in ein lautes Gelächter aus, das im Gebirge widerhallte. »Was seid ihr Germanen doch für abergläubige Leute! Man kann sich nur wundern. Glaubst du wirklich, dass sich der

Fels dort oben aufrichtet und sich mit tausend scharfen Zacken auf meine Männer wirft? Oder dass sich der Weg vor uns plötzlich wie eine Schlange um unsere Leiber legt und uns erdrückt?« Belustigt, als habe er selten einen besseren Scherz gehört, schlug der Statthalter Arminius auf die Schulter. Dieser lief tiefrot an.

»Ich sage dir was, Germane. Woher solltest du das auch wissen, du bist ja kein Römer.«

»Ich bin römischer Bürger!«, sagte Arminius empört. Aber der Statthalter winkte nur ab. »Ach, römische Bürger gibt es inzwischen viele, ich rede vom Römer, von den Nachkommen der alten Familien, die schon bei der Gründung der Stadt zugegen war. Tiberius ist zu vorsichtig. Ein ewiger Zauderer. Erst sein Zögern hat Bato groß gemacht. Hätte er sofort entschlossen zugeschlagen, dann würden sich heute bereits die Enkel der Würmer, die Batos schrundigen Leib verspeist hatten, an das große Festmahl wie an eine Legende aus fernen Tagen erinnern.« Plautius hielt inne und lauschte ergriffen seinen Worten nach.

»Scribonius! Scribonius!«, rief er in herrischem Ton. Er schaute sich suchend um, und Falten des Missmuts erschienen in seinen Mundwinkeln. »Wo steckt der verdammte Schreiber schon wieder?«

»Hier, Herr, hier, Herr, ich komme ja schon«, keuchte ein kleines Männchen, das einen Beutel umgehängt hatte und mit seinen kurzen Beinen herbeigeeilt kam.

»… schrundiger Leib ist gut, schrundiger Leib ist wirklich gut«, murmelte Plautius lächelnd vor sich hin und fuhr zum Schreiber gewandt fort: »Schreib! Schrunde für Schrunde fügte mit eigenem Schwert, nein, warte, noch mal: Funkelnden Schwertes fügte der Feldherr Schrunde für Schrunde dem …« Plautius suchte nach dem passenden Ausdruck, biss sich beim Nachdenken auf die Zunge und verzog schmerzhaft das Gesicht.

Arminius schüttelte den Kopf und meinte halblaut: »Schuft.«

Plautius' Gesicht hellte sich wieder auf: »Nicht übel für einen

Germanen. Schreib Scribonius: Funkelnden Schwertes fügte der Feldherr – neue Zeile – Schrunde für Schrunde dem Schuft zu ... Ich werde das Gedicht, wenn es fertig ist, Batos Buckel nennen.«

»Wieso Batos Buckel?«, fragte Scribonius überrascht.

Über soviel Kleinlichkeit konnte sich Plautius nur ärgern. »Dummkopf! Das weiß ich doch jetzt noch nicht. Ich habe einen großartigen Titel und zwei ewig unvergängliche Zeilen. Was braucht es mehr? Der Rest wird sich schon finden. Wir sind ja ...«

Weiter kam er nicht, denn sein Pferd brach unter ihm zusammen und riss ihn mit zu Boden. Neben Arminius fielen Männer und Rösser durch einen aus blauem Himmel herabstürzenden Speer- und Pfeilhagel. Rasch nahm er seinen Schild von der Sattelbefestigung und sprang vom Pferd. Er duckte sich neben Plautius und schützte sie beide mit seiner Wehr.

»Was war das?«, fragte der Statthalter verwirrt.

»Der Buckel des Bato«, antwortete Arminius. »Reite mit deinen Leuten voraus, und suche eine Stelle, an der sich der Talweg verbreitet und wir lagern können. Wir müssen uns sofort sammeln.«

»Und du, Germane?«

»Nicht einmal jetzt kannst du mich Römer nennen? Ich reite zurück und treibe die Kohorten an. Die Männer müssen, sich gegenseitig schützend, das Lager erreichen. Wenn wir uns nicht rechtzeitig sammeln, werden wir einzeln aufgerieben, eine Hundertschaft nach der anderen, eine Kohorte nach der anderen.«

Erneut ging ein todbringender Schwarm aus Pfeilen und Speeren auf sie nieder. Schreie des Schmerzes und des Entsetzens, deren Echo die Felswände hin und her warfen, erfüllten das Tal mit einem schauerlichen Getöse. In dieser ausweglosen Situation gab es nur noch eine Rettung, die römische Disziplin. Arminius schwang sich aufs Pferd und blickte weder nach links, noch nach rechts, sondern stürmte zurück. Jeden Centurio, dem er unterwegs begegnete, wies er hastig an, die Hundertschaften in Gruppen von acht bis zehn Legionären aufzulösen. Diese Gruppen sollten dann die berühmte »Schildkröte« bilden: Die Legionäre hielten dabei ihre Schilde so, dass alle zusammen die Form eines Schildkrötenpanzers hatten. Nur diese Kampfformation versprach einen wirksamen Schutz gegen die Geschosse. Allerdings, so schärfte Arminius den Anführern ein, sollten die Schildkröten dicht beieinander bleiben, sich gegenseitig decken und sich bei einem Angriff der Aufständischen, der von den Hängen herab erfolgen konnte, so schnell wie möglich wieder zu ihrer Hundertschaft vereinigen. Denn Bato zielte offensichtlich darauf ab, Chaos und Verwirrung zu stiften, um dann die isolierten und in kleinen Gruppen herumirrenden Legionäre abzuschlachten.

Arminius war gut drei Stunden unterwegs, ehe er das Ende der Kolonne erreichte. Jetzt rächte es sich, dass sie nicht in Kampfformation marschiert waren. Nur zum Teil konnte er allerdings Plautius einen Vorwurf machen – Bato hatte es ausgezeichnet verstanden, seine Leute unbemerkt in ihre Stellungen zu führen. Den römischen Spähern, die den Zug zu beiden Seiten sowie an der Spitze und am Ende absicherten, war nichts Verdächtiges aufgefallen.

Arminius war bereits wieder auf dem Rückweg, als vor ihm ein Stau entstand und die Truppen zurückzuweichen schienen. Er befahl dem erstbesten Centurio, den er sah, den Rückweg abzuriegeln und mit aufgestellten Speeren keinen Legionär durchzulassen. Dann sprengte er auf seinem Pferd nach vorn, um herauszufinden, was die Panik verursacht hatte. Plötzlich riss ihn sein stürzendes Pferd zu Boden. Er überschlug sich mehrmals, bevor er sich mit den Armen abfangen konnte, schüttelte den Kopf, um das Gleichgewicht wiederzufinden, und stand noch etwas benommen auf. Was er sah, waren Legionäre, kriegsgewohnte und kampferfahrene Männer, die ihm mit Gesichtern, auf denen das Entsetzen geschrieben stand, entgegengerannt kamen. Manche hatten sogar Schild und Schwert weggeworfen, um schneller zu sein.

Aber das Heer durfte sich nicht teilen, sonst würde Bato es in immer kleinere Verbände aufsplittern und sie alle vernichten. Sah so das Ende aus? Wie gelähmt stand Arminius im Strom der zurückflutenden Legionäre. Jemand griff ihn am Arm und wollte ihn mitziehen.

»Komm, wir müssen weg. Sie schlachten da vorn alle ab!«

Arminius blickte in das schwarze Gesicht eines Mannes, der seinen Helm verloren hatte und dessen krauses Haar in der Sonne schimmerte wie lackiertes Ebenholz. Er trug einen Adler, den Stolz und das Heiligtum einer jeden Legion.

Nichts Ehrloseres konnte einer Legion widerfahren, als dass ihr Adler in die Hände des Feindes fiel. Nicht nur der Anführer, jeder einzelne Angehörigkeit der Legion verlor mit dem Adler sein persönliches Ansehen und seine Ehre. Eine Legion ohne Adler wurde aufgelöst, ihre Angehörigen strafversetzt, versklavt oder hingerichtet.

Die Furcht ließ das Weiße in den Augen des Legionärs, in denen die tiefschwarze Pupille erstarrt schien, irrwitzig groß erscheinen. Plötzlich füllte sich sein rechtes Auge mit Blut. Von einem Pfeil in den Hinterkopf getroffen brach er zusammen. Der Tod ereilte ihn kniend, den Adler hielt er mit der Rechten fest umklammert.

Arminius wunderte sich noch, dass der Tote nicht zu Boden fiel, sondern auf Knien, sich am Adler haltend, wie zu einer Statue erstarrt war. Ein Nubier, dachte er. Wie viele Tagesreisen war er von seiner Heimat entfernt, wie weit war er von zu Hause, von Eltern, Freunden, vielleicht sogar von der Frau, die er liebte, womöglich den Kindern wegmarschiert, um unter dem blauen Himmel der Dalmatica, in einem fremden Land zu sterben, das er nicht kannte, und das er auch lebend kaum kennengelernt hätte, das ihn nichts anging und dem er nichts anging.

Der Nubier war nicht der erste Mann, den er sterben sah – manche hatte er selbst getötet –, aber der Tod dieses einfachen Mannes erschütterte ihn. Arminius hatte auf einmal das Gefühl, mit diesem

Mann allein auf dem Schlachtfeld zu sein, alles andere versank hinter einem dichten Nebel. Als er über sich einen kühlenden Schatten spürte, blickte er auf und sah eine lebendige Wolke aus Raben und Geiern. Aasfresser, dachte Arminius. Aber waren die Römer denn etwas anderes? Nährten sie sich denn nicht auch vom Tod der anderen?

Er nahm dem Nubier den Legionsadler aus der Hand, bettete seinen Leichnam auf den Grasboden, drückte ihm die Augen zu und flüsterte zärtlich, wie liebende Mütter Trost spenden: »Du hast alles gut gemacht, Legionär. Jetzt schlaf in Frieden! Ich gebe auf deinen Adler acht!«

Als er aufstand, drückte sein Gesicht keine Trauer aus, es war völlig reglos, wirkte fast entspannt. Er nahm den Adler in beide Hände und hielt ihn quer vor sich, um die Flüchtenden aufzuhalten. Die Ersten stockten tatsächlich und blieben stehen, die Nachdrängenden riefen und schrien.

»Hinter dem Adler wartet nur der Tod auf euch. Kehrt um, und verdient euch mit dem Schwert das Leben!«, brüllte Arminius.

Zweifelnd, nachdenklich, ratlos schauten ihn die Legionäre an. Wie würden sie entscheiden? Mehr Worte zu machen, würde nichts nutzen. Es war alles gesagt.

Ein Mann mit dem Gesicht eines Spitzbuben, einer von jenen, die in kritischen Situationen stets Panik und Aufruhr säen, dröhnte: »Was will denn der? Dass wir uns abschlachten lassen?«

Mit diesen Worten ging er mit dem Schwert auf Arminius los, der ihm durch eine schnelle Drehung des Adlers mit dem Schaft die Waffe aus der Hand schlug. Fast im gleichen Atemzug riss er den Schaft nach hinten und bohrte dann die Spitze des Adlers in den Hals des Mannes.

»Noch jemand?«, fragte er ruhig und zog die Spitze aus dem Hals des Legionärs, der nach vorn kippte und auf sein Gesicht fiel.

Arminius Augen drückten nur Gelassenheit aus. Alles lag nun in den Händen des Schicksals, vielleicht auch Fortunas.

»Ruhm und Ehre!«, rief er und hob den Adler mit der blutigen Spitze in die Luft.

»Ruhm und Ehre!«, antworteten die Männer.

Sie wandten sich um und stürmten brüllend mit gezogenen Schwertern und gesenkten Lanzen dem Feind entgegen. Immer mehr Legionäre, die sich eben noch verzweifelt zur Flucht gewandt hatten, schlossen sich ihnen an. Grimmig hieben sie auf Batos Leute ein. Sie gruppierten sich um den Adler, bildeten Achter- oder Zehnergruppen und deckten sich im Gemetzel gegenseitig. Es war ihr Glück, dass Bato wegen der steilen Hänge seine Reiterei nicht einsetzen konnte.

Nachdem die Panik verflogen war und wieder Zuversicht und Ordnung in den Reihen der Legionäre herrschten, versandete die Kraft des Angriffs im zähen, kräftezehrenden Widerstand der Römer. Zum ersten Mal kam ihnen die Zeit zu Hilfe: Bato hatte offensichtlich seine Leute an diesem Ort zusammengezogen, um einen ersten Keil ins römische Heer zu treiben. Da die Römer aber zum Gegenangriff übergegangen waren, wurden sie laufend durch die aufschließenden Einheiten verstärkt, die sich sogleich in den Kampf stürzten. Der Sieg schien nahe. Die Männer hatten sich bis zur Erschöpfung geschlagen und schließlich die Oberhand gewonnen.

Arminius wollte schon aufatmen, da entdeckte er, dass frische Einheiten der Feinde über die Hänge in den Kampf drangen. Batos Reserve. Arminius musste sich keine Sorgen mehr um die Standhaftigkeit der Legionäre machen. Sie hatten ihre Panik überwunden und mit ihr die Furcht und die Verwirrung. Sie waren wieder Handwerker des Krieges und übten gekonnt ihre blutige Kunst aus. Doch der Nachschub der Breuker schien kein Ende zu nehmen. Bei allem Mut der Legionäre – es waren zu viele neue Kämpfer, die auf das Schlachtfeld strömten.

Arminius senkte kurz den Kopf, dann warf er sich erneut ins Gemetzel. Er fühlte einen brennenden Schmerz am Oberarm, wusste, dass ein Schwert ihn gestreift haben musste, und kämpfte weiter. Die Wärme verriet ihm, dass die Wunde blutete. Er schaute hinter sich. Alle Einheiten hatten aufgeschlossen und kämpften. Mehr Unterstützung bekamen sie nicht mehr.

Arminius wollte gerade einen Boten zu Plautius schicken und ihm mitteilen, dass sie Batos Versuch, das Heer in zwei Teile zu zerschlagen, erfolgreich abgewehrt hätten, jedoch immer noch in schwere Kämpfe verwickelt wären. Sie würden den Feind binden, solange noch Leben in ihnen war.

Da hörte er hinter sich die Hufe viele Pferde. Woher kamen diese Reitereinheiten? Dann sah er, dass Germanicus sie anführte und mit ihnen sofort ins Gefecht eingriff.

Unter den Breukern brach Panik aus, und sie wandten sich zur Flucht. Obwohl sich langsam der Abend herabsenkte, konnten die Legionäre nicht vom Kämpfen ablassen. Sie waren in einem Rausch und verfolgten die flüchtenden Feinde über die Berge, während die Reiter die versprengten Aufständischen im Tal niedermachten, denen der Rückzug abgeschnitten war.

Arminius wusste nicht mehr, wie lange sie ihnen gefolgt waren, über einen Berghang hinweg und über den nächsten, bis sie plötzlich ein friedliches Tal vor sich sahen, in dem ein kleines Dorf lag. Der Geruch von Essen, der anheimelnde Widerschein der Herdfeuer, Musik, Gelächter, ein Bild unschuldigen Friedens. Und der Weg hierher war gepflastert mit Erschlagenen, die meisten von Batos Leuten waren nicht mehr am Leben. Es waren nur noch fünfzig oder sechzig Breuker übrig, die zu dem Dorf liefen, um sich dort Pferde für die Flucht zu besorgen.

»Lassen wir es gut sein, Männer, kehren wir um«, sagte Arminius.

Germanicus warf ihm einen mitleidigen Blick zu. Wenn die Legionäre im Kampf auch auf Arminius gehört hatten, so war er doch jetzt Luft für sie. Sie hatten den Befehlen gehorcht, Disziplin bewiesen, und nun war es ihr gutes Recht, nach der siegreichen

Schlacht zu plündern – ein Recht, das ihnen niemand verwehren durfte. Brüllend rannten die Römer auf das Dorf zu. Sie lachten, rissen Witze, feuerten sich mit Zoten an.

Arminius sah die ungeheure Gefahr, in der das unschuldige Dorf schwebte. Vor seinem inneren Auge erstand der Schrecken des römischen Überfalls auf sein Zuhause, den er als Kind miterlebt hatte. Er dachte an die Heimat, an sein Gehöft, an cheruskische Siedlungen, an die tatkräftigen Frauen, die spielenden Kinder ... nein, er konnte das nicht zulassen!

Entschlossen, seine Leute aufzuhalten, ergriff er den Adler – und spürte nur noch eine große grauschwarze Dumpfheit, in der er versank. Als er wieder zu sich kam, dröhnte sein Schädel, schmerzten Kiefer und Jochbein, schnitt etwas in seine Arme. Er fand sich an einen Baum gefesselt wieder.

»Was hattest du vor? Die Tiere da aufhalten?«, fragte ihn Germanicus. »Sie hätten dich erschlagen. Du weißt es doch. Die Standhaftigkeit dieser Männer hat den Legionen das Leben gerettet. Und es sind wahrlich viele gefallen. Sie haben den ganzen Tag gegen ihre Angst und gegen den Tod gekämpft. Und viele Kameraden sterben sehen, von Feinden getötet, oder sie haben die anderen massakriert. Jetzt sind sie Bestien. Wir können nichts weiter tun, als sie von der Kette zu lassen. Ihr Blut brennt in den Adern, sie müssen es abkühlen. Vorher ist mit ihnen nichts anzufangen!«

Arminius sah zu dem Dorf hinüber, dem sich Mord, Drangsal, Vergewaltigung und Feuer näherten. Er sah Elda vor sich, wie sie damals am Bach vor ihm gestanden hatte. Er zerrte an seinen Fesseln, die ihm so tief ins Fleisch schnitten, dass ihm fast übel wurde. Er zerrte weiter, immer weiter, bis sich seiner Kehle ein unmenschliches Brüllen entrang, die Stimme des nackten Schmerzes.

Und plötzlich verwandelte sich die Landschaft, wurde aus der Nacht Tag und aus dem Hochgebirge ein liebliches Tal zwischen Hügeln, das ein Bach durchfloss. Zornig stampfte das Mädchen mit dem Fuß auf.

»Nein, nein, nein! Du bist der Römer, und ich bin der Cherusker!«

So klar und blau wie der grenzenlose Himmel blickten Ergimir die Augen der achtjährigen Tochter des Fürsten Segestes an.

*

Der neue Tag brachte die Wende im Aufstand der Breuker. Batos Ruf, unbesiegbar zu sein, war dahin, er hatte viele Kämpfer verloren. Die Truppen des Tiberius waren durch die Legionen, die Marcus Plautius Silvanus aus der Asia heranführte, und die des Germanicus, die er in Italien versammelt hatte, verstärkt worden.

Die Legionäre aber, die dem Ansturm der Breuker im Tal standgehalten hatten, erhielten Beförderungen, Auszeichnungen und Geld. Julius Caesar Arminius wurde als erster Germane für seine Verdienste durch Augustus zum römischen Ritter geadelt.

Von dem Dorf in der Talsenke blieben nur verkohlte Steine und Knochen. Von dieser Nacht des Massakers sprach niemand mehr. Auch Arminius nicht.

Teil III:

Fürst der Germanen – König der Krieger

23

Seit Tagen regnete es junge Hunde, und die Welt ertrank in zutiefst deprimierenden Grautönen. Nass bis auf die Knochen stand Arminius wie angewurzelt am Bug des Schiffes, das den Rhenus abwärts in Richtung seiner Heimat fuhr. Klug war es sicher nicht, sich den kalten Wassern des Himmels auszusetzen, doch er konnte einfach nicht genug bekommen von dem kräftigen heimischen Regen. Sonderbar, dachte er, als er vor vielen Wintern verschleppt worden war, hatte es auch in Strömen gegossen. Natürlich wusste er, wie absurd die Vorstellung war, dass der Regen seit damals nie aufgehört und nur auf seine, Arminius', Rückkehr gewartet hatte, aber in diesem Moment drängte sich ihm der Gedanke geradezu auf.

»Als ob man in den Wasserfällen von Tibur steht. Empfängt man so den neuen Statthalter?«, hörte er hinter sich Quinctilius Varus, einen untersetzten Mann, der die Fünfzig bereits überschritten hatte, schimpfen. Auf den ersten Blick wirkte sein gepflegtes, breites Gesicht durchaus vergnüglich und umgänglich, doch hinterließen seine kleinen Bärenaugen beim aufmerksamen Betrachter ein ungutes Gefühl. Böse Zungen behaupteten, der ehemalige Statthalter Syriens habe arm das reiche Land betreten und reich die arme Provinz wieder verlassen.

»Die Götter der Barbaren weinen vor Freude, dass du den Barbaren die Kultur bringst«, beeilte sich einer von Varus' Lakaien zu schmeicheln.

»Unser junger Held will offenbar seine Freudentränen für sich ganz allein genießen«, mutmaßte der Angesprochene, den das Zeltdach in der Mitte des Schiffes vor Nässe schützte. Prüfend blickte er zunächst zum Himmel, danach auf den Fluss, zumindest auf das, was er durch den Schleier der Feuchtigkeit überhaupt von ihm zu sehen bekam. »Was meinst du, Arminius, ist es besser zu ankern?«

Arminius runzelte missbilligend die Stirn. Woher sollte er das wissen? Nur weil er als Cherusker geboren wurde, hieß das doch nicht, dass er die ganze Germania kannte. Langsam wandte sich der junge Mann um. Kleine Bäche rannen ihm über Stirn, Nase und Wangen.

»Warum sollten wir?«, fragte er.

»Weil ich nicht will, dass wir auf eine Sandbank oder einen Felsen fahren. Man kann ja kaum über den Bug hinaussehen.«

Arminius unterdrückte ein verächtliches Lächeln, denn er kannte den Grund für Varus' Angst nur zu gut. Das ganze Schiff ächzte unter der Last der vielen Möbel, des mannigfaltigen Geschirrs, der Berge von Kleidung und den eher teuren als geschmackvollen Kunstgegenständen. In Rom hatte er anfangs gestaunt über die gewaltigen Besitztümer, die der Statthalter mit sich führte.

Varus, dem das verwunderte Gesicht seines Reisegefährten damals nicht entgangen war, hatte ihm kurzerhand erklärt: »Nimm es mir nicht übel, aber wir kommen ja in die barbarische Einöde. Da will ich wenigstens das Allernotwendigste, das man zu einem menschenwürdigen Leben benötigt, um mich haben.«

Was die gefährliche Flussfahrt betraf, hatte der Römer allerdings recht, denn man konnte wirklich nicht die Hand vor Augen sehen. Arminius würde es keinesfalls gelingen, das Schiff an den Gefahrenstellen des Flusses vorbeizulotsen, weil er sich nicht an sie erinnerte. Er hatte den Rhenus nur ein einziges Mal befahren, und das lag sehr lange zurück, mehr als sein halbes Leben lang. Wieder spürte er den Schmerz, den peinigenden Verlust und das ohnmächtige Gefühl des Verrats, das in ihm gewütet hatte, als sie damals vom Ufer abgelegt hatten und den Fluss in umgekehrter Richtung stromaufwärts geschifft waren. Damals war es für ihn ein Aufbruch ins Unbekannte gewesen. Und nun? Würde er denn jetzt ins Bekannte zurückkehren?

Seit Augustus ihn in Rom ausgezeichnet und zum Kommandeur der germanischen Hilfstruppen der Rhenus-Armee ernannt hatte, wurde er zwischen widerstreitenden Gefühlen hin und her gerissen. Ins Illyricum sollte er nicht mehr zurückkehren. Der Krieg dort zog sich zwar noch hin, aber an seinem Ausgang bestand kein Zweifel. Im Grunde kämpften die Aufständischen ohne Hoffnung auf den Sieg inzwischen nur noch aus Verzweiflung gegen die von Tiberius und Germanicus befehligten Legionen – sie hatten lediglich die Wahl zwischen Tod und Sklaverei. Manchem erschien es daher besser, durch das Schwert zu fallen, als ohnmächtig das Elend seiner Familie mit ansehen zu müssen. Die Geschichte empfindet kein Mitleid mit den Verlierern, weil sie von den Siegern geschrieben wird. Doch ihre erbitterte Feindin, die Dichtkunst, hält die Erinnerung an die Besiegten wach, an die Unglücklichen, an die vom Schicksal Geschlagenen, weil sie sich nicht wie die Historie an den bestechlichen Verstand, sondern an das Herz des Menschen wendet.

Arminius fand keine Ruhe mehr. Jede Ader in seinem Körper und jede Faser seines Gehirns war in Aufruhr. Von dem Tag an, als man ihn gewaltsam nach Rom gebracht hatte, kannten seine Träume nur den einen Inhalt und die eine brennende Sehnsucht – die Heimkehr. In all den tausend Schlafgespinsten hatte er sich gesehen, wie er auf den Hof seiner Sippe ritt, wie ihm alle entgegen kamen, wie er lachend vom Pferd sprang und seine Mutter, in deren Augen Freudentränen standen, in die Arme schloss. Noch in der Umarmung hielt er dann vergeblich Ausschau nach dem Vater. Und immer, wenn er diese Stelle im Traum erreicht hatte und die Mutter fragte: »Wo ist Vater?«, wachte er auf oder wurde geweckt. Nie, niemals in all den Jahren hatte er eine Antwort auf seine Frage bekommen. Nicht einmal sah er Segimer in einem seiner Träume, das heißt, einmal schon, aber nur von hinten, und es blieb fraglich, ob die dunkle Gestalt überhaupt sein Vater war.

So sehr sich Arminius freute, endlich nach Hause zurückzukehren und seine Mutter und auch Elda wiederzusehen, so sehr fürchtete er sich davor. Was mochte sich in der langen Zeit nicht alles verändert haben! Auch er selbst hatte sich mit den Jahren mehr und mehr von dem Kind entfernt, das einst davon geträumt hatte, Römer zu töten. War er nicht inzwischen selbst einer geworden, Bürger und sogar Ritter des Imperium Romanum? Und schließlich gab es da noch seinen Vater, der ihn und seinen Bruder einfach den Römern überlassen hatte. Der große Mann, der eben noch ein Dutzend Legionäre eigenhändig gekreuzigt hatte, kuschte nur wenig später vor den Römern. Wollte er Segimer überhaupt wiedersehen, den er wie niemanden auf der Welt geliebt und der ihn wie kein anderer verraten hatte?

Der herbeigerufene Kapitän versicherte dem Statthalter, dass er den Fluss gut genug kenne, um das Schiff auch mit geschlossenen Augen sicher durch die Untiefen zu steuern.

Einen Tag später legten sie in der Stadt der Ubier an. Die Regenwolken verzogen sich, und vorsichtig blinzelte die Sonne hervor. Bürger, Legionäre und natürlich Sentius Saturninus, den Varus ablösen sollte, hatten sich an der Anlegestelle eingefunden, um dem neuen Statthalter einen würdigen Empfang zu bereiten. Arminius erkannte schon von Weitem, dass Saturninus von Velleius Paterculus begleitet wurde, und freute sich sehr über das Wiedersehen.

Quinctilius Varus sah selbstverständlich blendend aus. Er trug eine purpurfarbene Toga, eine schwere goldene Kette um den Hals und um die Handgelenke diamantenbesetzte Ringe, die das noch scheue Sonnenlicht reflektierten. Glanzvoll, dachte Arminius, doch etwas zu protzig. Unzählige Locken und Löckchen zierten den Schädel des Statthalters. Bereits Stunden vor der Ankunft hatte er sich von seinen Sklaven waschen, rasieren, frisieren und ankleiden lassen. Damit alles perfekt zusammenpasste, hielt er sich einen besonderen Sklaven: einen Transvestiten als Stilberater.

Arminius dagegen hatte vor Aufregung die ganze Nacht kein

Auge zugetan, sondern versucht, so viele Erinnerungen, wie er nur vermochte, aus den Tiefen seines Unterbewusstseins zu fördern. Immer wieder stieß er dabei an die Mauer des Verdrängten, doch sein Wille war ein starker Rammbock, der sie zum Bröckeln brachte. In Rom war er ein Römer gewesen, was auch sonst? Aber hier? Plötzlich wusste er nicht mehr, wer und was er war. Römer? Cherusker? Ergimer? Julius Cäsar Arminius? Ein verratenes Kind? Ein exzellent gebildeter und erfolgreicher junger Mann?

Unsicher, als würde jeden Augenblick etwas Wunderbares oder Entsetzliches geschehen, folgte er dem Statthalter im Abstand einer Armlänge. Arminius betrat die Heimat, als balanciere er über ein Pflaster aus rohen Eiern.

Varus blieb kurz stehen und ließ seinen Blick mit einem unverkennbaren Ausdruck von Hochmut über die Stadt am Ufer des Rhenus streifen. »Ein deprimierendes Provinznest. Höchste Zeit, dass ich komme, um aus diesem Ort, der selbst zu armselig für einen Verbannungsort ist, eine römische Stadt und aus dem umliegenden Haufen von Dreck und Mist eine römische Provinz zu machen.«

Im Bewusstsein seiner unaussprechlichen Würde und der Größe der Aufgabe, die man ihm, Quinctilius Varus, übertragen hatte, schritt er auf seinen Vorgänger zu. Was er zu Arminius gesagt hatte, hatte er zum ganzen Erdenrund gesagt, wie immer. Deshalb erwartete er auch keine Erwiderung, auf die er zudem vergeblich gesetzt hätte, denn Arminius entdeckte in diesem Moment in einiger Entfernung zum Fluss etwas, das sein Herz höher schlagen ließ. Der Anblick war so einfach und gleichzeitig so überraschend – eine Wiese, die über und über mit Schneeglöckchen und Krokussen bedeckt war.

Bei den Cheruskern endete die böse Zeit unwiderruflich, sobald sich diese Frühlingsboten durch die scharfkantigen und dünnen Eisfetzen und schmutzigen Schneereste drängten, um von der Wiederkunft des Gottes Baldr zu künden, der Sonne, Licht und den

Frühling brachte. In Rom hatte Arminius bis auf eine Ausnahme immer nur drei Jahreszeiten erlebt: Frühling, Sommer und Herbst. Ein Winter, wie er ihn als Kind gekannt hatte, war den Römern fremd, was sie Winter nannten, konnte eher als eine Mischung aus Herbst und Frühling gelten. Schnee hatte er in all den römischen Jahren nur einziges Mal gesehen. Varus nahm die Wiese mit der Botschaft des erneut einsetzenden Lebens nicht einmal zur Kenntnis. Aber wie konnte man den zarten Frühling genießen, wenn man den Winter nicht in all seiner Härte erlebt hatte?

Saturninus begrüßte seinen Nachfolger freundlich, stellte ihn Velleius vor, der sich als Legat um die Truppen kümmerte. Velleius konnte seine Freude über das Wiedersehen mit Arminius nur mühsam zügeln. Er zwinkerte ihm zu und trat von einem Fuß auf den anderen.

»Und das«, mit diesen Worten wandte sich Varus zu Arminius um und legte ihm gönnerhaft die Hand auf die Schulter, »ist der Ritter Julius Cäsar Arminius, der die germanischen Hilfseinheiten kommandieren wird. Ein tüchtiger junger Mann.«

»Ein wahrer Held. Velleius hat mir berichtet, wie er Maroboduus überrumpelt hat«, sagte Saturninus freundlich.

Varus wirkte ein wenig verstimmt, weil Saturninus offensichtlich mehr wusste als er. Deshalb brummte er nur: »Wie dem auch sei. Auf den Schultern von Männern wie diesen, von Herkunft Germane, durch Bildung Römer, soll die Provinz Germania entstehen.«

*

Fackeln und unzählige Öllämpchen erleuchteten den Saal im Hause des Statthalters. Saturninus feierte Abschied, Varus Ankunft, und mit ihnen feierte die gute Gesellschaft der entstehenden Provinz, Beamte, Offiziere, Kaufleute und die Gefolgsherren unter den Germanen, die mit den Römern gemeinsame Sache machten.

Arminius staunte über die neue Form des Gastmahls, die man offensichtlich hier erfunden hatte und die ihm bislang unbekannt geblieben war. Auch bei einer römischen *cena* konnte es Musik und Darbietungen geben, doch die Gäste rekelten sich währenddessen auf den Speisesofas. Hier nun nichts von alledem. Niemand lag zu Tische, weil auch nichts im Saal stand, worauf man sich hätte niederlassen können. Stattdessen reihten sich an den Wänden lange Tische, auf denen Speisen und Getränke dargeboten wurden. Musik und Tänzer erfreuten die Gäste, die sich stehend an den Köstlichkeiten gütlich taten und dabei immer neue Gruppen von Menschen bildeten, die immer neue Gespräche führten.

Bei cheruskischen Feiern, so erinnerte sich Arminius, soffen, prahlten und sangen entweder nur die Männer – manchmal trug auch ein Spielmann eine Heldendichtung vor –, oder alle saßen zusammen, und die ganze Sippe feierte mit Frauen und Kindern.

Diese neue Form des Festes ermöglichte, dass viele verschiedene Menschen miteinander ins Gespräch kamen. Geschickt von Saturninus, dachte Arminius, so lernten sich die wichtigen Personen in der neuen Provinz in zwanglosem Rahmen kennen, konnten Absprachen und Vereinbarungen treffen und Erfahrungen austauschen. Und es gab ja kein festeres Tau, das sie aneinander binden konnte, als gemeinsame Geschäfte.

Er stand gerade in einer Gruppe von Offizieren, die ihm vom Wegebau jenseits des Rhenus erzählten, als Velleius zu ihm trat.

»Komm, mein Freund, mit Soldaten kannst du noch reden, wenn du alt und grau bist und dich das Zipperlein plagt, der Harn nicht mehr fließen will und die Welt nur noch eine Folge von Zumutungen ist. Mit Frauen aber musst du parlieren, solange du jung oder wenigstens erfolgreich bist. Da dir im Augenblick sowohl Jugend als auch Erfolg vergönnt sind, bleibt dir keine Ausrede. Wer weiß, wie lange Fortuna uns lächelt?«

Mit diesen Worten zog er Arminius mit sich. Sie durchquerten den prachtvollen Saal mit den vielen gut gekleideten Menschen.

Auch diejenigen unter den Gästen, die er als Germanen erkannte, trugen entweder eine Toga oder hatten ihre Hosen und Hemden mit farbigen Borten oder Goldfäden verziert, um ihrer traditionellen Stammeskleidung eine römische Note zu geben. Wieder wunderte sich Arminius darüber, wie viel und was sich alles in dem reichlich einen Jahrzehnt seiner Abwesenheit verändert hatte. Dabei war es scheinbar nicht so, als ob hier ein Rom im Kleinen entstünde, sondern es wuchs etwas anderes, etwas durchaus Neues heran. Niemand jedoch vermochte vorherzusagen, was aus dem Ei schlüpfen würde.

Velleius hatte ihn in eine Ecke des Saals geführt, wo die Musiker aufspielten. Dort standen drei junge Frauen, die in Schönheit und Anmut miteinander wetteiferten, scherzten und sich dabei glänzend zu unterhalten schienen.

»Darf ich vorstellen, das ist Arminius«, sagte Velleius mit einer kleinen Verbeugung.

Eine der Römerinnen lächelte entschieden zu einladend. »Die ganze Stadt ist voller Geschichten von deinen Heldentaten. Wie du schreckliche Feinde bezwungen hast. Es muss ein Vergnügen sein, sich dir zu ergeben«, säuselte sie.

»Ach, meine sogenannten Heldentaten sind nichts gegen das, was mein Freund Velleius vollbracht hat«, erwiderte Arminius höflich.

»Lass uns darüber nicht streiten«, sagte Velleius lachend. »Darf ich dir vorstellen, Popea, die Tochter des Legaten Caecus, ihr zur Linken Saturnina.«

»Schade, endlich kommt ein interessanter Mann in unsere Einöde, da muss ich fort«, sagte Saturnina und legte den Kopf ein wenig zur Seite.

»Ja, wirklich Pech für dich«, flötete Popea mit gespieltem Mitleid, »dass du morgen mit deinem Vater nach Rom zurückreist.«

»Saturnina ist die Tochter unseres verehrten Sentius Saturninus. Und hier ist Marcia, die Tochter unseres verehrten Steuerpächters, des Ritters Lucius Marcus Lupus. Da sie eine jüngere Schwester gleichen Namens hat, wird sie die große Marcia genannt.«

»Wie die große Germania «, spottete Popea und brachte Marcia zum Erröten.

Arminius gefiel die Schüchternheit des Mädchens. »Man kann als Steuerpächter in Germanien reich werden? Ich dachte immer die Germanen zahlen keine Steuern«, fragte er Marcia.

»Meinem Vater gelingt es, seit er im Bündnis mit einigen Barbarenfürsten steht.«

Arminius begriff, dass sie glaubte, er sei römischer Herkunft. Das wollte er ausnutzen. »Ich sehe deinen Becher leer. Komm, holen wir uns etwas zu trinken.«

»Ja, aber nicht zu viel.«

Er spürte, dass sie nicht wegen des Weins mit ihm zu gehen gewillt war, und reichte ihr galant den Arm. Sie hakte sich ein.

»Die Damen werden uns entschuldigen«, sagte Arminius lächelnd.

»Ungern, äußerst ungern.« Popea bemühte sich zwar, die Form zu wahren, doch der Anflug von Rot verriet den Zorn, der in ihr hochstieg.

»Da wirst du wohl mit mir vorlieb nehmen müssen. Besser den Spatz in der Hand als die Taube auf dem Dach«, lachte Velleius.

Popea zog eine Augenbraue hoch. »Den Spatz in der Hand? Bilde dir nicht zu viel ein, mein Freund. Aber auch Eingepökeltes soll ja nahrhaft sein.«

Im Weggehen zwinkerte Arminius Velleius dankbar zu und durchquerte mit Marcia am Arm den Saal.

»Ist Popea deine Freundin?«

»Um die Wahrheit zu sagen, man hat hier nicht viel Auswahl.«

»Oh, Germanicus erzählte mir, dass er vor einem Jahr hier eine Germanin getroffen hatte, mit der man sich gut unterhalten konnte.«

»Das könnten einige sein. Aber ich habe keinen Kontakt zu ihnen. Sie bleiben eher unter sich«, sagte Marcia und fuhr lachend fort: »Sie glauben, dass sie ihre Unschuld verlieren, wenn sie ein Römer auch nur ansieht.«

»Also kennst du keine Germaninnen?«

»Ich bin keine Kupplerin!«

Nun musste Arminius herzlich lachen. »Nein, so habe ich das nicht gemeint. Aber alles ist so neu für mich. Ich sehe Römer und Germanen zusammen feiern, als hätte nicht vor Jahren Krieg geherrscht.«

»Ja, es hat sich viel verändert. Die Männer machen Geschäfte miteinander, gelegentlich trifft man sich zu gemeinsamen Festen, aber eigentlich bleiben Römer und Germanen noch unter sich, obwohl sich das langsam ändert.«

»Also kennt meine kleine Kupplerin nun Germaninnen, mögen sie jung und schön oder halt und hässlich sein?«

»Nein, bis auf eine Ausnahme.«

»Und die wäre?«

»Elda, die Tochter des Segestes.«

Arminius zuckte zusammen. So nah wie in diesem Augenblick war er der Freundin in all den Jahren nicht gekommen. Jetzt hieß es, sehr vorsichtig zu sein, denn die überhaupt nicht dumme kleine Römerin durfte nicht merken, dass er sie lediglich aushorchte, sonst würde sie ihn womöglich verärgert stehen lassen, und er erführe gar nichts mehr.

»Und warum kennst du gerade die?«

Marcia machte ein etwas verdrießliches Gesicht. »Notgedrungen.«

»Notgedrungen?«

»Mein Vater macht mit ihrem Vater Geschäfte, außerdem …«

Mit allem Charme, der ihm zu Gebote stand, lächelte Arminius sie an. »Wir müssen nicht über diese Elda reden, wenn sie dich ärgert, reden wir doch lieber über dich, Schönheit.«

Ein bezauberndes Rosa überzog ihre Wangen. »Es hat leider

mit mir zu tun. Sie soll meine Stiefmutter werden. Was ist mit dir? Geht es dir nicht gut?«, fragte sie verwundert, denn Arminius war, wie vom Donner gerührt, stehen geblieben.

»Doch, doch, ich war nur überrascht«, stotterte er.

In Marcias Blick wechselte Erstaunen zu Misstrauen. Außerdem ärgerte sie sich, dass sie überhaupt auf dieses Thema gekommen waren.

»Germanicus hat sie mir beschrieben, und danach dürfte sie nicht viel älter sein als du«, brachte Arminius hervor und bemühte sich, seine zitternde Stimme fest klingen zu lassen. War sie hier, war Elda hier auf diesem Fest?

24

Marcia!«, rief eine herrische Männerstimme.

»Oh, mein Vater«, sagte die junge Frau. »Komm, ich stelle dich ihm vor.« Sie ergriff Arminius' Hand und zog ihn, keinen Widerspruch duldend, zu einem Mann, der freundlich zu ihnen herüberblickte und dabei winkte. Er unterhielt sich gerade mit Varus und einem Mann und einer Frau, die ihnen den Rücken zuwandten und offensichtlich germanischer Abstammung waren.

»Mein lieber Varus, ich darf dir meine ältere Tochter Marcia vorstellen.«

Varus grinste breit. »Und wie ich sehe, ist deine Tochter in der besten Begleitung, die man sich vorstellen kann.«

»Da bin ich aber gespannt.«

»Es ist der Führer der Hilfstruppen, der Ritter Julius Cäsar Arminius.«

Statt das Lob genießen zu können, spürte Arminius nur, wie ihn heiße und kalte Schauer überliefen, als hätte sich das Malariafieber seiner bemächtigt – vor ihm stand niemand anders als Segestes, und die junge Frau neben ihm, die auf die Erde herabgestiegene Göttin, konnte niemand anders sein als Elda. Wie schön sie geworden ist!, dachte er, verführerisch die Statur und bezaubernd die Ausstrahlung.

»Wir haben gerade über dich gesprochen, Stiefmama«, lispelte Marcia geziert.

Erstaunt blickte Arminius seine anmutige Begleiterin an, die sich ganz unschuldig gab, es aber faustdick hinter den Ohren hatte. Dann schaute er Elda fragend an, deren Gesicht tiefrot glühte. Offenbar wäre sie am liebsten vor Scham im Boden versunken.

»Stiefmama?«, fragte der an allem Klatsch sehr interessierte Varus.

»Wir werden heiraten, sobald Augustus unserem guten Freund hier das Bürgerrecht verliehen hat.«

»Wenn ich den Princeps darum bitte, ist es so gut wie bewilligt. Du hast recht, Marcus, wir müssen unsere teuren Verbündeten belohnen«, sagte Varus.

»Meine liebe Elda und ich werden ein strammes Fürstengeschlecht in die Welt setzen, das in Roms Auftrag über das Cheruskerland herrschen wird!« Der Steuerpächter strahlte bei diesen Worten so voller Selbstgewissheit, dass man zu fürchten geneigt war, er würde sogleich mit dieser staatspolitisch wichtigen Zeugung beginnen.

»Bravo!«, rief Varus. »So soll es sein. In den Lenden dieses Mannes schlummert die Zukunft des Landes!«

Eldas Gesichtsfarbe wechselte von rot zu blass. »Und da wird sie weiterschlafen! Zumindest was mich betrifft«, presste sie wütend durch die Zähne. Damit ließ sie alle stehen und lief zum Ausgang.

»Die kleine Wildstute wirst du wohl einreiten müssen, mein lieber Marcus«, lachte Varus laut auf und tätschelte dem Steuerpächter aufmunternd die Schulter, als wollte er ihn für den Akt der Dressur fit machen. Arminius wandte sich um und lief ihr hinterher, während Segestes wütend verkündete: »Unsere Abmachung steht und wenn ich sie in dein Ehebett peitsche!«

Lucius Marcus Lupus verdrehte angewidert die Augen, denn die groben Worte des Cheruskers kratzten noch mehr als die Dreistigkeit seiner Tochter an seiner männlichen Eitelkeit. Als ob er die Peitsche eines Vaters benötigte, um dessen Tochter ins Bett zu bekommen!

»Wenn es mit dem verehrten Marcus nichts wird, lieber Segestes, dann gräme dich nicht, dann geben wir deine eigenwillige Tochter meinem Arminius. Er hat auch Maroboduus gezähmt«, ließ Varus fröhlich vernehmen. Damit kränkte er den Steuerpächter, was ihm herzlich egal war, und versetzte Segestes in Panik, der schwer schluckte. Varus nahm dies zwar wahr, aber er verstand es nicht, denn er hielt den jungen Ritter für einen unverdient hohen Gemahl für ein kleines Germanenmädchen. Verstehe einer die Barbaren! Auch wenn man sie zähmte, blieben sie doch Barbaren, wie ein dressiertes Äffchen, auch wenn es römisch zu grüßen verstünde und eine Toga trüge, immer noch ein Äffchen bliebe. Generationen würden ins Land gehen müssen, ein Jahrhundert vermischten Blutes benötigte es, ehe das Barbarische aus ihren Adern getilgt sein würde und die Germanen tatsächlich im Imperium Romanum ankämen. Da machte sich Varus keine Illusionen, doch irgendwann musste man ja damit anfangen. Ruhm und Ehre dem, der den Grundstein legte!

Arminius hatte unterdes Elda eingeholt.

»Elda!«

»Ritter?« Wie schön sie war und gleichzeitig wie unnahbar. Wie eine Eisblume oder die Winteralbe. Ihre Kühle verletzte ihn. Warum freute sie sich nicht wie er, dass sie sich endlich wiedersahen? In seiner Verlegenheit fiel ihm nichts anders ein, als zu sagen: »Du sollst also heiraten?«

»Glaubst du, dass ich auf dich gewartet habe?« Ihre Augen funkelten blau und zornig wie damals am Bach. Das gab ihm Hoffnung.

»Ich kann dir helfen.«

Sie lachte höhnisch auf: »Soll ich statt eines römischen Steuerpächters einen römischen Ritter ehelichen? Ist das dein Angebot, Julius Cäsar Arminius?«

»Nein. Ich kann dir helfen, den Mann zu heiraten, den du auch wirklich nehmen möchtest«, sagte er.

»Gut, mein Ritter. Wenn das nicht nur römisch geprahlt, sondern ein ehrliches cheruskisches Wort ist, dann hilf mir, den zum Manne zu bekommen, dem meine ganze Liebe gehört.«

Der Boden wankte unter Arminius, doch er zwang sich dazu, Haltung zu bewahren. »Abgemacht. Ich verspreche dir, alles dafür zu tun, dass du den Mann bekommst, den du liebst. Wie heißt er?«, fragte er mit dünner Stimme. Sie schaute ihn durchdringend an. Dann lächelte sie spöttisch. Sein Herz klopfte zum Zerspringen, und er betete, dass sie seinen Namen nennen, dass sie zumindest Ergimer sagen würde.

»Ansar!«

Aus der Traum. Irgendein tumber Ansar war es, der ihr Herz in seiner langen Abwesenheit erobert hatte. Arminius stürzte und hörte nicht mehr auf zu fallen. Was hatte er eigentlich gedacht? Dass die Zeit stillstünde? Dass Elda auf ihn gewartet hatte? Um ihr Leben vielleicht als Jungfer zu beschließen? Liebelos? Ehelos? Kinderlos? Er stieß ein bitteres Lachen aus.

Verblüfft schaute Elda ihn an. Lachte er sie aus? Kannte er etwa Ansar? Nein, das konnte nicht sein. Doch sein Gelächter fand kein Ende, schon bildeten sich vergnügte Tränchen in seinen Augenwinkeln.

Was war er nur für ein Trottel! Er hatte tatsächlich geglaubt, in Germanien wäre die Zeit stehen geblieben, weil er in der Fremde weilte! Er konnte sich gar nicht genug amüsieren über seine Dummheit, über seine unsägliche Naivität.

»Du sollst deinen Ansar haben! So wahr ich Arminius bin, ich sorge dafür«, brachte er schließlich prustend hervor.

Inzwischen fassungslos, starrte Elda ihn an. Sie wusste nicht, dass er über sich selbst lachte. Und wenn er nicht so außer sich gewesen wäre, hätte er gesehen, wie weh es ihr tat, dass er nicht um sie kämpfte.

»Bei Jupiter, so soll es sein!«, versprach der römische Offizier dem cheruskischen Mädchen.

»Danke, Arminius.«

»Gern geschehen!«

Elda betrachtete sein schönes Gesicht, in dem jungenhafter

Charme und männliche Entschlossenheit überaus betörend miteinander wetteiferten. Auf einmal beugte sie sich zu ihm, streifte mit ihren Lippen wie aus Versehen, wie um einen Kuss zu vertuschen, sein Ohrläppchen und flüsterte: »Leb wohl, Ergimer!« Und ging.

»Leb wohl, Ergimer«, wiederholte er nur für sich. Deshalb also war er nach Hause zurückgekehrt, um den Jungen zu Grabe zu tragen, der er zu einer anderen Zeit und in einem anderen Leben einmal gewesen war? Ergimer war tot, eine ganze Weile schon, und er hatte es gar nicht bemerkt. Nun konnte er zu seinem Vater reisen, nun, da Ergimer nicht mehr existierte und sich mit dem Knaben von einst die Verletzungen im Strom der Zeit auflösten. Nun hinderte ihn nichts mehr daran, endlich heimzukehren – allerdings als ein Fremder.

Eine Dummheit beging er noch an diesem Abend, er bemühte sich um Marcia. Wie lustig war er, wie heiter, wie charmant, wie eloquent und unterhaltsam. Ein wahrer Tausendsassa! Das arme Mädchen wusste gar nicht, wie ihm geschah, als es so beglückend umworben wurde.

Die folgenden Tage waren von Arbeit erfüllt. Arminius durfte nicht einmal daran denken, ein paar Tage Urlaub zu nehmen, um seine Sippe zu besuchen. Man wies ihn in die Struktur der Rhenus-Armee ein, besonders natürlich der germanischen Hilfstruppen. Mehrere Vormittage brachte er damit zu, Varus auf seine Bitte hin zu begleiten, wenn dieser auf dem Forum Gericht hielt.

»Besser als die Legionen wird das römische Recht die Barbaren an uns binden. Brechen wir also deshalb die Macht der Thing-Versammlungen durch die Kraft unserer Gerichtstage«, hatte Varus ihm großsprecherisch erklärt.

Zumeist verhandelte der Statthalter Streitigkeiten, die am linken Ufer des Rhenus bei den germanischen Stämmen wie den Ubiern vorfielen, deren Romanisierung schon weit fortgeschritten war. Außerdem fiel es keinem Germanen, der im Osten lebte, ein, die lange Reise in die Stadt der Ubier zu unternehmen, nur um dort seine Händel klären zu lassen. Diese Leute nahmen ihre Angelegenheiten selbst in die Hand oder brachten sie in schweren Fällen vor die Ratsversammlung ihres Stammes, das Thing. So hielten sie es schon seit ewigen Zeiten.

Für Varus hingegen bedeuteten die Gerichtstage in der Stadt nur einen Anfang. Sobald das Wetter sich besserte, beabsichtigte er, in das Gebiet der Barbaren zu reiten. Er wollte von Weiler zu Weiler ziehen, um Recht zu sprechen und dabei den Barbaren die römischen Gesetze einzuhämmern.

So brachte Arminius ein paar lange und langweilige Tage bei den Gerichtsverhandlungen des Varus zu. Aber dann erschien ein Marser, dessen Stamm weit entfernt jenseits des Rhenus lebte, und klagte gegen den Steuerpächter Lucius Marcus Lupus, weil der ihm seine ganze Herde von zwanzig Rindern weggenommen habe und er nun vor dem Nicht stünde. Marcus lieferte eine Schmierenkomödie ab. Er gab sich zutiefst beleidigt und beteuerte dem Statthalter, dass der Marser ihm seit zwei Jahren die Steuer schulde. Und da der Bauer auch beim letzten Mal wieder gejammert und behauptet habe, kein Geld zu besitzen – und sich auch tatsächlich nicht einmal eine Kupfermünze bei ihm fand, als man das Haus durchsuchte –, habe er eben die Herde als Gegenwert für die Schuld genommen.

Der Bauer wandte ein, dass sich die Schulden auf eine Sesterze beliefen, die Herde jedoch zwei Sesterzen wert wäre. Der Steuerpächter habe ihm also eine Sesterze oder zehn Rinder mehr genommen, als er ihm schuldete.

Marcus tat, als fühle er sich durch diese Worte persönlich verletzt, als seien sie Ausdruck tiefster Niedertracht. »Oh, Varus, welch schreiender Undank spricht aus dem lügnerischen Munde dieses verschlagenen Kerls, der in Reichtum schwelgt und Augustus betrügen will. Ich habe ihm nicht mal Zinsen berechnet für seine Steuerschuld! Aber bedenke, dass ich die Herde zum Viehmarkt treiben, sie dort verkaufen muss, um an mein Geld zu kommen, und der Preis zudem schwankend ist. Darum ist es ja wohl nur recht und billig, dass ich meine Unkosten in Rechnung stelle.«

»Mir scheint, da hast du noch knapp gerechnet«, sagte Varus und nickte zustimmend.

»Wie viel verdienst du je Sesterze eingetriebener Steuer, Marcus?«, mischte sich Arminius ein.

Marcus blitzte ihn feindselig an und schnitt ein Gesicht, als habe er gerade in eine Zitrone gebissen. »Ich wüsste nicht, wen das etwas angeht.«

»Oh, verehrter Marcus, das geht alle etwas an, denn mir scheint, dass dein Aufwand beim Eintreiben des Geldes bereits mit eingerechnet ist und nicht obendrauf. Und was den vermeintlichen Reichtum dieses Mannes hier betrifft, ist die Angelegenheit doch recht einfach. Bürger, schaut doch nur auf den Bauern, und schaut auf Lucius Marcus Lupus, und dann sagt mir, wer reich und wer arm, wem die Sesterze zu geben und wem sie zu nehmen ist!«

»Ist ja gut, ist ja gut«, fiel ihm Varus ärgerlich ins Wort.

»Es ist ein großes Glück für uns«, fuhr Arminius freundlich fort, »einen so gerechten Statthalter wie den verehrten Quinctilius Varus zu haben, der Recht spricht ohne Ansehen der Person. Denn dieser unparteiischen Rechtsprechung kann sich jeder Bewohner der Provinz, ganz gleich ob Germane, Gallier oder Römer, vertrauensvoll unterordnen. So will es Augustus, dass euch allen ohne Ansehen der Herkunft und des Standes Gerechtigkeit widerfährt.«

Varus erblasste, als Jubel ausbrach, und der Steuerpächter durchbohrte Arminius mit hasserfüllten Blicken.

»Nun denn, so ergehe als Recht, dass dem Kläger eine Sesterze, die zuvor zu viel erhoben wurde, vom Steuerpächter zurückzuzahlen ist«, verkündete Varus mit fester Stimme, als habe dies von Anfang an seiner Auffassung entsprochen.

Am Nachmittag befahl Varus den jungen Mann zu sich. »Du magst ja ein großer Kämpfer sein, aber wage es nicht, dich noch einmal in meine Rechtsprechung einzumischen!«

»Was geht mich der Bauer an? Ich habe es für dich getan, Varus!«

Der Statthalter musterte Arminius mit einem langen Blick.

»Dass Marcus die Provinz aussaugt, nur um sich persönlich zu bereichern, weißt du. Willst du, dass die Menschen dich für seinen Handlanger halten und dafür hassen?« Arminius legte eine kurze Pause ein, bevor er mit dem freundlichsten Gesicht und der heitersten Stimme fortfuhr: »Möchtest du Augustus' Sonne in der entstehenden Provinz verdunkeln oder zum Strahlen bringen? Sollen die Bewohner Augustus und dich hassen oder euch lieben? Denn du bist für sie Augustus, vergiss das nicht!«

Zu Arminius' Verblüffung verwandelte sich der Zorn des Statthalters von einem Moment zum anderen in eine ausgesuchte Liebenswürdigkeit. »Du hast recht, mein Lieber. Wir wollen die Menschen lehren, uns zu lieben.«

Sie plauderten noch eine Weile, dann entließ ihn Varus mit dem Hinweis, Arminius brauche künftig seine Zeit nicht mehr bei Gericht zu vertrödeln, sondern sie lieber seinen Truppen widmen.

In der Tat sehnte sich Arminius danach, endlich das Kommando über die germanischen Hilfstruppen zu übernehmen und die siebentausend Mann, die unter Waffen standen – zumeist Reiter, die auf zwei Lager verteilt waren –, zu inspizieren und sich ihnen vorzustellen. Da der größte Teil der Einheiten im Lager Aliso stationiert war, brach er am nächsten Tag gemeinsam mit Velleius dorthin auf.

Es war ein milder Frühlingstag. Und wieder folgte Arminius einem Weg, den er vor vielen Jahren bereits in umgekehrter Richtung zurückgelegt hatte. Damals waren sie von Aliso zum Rhenus aufgebrochen, den Leichnam des Drusus begleitend. Doch trotz seiner wachen Erinnerung erkannte Arminius den Weg nicht wieder. Die sumpfigen Stellen wurden inzwischen durch Bohlenwege überbrückt. Römische Straßen erschlossen das einstmals wilde Land. Natürlich stellte der Ausbau des Straßen- und Wegenetzes einen großen Fortschritt dar, aber dennoch krampfte sich das Herz des Arminius beim Anblick der kultivierten Landschaft zusammen. Für einen Moment wünschte er die alte Unberührtheit zurück, bevor er sich über seine Wehmut wunderte und sie nachsichtig belächelte.

Auch Aliso war kaum wiederzuerkennen. Zwar hatte sich das befestigte Lager selbst nicht verändert, aber die kleine Siedlung vor der Festung hatte sich zu einer richtigen Stadt gemausert. Bevor Arminius sich zu den Hilfstruppen begab, die in der Nähe des Militärlagers über ein eigenes Kastell verfügten, erforderten es der Anstand und die guten Sitten, dass er dem Kommandanten des Drei-Legionen-Lagers, dem Legaten Caecus, einen Besuch abstattete. Dieser war ein erfahrener Berufssoldat, hart, aber nicht grausam, einer der wusste, was nottat, aber auch die Grenzen kannte.

Arminius und Velleius waren überrascht von dem Tumult, der vor dem Amtssitz des Kommandanten herrschte, der offenbar gerade Gericht hielt. Auf dem Platz vor dem Gebäude standen dicht gedrängt die Legionäre und verfolgten, was auf dem Tribunal geschah. Von hinten schoben die, die nichts sehen konnten, während die Davorstehenden ihren Platz mit Fußtritten und Ellbogenstößen verteidigten. Nur maulend machten sie den beiden hohen Offizieren Platz.

Caecus saß auf einem Stuhl, vor ihm kniete ein blonder Junge, vielleicht sechzehn oder achtzehn Jahre alt, halb nackt, mit blutverschmiertem Gesicht und roten Striemen auf dem Rücken. Arminius und Velleius ritten bis an die Tribüne des Kommandanten heran, sprangen vom Pferd und reichten die Zügel zwei Soldaten. Als Caecus die beiden sah, erhob er sich, um sie willkommen zu heißen.

»Ah, Velleius. Sei gegrüßt. Wen bringst du mit?«

»Julius Cäsar Arminius«

»Gäste dieser Art sind mir immer höchst willkommen!«

»Ich danke dir, Caecus, aber heute fehlt uns leider die Zeit, bei dir einzukehren. Der junge Mann neben mir kann es kaum erwarten, die ihm unterstellten Truppen zu inspizieren.«

»Das zeichnet den echten Feldherrn aus! Im Gegensatz zu den politischen Offizieren, die ihre Leute das erste Mal sehen, wenn sie mit ihnen in die Schlacht ziehen müssen. Wenn sie nicht gar das römische Gemeinwohl vorschützen, um den Kampf ganz zu schwänzen. Ein Volk, das sich auf seine Politiker verlässt, ist verraten und verkauft«, sagte Caecus und spuckte aus.

Arminius dachte an Varus und musste unwillkürlich lächeln. »Ich glaube, wir sollten ein Treffen nicht auf die lange Bank schieben.«

»Ich lade euch ein, heute Abend bei mir zu essen und im Lager zu übernachten.«

»Ich werde wohl den Abend und die nächsten Tage mit den Unterführern meiner Truppen zubringen, aber in vierzehn Tagen komme ich wieder«, versprach Arminius.

»Einverstanden, dann musst du aber hierbleiben. Eine weitere Entschuldigung wird nicht mehr akzeptiert«, sagte Caecus freundlich.

»So sei es.«

»Was ist mit dir, Velleius, musst du ihm heute Abend Händchen halten, oder kommst du auf eine Karaffe Wein in mein Haus?«

Velleius nickte zum Zeichen, dass er gern bei dem Kommandanten einkehren würde.

»Was ist mit dem dort?« Arminius wies mit einem Nicken auf den immer noch knienden jungen Mann.

»Ein Deserteur! Wollte weglaufen. Meine Männer haben ihn eingefangen. Gehört zu deinem Kommando. Eigentlich droht ihm das *fustuarium.* Aber ich schenke ihn dir. Entscheide du. Du bist ja nun sein Kommandeur.«

Arminius wusste, was diese Strafe bedeutete: Der Jüngling würde durch eine Gasse von Soldaten der eigenen Einheit laufen müssen, die ihn mit Knüppeln zu Tode prügelten. »Gib ihn mir mit«, sagte er zu Caecus.

Die Legionäre, um das Spektakel der Exekution gebracht, schimpften und fluchten.

Caecus erhob sich und ließ seinen beachtlichen Bass erschallen. »Ich höre da jede Menge Freiwillige, die sich danach drängeln, statt des Jungen die Gasse zu laufen. Trete nur vor, wen es danach verlangt!« Scharfäugig ließ der Legat seinen Blick über die Menge wandern. Der Lärm verebbte, und nur vereinzelt hörte man noch ein Murren. »Oder bewirbt sich da noch jemand darum, mit mir strafexerzieren zu dürfen?« Der Kommandant wartete einen Moment, dann fügte er hinzu: »Die anderen dürfen wegtreten und haben heute Freizeit. Und für das entgangene Vergnügen spendiert der Ritter Julius Cäsar Arminius jeder Hundertschaft ein Fass Wein!«

Augenblicklich schlug die Stimmung um, und Jubel brach aus. Tausendkehlig erklang der Ruf: »Salve, Arminius! Salve, Arminius!«

Der so Gefeierte erblasste. Aber Caecus fasste ihn unter und flüsterte ihm ins Ohr: »Wir verrechnen das später. Erstmal ist es gut für dein Ansehen bei der Truppe.« Dann wies er auf den Jungen. »So ist es, mein Freund: Leben hat seinen Preis, und Sterben hat seinen Preis.«

»Famoser Kerl«, raunte Arminius Velleius zu, als sie aus dem Lager ritten. Der halb nackte Junge lief, an den Sattel des neuen Kommandeurs, des Militärtribunen Julius Cäsar Arminius gebunden, hinterher.

»Ja, das ist er, der alte Caecus! Leider stirbt dieser Typ Kommandant unter unseren Offizieren langsam aus, stattdessen gibt es immer mehr Bübchen, die einmal Senatoren werden und den Militärdienst so angenehm wie möglich hinter sich bringen wollen.«

Wenig später trafen sie im Lager der Hilfstruppen ein. Der Kommandant Gerwulf, ein Sachse, begrüßte den neuen Befehlshaber.

Er ließ den jungen Deserteur ins Lagergefängnis schaffen und befahl den Truppen, Aufstellung zu nehmen. Ein wildes Hin- und Hergerenne setzte ein. Arminius amüsierte sich – sie waren eben immer noch Germanen, längst noch keine Römer, immer noch mit der Freiheit und nicht mit der Disziplin verschwägert. Es dauerte eine Weile, bevor sich die verschiedenen Abteilungen gefunden hatten und angetreten waren.

Arminius hatte sich währenddessen mit Gerwulf und Velleius auf die Rednertribüne begeben. Er musterte die Männer neugierig. Schließlich würden sie ihm näher als jeder andere Mensch beim Leben und beim Sterben sein.

»Die Abteilungen sind nach Stämmen geordnet«, erklärte Gerwulf. »Dort sind die Einheiten der Cherusker, da die der Chauken, dort die kleine Truppe der Marser, kühne Burschen, verrückte Burschen, zu allem zu gebrauchen, nur nicht zur Disziplin, da die Semnonen, die Sachsen, die Langobarden, die Batavер, die Chatten, die Ubier, die Sugambrer, die Angrivarier und da noch ein paar Rugier. Die da mit den roten Haaren, die Feuerköpfe …«

»Rugier? Semnonen? Diese Stämme leben doch gar nicht im Herrschaftsgebiet des Reiches«, unterbrach ihn Arminius.

»Die Männer hatten gegen Marbod gekämpft und haben sich dann mit ihren Familien zu uns geflüchtet.«

»Warum?«

»Nach eurem Friedensschluss hat der Markomanne damit begonnen, die Stämme bis zum Ostmeer einen nach dem anderen zu unterwerfen. Fürsten, die ihm nicht zu Willen sein wollten, mussten abtreten oder sterben«, sagte Gerwulf grimmig und fuhr fort: »Andere sind nur da, weil sie Berufskrieger sind und kein germanischer Gefolgsherr mehr ihrer Dienste bedarf, seit die römische Gerichtsbarkeit und der Reichsfriede auch in ihren Gebieten durchgesetzt werden.«

»Sie haben keine Gelegenheit mehr, sich untereinander zu bekriegen oder zu Raubzügen aufzubrechen«, fügte Velleius hinzu.

»Die Pax Romana, der römische Friede, hat uns diese arbeitslosen Krieger zugetrieben.«

»Nicht zu vergessen diejenigen, die etwas ausgefressen haben und die nur der Schutz vor der gerechten Strafe unter unsere Feldzeichen getrieben hat«, sagte Gerwulf.

»Ein bunt zusammengewürfelter Haufen also«, stellte Arminius fest. »Und wenn ich sehe, wie lange die Truppe braucht, um anzutreten, auch ein Haufen, der des Exerzierens bedarf.« Er bemerkte nicht, dass Gerwulf bei diesem Satz das Gesicht verzog, denn er ließ seinen Blick über die Reihen der Soldaten gleiten.

Da standen sie, diese Männer, die nur eines einte: dass sie aus verschiedenen Gründen und vermutlich auch mit unterschiedlicher Begeisterung Rom dienten. Die einen freiwillig, die anderen gezwungenermaßen. Bärtig waren sie fast alle, groß, stark, langhaarig, schicksalsgläubig. Sie wussten, wie wenig sie zu entscheiden hatten, die Nornen spannen ihr Schicksal – letztlich entschieden Wurt, Werdandi und Scult, und nicht sie selbst. Doch Arminius sah noch mehr, und das sollte ihn immer stärker beeindrucken: Aus ihrem Blick sprach eine Ungebundenheit, die sie miteinander verband. Mochten sie auch lügen, betrügen und saufen – nicht Freiheit war es, sondern eine innere Ungebundenheit, die aus ihren Gesichtern sprach, ganz gleich, zu welchem Stamm sie gehörten. Jeder von ihnen war weder Masse noch Funktion, sondern ein Einzelmensch.

Plötzlich durchfuhr Arminius ein Gedanke mit einer Heftigkeit, die ihn kurz schwanken ließ und ihn verunsicherte. Hatte er wirklich Sachsen und Cherusker, Semnonen und Langobarden, Marser und Chauken vor sich? Oder waren sie alle, all die Männer, die tausend Stämmen angehören mochten, wie die Römer spotteten, nicht im Grunde ihres Wesens Angehörige eines einzigen Volkes, waren sie nicht alle Germanen? Hatten die Römer nicht recht damit, dass sie die Provinz Germania magna nannten? Obwohl sie ihr altes Herrschaftsspiel von »Teile und herrsche« spielten, sahen die Römer alle diese Männer als Germanen an. Und wahrlich, Germanen waren sie, und so wollte er sie nennen.

Nachdem Gerwulf ihn den Truppen vorgestellt hatte, begann er seine Rede. »Germanen, nicht Cherusker, noch Marser, nicht Ubier, noch Chauken will ich euch künftig nennen, sondern mit einem Ehrennamen bedenken, nämlich mit dem Namen Germanen. So will es auch Rom, denn man nennt diese großartigen Einheiten, die ich fortan führe, germanische Hilfstruppe.« Ein Schauer jagte ihm über den Rücken, als er laut ausrief: »Lasst uns Germanen sein. In diesem Namen lebt unsere Freiheit. In diesem Namen liegt unsere Ehre!«

Die Männer standen stumm da. Jeder von ihnen mochte etwas anderes denken, nur Begeisterung kam bei keinem von ihnen auf. Arminius war es nicht gelungen, ihre Herzen zu berühren. Im Schweigen der Männer trat der Führer der Semnonen nach vorn.

»Erlaube mir eine Frage!«, begann er. Arminius nickte. »Du hast einen Jungen von meinen Leuten aus dem Römerlager mitgebracht. Ich habe ihn schon tot geglaubt. Was wird mit ihm?«

»Du meinst den Deserteur?«

Der Semnone wog nachdenklich den Kopf. »Er ist kein schlechter Junge. Und ob er ein Deserteur ist, weiß ich nicht. Ich weiß nur, dass ihn das Heimweh übermannt hat. Verstehst du das?«

Und ob Arminius das verstand, dennoch ließ er sich keine Regung anmerken.

»Aus welchem Grund auch immer, aber er ist weggelaufen. Darauf steht die Gasse oder das Zu-Tode-gepeitscht-werden.«

Die Miene des Mannes verdüsterte sich. Und dann kniete er nieder. »Ich bitte dich …«

Weiter kam er nicht, denn Arminius verbot ihm mit einer Handbewegung jedes weitere Wort. Mit drei Schritten war er bei dem knienden Krieger und zog ihn hinauf.

»Knie nie wieder vor mir, Germane!«, herrschte er ihn an. »Und was den Jüngling betrifft: Er soll weder getötet, noch gepeitscht, noch anderweitig bestraft werden. Er ist noch so jung, jung genug, um zu lernen. Er bleibt bei mir, als mein persönlicher Adjutant.«

Jubel brach im Lager aus. Der Semnone schlang seine Arme um Arminius. Velleius, der um seinen Freund fürchtete, griff schon nach seinem Schwert, doch Gerwulf legte beruhigend die Hand auf die seine.

Arminius fühlte sich wie zwischen zwei riesigen Mahlsteinen. Während der Mann ihn aus lauter Freude fast zerdrückte, flüsterte er ihm ins Ohr: »Du hast einem Vater den Sohn zum zweiten Mal geboren. Pass mir gut auf ihn auf!«

»Das tue ich, aber jetzt lass mich los, sonst werde ich keine Gelegenheit mehr dazu haben«, stöhnte Arminius.

Der Semnone löste seine Arme, aber nur, um sich den neuen Kommandanten auf die Schulter zu heben. Nun kannten die Freude und die begeisterten Zurufe keine Grenzen mehr.

Nachdem er alle Einheiten abgeschritten, Freund Velleius verabschiedet und schließlich mit den Führern der Stammesabteilungen getafelt, getrunken, gescherzt und geredet hatte, holte Arminius den Jüngling aus dem Gefängnis und verließ mit ihm das Lager. Schweigend gingen sie eine vom Vollmond und den Sternen beschienene Strecke Weges. Auf einer Anhöhe, von der ein Weg in den Wald und einer zur Straße, die zum Rhenus führte, abgingen, blieb Arminius stehen.

»Du kannst wählen, entweder du läufst nach Hause, oder du bleibst bei mir, als mein persönlicher Offizier. Der Weg vor uns führt in die Freiheit und der Weg hinter uns zur Ausbildung.«

»Ich darf wirklich nach Hause, ohne dass ich wieder eingefangen werde?«, rief der junge Semnone.

»Nachdem du mir zugehört hast, ja! Sag mir, warum seid ihr von zu Hause fort?«

»Weil mein Vater sich Marbod widersetzt hat.«

»Und warum hat er sich dem Markomannen widersetzt?«

»Marbod wollte uns unterwerfen!«

»Und er hat euch unterworfen. Aber verrate mir, was machst du, wenn du nach Hause kommst? Willst du ein Krieger Marbods werden oder sein Sklave?«

»Ich werde gegen ihn kämpfen!«, erklärte der Jüngling mit blitzenden Augen.

»Ich bin Marbod. Komm, kämpfe mit mir.«

Der Junge glaubte, nicht recht verstanden zu haben, und zögerte, doch Arminius ließ nicht locker. »Komm, ich warte. Mit ganzer Kraft. Ich befehle es dir.«

Der junge Semnone schlug zu, doch Arminius war schneller und duckte sich, sodass der unerfahrene Gegner über seinen Rücken rutschte. Als er am Boden lag, setzte ihm Arminius den Fuß auf die Kehle. »Nur eine Bewegung, und es ist aus!«

Der Junge starrte ihn erschrocken an. Er verstand nichts mehr.

»Meinst du, dass Marbod schwächer ist, als ich es bin? Dann muss ich dich enttäuschen. Ich habe ihm im Kampf gegenübergestanden. Er ist ein ebenso guter Mann wie ich.«

Arminius nahm den Fuß von der Kehle des Jünglings und reichte ihm die Hand. Der Semnone zögerte, sie zu ergreifen, doch mit einem Lächeln half ihm Arminius auf die Beine.

»Wenn du Marbod schlagen willst, dann musst du dort entlang gehen«, sagte er und wies auf die Straße, die zum Rhenus führte. »Dann hast du noch viel zu lernen. Schwöre mir Treue, und ich bringe dir bei, was du wissen musst.«

»Bei meinen Ahnen, Gefolgsherr, ich werde dir in allem folgen und dir meine Treue erweisen«, sagte der junge Semnone mit vor Aufregung bebender Stimme.

»Wie heißt du eigentlich?«

»Heban.«

Arminius musste lachen. »Was? Sie haben dich Himmel genannt?«

»Es kann aber auch Hammer heißen.«

»Das werden wir noch sehen!«

Zur gleichen Zeit tafelte Varus beim Steuerpächter, der sich seinen Zorn über die verlorene Sesterze von der Seele redete. Schließlich schaute Marcus den Statthalter durchdringend an und fragte: »Was kann man nur gegen diesen überheblichen Germanenabkömmling machen?«

»Nichts, er steht in der Gunst des Augustus«, winkte Varus ab, den das Thema langweilte.

»Mag er sich Ritter nennen dürfen, ein Römer ist er jedenfalls nicht. Diese Sesterze wird ihn teuer zu stehen kommen!«

»Deine Sache, Marcus.«

25

Das Frühjahr stand in voller Blüte. Wer erinnerte sich noch an die ersten Frühlingsboten, wer noch an Schneeglöckchen und an Krokusse, wo inzwischen die Maiglöckchen standen und Narzissen, die mit ihrem vornehmen Gelb den Eindruck erweckten, als seien sie aus den Strahlen der Sonne erwachsen?

Arminius hatte sich endlich auf den Weg gemacht, um seine Sippe wiederzusehen. Nur Heban begleitete ihn, der eine schnelle Auffassungsgabe besaß und ihm immer mehr zu einem Vertrauten und Helfer wurde. Er hatte sich nicht in den Jüngling geirrt, weil er sich in ihm wiedererkannte. Sie hatten in Aliso Station gemacht, den Nachmittag bei den germanischen Truppen und die Nacht wie versprochen bei Caecus zugebracht. Beides hatte Arminius als sehr angenehm empfunden.

Hebans Vater hatte Arminius schon deshalb ins Herz geschlossen, weil er seinen Sohn förderte. Und da der Semnone allseits eine hohe Achtung genoss, färbte seine Zuneigung zum neuen Befehlshaber auch auf die anderen Männer ab. Die Semnonen, Langobarden und Rugier schätzten Arminius darüber hinaus umso mehr, seit sie wussten, dass er Marbod Paroli geboten hatte, und für die Cherusker war er ohnehin der Sohn eines angesehenen Fürsten ihres Stammes.

Das Besäufnis bei Caecus schließlich war vom Feinsten gewesen. Arminius hatte diesen alten Soldaten lieb gewonnen, seine Gerechtigkeit, seinen Witz, die unsentimentale Zuneigung, die er für seine Untergebenen empfand. Sein unverstelltes, zur Hinterhältigkeit unfähiges Wesen erinnerten Arminius an Velleius und an Germanicus, an das Beste, was die Römer zu bieten hatten. Als er sich am anderen Morgen auf seinen Schimmel schwang, schied er mit einem mächtigen Kater und als guter Freund von Caecus und dessen Offizieren.

Der frische Wind des Frühlings nahm ihn auf wie ein Arzt und heilte ihm den schweren Kopf. So jagte er mit Heban die Straße entlang, die ihn durch Wälder und über Felder führte. Auf der Straße kam ihnen eine siebenköpfige Familie entgegen, die von einem Dutzend Legionäre bewacht wurde.

»Was haben die Leute ausgefressen?«, fragte Arminius den Anführer.

»Ihre Steuern nicht bezahlt, Tribun.«

Diesen Rang nahm Arminius tatsächlich ein, den eines Offiziers, eines Militärtribuns.

»Und was geschieht mit ihnen?«

»Sie werden in die Sklaverei verkauft, vom Erlös wird die Steuerschuld beglichen.«

»Wer hat dieses Vorgehen angeordnet?«

»Marcus Lupus, und Varus hat es bestätigt!«

Arminius trieb sein Pferd an, er wollte nicht, dass die Legionäre den Ärger in seinem Gesicht, den sie ohnehin nicht verstanden hätten, entdeckten oder schlimmer noch, dass er sich zu einer unbedachten Handlung hinreißen ließ. Er konnte sich doch nicht gegen den Statthalter stellen. Jeder Angriff auf Varus würde unweigerlich als Unbotmäßigkeit dem Kaiser gegenüber gewertet werden. Auch wenn Augustus ihn mochte, so gab es doch enge Grenzen der Hierarchie, die niemand ungestraft überschreiten durfte. Arminius waren die Hände gebunden – mit den schweren Ketten des Rechts und der Loyalität. Er konnte für die armen Menschen nichts tun.

Er trieb sein Pferd so heftig an, dass Heban Mühe hatte, ihm zu folgen. Lange jagten sie dahin, bis sie aus dem Galopp wieder in den Trab fielen.

Als er in der Ferne auf einer Anhöhe die Umrisse eines kleinen Kastells entdeckte, erkundigte sich Arminius verwundert bei seinem Begleiter, welcher Vorposten dort hauste. Es war ihm in der Tat nicht bewusst gewesen, wie tief die Römer ihre Stützpunkte ins Cheruskerland geschoben hatten.

»Das ist der Vorposten des Steuerpächters«, antwortete Heban mit einer Mischung aus Verachtung und Hass und fügte hinzu: »Der Hof des Segestes, der gemeinsame Sache mit dem Blutsauger macht!«

Jetzt erinnerte sich Arminius. Natürlich kannte er diese Anhöhe! Dort hatte einmal die Wohnhalle des Segestes gestanden, für damalige Verhältnisse bereits stattlich, verglichen mit dieser Burg allerdings nur eine Hundehütte.

»Die Kumpanei scheint sich zu lohnen!«, sagte er bitter. Aber sein Missmut war weniger im Zorn auf Segestes begründet, als in der Verletzung, die Elda ihm zugefügt hatte. Für irgendeinen Ansar hatte sie ihm einen Korb gegeben! Hatte sie denn damals die Heimat verlassen müssen? War sie gezwungen gewesen, mutterseelenallein in der Fremde zurechtzukommen, getrennt von den Eltern, den Verwandten und den Freunden, sich durchzuschlagen und achtzugeben, um zu überleben? Ohne Hilfe, ohne Liebe?

»Was ist mit dir, Gefolgsherr?«, fragte Heban.

»Nichts«, antwortete Arminius und trieb seinen Schimmel an. Plötzlich sehnte er sich nach seinen Eltern, und seltsam, vor allem nach seinem Vater. Ihn wollte er in die Arme schließen. Mit ihm reden, von ihm Rat und Hilfe einholen, denn er fand sich in seiner Welt nicht mehr zurecht.

Zu seinen Freunden zählten Germanen und Römer, eigentlich mehr Römer – und dennoch fühlte er sich von sich selbst geschieden, als handele er in einer Scheinwelt und wäre selbst nur eine Puppe, die er obendrein eigenhändig von außen führte. Was war das nur in ihm, das immer wieder gegen sein Römertum aufbegehrte? Seine Kinder könnten sogar Senatoren werden, eine gute Karriere hatte er bereits gemacht, eine noch steilere lag vor ihm, wenn er sich nicht allzu dumm anstellte. Warum stieg in ihm immer wieder das

Gefühl hoch, dass er ein anderer wäre, dass es einem Fremden geschähe, der nur zufällig so heiße und nur so aussähe wie er?

Durch das Wiedersehen mit dem Vater, darin bestand Arminius' verzweifelte Hoffnung, würde er sich selbst wiederfinden. Vielleicht verbarg sich ja hinter dem, was er als Verrat empfunden hatte, nur ein großes Geheimnis, das darauf drängte, enthüllt zu werden. Er war alt genug dafür. Und wieder trieb er sein Pferd an.

»Ho ho, Gefolgsherr, ich komme ja gar nicht hinterher«, schrie Heban.

»Streng dich an, Himmel, es geht nach Hause!«

»Nach Hause?«

»Nach Hause!«

So flogen sie über die Äcker, die Hügel, durch die Wälder, über das erste, immer kräftiger werdende Grün, die beiden jungen Männer auf ihren Rössern, die so schnell waren, als besäßen sie Flügel. Und nur der Wind wetteiferte mit ihnen. Nach Hause! Aus lauter Vorfreude stiegen Arminius Tränen in die Augen, nach sechzehn Wintern kehrte er aus der Fremde zurück. Aus dem entführten Knaben war ein Mann geworden. Es mag sein, dass ein Junge seinen Vater braucht, aber ein junger Mann benötigt ihn noch mehr, dachte er, als sie aus dem Wald jagten und sich vor ihnen die Ebene öffnete. Sein Herz jubelte, als er seinen Blick schweifen ließ über die Felder mit dem sprießenden Leben, das Gehöft in der Senke, in dem das pralle, das so herrlich lebendige Leben herrschte in seiner wundervollen und einzigen Alltäglichkeit, in dem allein die Wahrheit liegt.

Auf dem Weg kam ihm ein Tross von fünfzig Prätorianern entgegen, die Rinder, Schafe und Schweine mitführten. Sie grüßten Arminius freundlich und waren offensichtlich bester Laune. Er wunderte sich, dass Angehörige der Leibwache des römischen Statthalters Vieh durch die Landschaft trieben, wohl einkassierte Steuern. Darin bestand eigentlich nicht ihre Aufgabe. Wer weiß, irgendeinen Grund mochte das schon haben. Flüchtig erwiderte er ihren Gruß. So überraschend, wie er ihrer ansichtig geworden war, so schnell verschwanden sie auch wieder aus seinem Bewusstsein, denn seine Gedanken eilten ihm voraus nach Hause.

In diesem Moment empfand er eine heftige Sehnsucht danach, mit seinem Vater die Tiere auf die Frühjahrsweide zu treiben, mit der Aussaat zu beginnen und etwas später die Lämmer zu schlachten für das Fest der großen Mutter, für Nerthus. Sie würden mit dem Blut der Lämmer, das sie aufgefangen hatten, die Ackerkrumen und die Sprösslinge benetzen. Denn Leben musste vergossen werden, wenn neues Leben sprießen sollte. Und dabei würden sie reden. Ganz tief in sich spürte er eine große Entspannung, nichts anderes als das Glück des Ankommens.

Beim Näherkommen regte sich Unruhe in ihm. Das Gehöft wirkte still, nichts schien sich dort zu bewegen, als sei alles eingefroren und läge unter einer dicken Eisschicht. Ein ungutes Gefühl bemächtigte sich seiner. Er spürte eine böse Vorahnung, die er hilflos beiseitezuschieben versuchte. Nun hetzte er den armen Schimmel, dass bald schon der Schweiß in Fetzen von ihm flog. Heban mochte sich mühen, wie er wollte, aber er kam jetzt tatsächlich nicht hinterher.

»Gefolgsherr!«

Doch Arminius hörte den Ruf nicht mehr, Furcht, reine, heiße, jede Zelle seines Körpers durchschneidende Angst jagte ihn, trieb ihn und lachte ihn gleichzeitig aus. Wie ein Wirbelsturm raste er in den Hof hinein, sprang vom Pferd, noch ehe der Schimmel stand, strauchelte und fand den Vorplatz des Langhauses mit Leichen übersät. Als ob sie aus bösem Witz heraus schliefen. Als wollten sie ihn zynisch mit ihrem Tod verspotten. Ihn, den zu spät Gekommenen. Er stolperte, fiel auf seine Knie und blickte kurz nach oben. Am Himmel stand keine Wolke, nur die Sonne glotzte blöd herunter. Am liebsten hätte er gerufen »Genug gescherzt, steht auf, liebe Leute«, aber er wusste nur zu gut, dass hier niemand spaßte, sie waren alle tot.

Worüber der Tod lachte, darüber konnte der Mensch nur trauern. Panisch begann Arminius sich zu erinnern, denn er hatte all diese hingemetzelten Menschen über anderthalb Jahrzehnte nicht gesehen. Das dort, der mit dem zertrümmerten Schädel, das musste Bärwald sein, der Bruder seines Vaters, und die mit dem zerrissenen Kleid, die grotesk breitbeinig dalag, seine Tante. Und der junge Mann mit den weit aufgerissenen Augen ihr Sohn, sein Vetter. Aber wo waren Vater und Mutter? Er irrte zwischen den Leichen umher, manche erkannte er wieder, manche waren ihm fremd, bei anderen meldete sich eine Vermutung, bei wieder anderen nur eine Ahnung. In einiger Entfernung saß ein Iltis und nagte an den Wangen eines toten Mädchens. Wie gebannt hielt Arminius inne. Es hatte so etwas Friedliches, wie das Tier dort saß und einfach nur im Sonnenlicht Mahlzeit hielt. Stille umgab sie wie eine Zwinge. Sie waren die Einzigen, die hier noch zu leben schienen, der Iltis und er. Ohne Groll griff er langsam zu seinem Dolch und warf ihn. Der Iltis reckte sich kurz in die Höhe, als wollte er etwas sagen, dann fiel er in sich zusammen.

Arminius ging zu ihm und zog sein Messer aus dem Kadaver. »Tut mir leid, aber du kannst hier doch nicht einfach meine Verwandtschaft auffressen. Das geht doch nicht.«

Dann trottete er schicksalsergeben wie zu seiner eigenen Hinrichtung ins Haus. Den alten, lieben Innenraum, der ihm Schutz- und Schlaf- und Spielplatz in seinen ersten Lebensjahren geboten hatte, fand er verwüstet vor. Vom Dachbalken hing an einem Strick sein Vater. Aus seinem aufgeschnittenen Bauch baumelten die Gedärme. Zu seinen Füssen lag seine Mutter, aus deren Stirn ein Dolch ragte. Er schnitt seinen Vater vom Strick und legte ihn sacht neben seine Mutter. Zu spät, er war zu spät gekommen. In diesen kleinen Worten *zu spät* versank seine ganze Welt.

Warum nur hatte er so lange gewartet? Vorsichtig, als könnte er ihr noch Schmerzen zufügen, zog er seiner Mutter den Dolch aus der Stirn. Es war ein römischer Dolch. Beide, Vater und Mutter, so wie sie jetzt vor ihm lagen, sahen ihn ohne Vorwurf an, so als hätten sie ihren Blick auf etwas anderes gerichtet. Die Leichenstarre hatte noch nicht eingesetzt. Es schien noch so viel Leben in ihnen zu sein, noch so viel Wärme. Eine Wärme, die er nicht zu halten vermochte und die langsam der Kälte Platz machte.

Während Arminius wie versteinert seine Eltern betrachtete, näherte sich ein Geräusch vom Eingang her. Er sprang auf und zog das Schwert. Bereit zu tun, was jetzt getan werden musste, ohne Furcht, ohne Anteilnahme.

Durch die geöffnete Tür trat Elda herein, Arminius erkannte ihre Gestalt im Gegenlicht. Stumm blickte sie um sich. Arminius ließ das Schwert fallen, ging auf sie zu und umarmte sie. Schweigend erwiderte sie seine Umarmung.

Nach einer ganzen Weile flüsterte sie: »Zu spät, verzeih mir, ich bin zu spät.« Er schaute sie fragend an. »Ich habe gehört, wie Marcus meinen Vater für den Hinweis dankte, wer damals die Hundertschaft getötet und die zwölf von ihnen gekreuzigt hat. Und er sagte, die Zeit der Rache für diese Untat sei nun gekommen!«

»Aber das alles ist doch schon so lange her.«

»Marcus hasst dich, und mein Vater fürchtet, dass du seine Pläne zerstörst.«

»Wie könnte ich das?«

»Indem du mich heiratest.«

»Aber du willst doch Ansar ...«

»Ansar!«, rief Elda.

Der Albino betrat das Langhaus. Arminius blickte ihn verwundert an und versuchte, sich einen Reim darauf zu machen, dass Elda sich diesen Jungen mit den roten Augen zum Manne wünschte.

»Ich liebe ihn ... wie einen Bruder. Verstehst du?«

Er verstand, wenn auch nicht alles, begriff jedoch instinktiv das Wesentliche.

»Mein Vater will König der Cherusker werden. Deshalb arbeitet er mit den Römern zusammen. Einige Gefolgsherren unterstützen ihn, andere halten sich zurück. Er hat versucht, deinen Vater zu entmachten. Und Segimer hat sich auch in den letzten Jahren immer mehr zurückgezogen. Es hat ihm das Herz gebrochen, dass sie dich nach Rom gebracht haben. Aber was sollte er tun, das Thing hatte es so beschlossen. Und ein Beschluss des Rates ist für alle bindend. Ich glaube, er sah es als seine Strafe für die unbedachte Bluttat an den Römern an. Wie dem auch sei. Meines Vaters Macht wuchs in den Jahren, deines Vaters Macht im Rat schwand. Und dann kommst du zurück, ein Günstling des Augustus, hoch dekoriert, mit dem Bürgerrecht ausgestattet, nach dem mein Vater giert. Mit einem Sohn wie dir wäre Segimers Macht im Rat wieder gewachsen. Dein römisches und sein cheruskisches Ansehen hätten alle Pläne meines Vaters zunichtegemacht.«

»Deshalb musste er ihn beseitigen. Und Marcus hasst mich, weil ich ihn vor Gericht bloßgestellt habe.« Arminius hatte kaum ausgesprochen, da betrat Heban das Haus. Das Entsetzen stand ihm in den Augen.

»Wer war das?«

»Germanen und Römer.«

Der junge Semnone blickte sich um. »Wo ist das Vieh?« Elda, Ansar und Arminius schauten ihn verwundert an. »Ich sehe nicht ein Rind, nicht ein Schwein, weder Schaf noch Ziege, auch die Weide vor dem Haus ist leer.«

Arminius dachte nach, es stimmte, auch ihm waren keine Tiere aufgefallen, bis auf den Iltis.

»Sie haben alles mitgenommen. Erinnerst du dich an die Prätorianer, die wir unterwegs getroffen haben?«, fragte Heban.

»Ich hatte mich schon gewundert, weshalb sie eine solch niedere Aufgabe, wie Steuern einzutreiben, übernommen haben«, sagte Arminius nachdenklich.

»Das war nur ein angenehmer Nebeneffekt. Man hatte sie ausgeschickt, um den Tod zu bringen«, erwiderte Heban zornig.

Arminius wurde aschfahl. Ein grausames Lächeln umspielte seine Mundwinkel. »Dann wird der Tod jetzt sie finden!«

»Es sind zu viele.«

»Der Tod fragt nicht danach, wenn er seine Ernte einfährt.«

»Sie kommen nicht so schnell voran, weil sie die Herde treiben müssen«, warf Elda ein. Arminius konnte ihren Gedanken fast körperlich spüren. Es war der seine.

»Du bringst den jungen Mann zu Nehalenia. Und dort wartet ihr auf uns!«, sagte Elda mit fester Stimme zu Ansar.

»Du gehst mit«, befahl Arminius Heban, ohne einen Widerspruch zu dulden. Obwohl er jede Hand hätte gebrauchen können, die ein Schwert zu halten vermochte, wusste er auch, dass der junge Semnone noch nicht so weit war. Außerdem war dies nicht Hebans Kampf, sondern seiner.

Elda bückte sich und hob das Schwert, das neben seinem Vater lag, und den römischen Dolch auf. Arminius sah sie fragend an. »Ich bin zu spät gekommen, um deine Eltern und all diese armen Menschen hier zu warnen. Wenn ich jetzt nicht mit dir gehe, dann werden wir uns nie wieder in die Augen sehen können, dann bin ich tot, tot für dich, tot für mich!«

»Töten ist keine Frauenarbeit.«

»Dann sind hier auch keine Frauen getötet worden?«

»Kannst du denn überhaupt mit Pfeil und Bogen umgehen und ein Schwert führen?«

»Sie kann es«, antwortete Ansar mit leidgeprüfter Stimme.

Elda lachte bitter auf. »Meinst du etwa, ich habe in deiner Abwesenheit mit Puppen gespielt?«

»Du könntest umkommen!«

Ein bitteres Lächeln schlich sich in ihr trauriges Gesicht. Woher sollte er auch wissen, dass sie in all den Jahren einen engen Umgang mit seinen Eltern gepflegt hatte, weil es sie tröstete, mit Mutter und Vater des verlorenen Freundes zusammen zu sein?

»Sieh es einmal so: Ich kann mit dir nur das Leben zurückgewinnen.«

Was kann ein Mann ausrichten gegen eine Frau, die entschlossen ist? Elda wartete nicht auf seine Antwort, sondern ging an ihm vorbei aus dem Haus heraus zu ihrem Pferd.

»Warte! Nicht so schnell. Wir müssen uns wappnen.« Arminius schritt schnell zum Waffenlager, das die Prätorianer übersehen hatten und das sich in einem der Vorratsgebäude befand. Elda stand unmittelbar hinter ihm, als er die Tür öffnete und in den halbdunklen Raum trat, der so niedrig war, dass er den Kopf einziehen musste. Mit den Füßen schob er das Stroh beiseite und öffnete eine Klappe aus Holzlatten. Darunter befand sich eine Kiste, die fast den ganzen Grundriss der Hütte einnahm. Schwerter, Schilde, Speere, Bögen und Pfeile befanden sich hier und eine Doppelaxt aus schwarzem Eisen mit goldenen Einfassungen. Traurig nahm er sie auf und wog sie in seiner Hand.

»Die Waffe unserer Ahnen. Sie begleitete ihn in allen großen Kämpfen, auch als er damals die Römer bestrafte, die uns in jener Nacht überfallen hatten. Mein Vater wollte mir beibringen, wie man sie handhabt, wenn ich einmal alt genug sein würde. So hatte er es mir versprochen, als ich noch ein kleiner Junge war. Und nun? Jetzt bin ich alt genug. Wer zeigt mir denn nun, wie man sie im Kampf benutzt?«

Elda nahm sie ihm aus der Hand und steckte sie ihm in den Gürtel. »Sie wird es dir selbst im Kampf erzählen.« Ihr Blick streifte die Kiste. »Sie hatten nicht einmal Zeit, zu den Waffen zu greifen. So überraschend traf sie der Überfall.«

»Prätorianerpack! Zu feige zum Kämpfen. Es war kein Kampf Mann gegen Mann, es war das Niedermetzeln von Wehrlosen, von unbewaffneten Männern, Frauen und Kindern!«

»Aber warum alle? Warum nicht nur dein Vater?«

»Der alte römische Grundsatz: Wenn du jemanden vernichten willst, töte die ganze Familie, damit niemand mehr übrig bleibt, um eines Tages Rache zu nehmen.«

»Dann bist auch du in Gefahr!«

»Sind wir das nicht alle?« Er hob einen Pfeil und einen Bogen auf und fragte sie: Kannst du mit so etwas umgehen?«

Wortlos nahm sie ihm den Bogen aus der Hand, dazu einen Pfeil, legte an und schoss ihn durch die offene Tür in den Pfosten des Tores zum Gehöft.

»Das wird uns helfen.«

Sie nahmen jeder einen Bogen, zwei Köcher mit Pfeilen und zwei Speere. Als sie auf ihren Pferden saßen, beugte er sich zu ihr.

»Kennst du eine Stelle, wo ihr Weg sich durch ein schmales Tal schlängelt?«

Statt einer Antwort preschte Elda los und trieb ihr Pferd so heftig an, dass er arge Mühe hatte, sie nicht zu verlieren.

*

Der Platz, den sie ausgewählt hatte, eignete sich tatsächlich ideal für einen Hinterhalt – ein enger Weg, der sich zwischen zwei recht steilen Abhängen wand, die von Bäumen bestanden waren. Natürlich besaßen sie nicht den Hauch einer Chance, eine Frau und ein Mann gegen fünfzig Prätorianer. Sie konnten nur versuchen, ihr Blut so teuer wie möglich zu verkaufen. Aber darum ging es nicht, es musste getan werden, was getan werden musste. Denn eines nahm vor Arminius' Augen immer deutlichere Konturen an: An dem Tag, an dem es einem feigen, geschickten Geschlecht gelänge, sich wortreich seiner Pflicht zu entziehen, an dem Tag würde die Freiheit sterben und die Sklaverei allen ihre Suhle ausbreiten.

Sein Plan war denkbar einfach. Auf dem rechten Hügel suchte sich Elda eine Eiche, die nur schwer zu erklettern sein würde, von der man aber den Weg gut übersehen konnte und freies Schussfeld hatte. Eine Trosslänge weiter auf der linken Seite würde sich Arminius einen ähnlichen Baum suchen. Und dann mussten sie nur noch so viele Römer mit Pfeilen erschießen, wie sie konnten, Elda mit dem Ende der Kolonne beginnend, Arminius mit deren Spitze.

Die ersten Treffer würden am leichtesten ihre Ziele finden, dann würde es zunehmend schwerer werden. Denn sobald die Römer die erste Überraschung überwunden hätten, würden sie versuchen, die Hügel zu stürmen, um die Angreifer zu erlegen.

»Sobald sie den Abhang heraufkommen, zögerst du nicht, springst auf dein Pferd und reitest, so schnell du kannst, zu Nehalenia. Haben wir uns verstanden?«, sagte Arminius, zog seine Toga und die Tunika aus und stand nun lediglich mit einem Zwischending zwischen Unterhose und Wickel da. Sein Wehrgehänge, den Ledergürtel mit Schwert und Dolch, in dem auch die Doppelaxt stak, band er sich um die nackte Hüfte.

Elda konnte sich, als sie ihn so in »Windeln« sah, ein Lächeln nicht verkneifen. »Römische Männer tragen aber eine sehr männliche Unterwäsche«, spottete sie.

Er lief rot an, bündelte wortlos seine Sachen, band sie ans Pferd und rieb sich mit Erde ein. Das dunkle Grau ihres Hemdes und ihrer Hose enthob Elda der Notwendigkeit, sich zu tarnen. Sie machten einen Schritt aufeinander zu, doch da hörten sie schon Lärm, der immer näher kam.

»Viel Glück!«, sagte Arminius und brannte seinen Blick in den ihren.

»Bis später, in diesem oder in einem anderen Leben«, erwiderte Elda, dann führte sie ihr Pferd auf einem von Strauchwerk verborgenen Seitenweg den Abhang hinauf. Arminius gab seinem Schimmel einen Klaps aufs Hinterteil, worauf dieser den Hohlweg entlang davonlief. Dann erstieg Arminius den Abhang, suchte sich einen passenden Baum, kletterte hinauf, legte den Wurfspieß griffbereit neben sich, hängte den Köcher an einen Ast und stützte den Bogen auf seine untergeschlagenen Beine, während er sich mit dem Rücken an eine mächtige Astgabel lehnte.

Lange musste er nicht warten, da bog bereits die Spitze der Kolonne um die Ecke. Die Vögel zwitscherten, die Männer lachten und scherzten, das Vieh grunzte und muhte und blökte, alles strahlte Frieden aus. Niemand hätte für möglich gehalten, dass diese fröhlichen Prätorianer noch vor wenigen Stunden ein schreckliches Massaker angerichtet hatten. Selbst Arminius musste sich die grausamen Bilder wieder ins Gedächtnis rufen, um es zu glauben.

Das Surren eines Pfeils traf die friedliche Stimmung mitten ins Herz. Ein Aufschrei, Unruhe folgte. Während die Römer noch rätselten, woher die todbringenden Pfeile kamen, hielt der plötzliche Tod weiter Ernte unter ihnen, schnell, geübt, treffsicher.

Der Führer der Truppe wollte schon Anweisung geben und auf den Baum zeigen, von dem die Geschosse ausgingen, da drang aus seiner Stirn die Spitze von Arminius erstem Pfeil. Es war, als wollte der Römer noch nach oben zur Spitze des Geschosses schielen, als er schon tot zusammenbrach. Ganz gleich, ob sie sich zu Fuß oder zu Pferde nach vorn oder nach hinten aus dem Hohlweg zur Flucht wandten, die Pfeile trafen sie mit der immer gleichen grausamen Regelmäßigkeit. Zwei Gruppen bildeten sich, die unter Ausnutzung der natürlichen Deckung die Hänge hinaufkletterten, um der Angreifer habhaft zu werden.

Im Grunde hatte Arminius es gewusst, doch er wollte es nicht wahrhaben: Elda dachte gar nicht daran, zu verschwinden und seiner Anweisung zu folgen. Sie blieb, versuchte nicht zu fliehen, sondern schoss seelenruhig weiter. Als sich zwölf Römer seinem Baum näherten wie Wiedergänger der Legionäre, die sein Vater gekreuzigt hatte, fühlte Arminius keinen Hass mehr, sondern nur noch die Verpflichtung, seine Arbeit sorgfältig wie ein Handwerker zu Ende zu bringen. Einen erlegte er noch mit einem Pfeil, einen zweiten mit dem Speer, dann schwang er sich vom Baum, der ihm nun keinen Schutz mehr bot, sondern ihn im Gegenteil zur Zielscheibe machte. Er warf ein Messer und traf einen Angreifer ins Herz, dann schlug er einem anderen das Schwert aus der Hand und erdolchte ihn mit einer schnellen Drehung, während er dem in seinem Rücken angreifenden Prätorianer mit einem rasch ausgeführten Stoß seines Schwertes den Hals durchstach.

Wie viele Stunden seiner Jugend hatte er in der Prätorianerkaserne in Rom zugebracht, in der sein Bruder Flavus Dienst tat? Wie oft hatte er an ihrer Ausbildung teilgenommen? Am Schwertkampf. Arminius wusste es nicht mehr, er erinnerte sich nur noch dran, dass es sehr oft gewesen war. Er kannte ihre Kampftechnik zumindest sehr gut.

Gelassen und mit ruhiger Konzentration nahm er nun die sechs restlichen Gegner in den Blick, die vor ihm standen. Der Kampf kam ihm vor wie ein Tanz, und richtig, es war auch ein Tanz. Nur dass der Tod führte. Die Römer umringten ihn. Er lächelte, eine größeren Gefallen konnten sie ihm nicht tun. Prätorianer waren eben keine Kampftruppen, sondern nur Personenschutz.

Dann schloss Arminius die Augen, um sich auf sein Gehör zu konzentrieren. Er atmete leise und tief aus, wollte den Angriff im Strom des Ausatmens führen. Ein Prätorianer sprang vor, um ihm sein Schwert in den Rücken zu stoßen. In einer schnellen Drehung, bei der er gleichzeitig das Schwert von der rechten in die linke Hand wechselte, wich Arminius knapp nach links aus, quetschte dem Angreifer mit seinem Ellbogen den Nasenknochen ins Gehirn, hörte noch das trockene Knirschen, während er blitzschnell unter den Schwertarm des Mannes griff, mit seiner Hand dessen Handgelenk umschloss und den Prätorianer, der ihn von links angriff, erstach, dann den toten Mann in das Schwert des rechten Feindes warf, und mit einem Streich, den wiederum seine linke Hand ausführte, den nächsten Angreifer enthauptete. Dessen Kopf sauste durch die Luft.

Arminius' Körper war nun voller Blut und Erde. Drei Männer standen ihm noch gegenüber, drei, von denen sich einer zur Flucht wandte. Jedoch sein Messer war schneller. Er zog einen zweiten Dolch aus seinem Gürtel, nahm ihn in die linke, das Schwert in die rechte Hand.

»Wer bist du?«, fragte einer der beiden Römer.

»Dein Tod«, antwortete Arminius, sprang hoch, vollführte einen Überschlag in der Luft und stach, noch während seine Füße wieder den Waldboden berührten, rechts das Schwert und links das Messer in die Brust der beiden Prätorianer, zog die Waffen heraus und rannte, so schnell er konnte, den Abhang hinunter, über den Weg, den die Kühe, Schweine und Schafe verstellten, die zwischen den Leichen herumtrappelten, den gegenüberliegenden Hügel hinauf in panischer Angst um Elda, während die Römer ihren letzten Lebensodem aushauchten.

Sie hatte sich gut gewehrt, überall lagen Leichen. Als Arminius auf die Kuppe kam, stockte ihm das Herz. Elda lag am Boden, und zwei Männer standen über ihr. Rasch ergriff er die Doppelaxt und warf sie. Sie drang durch den Helm in den Hinterkopf des einen der beiden Männer, der Blut spuckte, bevor er auf Elda stürzte, die sich mühsam von dem schweren Kadaver des Prätorianers befreite. Der andere wandte sich Arminius zu und stieß einen Laut des Entsetzens aus, als er die halb nackte, über und über von Blut und Erde bedeckte Gestalt erblickte, in deren Augen nichts Menschliches mehr glomm.

»Wer hat euch geschickt?«, fragte Arminius tonlos.

»Bitte, verschon mich!«

»Du kannst wählen zwischen einem schnellen, einem ehrenvollen Tod oder einem langsamen, schmachvollen.«

Der Römer erkannte, dass sein Ende gekommen war. Er straffte sich und sagte: »Lucius Marcus Lupus.«

»Und Varus?«

»Hatte nichts dagegen, dass wir uns etwas dazuverdienen, wollte aber nicht wissen, worum es ging.«

»Knie nieder, Soldat.«

Es herrschte vollkommene Ruhe. Der Mann tat, wie ihm geheißen. Er wusste, was jetzt kam. Er kannte den Stoß, er hatte ihn selbst mehr als einmal ausgeführt. Arminius trat hinter ihn, umfasste mit beiden Händen den Griff des Schwertes und hieb es in den Nacken des Mannes. Das Schwert durchstieß den Halswirbel und drang tief in den Brustkorb ein. Er litt nicht, der Tod kam rasch.

Dann wandte sich Arminius zu Elda um. Sie schien unverletzt, auch wenn sie voller Blut war. Er reichte ihr die Hand und half ihr aufzustehen.

Sie schaute sich um. »Wir müssen das hier irgendwie aufräumen.« Er nickte.

Eine gute Stunde verging, ehe sie die Leichen und die Waffen der Prätorianer in einem nahegelegenen Moor versenkt hatten. Die Tiere hegten sie ein, denn die wollten sie später zu Nehalenia schaffen lassen. Elda zog die Doppelaxt aus dem Kopf des Mannes, bevor sie ihn als Letzten versenkten, und reichte sie Arminius.

»Habe ich dir nicht gesagt, dass du sie handhaben können wirst, wenn es an der Zeit ist? Und es war höchste Zeit!«

Müde und erschöpft blickten sich die beiden an. Sie sahen aus wie Schlachter. Wie Totenesser. Wie Blutunholde. Arminius pfiff kurz, und sein Schimmel kam zurück. Eldas Pferd blieb verschwunden. Sie sammelten ihre Waffen auf.

»Der nächste Regen wird das Blut von den Pflanzen waschen«, sagte er.

»Komm«, sagte sie.

*

Das Blut der getöteten Römer löste sich im dunklen Wasser des Weihers auf. So rein und hell und gesäubert von der schmutzigen Arbeit des Tötens, als sei nie etwas geschehen, waren ihre Körper wieder makellos wie die von Kindern, obwohl ihnen nichts Kindliches mehr anhaftete, mit Ausnahme der Unschuld, denn nicht sie hatten getötet. Den Tod gebracht hatte vielmehr das uralte Gesetz, das sie erfüllen mussten.

Eldas blonde Haare fielen strähnig und dunkel wie nasses Gras auf ihre runden Schultern, von da bis fast zum Po herab. Arminius verspürte Lust, sie zu berühren. Wie selbstverständlich fuhren seine Hände über ihre Haut, die Knochen ihres Schultergürtels. Das Blau ihrer Augen glich dem Frühlingshimmel, klar, kühl und warm zugleich, unbewegt. Sie nahm seine Hände von ihren Schultern, küsste sie, ließ sie dann fallen, ging zum Ufer und gab seinem verlangenden Blick die unglaubliche Linie frei, die sich von ihrem Hals bis unter die Taille zog. Wie gebannt folgte er ihr, nur von der Sehnsucht beherrscht, seine Hand erneut auf ihre Haut zu legen.

Am Ufer wandte sie sich ihm zu. Er wollte sie küssen, doch sie schob ihre Hand zwischen ihre Münder. Sie blickte ihn fest an und legte sich langsam, ihn nicht aus den Augen lassend, auf das allmählich feuchter werdende Gras. Er spürte die Kälte auf seiner Haut, das Wasser, das langsam an der Luft abtrocknete. Aber er dachte nicht daran, sich abzutrocknen. Er kniete sich zu ihr und spürte, dass auch sie fror. Gänsehaut überzog sie, und immer wieder ebbte eine Welle leichten Zitterns auf und ab. Er küsste ihre Brüste, langsam, als schlürfe er den Geschmack ihrer Haut aus den Schalen des Körpers. Dann drang er in sie ein, ohne Eile, ihr dabei in die Augen schauend, wie sie ihn dabei nicht aus den Augen ließ, unbewegt. Ein Schmerz zerriss die Unbewegtheit ihres Gesichts. Er erschrak und wollte sich schon zurückziehen, doch sie ergriff seine Hände und gab ihm, indem sie fest zudrückte, zu verstehen, dass er weitermachen sollte.

Schmerz und Lust wechselten in ihren Augen, bis eindeutig die Lust die Oberhand gewann. Und dann war er vollkommen in ihr, fühlte sich ganz und gar von ihr aufgenommen, verschmolz mit ihr. Sie wurden eins. Es war ihm unmöglich, die Ruhe aufrechtzuerhalten, denn nun trieb ihn das Verlangen, mehr und immer mehr. Kann man mehr als eins werden? Bis er verströmte. Sich aufgab.

Eine Weile hatten sie schweigend nebeneinandergelegen und den kühlenden Wind genossen, der den Schweiß von ihrer Haut blies. Plötzlich wanderte Eldas Hand zu ihm, und er spürte, dass sich seine Lust wieder zu regen begann, mehr noch, dass sie sich noch mächtiger aufrichtete als zuvor. Er wollte sich zu ihr drehen, doch sie drückte ihn mit der Hand auf seinem Brustkorb wieder zu Boden, sodass er auf dem Rücken vor ihr lag. Dann setzte sie sich auf ihn und schaute ihm in die Augen. Er wusste sofort, dass sie es genießen würde, ihn jetzt zu nehmen, den Rhythmus vorzugeben, die Kontrolle innezuhaben, sie zumindest solange zu behalten, bis sie freiwillig aufgab. Es war wie damals am Bach. Wer zuerst an der Eiche ist. Er genoss es, er genoss das Kreisen ihres Beckens, ihr zunächst sanftes Auf und Ab, das immer fordernder, immer herrischer wurde. Schon griff er in ihre Seiten, um dieses Kreisen mitzusteuern, doch sie nahm seine Hände, schüttelte leicht den Kopf und legte sie auf ihren Busen. Er umfasste ihre Brüste, er schloss die Augen, gab sich ganz dem wilden, außer Kontrolle geratenden Urrhythmus hin, zwang sich dennoch, nicht zu kommen, hielt sich zurück, bis er nicht mehr anders konnte und mit einem lauten Aufschrei seinen Samen in sie schoss.

Sie merkten nicht, wie es kühler wurde und langsam der Dunst aus dem Waldboden stieg und sie umgab. Vollkommen ermattet erfrischten sie sich noch einmal im Weiher, dessen Wasser inzwischen pechschwarz geworden war. Spöttisch klang das Quaken der Frösche.

»Wie hatten Zuschauer«, stellte Elda trocken fest.

»Darüber werden sie noch das ganze nächste Jahrzehnt lang quaken«, lachte Arminius.

»Gut, dass es keiner versteht.«

»Schade eigentlich, dass es keiner versteht«, widersprach er selbstbewusst.

Sie zogen sich an, bestiegen die Pferde, und er folgte ihr einfach, ohne zu wissen, wohin es ging.

26

Arminius und Elda trabten durch Buchenwälder, galoppierten über Wiesen, auf die sich der Tau senkte, vorbei an dunklen Weihern. Schließlich hielten sie an, stiegen ab und führten ihre Pferde vorsichtig am Zügel hinter sich her. Elda ging voran, Arminius folgte ihr durch das Moor. Nur das rötlich gelbe Licht des Vollmonds und das kalte Silberfeuer der Sterne beleuchteten den gefährlichen Weg durch den Sumpf. Die Umrisse verkrüppelter Weiden erschienen wie Unholde auf der Bühne der Totenwelt. Immer wieder trafen die beiden auf umgestürzte Buchen, die aussahen, als warteten sie nur auf ein Zeichen, um sich nach tausend Jahren wieder zu erheben und alles Leben mit sich in die Unterwelt zu reißen. Doch eigentlich bedurfte es nicht ihres Erwachens, damit Elda und Arminius zur Mitte der Erde fanden, denn überall züngelten blaue Flämmchen, die aus der Tiefe drangen, und wiesen ihnen zusammen mit den kräftigen Büscheln des harten Sumpfgrases den Weg dorthin, wo die Unholde die Mutter Erde umtanzten. Von den Flämmchen ging eine sanfte Verführung, ihnen zu folgen, aus. Ein leichter Wind ließ die Bäume knarren und die Gräser säuseln – Töne, die sich zu einer Musik des süßen, verlockenden Todesschlummers vereinigten, zu einem Kanon der Ewigkeit.

»Folge den Flämmchen nicht! Es sind nur Irrwische, die uns vom Weg abbringen sollen«, warnte Elda.

Arminius löste seinen Blick gewaltsam von den verführerischen Flammen. Nach unendlich langer Zeit fanden sie endlich aus dem Moor heraus.

»Geschafft!«, sagte Elda und atmete auf.

»Woher weißt du, wo es langgeht?«, fragte Arminius erstaunt.

»Es ist der kürzte Weg von unserem Hof zu Nehalenia.«

»Hof nennst du das Kastell deines Vaters?«

Elda schwang sich gerade auf ihr Pferd, und so entging Arminius der Zorn in ihren Augen.

»Du hast recht. Unser Gehöft gibt es nicht mehr, genauso wie euer Hof nicht mehr da ist.« Und etwas leiser fügte sie hinzu: »Und auch mein Vater ist tot, ebenso wie deiner! Ach, Arminius, was ist nur geschehen? Wie hat die Zeit nur alles verdorben? Können wir nicht noch einmal Kinder sein? Oder viel besser: Können wir nicht ewig Kinder bleiben, die am Bach während der hohen Thingtage miteinander spielen?«

Was hätte er darauf erwidern können? Aber Elda erwartete auch keine Antwort.

Nun war es nicht mehr weit bis zum Anwesen der weisen Frau. Sie durchquerten einen Hain und tauchten wieder ein in einen dunklen Wald. Dann lichtete sich der Forst, und sie gelangten an einen tiefschwarzen Weiher. Am Ufer stand eine runde Hütte, aus der gekräuselter weißer Rauch aufstieg. Das Getrappel und Gewieher ihrer Pferde hatte sie Nehalenia ankündigt. Als Elda und Arminius näher kamen, öffnete sich knarrend die schiefe Eingangstür, und die weise Frau trat aus dem Haus, gefolgt von Ansar und Heban. Trotz der Dunkelheit konnten die Neuankömmlinge deutlich erkennen, wie die Erleichterung ihre Mienen entspannte.

»Dank dir, Tyr, dass du beide wohlbehalten zurückgebracht hast!«, rief Nehalenia.

Arminius sprang vom Pferd und umarmte sie. »Anfangs hatte ich das Gefühl, dass du mich nach Rom begleitet hast. Aber eines Tages warst du verschwunden.«

Sie strich ihm zärtlich durchs Haar, als sei er ihr Sohn, und er ließ es nicht nur geschehen, sondern genoss es, als hießen ihn die Hände seiner Mutter in der Heimat willkommen, so wie er es sich erträumt hatte. Es bedeutete Trost, einen unaussprechlichen Halt in all dem Irrsinn.

»Ich musste dich doch allein lassen, weil du nur so zum Römer werden konntest.«

»Aber warum?«

»Nur als Römer wirst du unsere Freiheit beschützen können. Aber jetzt kommt rein. Und erzählt.«

Sie gingen ins Haus. Nehalenia bereitete für Elda und Arminius, die völlig erschöpft waren, einen kräftigen Kräutertrunk, der sie innerlich aufwärmte, und zur Stärkung folgte eine Hühnerbrühe. Derweil berichteten sie abwechselnd von der Verfolgung der Prätorianer und dem Kampf am Hohlweg. Was nach dem Bad im Weiher geschehen war, behielten sie allerdings für sich.

»Man wird die Prätorianer bald vermissen«, mutmaßte Arminius.

»Und man wird dich mit ihrem Verschwinden in Verbindung bringen. Denn ihr Auftrag war es ja, deine Eltern zu ermorden«, fügte Elda hinzu.

»Schlaft jetzt«, sagte Nehalenia entschieden. »Ihr müsst euch ausruhen. Wir werden morgen früh weiterreden. Alles ist, wie es sein soll. Alles soll so sein, wie es ist. Erst, wenn man keinen Ausweg mehr sieht, findet man den wirklichen Weg, den man gehen muss. Aber jetzt schlaft, Kinder.«

Und das waren sie ja auch noch, halb Kinder, halb Erwachsene, früh vom Schicksal in die Verantwortung genommen. Im Einschlafen bemerkte Arminius noch, dass Nehalenia die Hütte verließ, aber er war zu müde, um darauf zu reagieren. Bald war er in einen tiefen, traumlosen Schlaf gesunken.

Als er die Augen wieder aufschlug, war es heller Tag. Er blickte um sich – niemand war mehr in der Hütte, auch Elda nicht. Arminius erhob sich und ging nach draußen. Vor der Hütte reckte und streckte er sich, gähnte noch einmal und stellte fest, dass die Sonne bereits hoch am Himmel stand. Dann fiel sein Blick auf Elda und Nehalenia. Neben den beiden Frauen saßen Heban und Ansar. Allmählich drangen Arminius die Ereignisse des vorigen Tages wieder ins Gedächtnis.

»Ich muss meine Eltern begraben!«, rief er und fasste sich mit beiden Händen an den Kopf.

»Das ist heute Nacht bereits geschehen«, sagte Nehalenia ruhig. »Ansar und Heban haben mir geholfen. Bevor wir das Gehöft anzündeten, haben wir die Leichen an einen sicheren Ort gebracht und sie dort beerdigt. Niemand kann ihnen mehr etwas anhaben. Die Toten werden mir Gesellschaft leisten. Wir haben sie in dem kleinen Birkenhain hinter dem Haus zur Ruhe gebettet.« Sie stand auf und wies Arminius den Weg zu den Gräbern.

Von Birken umstanden erhob sich ein großer Grabkegel. Elda nahm seine Hand. Doch Nehalenia trat zwischen die beiden, löste ihre Hände und ergriff seine rechte und Eldas linke, dann zog sie die beiden mit sich. Ansar und Heban blieben zurück. »Was siehst du, wenn du deine Hilfstruppen vor dir siehst?«

»Germanen.«

»Keine Cherusker, Chauken und wie all unsere Stämme sich nennen mögen?«

»Nein, Germanen.«

»Erinnerst du dich an das, was ich dir damals gesagt habe?«

»Ja, dass ich von den Römern lernen soll, die Römer zu schlagen!«

»Wie steht es heute damit?«

Elda blickte ihn gespannt an. Er spürte ihre Erwartung. Aber so einfach war es nicht.

»Römer haben mich entführt, Römer haben mich großgezogen, ich habe mit ihnen gemeinsam gekämpft, Freude und Not geteilt, Sieg und Niederlage, und ich habe echte Freunde unter ihnen«, sagte Arminius leise.

»Sie haben deine Eltern umgebracht«, fuhr ihn Elda verärgert an.

»Ja, im Bündnis mit einem Cheruskerfürsten«, erwiderte er zornig.

Elda zuckte wie von einem Schwerthieb getroffen zusammen.

Sofort bereute er es, vom Verrat ihres Vaters gesprochen und sie dadurch verletzt zu haben. Aber auch das gehörte zur Wahrheit.

»Verläuft der Riss wirklich zwischen Römern und Germanen?«, fragte Arminius. Gewissheit, was für ein schönes Wort für etwas, das er nicht mehr besaß.

Nehalenia hob beschwichtigend die Hände. »Willst du eine römische Provinz oder ein freies Germanien? Möchtest du, dass deine Kinder einmal zu Königen eines freien Volkes werden oder zu Dienern einer fremden Macht? Dienern in einem goldenen Käfig zwar, reichen Sklaven, die in Luxus schwelgen, aber letztlich doch Vieh sind, dessen Koben man versilbert und mit Diamanten besetzt hat. Denn wenn du die Freiheit wählst, dann sind alle anderen Fragen zweitrangig. Es geht dann nicht mehr um Freundschaft, nicht mehr darum, wer im Recht oder wer am Verrat beteiligt ist. Das Vieh lebt bis zu dem Tag, an dem der Schlächter kommt, in satter Sicherheit. Sicherheit oder Freiheit, Arminius, das Schicksal vieler Menschen hängt von deiner Entscheidung ab.« An Elda gewandt fuhr die weise Frau fort: »Lassen wir ihn allein, und kochen wir das Mittagsmahl.«

Die beiden Frauen traten in die Hütte und überließen Arminius dem Sturm der Gedanken, der ihn überfiel. Er machte ein paar Schritte, doch das Brausen in seinem Kopf hielt an. Dann schaute er sich um. Er war ein einzelner, unbedeutender Mensch, der allein in der Wildnis stand und den man wegen des Mordes an den Prätorianern bald festnehmen und hinrichten würde. Und wenn der Tod nicht diesen Weg wählte, dann käme er als Gift verkleidet, Gift, das Marcus Lupus und Segestes ihm durch einen gedungenen Mörder ins Essen mischen lassen würden. Was konnte er, ein einzelner Mensch gegen eine Weltmacht ausrichten? Er kannte die Römer besser als Nehalenia, besser als Elda und all die anderen, er hatte in ihrem Herzen, in Rom gelebt und in Pannonien erfahren, wozu sie in der Lage waren. Was war so falsch daran, sich unter ihren Schutzmantel zu begeben? Lumpen gab es genauso bei den

Germanen wie bei den Römern. Segestes war nicht besser als Lucius Marcus Lupus!

Arminius betrachtete den Birkenhain. Das Weiß der Stämme, die lindgrünen Blätter, die im leisesten Windhauch raschelten, entführten ihn aus der Gegenwart in ein Niemalswann und Nirgendwo. Wie sollte er sich entscheiden? Sollte er wie Marbod werden? Germanicus war immer wie in Bruder zu ihm gewesen. Sollte er ihn dafür jetzt verraten? Oder sollte er seine Eltern im Stich lassen, Nehalenia und Elda, auch Elda?

Wozu er sich auch durchringen würde, es bedeutete immer Verrat. Aber Nehalenia hatte recht. Von einem bestimmten Standpunkt aus spielte das keine Rolle mehr. Es kam nur drauf an, sich selbst nicht untreu zu werden, sich selbst nicht zu verraten. Aber wer war er denn? Ein Römer? Schließlich besaß er das Bürgerrecht und die Ritterwürde, vom Kaiser selbst verliehen. Und König konnte er auch, wenn er es geschickt anstellte, unter den Römern werden, einer von vielen abhängigen Fürsten des Imperiums. Oder vielleicht doch Germane?

Andererseits handelte es sich nicht um ihn. Es ging um alle. Um seinen Vater. Um Heban. Er sah die germanischen Gesichter im Lager von Aliso wieder vor sich. Und erinnerte sich an die Nacht, als er den Senator in dem Bordell in der *suburbia* erstochen hatte, weil er ein Kind, weil er Germanicus vergewaltigen und ermorden wollte. Sollten die Germanen diese Kultur erlernen? Wollte er die römische Kultur vom Tiber an die Albis bringen? Sollten die Germanen etwa nicht dazu in der Lage sein, ihre eigene Kultur zu entwickeln? Ihr eigenes Leben? Einen Versuch war es immerhin wert. Bestand darin nicht das Vermächtnis seines Vaters? Weshalb sollten sie einen Herrn erdulden, nur weil der ihnen immer ein Stückchen Brot zuwarf, ihr Brot, das er ihnen im Grunde nur großmütig gelassen hatte? Warum sollten die Germanen nicht ihre Könige selbst wählen sollen und ihre Städte bauen, wohlgemerkt *ihre* Könige und *ihre* Städte? Im Einklang mit ihren Ahnen neue Ufer betreten?

Plötzlich dachte Arminius an Marbod und musste lächeln. Trat man etwas zurück und betrachtete den Markomannenherrscher aus einer etwas entfernteren Perspektive, erblickte man ein Männchen in einem viel zu großen Gewand. Was tat der denn anderes, als die Römer nachzuahmen, in einer lächerlichen Schmierenkomödie einen markomannischen Zwergen-Augustus zu geben?

Man konnte die Römer mit ihren eigenen Waffen schlagen. Was aber nicht gelingen würde, wäre, ein drittes oder viertes Rom zu errichten. Sieg oder Niederlage, durchfuhr es ihn plötzlich siedend heiß, verstellten auf ihre jeweils eigene Art den Weg zurück. Germanien würde sich auf jeden Fall verändern. Aber wohin? Wenn sie verlören, wäre es einfach, dann würde eintreffen, was ohnehin geschehen sollte. Germanien würde als Provinz den Reichtum Roms mehren helfen. Gesetzt den Fall jedoch, sie würden die Römer schlagen, was täten sie dann am zweiten Tag? Wieder in ihre Hütten zurückkriechen? Soviel ein Sieg auch bedeuten würde, wäre mit ihm vermutlich noch gar nichts getan.

Die Frage beunruhigte Arminius, und er rannte zu den anderen zurück. Sie saßen bereits beim Essen. Als er sich niederließ, keuchte er atemlos: »Kämpfen wir, um wieder wie unsere Vorväter zu leben?«

»Schon unsere Väter lebten nicht mehr wie unsere Vorväter«, antwortete Nehalenia. »Wer das behauptet, lügt. Aber es ist nicht weniger gelogen zu sagen, dass wir nur im Bündnis mit den Römern überleben, dass wir uns anpassen, ihre Kultur übernehmen müssen. Wir müssen das Eigene finden, nur wenn wir etwas Eigenes haben, überleben wir. Gäbe es sonst die drei Nornen Scult, Werdandi und Wurt, Gestern, Heute, Morgen, Gewesenes, Seiendes, Werdendes? Ohne das Vergangene wären wir heute nicht. Ohne heute zu sein, gibt es uns morgen nicht, und das Morgen ist das Kind, das wir heute zeugen. Wir müssen alle drei Nornen gleichermaßen lieben und achten. Wir sind keine Römer und werden keine Römer und sollten keine Römer werden wollen. Aber wir sollten genauso wenig den Dreck, in dem wir hausen, zu einer germanischen Tugend verklären.«

Nehalenia reichte ihm eine Holzschale mit Suppe. »Ich sehe dir an, dass dir meine Antwort nicht genügt.«

»Auf anderem Weg war ich auch schon so weit gekommen wie du«, gab Arminius zu.

Die weise Frau lächelte gütig. »Und nun willst du wissen, was wir am Tag nach der Schlacht machen?«

»Kriechen wir in unsere Hütten, in unseren Dreck zurück? Oder bauen wir etwas Neues? Und wenn, wie sieht dieses Neue aus?«

»Das weiß ich auch nicht. Finde es heraus!«

»Warum ich?«

»Ich hatte immer gehofft, dass du der verborgene König bist, der uns prophezeit ist. Der von den Urvätern kommt.«

»Wie kommst du darauf, dass ich es sein könnte?«

»Deine Frage hat dich enthüllt. Nur dem König, der die Germanen ins Morgen führt, brennt die Frage auf der Seele, was am Tag nach der Schlacht geschieht, denn das ist die eigentliche Frage. Siegen ist eine Kunst, aber nichts im Vergleich dazu, mit allen Männern, Frauen und Kindern in ein neues Leben aufzubrechen, dabei weder die Ahnen, noch die Nornen zu vergessen. Es tut mir sehr leid, gern hätte ich dir das erspart, aber du bist der König.«

Nicht Freude, sondern Sorge lebte in Arminius auf, weil er die dunkle Bedrohung spürte, eine Gefahr, die sowohl von außen, aber noch viel schlimmer auch von innen kam, und die darin bestand, die Macht zu erringen und sich ihr in jedem Moment gewachsen zu zeigen. Die meisten Menschen zerbrechen an ihr und werden, je mehr sie sich als große Herrscher dünken, zu ihrem Sklaven. Er stellte die Schüssel, aus der er kaum etwas gegessen hatte, beiseite. Wie gern wäre er geflohen, weggelaufen, so weit es ging, bis ans andere Ende der Welt! Warum war er damals als Knabe nicht mit Walachurrâ nach Tyrwal gegangen? Es war ihm doch verheißen worden, dass ihn hier auf der Erde nur Ungemach erwarten würde. Wie gern wäre er der Macht entflohen!

»Wie kann ich herausfinden, was wir am Tag nach der Schlacht beginnen sollen?«, fragte er mit rauer Stimme.

»Geh ins Heiligtum der Nerthus«, sagte Nehalenia. »Und beeil dich, du musst in sieben Tagen da sein. Denn dort treffen sich die obersten Priester aller germanischen Stämme, mit Ausnahme der Markomannen, Marbod hat es ihnen verboten. Reite dorthin und berate dich mit ihnen. Nur mit ihnen im Bunde wird es gelingen.«

»Aber wo liegt das Heiligtum der Nerthus?«, fragte Arminius ratlos.

Vergnügt rutschte Heban hin und her und meinte nur: »Da kann ich helfen. Es liegt auf der Insel der Rugier. Ich bringe dich hin.«

»Ich reite mit«, entschied Elda.

»Tut das«, sagte Nehalenia. »Aber zum Heiligtum muss Arminius allein, wenn ihr nicht des Todes sein wollt. Niemand außer den Göttern und den Priestern darf das Heiligtum betreten – und der verborgene König. Lass dich nicht verunsichern, mein Junge, sie werden dich prüfen, ob du der König bist, bevor sie mit dir reden.«

»Was werden sie tun?«

»Ich weiß es nicht, aber vertraue dir selbst. Sei gewarnt, wenn du an dir zweifelst, bist du tot. Du kannst dir trauen, verlass dich allein auf dein Denken. Und misstraue stets deinen Gefühlen. Lass dich nicht von den Empfindungen der Angst oder der Freude benebeln. Übe dich in Gleichmut. Denke allein an das, was du tun willst und was du zu erfahren gewillt bist, das ist deine Richtschnur.«

Die drei bereiteten sich auf die Reise vor und holten ihre Pferde. Nehalenia versprach, gemeinsam mit Ansar das Gerücht zu verbreiten, Arminius habe Elda entführt. Denn ein altes germanisches Gesetz besagte, dass eine Frau, die mit ihrem Einverständnis entführt worden war, fortan als Ehefrau des Entführers galt, einerlei, ob ihre Familie damit einverstanden war oder nicht. Die Entführung und die Liebe würden Arminius Abwesenheit hinreichend erklären. Die verschwundenen Prätorianer würden zwar Unruhe verursachen, aber wer sollte ihre Kadaver im Moor finden?

»Und wenn wir zurück sind, werde ich den Tod meiner Eltern entdecken und bei Varus Klage führen über den Mord an ihnen. Ich werde verlangen, dass die Schuldigen am Massaker gefunden werden müssen. So in Bedrängnis gebracht wird er versuchen, so schnell wie möglich den Mantel des Vergessens über die ganze Angelegenheit zu breiten.«

»Brecht auf, ihr habt keine Zeit zu verlieren«, sagte Nehalenia, umarmte Arminius und küsste ihn zum Abschied auf die Stirn.

Und schon ging es los, der Albis, oder wie die Germanen sagten, der Albia entgegen. Dank Heban folgten sie dem kürzesten Weg zu dem mächtigen Strom. Sie ritten durch ausgedehnte Wälder, die zunächst dichter waren, dann aber immer häufiger von einzelnen Gehöften und Feldern und Weiden unterbrochen wurden. Dreimal nächtigen sie unterwegs, schliefen kurz und verköstigten sich bei Bauern und Gefolgsherren der Cherusker. Zuletzt kehrten sie bei Arminius' Onkel Ingoumer ein, der sich freute, seinen Neffen wiederzusehen. Doch es blieb nicht viel Zeit, sich auszutauschen, gerade mal so viel, um Segimer und Lanina und alle Menschen, die auf deren Hof zu Tode gekommen waren, gemeinsam zu betrauern. Ingoumers Schmerz linderte das Wissen, dass der Sohn Rache für den Vater genommen hatte, denn so war es Gesetz. Und er schwor, nie darüber zu reden.

Dann ging es weiter. Am vierten Tag erreichten sie die Albia. Nun befanden sie sich im Gebiet der Semnonen. Flach, nur von lieblichen Hügeln unterbrochen lag das fruchtbare Land vor ihnen. Arminius und Elda stellten fest, dass Hebans Vater in seinem Stamm große Achtung genoss, denn alle Mitglieder erfüllten das heilige Gastrecht nicht nur an seinem Sohn und an dessen Begleitern, sondern sie taten es voller Eifer und Freude. Was für ein herrlicher Stamm sind diese Semnonen, dachte Arminius. Geradlinige, aufrechte Menschen mit einem ausgeprägten Gespür für natürliche Würde. Und da ihm Germanicus eines Tages die Geschichte vom Tod seines Vaters erzählt hatte, erkundigte er sich bei einem Gefolgsherrn der Semnonen, einem Onkel Hebans, nach dem Riesenweib.

»Sie lebt schon sehr lange, und sie lebt noch, und lange soll sie noch leben. Es ist Gana, der Semnonen Seherin, die Dienerin der Nerthus, der Mutter Erde«, erklärte der Semnonenfürst. Und seine Gattin, eine kräftige Frau mit so leuchtend roten Haaren, dass man den Eindruck hatte, dieser feurige Schopf wäre drauf und dran, die Hütte in Brand zu setzen, schimpfte: »Marbod verfolgt sie, deshalb hat sie Zuflucht im Heiligtum ihrer Mutter auf der Insel der Rugier gefunden.«

Arminius erschrak. Unruhe erfasste ihn. Was würde ihm alles noch begegnen? Elda umarmte ihn und flüsterte ihm ins Ohr: »Ich begleite dich. Was auch geschieht, es geschieht *uns.*«

»Ja, aber nur in Gedanken! Du weißt doch selbst, dass ich den letzten Weg allein gehen muss. Aber denke an mich, deine Gedanken sind eine gute Wehr.«

Immer wieder versuchte Arminius, mehr über das Heiligtum der Nerthus zu erfahren, von dem auch Elda nichts wusste, und selbst Heban nannte es ein Geheimnis, über das sie alle lediglich zu sagen vermochten, dass es existierte. Marbod trachtete danach, das Heiligtum zu zerstören, denn erst wenn dieses lichterloh brannte, besaß er die Herrschaft bis zum Ostmeer und womöglich darüber hinaus. In der Nähe seiner Königsburg hatte er auf einem Felsen ein anderes zentrales Heiligtum errichten lassen, das jedoch nur die Markomannen freiwillig aufsuchten. Den übrigen Germanen, gleich welchen Stammes, war es so gleichgültig, so kalt und so fremd wie die Tempel der Römer. Nicht die Götter lebten in Marbods Heiligtum, nur die Diener des Herrschers. Denn der Mensch konnte die Wohnorte der Götter auf Erden nur finden, nicht aber die Götter in seine Holzbuden zwingen.

Die Götter wohnten vornehmlich in besonderen Hainen, die nur Wesen betreten durften, die weder ganz Mensch, noch schon Gott waren, die Begnadeten des Dritten Geschlechts. Ihr Leben war ausgefüllt und hart, wie das Glück nicht im seichten Wohlgefühl zu finden war, sondern in dem Augenblick des Loslassens nach der Anstrengung, in der Erschöpfung nach der Ankunft.

Heban wusste etwas, Elda weniger und Arminius gar nichts von dem geheimen Kult der Götter, den die Angehörigen des Dritten Geschlechts, die weisen Frauen und Priester verrichteten. Nur in der Abgeschiedenheit konnte das Gespräch mit den Göttern gelingen, so wie in der Heimlichkeit und Abgehobenheit der Bund mit den Göttern bestand. Die Römer wussten es zum Glück nicht, sonst hätten sie alle Legionen, die sie besaßen, auf die Insel der Rugier geschickt, nach Nerthania. An dem Tag, an dem das Heiligtum und damit der Bund der Germanen mit ihren Göttern zerstört würde, zerbräche ihr Rückgrat.

Doch auch nur wenige unter den germanischen Gefolgsherren kannten das Mysterium von Nerthania. Elda glaubte, dass ihr Vater davon nicht die geringste Ahnung besaß, und Arminius hatte nie die Gelegenheit, mit seinem Vater über diese Dinge zu reden, zu jung war er von zu Hause verschleppt worden. Wieder wurde ihm schmerzlich bewusst, wie wenig er im Grunde vom Leben und vom Glauben seines Volkes kannte. Wie sollte er da König werden? Aber das Sein fragte nicht nach dem Wissen, denn wenn man etwas war, würde man es schon erfahren. So hatten ihm die vielen Andeutungen, die er unterwegs aufsammelte, nicht in Kenntnis, sondern nur noch mehr in Unruhe versetzt. Was erwartete ihn? Wohin begab er sich eigentlich?

Die Rugier, den Semnonen eng verwandt, ließen die drei jungen Menschen unbehelligt passieren. Und schließlich standen Arminius, Elda und Heban am Meeresufer und blickten auf die Insel der Rugier. Ein Fischer setzte sie über und lud sie in sein Haus ein. Dort trafen sie auf Istvaez, einen Priester der Semnonen. Er kannte Heban, und er kannte Nehalenia, die er verehrte. Sie sei die klügste Frau jenseits der Albia, erklärte er. Als er erfuhr, wohin Arminius wollte und was es mit seiner Reise auf sich hatte, lud er ihn zu einem Spaziergang ein.

Sie gingen am steinigen Strand entlang, rechts das dunkle Meer, von dem es kalt herüberwehte, links die Steilküste. Zuweilen schritten sie an einem Tierschädel vorbei, dessen Weiß, wenn er schon lange hier lag, inzwischen die dunkle Farbe der Steine angenommen hatte.

»Die Zeit hat Schädel und Knochen angegraut, wie sie uns allen das Leuchten des Lebens nimmt und allmählich in Erde oder Kies verwandelt. Ich nehme dich mit, aber bedenke, es könnte dein Ende sein. Niemand, auch ich nicht, könnte dich retten«, begann Istvaez.

»Darf man seiner Bestimmung ausweichen?«

»Du bist entschlossen?«

»Ja.«

»Dann brechen wir jetzt auf.«

»Jetzt?«

»Wozu willst du dich verabschieden? Entweder du kehrst zurück oder nicht. Oder verlangt deine Eitelkeit einen tränenreichen Abschied?«

Arminius sah den Priester an. Es schnürte ihm die Kehle zu, sich bei Nacht und Dunkelheit davonzuschleichen. Aber der Priester hatte recht. »Ich hole mein Pferd.«

»Du brauchst es nicht. Wir gehen zu Fuß«, sagte Istvaez.

Arminius schaute ihm prüfend in die Augen. Sie waren alt, grau vom Leid, das sie gesehen hatten, und klein von der Mühsal des Lebens. Das letzte Stück Weg, das er jetzt zurückzulegen hatte, musste er zu Fuß gehen. Die Götter oder Nehalenia, das spürte er nun, hatten ihm diesen Priester gesandt.

*

Elda wartete vergebens. Als die beiden von dem Spaziergang nicht zurückkehrten, wollte sie sie schon suchen. Doch der Fischer hielt sie davon ab und meinte nur, dass es keinen Sinn habe, da sie schon aufgebrochen seien nach Nerthania. Einsilbig wünschte Elda den anderen eine gute Nacht und begab sich zu der Schlafstätte, die ihr der Fischer angeboten hatte.

Sie verübelte Arminius, dass er ohne Abschied gegangen war. Lange noch lag sie wach, geschüttelt von Sorge und Zorn, bis sie schließlich in einen schweren, alptraumgesättigten Schlaf fiel.

Am Morgen erwachte sie mit einem herzzerreißenden Schrei auf den Lippen, der auch sie selbst zutiefst erschreckte: »Arminius!«

27

Gleich zu Beginn ihrer Wanderung gebot der Priester Arminius zu schweigen. »Man nähert sich der Göttin nicht mit Geschwätz und Tändelei. Nutze den Weg, um dich zu prüfen. Du wirst alle Kraft brauchen.« Das waren die letzten Worte, die er von Istvaez hörte.

Zwei Tage benötigten die beiden zu Fuß. Arminius bewunderte das ungeheuere Blau des Meeres, eine tiefe, satte Farbe, ernster als das verspielte Azur des Mare Adriaticum, das er bei seinen Feldzügen in der Dalmatica gesehen hatte. Wasser und Wellen waren kräftig und rau, als sei das Ostmeer oder das Mare Suebicum, wie die Römer es nannten, die Wiege der Götter.

Bald darauf verschlang die beiden wieder ein dichter Wald, der zuweilen in eine sumpfige und morastige Senke führte, in der Gräser und Farne wucherten und umgestürzte Baumstämme im Einverständnis mit der Zeit still vermoderten. Arminius und Istvaez aßen nichts, tranken nur gelegentlich aus einer kleinen Quelle. Sie plagten sich mit Myriaden von Mücken, die sie bei lebendigem Leib auszusaugen schienen. Dann gab sie der Wald wieder frei, und sie standen unvermittelt vor einem Graben.

»Es ist soweit«, raunte Istvaez seinem Begleiter zu.

Die Sonne stand im Zenit, als sie das Hindernis über einen kleinen Holzsteg passierten. Dahinter erhob sich eine mächtige Palisadenwand. Arminius vernahm ein leises, aber stetes Trommeln. Der Priester lief rechts an den geschälten und geschwärzten Stämmen vorbei, deren Höhe zwei Manneslängen betrug und die so dicht beieinanderstanden, dass Arminius nicht einmal durch eine Ritze ins Innere zu spähen vermochte. Die Palisaden standen in einem Halbkreis, dem sie nun folgten. Das Trommeln nahm an Lautstärke zu. Arminius war es, als schlügen die Stöcke gegen die Innenwand seines Magens. Gut, dass dieser leer war – der aufwühlende Rhythmus hätte mit Sicherheit dessen Inhalt aufgewühlt. Schließlich standen sie vor einem Tor, das den Weg ins Innere des Heiligtums freigab.

Zwei bewaffnete Männer, von Istvaez als »Hüter« angesprochen, erkundigten sich bei dem Priester nach seinem Begleiter. Nachdem er sie unterrichtet hatte, wurde Arminius gefesselt und auf einen kleinen Holzwagen gesetzt, den Istvaez hinter sich herzog, so aber, dass Arminius mit dem Rücken nach vorn saß und dadurch gezwungen war, zurückzuschauen. Er überblickte den Weg, den sie zurückgelegt hatten, nicht aber das, was vor ihnen lag. So sah er nicht, was auf ihn zukam. Jeder Möglichkeit, sich zu verteidigen, beraubt, fühlte er sich äußerst unwohl und vollkommen ausgeliefert.

Sie durchquerten ein zweites Holzwerk. Nach ein paar Schritten blieb Istvaez stehen, ließ sich auf dem Boden nieder und schloss die Augen. Nichts geschah, nur der eintönige Rhythmus der Trommeln war zu hören. Quälend langsam verrannen viele Stunden. Durch die Stricke und die dadurch erzwungene unbequeme Haltung starben Arminius allmählich die Glieder ab. Als die Sonne sich dem Meer näherte, Wind aufkam und es dunkler und kühler wurde, hatte er das Gefühl zu schweben, denn unterhalb seiner Gürtellinie war sein Körper nun vollkommen taub. Er spürte nur einen stärkeren Wind, der gegen seinen Rücken blies. Hinter ihm musste das Meer liegen, in dessen Brandung sich der Trommelklang einbettete.

Endlich, als es bereits dämmerte, drang ein menschlicher Gesang, dessen Worte er zunächst nicht verstand, an sein Ohr. Der Ton kam von unten her, wie Wasser aus dem Sumpf. Der Klang erfüllte die Luft. Istvaez wendete den Karren, auf dem Arminius saß, und dieser sah seine Vermutung bestätigt: Vor ihm lag das weite

Meer. In der Ferne, dort, wo Himmel und Erde zusammenstießen, befand sich Tyrwal, dort wohnten die Götter und vielleicht auch er eines Tages. Doch noch war es nicht soweit.

Das Heiligtum thronte auf dem Sporn der Steilküste. Im Halbkreis, dessen Glied Arminius war, knieten zwei Dutzend Männer in langen roten und blauen Gewändern. Vor dem Horizont mit der blutrot im Meer untergehenden Sonne flog langsam eine bronzene Sonnenscheibe auf Rädern, die von zwei goldenen Pferden, die ebenfalls auf Rädern gelagert waren, gezogen wurde. Kunstvoll geschmiedet bewegte sich die Sonnenscheibe in ihrer ganzen Pracht und Herrlichkeit von rechts nach links wie von Geisterhand getragen – der Sonnenwagen und die Sonnenpferde im Dienste von Sunna, der Tagbringenden.

Danach erschienen neun Wesen in schwarzen langen Gewändern, die seltsame Köpfe trugen. Im Profil erinnerten sie mit ihren verhüllten Armen und Händen und den Vogelmasken an übergroße Graureiher. Sie stellten eine Säule auf, die in den Himmel ragte. An zwei Querstreben hingen zwei schwarze Halbkugeln, die mit rot glühenden Feuerzeichen verziert waren. Als die Säule schließlich stand und die neun Wesen niederknieten, bewegte sich die Sonnenscheibe wieder von links nach rechts, nur dass sie diesmal, statt golden zu glänzen, schwarz und matt erschien, so als sei die Sonne verdunkelt. Sie war auch verdunkelt, denn nun brach die Nacht an, und Sunna reiste durch die Unterwelt, während ihre Schwester, Sinthgunt, die Nachtgebende, den Himmel beherrschte.

Jetzt verstand Arminius den Sinn des Rituals. Er erlebte die Reise der Sonne durch den Tag und durch die Nacht, die sich täglich vollzog und gleich gefährlich blieb, denn die Riesen und der große Fenriswolf wollten Sunna und Sinthgunt, Sonne und Mond, verschlingen, auf dass ewig dunkle Nacht wäre und sie ihre schaudervolle Herrschaft auf Erden errichten konnten. Die neun Wesen aber waren die Asen, die Beschützer der Sonne und des Mondes.

Sie hatten die Irminsul errichtet, die Weltachse, die von der Unterwelt über die Mittelwelt, in der sie alle lebten, zur wirklichen Welt führte, zu Tyrwal.

Nun endlich verstand er die Bedeutung des alten germanischen Gesanges und tauchte in ihn ein:

»Von Süden die Sonne
Des Mondes Gesell
Schlang die rechte
Um den Rand des Himmels:
Die Sonne kannte
Ihre Säle nicht;
Die Sterne kannten
ihre Stätte nicht;
der Mond kannte
seine Macht noch nicht
Drei Wurzeln
gehen nach drei Seiten
von der Irminsul
Fenris wohnt unter einer
Unter der anderen die Riesen
Unter der Dritten das Schwertvolk.«

Nachdem Sinthgunt am Fuß der Irminsul verharrte, verstummten die Trommelklänge und Gesänge. Die Zeit stand still, denn Sunna und Sinthgunt hatten ihre Reise unterbrochen, und die Nornen hörten auf, das Schicksal zu weben. Selbst das Meer fiel in einen tiefen Schlaf, die Wellen hielten in ihrer ewigen Bewegung an, und die Brandung verebbte am Gestein der Küste. Tiefrot und gelb umzüngelt schossen von der Steilküste Flammen ohne Zahl nach oben und leckten verführerisch und gierig an dem weißen Küstenfelsen. Das Feuer, das seine züngelnden Feuerschwerter nun in einem dicken Rauch verbarg, war gefräßig und bereit, die Welt zu verschlingen. Doch wo Gefahr war, wuchs Rettung auch. Aus der schwarzen Wolke vor dem tiefblauen Himmel, die der inzwischen matt und ausgebleicht daliegenden See ihre dunkle Farbe geraubt hatte, und dem allerletzten Licht der Sonne, das im Schwarz der Wolke erstarb, schoss plötzlich ein Wagen von unten über den Rand der Steilküste, den zwei nackte Männer mit weißen Leibern zogen, und hielt auf die Irminsul zu. Auf dem Bock saß eine riesige Frau, dahinter erhob sich eine Art Gestell, das so groß war, dass es selbst die Riesin überragte. Ein dichter weißer Vorhang entzog dem Blick, was sich dahinter verbarg. Ein Vorhang wie geschwemmte Kreide.

Die Frau stieg vom Wagen. Sie trug einen Wolfskopf, ihren mächtigen Leib bedeckten bunte Felle. Eberzähne in den verschiedenen Farben und Gebein in unterschiedlicher Größe zierten die Kleidung. Ihr Gesicht hatte die Geheimnisvolle geschwärzt und vier weiße Streifen von innen nach außen gezogen. Das musste Gana sein, die Priesterin, die vor einem Menschenleben Drusus von der Albia, der heiligen Grenze, vertrieben und mit einem Schadenszauber belegt hatte, der ihm kurz darauf auch tatsächlich den Tod brachte. Sie verbeugte sich vor Nerthus, die sich hinter dem Vorhang befand, der ein Schutz für die Priester war, denn niemand, auch keiner ihrer menschlichen Diener durfte die Göttin je sehen – er wäre augenblicklich des Todes.

Arminius verfolgte das alles mit Staunen, Neugier und Furcht zugleich. Würdevoll schritt Gana zur Irminsul. Zwei blau und zwei rot gewandete Priester schleppten einen riesigen Bronzekessel herbei, der reich verziert war mit der Darstellung von Opferhandlungen. Arminius vermutete, dass ein mittelgroßer Mensch bequem Platz im Kessel gefunden hätte. Mit bloßen Händen nahm Gana aus den beiden Halbkugeln der Irminsul glühende Holzkohlen und schob sie in einen Haufen von Holzscheiten, die vor der Säule aufgeschichtet waren. Nach einer Weile brannten die Scheite lichterloh. Zwei andere Priester reichten ihr einen Stabdolch und eine Doppelaxt, beides aus geschmiedeter Bronze und uralt.

Dann trug ein Priester, den Arminius zum ersten Mal sah und der ein Gewand, das zur Hälfte rot und zur anderen Hälfte blau gefärbt war, ein Lamm herbei. Er hielt es über den Kessel, während Gana dem Tier mit der scharfen Doppelaxt die Halsschlagader öffnete, sodass sein junges Blut vom immer schlaffer werdenden Herzschlag in den Kessel gepumpt wurde. Nachdem das Tier ausgeblutet war, hieb Gana mithilfe der Doppelaxt vom leblosen Körper den Kopf des Lamms ab und warf ihn in den Kessel, in dem inzwischen das Blut zu kochen begann. Nun öffnete sie mit dem Stabdolch den Bauch des Opfertieres und entnahm die Innereien, die sie in eine Bronzeschale legte. Damit ging sie zu Nerthus und verschwand hinter dem Vorhang. Es dauerte eine ganze Weile, bis Gana wieder erschien und nun auch die Innereien, die Nerthus geprüft und offenbar für gut befunden hatte, in den Kessel warf. Sie wartete eine Weile, dann bückte sie sich und hielt ihr Haupt tief in den Kessel, um im Sud des Blutes und der Eingeweide zu lesen.

Aus dem Abgrund der Erde, aus den Wurzeln der Irminsul schien sich ihre Stimme zu befreien, die beladen war mit dem Wissen der Welt:

»Zeugt Nacht Zeit
Trägt Nacht Tag
Kreißt der Mond
Reißt der Himmel
Mächtig der Mensch
Ohne Arg der Adler
Beuglos der Bär
Doch aus Dunkelland
Rückt an der Räuber
Will fangen den Adler
Will binden den Bär
Will fesseln
Den Freien

Aber Tag Wächst
Aus Nacht
Schlimmes geschieht
We! wurt skihit –
Oh Irmintyr – König der
Könige – Schmied der Schwerter
Führ uns den Fürsten
Scharf wie die Schneide
Eisig wie Eisen
Feurig wie Flammen
Held der Helden
Heim ins Hirschland.«

Gana verstummte, erhob ihr Haupt und ging auf Istvaez zu. »Bringst du den König der Krieger?«, fragte sie ihn streng.

»Ich bringe einen Jüngling, der früher Ergimer hieß und jetzt Arminius genannt wird. Ob er der König der Krieger ist, weiß ich allerdings nicht.«

Gana wandte sich nun an Arminius: »Bist du der König der Krieger?«

»Nein, ich bin nicht der König der Krieger«, antwortete er beklommen. Ein Raunen ging durch die Priester. »Aber ich bin der, der es sein wird«, fügte er mit fester Stimme hinzu.

»Bist du sicher?«

»Ja, das weiß ich.«

»Warum bist du dann hier, wenn du alles weißt?«

»Ich werde nur König der Krieger sein, wenn die Götter der Krieger es genauso wollen. Mit ihnen ist alles, gegen sie ist nichts. Nerthus muss mich salben, Wotan mir beistehen und Tyr mir das Schwert führen.«

»Sag, was du wünschst!«

»Eure Fürsprache! Eure Hilfe! Euren Rat!«

»Mehr nicht?«

»Viel mehr noch, ich benötige nämlich das Wort der Göttin.«

»Was für ein Wort?«

»Das Wort von dem, was sein soll.«

»Das ist das Schwerste. Du weißt nicht, wie dein Reich aussehen soll?«

»Wie kann ich das wissen?«

»Du bist der König!«

»Ich bin Nerthus' König, und es ist ihr Reich, wie es das Reich der Germanen sein wird, nicht mein Reich, sondern das Reich aller Germanen.«

Der Vorhang raschelte. Gana trat wieder zu Nerthus, blickte hinter den schweren Stoff und hörte eine ganze Weile zu. Arminius war, als vernähme er ein Wispern, das nicht von einer, sondern von tausend Stimmen herrührte, als flüsterten alle Gräser und alle Halme des Germanenlandes miteinander. Als Gana zurückkehrte, nahm sie die Doppelaxt und hielt auf ihn zu, die kultische Waffe fest mit den Fingern umspannt, so als wollte sie ihn damit erschlagen. Arminius schloss die Augen. Hatte er die Prüfung nicht bestanden, endete hier sein Weg?

Plötzlich fühlte er, wie die Stricke von ihm abfielen. Er wollte aufstehen, doch er stürzte, denn ihm waren inzwischen alle Glieder eingeschlafen. Zwei Priester eilten herbei und stützen ihn. Sie führten ihn zum Kessel. Das Feuer unter dem Behälter war unterdes erloschen und das Blut erkaltet. Sie setzten ihn hinein. Gana schöpfte mit einem bronzenen Kegel das Blut, so wie es kam, über seinen Kopf, seine Schultern, sodass es an ihn herabfloss. Dann gab sie ihm von den Innereien zu essen. Die Wärme des Lebens ging von dem Opfertier auf ihn über, drang durch alle Poren.

Gana schaute auf ihn herab. »Du bist der König.«

Jubel brach aus. »Der König ist da!«

Die Priester halfen Arminius aus dem Kessel heraus und führten ihn zu Nerthus. Langsam kehrte das Leben in seine abgestorbenen Gliedmaßen zurück. Er kniete vor dem Wagen. Dann hörte er Ganas Stimme, eine Stimme, die er niemals im Leben vergessen würde, so hoch, dass sie wie eine hauchdünne Sehne in sein Gehirn schnitt, immer aufs Neue:

»Vieles weiß ich,
Fernes schau ich:
Der Rater Schicksal,
der Schlachtgötter Sturz
Brüder kämpfen
Und bringen sich Tod,
Brudersöhne
Brechen die Sippe;
Arg ist die Welt,
Schwertzeit, Beilzeit,
Schilde bersten,
Windzeit, Wolfszeit,
bis die Welt vergeht –
nicht einer will
den anderen schonen.
Vieles weiß ich,
Fernes schau ich:
Einen Saal seh ich
Sonnenglänzend,
mit Gold gedeckt,
wohnen werden
dort wackre Scharen,
der Freuden walten
in fernste Zeit.«

Gana kniete nun vor Arminius nieder und schaute ihm dennoch auf gleicher Höhe in die Augen. Jetzt erst entdeckte er, dass sie ein blaues und ein braunes Auge besaß.

»König, mit dir seien die Nornen, mit dir die Asen, mit dir die weisen Frauen, mit dir die Priester, die Gefolgsherren und die Krieger, die Frauen und Kinder unserer Stämme. Manches werden dir die Priester sagen, vieles aber musst du selbst erkennen, darin besteht deine Aufgabe!«

Damit erhob sich Gana und nahm wieder auf den Bock des Wagens Platz. Die Männer zogen den Wagen, wendeten und jagten die Steilklippe hinab. Zwei Priester geleiteten den König zurück zur Säule. Gesang und Trommelklang erfüllten erneut die Luft, Sinthgunt und Sunna setzten ihre Reise fort, die Zeit erwachte aus ihrer Erstarrung, die Wellen wogten wieder, die Brandung brauste von Neuem und die Nornen spannen wie eh und je eine Stunde wieder an die nächste. Die Welt füllte ihre Lungen mit Atem, und das Leben setzte wieder ein.

Die Priester ließen Arminius ihren Rat wissen. Nicht im kommenden, sondern im darauffolgenden Jahr solle er zuschlagen, erst gegen die Römer, dann gegen Marbod. Und er solle sich erst am Tag des Aufstandes als König zu erkennen geben, bis dahin war Vorsicht geboten. Denn überall hatte der Verrat seine Fallstricke ausgeworfen. Wem durfte man trauen? Niemand konnte das mehr sagen. *»Brudersöhne/Brechen die Sippe«*, hatte Nerthus verkündet.

Die Priester würden mit den Fürsten sprechen. Elda, so rieten sie, könne die Kunde zu den Frauen tragen. Arminius aber müsse Sorge tragen, dass die germanischen Hilfstruppen hinter ihm stünden, denn Germanien, das in tausend Stämme zerfallen war, existierte bisher nur in dieser von den Römern erschaffenen Streitmacht. Sie hatten Germanien in Gestalt der Hilfstruppen erst geschaffen, um es zu beherrschen, die Streitmacht, die sich nun gegen sie wenden sollte. In der Legion, die aus Cheruskern, Marsern, Brukterern, Chauken, Semnonen, Rugiern, Usipetern, kurz, aus Germanen der vielen Stämme bestand, würde die Freiheit geboren werden.

So war das Bündnis geschmiedet. Arminius schwor, dass er als König der Krieger die Freiheit bringen werde. An dem undenkbaren Tag, an dem er sie aber verraten würde, sollte ihn der vielfältige Tod treffen.

Und dann glaubte er auf einmal zu träumen. Die vogelähnlichen Wesen erhoben sich. Sie nahmen mit anmutigen Bewegungen ihre Masken ab und ließen die Gewänder herabgleiten. Vor ihm standen Frauen unterschiedlichen Alters in einfachen weißen Gewändern. In der Mitte aber entdeckte er zu seinem Erstaunen Elda. Hatte er sie nicht bei dem Fischer zurückgelassen? Die Priester der Nerthus oder die Wächter mussten sie während der beiden Tage, in denen er mit Istvaez zu Fuß zum Heiligtum unterwegs war, abgeholt und hierher gebracht haben.

Dann wurde ihm plötzlich heiß und kalt. Schlagartig wurde ihm nämlich bewusst, dass auch sie des Todes gewesen wäre, wenn er die Prüfung nicht bestanden hätte. Über dem weißen Kleid trug sie einen blauen Umhang, der mit einer goldenen Fibel, die Rubine zierten, zusammengehalten wurde. Ihr üppiges, blondes Haar bändigte eine Kappe aus Goldblech, die mit drei Reihen von Saphiren, Aquamarinen und Rubinen besetzt war. Um ihren Hals lag eine Kette aus Bernstein. Doch am hellsten und klarsten von allen Edelsteinen leuchteten ihre blauen Augen. Augenblicklich begriff Arminius, dass Nerthus die Vereinigung, die heilige Hochzeit forderte, die sie zu König und Königin machen würde.

Das Paar wurde durch das Heiligtum geführt, dann durch zwei hintere Durchgänge durch die Palisaden und über kleine, steile Stufen den im Mondlicht strahlend weißen Kreidefelsen hinunter geleitet. Am Strand stand eine kleine Hütte.

Istvaez legte ihre Hände ineinander. »Von nun an sollt ihr alle Nächte und alle Tage wie diese Nacht miteinander teilen. In Freud und in Leid, in Sieg und in Niederlage.«

Die Priester warteten, bis Arminius und Elda die Hütte betreten hatten, in der ein behagliches Feuerchen brannte, denn vom Meer drang eine empfindliche Kühle herüber, dann stiegen sie wieder die Steilklippe hinauf.

Die Sinne der beiden jungen Leute und ihre Körper, ihre Gedanken und ihre Gefühle hielten in dieser Nacht, in dieser Hütte am Strand Hochzeit. Ganz gleich, was die Zukunft auch für sie bereithalten sollte, sie gehörten zusammen, auf immer.

Am anderen Morgen erfrischten sie sich in den kühlen Wellen des Ostmeeres. Das kalte Wasser prickelte auf ihrer Haut. Sie genossen diesen Augenblick, der ewig hätte währen mögen, doch Heban wartete bereits mit den munter tänzelnden Pferden, ungeduldig wie Zukunft, die beginnen wollte.

28

Die Zeit flog schneller dahin, als dass sie das schnellste Pferd einzuholen vermocht hätte. Arminius nahm Quartier im Lager der Hilfstruppen in Aliso. Umgeben von seinen Soldaten fühlte er sich am sichersten. Durch Herolde gab er seine Verheiratung weithin bekannt und ließ alle wissen, dass er kein Fest ausrichte, weil es sich nicht schickte, in einer Zeit zu feiern, in der er um seine Eltern trauerte, die feige und brutal ermordet worden waren. Dann ritt er in die Stadt der Ubier, um mit Varus zu sprechen.

Velleius begleitete ihn zum Forum, wo der Statthalter an diesem Tag Gericht hielt. Als er Arminius sah, erhob er sich, um ihm sein Beileid zu bekunden, doch dieser hob abwehrend die Hand und sagte: »Salve, Varus. Ich bin gekommen, um Klage zu erheben!«

Varus nahm wieder Platz. »Bitte.«

Die Menschen, die sich an diesem Tag aus vielerlei Gründen auf dem Forum versammelt hatten – manche, weil sie Klage führen oder sich verteidigen wollten, andere, nur um dem Schauspiel des Gerichts beizuwohnen –, verstummten mit einem Mal. Einige, die Markt oder Tempel besuchten, wurden ebenfalls aufmerksam, denn es war in der Provinz durchaus unüblich, dass ein Militärtribun Klage führte. Er verfügte über andere Möglichkeiten, sein Recht durchzusetzen. Demnach handelte es sich um etwas Außergewöhnliches, das wie alles Besondere die Neugier der Leute entfachte.

Arminius wartete, bis die Menschen, die herbeigeströmt kamen, ihren Platz gefunden hatten und Ruhe eingekehrt war. Unterdessen war auch Lucius Marcus Lupus eingetroffen. Seine Prätorianer hatten ihm eine Gasse durch die vielen Menschen gebahnt, bis er an der Seite des Statthalters anlangte.

Lange hatten Arminius und Elda an der Klagerede gefeilt, immer und immer wieder neue Formulierungen erprobt. Schließlich lernte er die mehrmals durch den Verstand gesiebten Wendungen auswendig. Jedes Wort musste sitzen, kein Fehler durfte in der Anklage sein, nichts, was ihn angreifbar machte oder ihn verriet.

Und nun, als er hier in eigner Sache vor den vielen Menschen stand, drohten ihm Aufregung und Wut den Hals zuzuschnüren. Doch durfte seine Stimme keinesfalls vor Zorn zittern oder heiser klingen. Nur der sichere, aus der eigenen Mitte kommende Ton, der allein den Eindruck der Lauterkeit erweckte, würde zum Erfolg führen. Arminius bemühte sich, seiner Erregung Herr zu werden und die nötige Fassung zurückzugewinnen. Lucius Marcus Lupus half ihm dabei, wenn auch unbeabsichtigt.

Als Arminius den Mann sah, den er am liebsten mit dem Dolch durchbohrt hätte, überkam ihn eine eisige Ruhe. Am Ende meiner Rede wird dein Tod stehen, dachte er und warf dem Steuerpächter einen kurzen, eisigen Blick zu. Und schon befreite sich seine wohlklingende Stimme aus seinem schützenden Zentrum und erhob sich wie auf Adlerschwingen über das Forum, sodass jeder seine Worte verstehen konnte: »Höre, edler Quinctilius Varus. Eine Bluttat ist geschehen, die alles Dagewesene in den Schatten stellt! Während ich arglos Elda, die Tochter des Segestes, heiratete und bei meinem Onkel Ingoumer weilte, fielen Mörder wie blutgierige Wölfe über meine unschuldigen Eltern her. Niemand, der auf dem Hof meiner Sippe lebte, nicht Vater, noch Mutter, nicht Großvater, noch Großmutter, nicht Anverwandte, noch Knechte, noch Mägde verschonte die grausame Brut. Erspare mir, großmütiger Varus, dass ich dir schildere, wie grausam man sie abgeschlachtet, wie man mit ihren Leibern und mit ihren Qualen entmenschlichten Hohn und schauderhaften Spott getrieben hat.

Das Blut der Opfer, das Blut meiner Familie aber schreit nach Rache. Deshalb bin ich hier, Klage zu führen und Vergeltung zu fordern. Nur im Vertrauen auf die Gerechtigkeit halte ich mein Schwert noch zurück. Nur deshalb verzichte ich noch darauf zu tun, was die Pflicht dem Sohn gebietet.«

»Weißt du denn, wer es war?«, fragte Varus listig.

»Nein, aber wenn du es nicht herausfindest, werde ich es tun.«

»Wen soll ich mit der Untersuchung beauftragen?«

»Einen Militärtribun. Caecus!« Arminius sah, wie Marcus zusammenzuckte.

»Wozu der Aufwand? Wir reden doch nur über Germanen!«, warf der Steuerpächter ein, um die Untersuchung abzuwenden. Dadurch goss er jedoch nur zusätzlich Öl ins Feuer, denn unter denen, die sich auf dem Forum versammelt hatten, befanden sich sehr viele Germanen, die nun vernehmlich murrten. Eine Stimme aus der Menge rief: »Hängt den Steuerpächter auf!«

»Ruhe, oder ich lasse das Forum räumen!«, brüllte Varus.

Marcus schien begriffen zu haben, dass ihm ein Fehler unterlaufen war, deshalb ging er zum Angriff über und versuchte, seinem Widersacher eine Falle zu stellen. »Es sind auch Prätorianer dort verschwunden. Frag ihn, Varus, was er darüber weiß.«

Arminius lächelte nur böse. »Prätorianer, sagst du, Marcus? Das ist mir neu. Du siehst mich überrascht! Dann verrate mir doch, was hatten Prätorianer so tief im Cheruskerland zu suchen?«

»Was spielt das für eine Rolle? Es ändert nichts daran, dass eine halbe Hundertschaft deiner Leibwache, Varus, verschwunden ist. Alle wissen doch, dass man mit jedem Prätorianer, an dem man sich vergeht, Rom angreift und mit jedem Soldaten, den man schlägt, den Statthalter und durch ihn Augustus prügelt!«

Unter keinen Umständen durfte Arminius zulassen, dass die Prätorianer zum Thema würden. Bevor Varus die Vorlage des Steuerpächters zu nutzen vermochte, breitete er die Arme aus und rief: »Lass uns an deinem Wissen teilhaben, Marcus, und kläre uns endlich auf! Was haben die Prätorianer mit meinen niedergemetzelten Verwandten zu tun?«

»Woher soll ich das wissen?«

»Du bringst sie doch ständig mit meinem Trauerfall in Verbindung. War Varus im Cheruskerland? Welchen Auftrag hatten seine Leute? Wenn sie sich in der Nähe befanden, wie du mir zu meinem Erstaunen mitteilst, weshalb haben sie dann meine Eltern nicht beschützt? Unmöglich, dass ihnen eine so große Rotte von Bewaffneten entgangen wäre! Oder waren sie es am Ende selbst, die jene wehrlosen Menschen überfallen haben? Das kann aber, das will ich nicht glauben, dass Varus' Soldaten mir Vater und Mutter töteten! Aber wenn doch, warum? Auf wessen Befehl haben dann deine Männer getötet, Varus?«

Entsetztes Schweigen breitete sich aus.

»Wie kommst du dazu, meine Prätorianer zu verdächtigen?«, entfuhr es Varus ärgerlich.

In der eintretenden Pause, in der Arminius abwog, ob es besser sei, sich zu verteidigen oder weiter anzugreifen, sprang Velleius ihm zur Seite. »Nicht er, Lucius Marcus Lupus, sondern du vermengst einen Fall mit einem anderen, und wir alle hier fragen uns, weshalb du das tust. Wir verstehen nicht, was die verschwundenen Prätorianer mit den ermordeten Menschen zu tun haben. Klär uns bitte auf«, sagte der Legat.

Arminius schaute ihn dankbar an.

»Das will ich auch wissen«, forderte Varus streng, um die Leitung des Gerichtes wieder in seine Hand zu bekommen, die ihm zu entgleiten drohte, wie scheinbar immer, wenn der zum Ritter erhobene Germane anwesend war.

Das Gesicht des Steuerpächters war wutverzerrt. Marcus spürte, dass er sich verrannt hatte.

»Liegt es nicht nahe, wenn zwei so schwerwiegende Ereignisse in unmittelbarer Nähe stattfinden, einen Zusammenhang zu vermuten?«, sagte Arminius ruhig. Sein Gegner hatte sich in seinen Intrigen und seiner Arroganz verstrickt. Nun konnte er ihm zum Schein beispringen, um ihn zu Fall zu bringen. »Verehrter Varus, da ich heute zum ersten Mal davon erfahren habe, dass unweit des Hofes meines Vaters eine halbe Hundertschaft Prätorianer unterwegs war, würde ich gern wissen, welchen Auftrag sie hatten. Denn Marcus hat recht, es ist in der Tat seltsam, dass der Tod meiner Eltern und das Verschwinden der Prätorianer eine zeitliche und örtliche Nähe aufweisen. Wenn wir diese also finden und befragen, könnten wir vielleicht mehr über die schreckliche Bluttat an meiner Familie erfahren. Die Natur ihres Auftrages führt zum Grund ihres Verschwindens, wie uns auch der aufsteigende Rauch die Lage des Feuers verrät.« Arminius bereitete es mehr und mehr ein grimmiges Vergnügen, den Spieß einfach umzudrehen.

»Darüber kann ich nicht öffentlich sprechen«, verkündete Varus. »Geheime Staatsangelegenheiten. Aber deiner Klage wird stattgegeben, und ich werde jemanden einsetzen, der die Mörder findet. Bis dahin, mein lieber Julius Cäsar Arminius, nimm mein tief empfundenes Mitgefühl entgegen für die grausige Tat, die ohne Zweifel nach Vergeltung schreit.«

Arminius senkte rasch den Kopf, damit niemand das kalte Blitzen des Triumphes in seinen Augen bemerken konnte, das ihn verraten hätte. Gefasst schaute er wieder auf und bedankte sich bei dem Statthalter. Dann verließ er das Forum.

Die Verhandlung hatte ihm bestätigt, dass Marcus im Bündnis mit Segestes die ungeheuerliche Tat ausgeheckt und dass Varus davon gewusst, sie zumindest billigend in Kauf genommen hatte. Er brannte darauf, ihnen die Eingeweide herauszureißen. Aber dafür war es noch zu früh. Für die kurze Genugtuung der Rache hätte er seine Aufgabe verraten. Es ging um Größeres. Noch also musste die Vergeltung warten, aber sie würde dafür nur umso vollkommener ausfallen.

*

Dem dritten Schuldigen, Segestes, sollte Arminius schon bald auf dem Thing begegnen. Sie saßen im Kreis um die Irminsul, die Priester und Gefolgsherren der Cherusker. Segestes kochte vor Wut. Die Priester führten Arminius in die Rechte seines Vaters ein, die nun auf ihn übergingen. Die Zeremonie war kaum beendet, da klagte Segestes ihn auch schon an: »Er hat meine Tochter geraubt. Ich fordere, dass er verstoßen wird!«

Ein paar Fürsten unterstützten ihn, die meisten aber blickten zurückhaltend bis feindselig, denn sie empfanden es als unpassend, gegen den jungen Mann, der auf so grausame Art seine Familie verloren hatte, Klage zu erheben, statt seine Wunden durch Mitgefühl zu lindern. Ingoumer sprang auf, um seinen Neffen in Schutz zu nehmen, aber dieser gab ihm durch ein Zeichen zu verstehen, dass er seine Angelegenheiten in die eigenen Hände zu nehmen gedachte.

»Ich handelte im liebenden Einverständnis mit deiner Tochter, Segestes«, sagte Arminius. »Deshalb sind wir nun nach dem Gesetz der Ahnen Mann und Frau.«

»Lüge! Tötet ihn!«, schrie Segestes.

Außer sich vor Wut sprang Arminius auf und packte den eisgrauen Mann am Hals. »So wie du meine Eltern hast töten lassen?«

Doch der Priester schlug ihm mit seinem Stab schmerzhaft auf die Handgelenke. »Gewalt dulden wir nicht beim Thing. Hast du Beweise für deine ungeheuerliche Behauptung?«

Die anderen Fürsten, auch sein Onkel Ingoumer, schauten ihn gespannt an.

»Fragt ihn doch«, sagte Arminius und zeigte auf seinen Schwiegervater. Nur widerwillig kehrte er auf seinen Platz zurück.

»Was sagst du zu der Anschuldigung, Segestes?«

»Segimer ist an der Gewalt verreckt, die er einst selbst entfesselt hat. Ich aber habe damit nichts zu schaffen.«

Nur Ingoumers harter Griff um das Handgelenk seines Neffen hinderte Arminius daran, sich auf Segestes zu stürzen.

»Wir fragen noch einmal: Kannst du deine Behauptung beweisen, Arminius?«

»Ich kann die Wahrheit nicht belegen, aber sie wird ihren Weg wie ein kalter Stahl in sein falsches Herz finden. Doch lassen wir das. Ich bin nicht hier, um Klage zu führen, sondern um in die Rechte meines Vaters einzutreten. Seiner zu gedenken und ihn zu ehren, der ein großer Fürst unseres erhabenen Stammes war.«

»Gut, ehren wir ihn eben, aber sag mir, wie hältst du es mit den Römern, Gefolgsherr? Dein Vater war ein Römerfeind, du bist römischer Ritter und Militärtribun«, rief Segestes gehässig.

Arminius erkannte die zwar nicht eben geschickt gestellte, dafür aber umso wirksamere Falle. Das Bewusstsein der Gefahr steigerte seine Aufmerksamkeit, als er antwortete: »Ehrlich halte ich es mit den Römern. Ich hoffe, du weißt, wovon ich rede? Von Ehrlichkeit nämlich, vom Handeln aus Ehre. Was fragst du also, denn kein Makel ist auf meiner Ehre.«

Segestes verstummte mit trotzigem Blick unter seinen buschigen Brauen, wenn auch notgedrungen, denn hätte er die Ehre eines anderen Fürsten angezweifelt, besäße der augenblicklich das Recht, ihn zum Zweikampf zu fordern, selbst und vor allem vor dem Thing. Arminius hatte gehofft, dass sich Segestes provozieren lassen würde, aber dazu war der alte Fuchs zu schlau. In den Blicken, die sie einander zuwarfen, loderte der Hass, der tiefste und unversöhnlichste Hass, den es jemals auf der Welt gegeben hatte und der erst enden konnte, wenn einer von beiden tot war.

*

Allen Gefahren zum Trotz lebten Elda und Arminius in Aliso sicher, beschützt von den germanischen Truppen, und sogar glücklich. Ihr Kind wuchs in Eldas Bauch, der immer runder wurde, wie auch ihre Brüste immer größer wurden, ohne dass sie an Schönheit verloren. Eines Tages, sie lagen länger als gewöhnlich im Bett, nahm sie wortlos seine Hand und legte sie auf ihren Bauch. Da fühlte er es, das Fäustchen seines Kindes, das energisch von innen gegen Eldas Bauch boxte. Nur ein bisschen Haut und Fleisch befand sich zwischen ihren Händen, aber sie konnten das erste Mal einander deutlich fühlen, Vater und Kind. Arminius durchströmte eine Welle des Glücks.

Die Priester knüpften unterdessen das Band des Aufstandes zwischen den Stämmen und verhießen allen, denen sie vertrauten, dass der König der Krieger am Tage der Schlacht erscheinen und die Kämpfer führen würde. Bis dahin aber hieß es, sich in der Waffenkunst zu üben und geduldig auszuharren, bis der Ruf erschallen würde.

Natürlich drang die Kunde von diesen Vorbereitungen über Spitzel und verräterische Fürsten auch an das Ohr der Römer, doch nichts war gewiss, nichts greifbar. Bei einer Besprechung der Heerführer und Beamten in der Stadt der Ubier sprach Velleius Arminius auf die Gerüchte eines bevorstehenden Aufstandes an.

»Und wer, bitteschön, soll den Aufruhr anführen?«, fragte Arminius. Zur Antwort murmelte Velleius etwas vom König der Krieger. »Ammenmärchen, mein lieber Freund, Ammenmärchen«, lachte Arminius. »Vom König der Krieger hat meine Mutter mir schon erzählt, als ich noch in der Wiege lag.« Es schmerzte ihn, den Freund, der immer für ihn eingetreten war, zu belügen, doch das spielte nun keine Rolle mehr. Er konnte die Römer doch nicht warnen und sich als König der Krieger zu erkennen geben, der sie übers Jahr aufs Haupt zu schlagen plante! Verstellung war seinem Wesen fremd, doch wenn der Tag der Freiheit anbrechen sollte, musste er sich von nun an eifrig in der Kunst der Täuschung üben, Gerwulf und Hebans Vater, der Semnonenfürst Randulf, übernahmen die gefährliche Aufgabe, die Hilfstruppen auf den König einzuschwören, den auch die Krieger nicht kannten, denn nur so konnte Arminius unter allen Umständen vor Verrat geschützt werden. Nur wenige kannten die Identität des Königs der Krieger.

Deshalb durfte er bei keiner einzigen heimlichen Besprechung persönlich in Erscheinung treten.

In Nehalenias Hütte erzählte Elda unterdessen den Frauen von ausgewählten Gefolgsleuten von Arminius' Plan, die dann die Kunde verbreiteten. Arminius hatte versucht, Elda davon abzuhalten, sich in eine so große Gefahr zu begeben, aber wer konnte ihr etwas verwehren, das sie sich fest vorgenommen hatte? Nicht einmal er – und in diesem Falle, er schon gar nicht! War sie denn nicht die Königin der Krieger? Wollte man die Germanen gewinnen, so musste man ihre Weiber überzeugen.

In den heimlichen Zusammenkünften wies sie gern auf ihren täglich runder werdenden Bauch. »Sollen unserer Kinder etwa Sklaven und Diener der Römer werden? Ziehen wir sie dafür groß, dass die Hundsgroßen ihren Fuß auf ihre Nacken setzen und ihre Steuerpächter sie aussaugen?«

Elda sprach klar und aufrüttelnd zu den Fürstinnen. Es bedurfte auch keiner großen Redekunst, um sie zu überzeugen, denn sie alle erlebten täglich, wie sich die Herrschaft der Römer immer sicherer und selbstbewusster bis zur Albia hin erstreckte und festigte. Durch das Gesetz, das Varus an der Spitze seiner Legionen in jeden Winkel Germaniens brachte, forderten die Römer immer häufiger und immer selbstverständlicher Abgaben von ihnen, und sie wurden um das geprellt, was sie sich hart erarbeitet hatten. Denn Augustus benötigte Geld für das Heer, Varus brauchte Geld, um seinen Reichtum zu mehren, Marcus, um im Prunk zu leben, und Segestes und einige andere ebenso ehrgeizige wie rücksichtslose germanische Fürsten, um Stammeskönige zu werden. Für Machtgier und Luxuswahn wurden nicht wenige Söhne und Töchter in die Sklaverei verkauft, dafür, dass Roms Volk sich bei kostenlosen Spielen vergnügen und von kostenlosen Getreidezuwendungen ernähren konnte. Für das Wohlleben in der Hauptstadt wurden ganze Familien in den Hungertod getrieben.

Arminius und andere Stammesfürsten siedelten so viele von den vertriebenen Sippen, wie es die Größe ihres Besitzes eben zuließ, auf ihrem Land an, damit sie dort erst einmal Heimat und Zuflucht fanden. Ewig ließ sich das natürlich nicht durchhalten. Andere Unglückliche, denen bereits drohte, in die Sklaverei verkauft zu werden, versuchte man, auf geheimen Pfaden in der Nacht zur Albia zu bringen, um sie bis zum Tag des Aufstandes auf der anderen Seite des Flusses in Sicherheit zu bringen. Die Väter und Söhne übten sich unterdessen im Waffenhandwerk, und die Mütter und Töchter halfen in der Wirtschaft ihrer Gastgeber, sammelten Eisenerze und packten tatkräftig bei der Verhüttung und beim Schmieden von Waffen mit an.

Indessen milderte nur die Gewissheit, dass er, sobald das Land bis zum Albis als Provinz gesichert war, über den großen Strom setzen und dort alle Stämme der Germanen unterwerfen würde, den Zorn des Statthalters über die freche Flucht seines »Eigentums«. Das war in seinen Augen nur eine Frage der Zeit, eine kleine Weile noch, dann würde er auch den Barbaren jenseits des Albis die römische Kultur zu fressen geben.

Gleichzeitig entstand durch die vielfach geleistete Hilfe unter den germanischen Stämmen in dieser Zeit ein zweites Netzwerk, das eines Tages nicht nur den Bedrohten helfen würde, sondern auch als Nervenbahn des Aufstandes genutzt werden konnte.

Und in all dieser aufreibenden Arbeit, in den Vorbereitungen des Aufruhrs, der Abwehr gegen Verräter, der Hilfe für bedrängte Menschen, fand sich Arminius eines Tages vor der Hütte Nehalenias wieder. Sein ganzes Denken und Fühlen richtete sich einzig und allein auf ein ausschließlich privates Ereignis, so als fände die große Verschwörung, die Vorbereitung auf den Freiheitskrieg um ihn herum gar nicht statt, nämlich auf die Geburt seines Kindes. Aufgeregt und ruhelos ging er auf und ab, derart gefesselt von Sorge und Erwartung, dass die Zeit stillzustehen schien. Kaum wagte er noch zu atmen, aus Furcht, sein Herz könnte stehen bleiben. Der Abend dämmerte herauf, doch Zeit verging nicht.

Auf einem Zweig der Eiche ihm gegenüber ließ sich ein Eichelhäher mit seinem stolzen grau, weiß, blauen Gefieder nieder, als wollte er mit Arminius darauf warten, dass das Kind auf die Welt kam. Nie im Leben hatte Arminius eine solche Angst empfunden wie jetzt, da Elda kreißte. Immer, wenn er ihren Schmerzensschrei hörte, stürzte er zum Eingang der Hütte, doch Ansar, der Nehalenia zur Hand ging, trat ihm beherzt entgegen und bat ihn, sich noch etwas zu gedulden. Wie lange denn noch, brauste die Frage in seinem Inneren, die er indes nicht zu stellen wagte. Seit Sonnenaufgang wartete er nun schon hier und hatte inzwischen tiefe Furchen im Waldboden des Vorplatzes gezogen. Weder gegessen, noch getrunken hatte er, sich auch nicht hingesetzt, so sehr fürchtete er, dass Elda etwas zustoßen könnte, ihr oder dem Kind oder beiden. Das ständige Auf- und Abgehen hatte ihn mittlerweile in eine Trance versetzt, die ihn in einen Kokon spann und so davor bewahrte, vor Aufregung zu zerspringen.

Immer wieder wanderten seine Gedanken zu seiner Mutter und seinem Vater. Tränen traten ihm in die Augen – zum ersten Mal seit dem Tag, an dem er ihre Leichen entdeckt hatte. Die Gefahren der Geburt ließen ihn deutlicher als je den Verlust der Eltern empfinden. Bisher hatte er wie betäubt gehandelt, war der Schmerz abgeprallt von der Spannung des Schocks, den er erlitten hatte. In seiner Angst um Elda bahnte sich nun der bislang verdrängte Schmerz über das Sterben seiner Eltern den Weg in sein Bewusstsein. Plötzlich war er verwundbar. Er betete zu den Göttern, und dann wagte er es sogar, ihnen zu drohen, denn den zweiten Todesgriff mitten in sein Herzen hinein würde und wollte er nicht überstehen. Aber wer, welcher Mensch und welcher Gott hätte ihm diesen Frevel verübeln mögen? Sein ganzes Wesen war in diesen Stunden Angst, Angst um sein Leben, denn sein Leben, das waren nun sie, Elda und das Kind, das sie in diesen Stunden zur Welt brachte.

Der Eichelhäher rief und erhob sich in die Lüfte. Gleich darauf drang ein beleidigt klingender, heller, doch kräftiger Schrei an sein

Ohr. Er stürmte in die Hütte. Niemand konnte ihn mehr aufhalten, kein Ansar und keine Nehalenia. Da lag sie auf dem Stroh, Elda, verschwitzt und ermattet, und doch mit einem Lächeln in den blauen Augen, das den Himmel neidisch gemacht hätte, die allerschönste Frau der Welt, seine Frau. An ihrem Busen suchte ein kleiner Mensch, der gerade seine behagliche Wohnung im Körper seiner Mutter verlassen hatte, sich auf dieser kalten, allzu hellen und entschieden zu lauten Welt zurechtzufinden.

Nehalenia trat zu dem frischgebackenen Vater: »Es ist ein Mädchen.«

»Und Elda?«

»Geht es gut.« Endlich breitete sich wohltuend Gelassenheit in ihm aus. All die tausend Krämpfe, die jede Faser seines Leibes mit unzähligen eisernen Fingern umklammert gehalten hatten, lösten sich auf. Ihm war, als ob er seit Stunden den ersten Atemzug tat. Fast trunken machte ihn nun die einfache Luft, und er fürchtete schon zu taumeln. Aber da beobachtete er, wie das Mündchen seiner kleinen Tochter zielstrebig die Brust der Mutter suchte und trank. Wie schön sie ist, dachte er und gleich darauf, wie schön sie sind. Er kniete sich zu Elda und streichelte ihr Haar. »Ich liebe euch.«

Sie lächelte schwach. »Das musst du auch!«

All das Elend der Welt, der tägliche Kampf, die Vorsicht, die Härte und die Sorgen fielen von ihm ab. Nur diese beiden Menschen zählten für ihn. Es war, als sei er aus der Zeit gefallen.

»Wie wollt ihr eure Tochter nennen?«, fragte Nehalenia.

»Lenia«, antworteten beide. Ein Lächeln huschte über die Lippen der weisen Frau. Dann schickte sie Arminius mit den Worten, es gäbe ja noch einige Frauenarbeit zu verrichten, aus der Hütte und empfahl ihm, eine Weile durch den Wald zu laufen, um einen klaren Kopf zu bekommen.

*

Einen Monat später kehrten Elda und Arminius mit der kleinen Lenia nach Aliso zurück. Die Krieger jubelten, und die Priester und die Anführer, die eingeweiht waren, hielten das für ein gutes Vorzeichen, dass die Ehe des Königs gesegnet war. Sie merkten gar nicht, wie die Zeit verflog, vollkommen vereinnahmt von der Planung des Aufstandes und der täglichen Sorge um das Kind. Obwohl sie todmüde waren, blieben sie nachts lange wach, um sich, eng aneinandergeschmiegt, ihre Tochter anzuschauen. Wenn Lenia dann wach wurde und mit ihrer feinen, durchdringenden Stimme vor Hunger schrie, nahm Elda sie liebevoll an die Brust und stillte sie im Liegen. Oft schliefen Mutter und Tochter dabei ein, sodass Arminius die zufrieden schlummernde Lenia zurück in ihre Wiege legte und anschließend Elda zärtlich zudeckte. Er merkte dabei nicht einmal, wie er selbst einschlief. Stunden später schreckte er aus dem Schlaf hoch, weil er etwas gehört zu haben glaubte, dann schaute er panisch zu dem kleinen Mädchen, weil er es nicht atmen hörte, und fuhr sanft über ihre Fingerchen, die sich wie zur Antwort leicht bewegten. Obwohl die Welt der Familie und die des Krieges auseinanderklafften, spürte er den Gegensatz nicht, denn das runde und gute Gefühl, das er von Frau und Tochter mit in die Vorbereitung des Aufstandes nahm, tauchte diese Tätigkeiten geradezu unwirklich in ein mildes Licht, als bestünden die Gefahren nur zum Schein.

Aus dieser falschen Sicherheit erwachte Arminius erst, als ein Cherusker, wahrscheinlich einer von Segestes' Leuten, ihn zu erstechen versuchte. Heban erschlug den gedungenen Meuchelmörder geistesgegenwärtig buchstäblich in letzter Minute. Die so leichtsinnige wie märchenhafte Unverwundbarkeit, die Arminius nach Lenias Geburt empfunden hatte, zerstob im Licht des beinahe geglückten Mordanschlags. Plötzlich fühlte er sich wieder verletzlich und wollte es doch nicht sein, nicht weil ihn Todesangst befiel, sondern weil er ganz von der Verpflichtung erfüllt war, so lange zu leben, bis Lenia einen guten Mann gefunden hätte, der sie beschützen würde. Ach ja, und Enkel, wie gern würde er noch miterleben, wie sie aufwuchsen.

Er bot seine ganze Selbstbeherrschung auf, um diese Gedanken zu verdrängen, denn die Aufgabe, die überlegenen Römer zu schlagen und zu vertreiben, forderte eigentlich seine gesamte Geistesgegenwart.

Segestes aber, als er von der Geburt seiner Enkelin erfuhr, spuckte nur verächtlich aus. Ein Mädchen, was weiter? Er ärgerte sich schon zur Genüge über seine Tochter, die dummerweise nicht nur tatkräftiger war als seine Söhne, sondern noch dazu auf der Seite seiner Feinde stand.

29

Ganz Rom lag ihm zu Füßen. Die Menschen bedachten zwar seinen Adoptivvater Tiberius mit Dank und Anerkennung, aber Germanicus wurde vom Volk bejubelt, denn es liebte ihn, sein freundliches und liebenswürdiges Wesen, seine makellose Gestalt. Viele erinnerte er an seinen Vater Drusus, den sie auch schon in ihr Herz geschlossen hatten, und in den Geschichten und Liedern des Volkes erschien er geradezu als Wiedergänger des strahlenden Helden Alexander der Große. Unstreitig, für sie war er ein zweiter Alexander.

In der Sympathie für den jungen Feldherrn unterschied sich der Princeps nicht von seinen Bürgern, deren Erster er ja sein wollte und in diesem Fall tatsächlich war. Wenn Augustus überhaupt jemanden in sein Herz zu schließen vermocht hatte, dann war es Germanicus. In dem jungen Feldherrn vereinigten sich alle römischen Tugenden. Sogar seine Ehe schien glücklich, worauf der Kaiser großen Wert legte. Agrippina hatte ihm gerade das zweite Kind geschenkt, und nicht das leiseste Gerücht über Untreue war in der klatschsüchtigen Hauptstadt aufzuspüren.

Und nun kehrte Germanicus mit seinem Adoptivvater Tiberius im Triumph aus dem Illyricum zurück. Sie hatten die Aufständischen so gründlich wie vernichtend geschlagen. Keine Familie der aufständischen Barbaren, die nicht einen oder zwei ihrer Söhne in die Sklaverei oder in den Militärdienst in entlegene Provinzen schicken musste, keine Familie, die nicht Land und Eigentum an Römer oder Veteranen, alte Soldaten, die ihre Dienstzeit beendeten, abzugeben gezwungen war. Die Stämme wurden gedemütigt, vergewaltigt, massakriert. Niemals wieder sollte auch nur ein Bewohner dieser vormals aufständischen Region es wagen, an Empörung oder Widerstand zu denken. Rom konnte Freunden gegenüber zuweilen großzügig sein, aber gegen Feinde zeigte sich das Reich stets grausam.

Immer wieder dachte Germanicus an Arminius, fragte sich, wie es dem Freund wohl erginge. Viel Hoffnung, ihn wiederzusehen, hegte er allerdings nicht, denn Germanien war befriedet und fast schon eine römische Provinz. Deshalb hatte Augustus mit Varus auch keinen Militär-, sondern einen Verwaltungsfachmann zum Statthalter ernannt.

»Wo ist noch Ruhm zu ernten, mein armer junger Freund, was bleibt für dich noch zu tun?«, fragte ihn Augustus lächelnd, als Tiberius und er nach Rom zurückgekehrt waren.

»Die Parther zu schlagen!«, antwortete Germanicus unternehmungslustig.

»Es zieht dich also in den Osten! Um des Ruhmes willen?«

»Wegen des Ruhms und wegen der Geheimnisse, Princeps.«

Augustus lächelte mit sanftem Spott. »Ach, ich vergaß! Außer dass du Aufständische niederringst, Kinder zeugst, dich mit Philosophie beschäftigst, dichtest du ja auch noch und sehnst dich nach den Mysterien des Ostens. Sag, haben dir die Götter ein Jahr zum Tag gegeben, oder wie schaffst du das alles?«

»Nichts leichter als das.«

»Nichts leichter als das?« Augustus zog die Augenbrauen hoch.

»Wenn man nicht von früh bis spät so vortrefflich wie du die tausend Angelegenheiten des Reiches zu regeln hat, bleibt genügend Zeit für diese minderen Beschäftigungen. Nicht mir, sondern dir, Augustus, haben die Götter ein Jahr zum Tag gemacht. Ich eifere dir nur nach, mit ganzem Bemühen, wenn auch vergeblich. Denn wer könnte sich mit dir messen?«

Das Lachen des Princeps erfüllte den Raum. Er klopfte seinem jungen Feldherrn auf die Schulter. »In den Osten willst du. Na, meinetwegen. Aber erst nach deinem Konsulat.«

Eine heiße Welle der Freude durchströmte Germanicus. »Ich soll Konsul werden?« Augustus nickte kurz. Damit würde Germanicus jünger als üblich das höchste Amt nach dem Princeps im Reich antreten.

»Was ziehst du wieder für ein finsteres Gesicht, Tiberius? Missgönnst du deinem Sohn den Erfolg?«, fragte Augustus.

»Ich bitte um Verzeihung, Princeps, aber ich habe nur das eine Gesicht.«

»Dann mach etwas draus!«, fuhr ihn der Kaiser an, verärgert über die Antwort seines ungeliebten Nachfolgers. Im Grunde ekelte er sich vor der Gesichtslepra des Mannes, vor seiner ewigen Griesgrämigkeit.

Niemals hatte er sich Tiberius zum Nachfolger gewünscht, und doch hatte ihm das Schicksal mit eiserner Beharrlichkeit, nachdem es zuvor alle anderen Anwärter durch Tod aus dem Weg geräumt hatte, diesen freudlosen Mann aufgedrängt, der zunächst sein Stiefsohn und nun durch die offizielle Adoption sogar sein Sohn geworden war. Zumindest hatte Augustus Tiberius gezwungen, Germanicus, den Sohn seines verstorbenen Bruders Drusus, an Sohnes statt anzunehmen. Damit wollte der Princeps dem Schicksal zumindest die Möglichkeit einräumen, am Ende doch noch Germanicus zum neuen Kaiser zu erwählen, wenn er selbst einmal nicht mehr sein würde. Augustus fühlte sich müde. Obwohl er zeitlebens gekränkelt hatte, war er wie durch ein Wunder schließlich älter geworden als die kraftstrotzenden Kerle um ihn herum. Aber jetzt war es anders, nicht irgendeine Unpässlichkeit machte ihm zu schaffen, sondern die Krankheit zum Tode hatte sich in seine alten Knochen eingenistet. Genug, dachte er, er ist genug. Er vermeinte alles, was einem Menschen wiederfahren konnte, nicht nur einmal, sondern gleich mehrmals erlebt zu haben. Alles wiederholte sich, selbst die Wiederholung. Sein Leben empfand Augustus nur noch als Schmierenkomödie. Was, spottete er im Stillen über sich, ist abgeschmackter als ein alter Strippenzieher, der nur noch angeekelt dabei zuschaut, wie er die Puppen tanzen lässt? Und da er nicht mehr anders konnte, als die ewig gleiche Vorstellung zu geben, spielte er das alberne Machtspielchen von Zuckerbrot und Peitsche mit Germanicus eben weiter und hörte sich gelangweilt sagen: »Eine schlechte Nachricht musst aber auch du, Germanicus, Kind der Fortuna, schlucken. Ich habe deinen Freund Ovid verbannen müssen.«

»Aus welchem Grund?«

»Wegen seiner unzüchtigen Verse.«

»Aber ich kenne seine Verse, ich liebe sie sogar. Findest du bei mir etwas, womit ich Anstand und Sitte verletzt hätte? Unzucht, soviel steht fest, habe ich nicht getrieben. Wie können da Ovids Gedichte anstößig sein?«

»Ich weiß. Das ist auch nur der offizielle Grund. Es gab eine Verschwörung gegen mich in eurer Abwesenheit. Julia, deine geschiedene Frau, Tiberius, und meine Tochter – oh, womit habe ich nur eine solche Tochter verdient, ihr Götter –, war die Anführerin. Ovid war wohl eher unwissentlich als willentlich an der Angelegenheit beteiligt. Ich musste ihn vorsorglich entfernen.«

»Und wo ist der Dichter jetzt?«

»In Tomi.«

»Was? Nördlicher noch, als der Danubius ins Schwarze Meer mündet?« Wieder wurde Germanicus schmerzlich daran erinnert – und nichts anderes hatte Augustus bezweckt –, dass Rom, so sehr es auch Theater, Gladiatorenkämpfe und Tierjagden liebte, nur einem einzigen Spiel wirklich verfallen war: dem Spiel um die Macht, das man Politik nannte und das, selbst wenn es sich zuweilen als Klatsch und Tratsch verkleidete, immer tödlich endete. Schneller als Gift oder Stahl tötete in Rom die Intrige.

Auch deshalb freute sich Germanicus auf den Tag, an dem er mit einem Heer in den Osten ziehen würde, um das schaurige Reich der Parther zu unterwerfen. Und er sehnte sich nach seinem Freund Arminius, mit dem er vorbehaltloser als sogar mit Ovid über alles sprechen konnte, was ihm durch den Kopf ging. Nach dem Freund, der ihm mehr war als ein Bruder. Und den er manchmal in Gedanken Bruder nannte.

*

Oh, er kannte das zornige Funkeln in ihren Augen nur zu gut, er liebte und er fürchtete es zugleich, doch diesmal gab es den Grund des Herzens, sich unter allen Umständen durchzusetzen.

»Ich werde mit dir gehen!«, fuhr Elda ihn in ihrem gemeinsamen Schlafzimmer im Lager der Hilfstruppen in Aliso an.

Arminius blickte auf ihre Tochter, die in der Wiege lag und mit einem bunten Tuch spielte. »Nein. Heban bringt dich und Lenia zu den Rugiern.«

»Eine Frau gehört in der Stunde der Gefahr an die Seite ihres Mannes!«

»Und wer kümmert sich dann um unsere Tochter? Schau sie dir an.«

Elda beugte sich zu Lenia und nahm sie hoch.

»Die Welt ist ein reißender Wolf. Jemand muss da sein, der Lenia beschützt!«, fuhr Arminius fort. Als er Elda mit seiner Tochter auf dem Arm sah, ihr Engelslächeln, die kleinen Fingerchen, die Stupsnase, wurde ihm schmerzlich ihre Verletzlichkeit bewusst. Wieder, wie schon so oft in den letzten Monaten und Wochen, wünschte er sich weit weg, in ein Leben, in dem er sich nur um seine Landwirtschaft zu kümmern brauchte und für seine wachsende Familie zu sorgen hatte, in dem es keine Waffen und keine Kriege gab, keine Politiker und keine Steuereintreiber. Denn sie waren es, die Machthungrigen und die Geldgierigen, die die Welt verdarben, deren Dreistigkeit die Erde in eine Räuberhöhle verwandelte, weil sie vor nichts Achtung hatten und kein Gewissen ihnen schlug! Er liebte seine Frau, er vergötterte seine Tochter. Warum konnte er sich nicht zurückziehen und nur glücklich mit ihnen leben, anstatt das Schwert zu führen in dem vergeblichen, weil nie endenden sich gegenseitig Abschlachten, weshalb nicht einfach ausbrechen aus dem ewigen Kreislauf, den nur das Blutvergießen in Gang hielt?

Leider kannte Arminius die Antwort nur zu gut: weil man ihn im gleichen Moment, in dem er das Schwert niederlegte, erschlagen würde und unmittelbar darauf seine Frau und sein Kind. Es gab leider keinen Ausweg aus der Gewalt, nur die verdammte Pflicht zum Sieg. Nur der Triumph allein konnte ihm vielleicht eine Atempause verschaffen, eine Atempause, die möglicherweise sogar ein Leben lang hielt, bevor das Metzeln eines gewissen Tages unweigerlich erneut einsetzte. Er tröstete sich mit der Hoffnung, dass der Frieden umso länger halten würde, umso gründlicher er die Feinde schlug. Kein Weg führte indes an der Einsicht vorbei, dass das Leben nicht ohne Tod zu haben war.

»Nein, Elda, es bleibt dabei, ihr geht zu den Rugiern. Heban bringt euch hin!« Mit diesen Worten trat er zu ihr, nahm seine kleine Tochter auf den Arm und drückte sie an sich.

»Pass auf!«, mahnte Elda.

»Ja, ich pass auf«, erwiderte er lächelnd. Lenia war so klein, so schön, so schutzlos, dass es ihm das Herz zu zerreißen drohte. Und er erinnerte sich an die Geschichte des römischen Flüchtlings vom Massaker in Sirmium und an das Bergdorf in der Dalmatica, das seine Leute verheert hatten, an die Schreie der Kinder, an das Wimmern der Frauen und die Verzweiflung der Männer, an die Pein ihrer Machtlosigkeit. Immer noch gellten in dunklen Stunden die Laute ihrer Qual in ihm nach. Man darf den Kindern nichts tun, dachte er grimmig. Und er schwor, jeden zu töten, der sich an einem Kind vergriff, ganz gleich, wer es war.

Er küsste Lenia auf ihre kleine Stirn. »Ihr geht ins Rugierland!« Dabei wusste er doch, dass er sich betrog – wenn er versagte, wäre auch das Land jenseits der Albia nicht mehr sicher. Im Augenblick des Abschieds spürte er die Verantwortung, die schwer wie die Welt auf seinen Schultern lastete. Denn so, wie er sein kleines

Glück in den Händen hielt, vertrauten ihm die anderen Väter und Mütter ihr Glück an, das größer war als alles auf der Welt, ihr Leben und das Leben ihrer Söhne und Töchter. Er mochte es drehen und wenden, wie er wollte, er trug die Verantwortung. Deshalb durfte er sich keinen Fehler leisten, denn der Gegner war stark, erfahren und grausam. War es nicht besser, das Unternehmen abzubrechen und sich zu unterwerfen? Wer war er denn, sich gegen die Macht der Welt zu erheben? Nur ein kleiner germanischer Fürst. Was aber kann Größe gegen Entschlossenheit ausrichten, was die Macht gegen den Willen der Götter, die ihn zum König der Krieger erwählt hatten, und was der Zwang gegen die Freiheit? Sooft ihn auch Zweifel plagten, für ihn gab es keinen Weg mehr zurück. Die Nornen hatten ihren Spruch getan.

Die folgende Nacht verbrachte er im Wald, allein mit sich und der Natur. Er hörte im Unterholz die Wölfe, sah das hungrige Leuchten ihrer gelben Augen, aber sie wagten sich nicht aus dem Dickicht heraus. Er hatte nur die Streitaxt bei sich, die die Fürsten seiner Sippe seit Anbeginn der Welt trugen.

*

Das ganze Sommerhalbjahr über folgten die Hilfseinheiten den drei Legionen des Varus, so wie es militärischer Brauch war. Kreuz und quer zogen sie durch die Stammesgebiete der Marser, Chatten, Chauken, Angrivarier und Bataver. Und überall hielt Varus Gerichtstag. Mühsam nur konnten die germanischen Truppführer ihre Männer im Zaum halten, wenn wieder ein Urteil eine Familie von ihrem Hof vertrieb oder ein Vater gezwungen wurde, seinen Sohn in die Sklaverei zu verkaufen, wenn sie zusehen mussten, wie sich einige wenige Gefolgsherrn auf Kosten anderer Fürsten oder sogar auf Kosten ihrer eigenen Gefolgsleute bereicherten. Der Steuerpächter Lucius Marcus Lupus begleitete das Heer des Statthalters, um seine Forderungen mithilfe der militärischen Gewalt der Legionäre durchzusetzen. Nicht umsonst galten die Römer als ein ungemein praktisch denkendes Volk.

Immer wieder legte Varus Verwaltungsbezirke, die er Diözesen nannte, fest und setzte einen germanischen Fürsten, der sich zur Zusammenarbeit bereitfand, als Verantwortlichen ein. Dort aber, wo er länger mit den Legionen und Hilfstruppen lagerte und mehrere Tage römisches Recht sprach – zuweilen gab es an solchen Orten bereits ein kleines Versorgungslager –, beauftragte er einen willigen Fürsten, ein *oppidum* zu errichten, eine Siedlung, aus der eines Tages eine Stadt entstehen würde. Um diese Aufgabe zu verwirklichen, wurden dem Verbündeten Steuergelder überlassen, und Varus übertrug ihm das Recht, eine gewisse Summe an Abgaben einzuziehen, um sie für den Ausbau der Siedlung zu verwenden. Dadurch spaltete er bewusst die Germanen in Gewinner und Verlierer, je nachdem, wie willig sie sich ihm gegenüber zeigten. Zur Unterstützung des verbündeten Fürsten bestimmte er einen Beamten, den er dort zurückließ. So begann Varus mit dem Ausbau der Provinz.

Inzwischen war der Herbst angebrochen. Von der Visurgis kommend wollte Varus noch durch das Cheruskerland ziehen, um dann in die Stadt der Ubier am Rhenus zurückzukehren. Er glaubte, viel erreicht zu haben, und war bester Laune, besonders zufrieden war er aber mit sich selbst. Sogar der überhebliche Führer der Hilfstruppen, der Ritter Arminius, zeigte sich geradezu friedlich und hilfreich. Ehe und Kinder sind eben doch das beste Mittel, um aus einem aufsässigen Burschen einen braven Mann zu machen, sagte sich der Statthalter und war wie immer stolz auf seine Menschenkenntnis.

*

Die Herbstsonne stand hoch im Mittag. Am Fuß des Berges bewachte ein Krieger die Pferde. Die Führer der Stammeseinheiten folgten Arminius auf das kleine Plateau, das sich über das Mittelgebirge erhob. Hier oben standen noch die Ruinen einer sehr alten Fluchtburg des Volkes, weshalb man den Gebirgszug auch Wald der Volksburg oder Teutoburger Wald nannte. Auf dem Sporn inmitten von Palisadenresten und geborstenen Holzkästen, die sich malerisch vom blauen Himmel abhoben, angekommen drehte er sich zu seinen Leuten um, die ihn nun im Halbkreis umringten.

Gerwulf trat neben ihn und ergriff als Erster das Wort. Sein Gesicht drückte Freude aus, eine Regung, die man bei dem mürrischen Mann niemals vermutet hätte. »Männer, der Tag, auf den wir so lange gewartet haben, von dem wir immer wieder geträumt haben, der Tag der Schlacht, der Tag der Freiheit ist angebrochen.« Er kniete vor Arminius nieder.

Ein Raunen ging durch die Reihen der vierzehn Stammesfürsten: »Der König, Arminius ist der König der Krieger!«

Nur der Semnone Randulf lächelte verschmitzt, denn er wusste es ja längst. Die Fürsten wollten es Gerwulf gleichtun, doch Arminius hinderte sie mit Worten und Gesten daran.

»Nein, nein, kniet nicht nieder!«, rief er. »Und du mein lieber Freund, erhebe dich schnell, denn wir alle wollen uns erheben. Niemals soll ein Mann vor dem anderen das Knie beugen, sei er auch der Geringste. Der morgige Abend wird uns entweder tot oder als Sieger sehen! Unser Heil liegt in unserer Entschlossenheit!«

Sie jubelten ihm zu, denn er sprach ihnen aus dem Herzen. Der König wartete, denn er gönnte ihnen die Freude, die man empfindet, wenn einem die Fesseln durchschnitten werden und man sich frei recken und strecken kann. Dann ging er mit ihnen den Schlachtplan durch.

Ihr Heil lag in den Händen der Götter, ihr Schicksal webten die Nornen. Immer lauter und immer näher drangen Geräusche aus dem Unterholz, als streiften Bewaffnete durch den Wald. Erschrocken wollten die Fürsten schon ihre Schwerter ziehen, doch Arminius hielt sie zurück. Aus dem Wald brachen die Gefolgsherren der Marser, Rugier, Semnonen, Bataver, Cherusker, Chatten, Angrivarier, Usipeter, Brukterer und Chauken. Stammesangehörige erkannten einander, Verwandte umarmten sich. Nun wussten Arminius' Männer, dass sie nicht allein standen, dass sich die germanischen Krieger vieler Stämme in dieser Schlacht vereinigen würden.

Auf Arminius' Zeichen hin setzten sich alle auf den Boden. Dann zeigte er auf den Weg, der sich unter ihnen durch das Tal wand. »Die Marschroute der Legionen wird durch Täler, vorbei an Bergen und Mooren führen. Sie werden sich hier nicht zur Kampfordnung entfalten können, und wenn wir den Weg zerschneiden, dann kann auch die Reiterei nichts ausrichten. Varus wird die Legionen nicht in Kampf-, sondern in lockerer Marschordnung ziehen lassen. Das heißt, den auseinandergezogenen Einheiten folgt jeweils der Tross der Legion, dann die Soldaten der nächsten Legion. Zum Teil werden sie nur ihre Schwerter bei sich haben. Auch werden zwischen ihren Kolonnen Pferdewagen fahren, die ihre Schilde und teilweise ihre Helme und Brustpanzer transportieren. Die Römer fühlen sich sicher und träumen schon vom Winterlager. Und in einem Eissturm werden sie auch erwachen!«

Die Männer quittierten den Spott des Anführers mit wildem Lachen.

»Zur gleichen Zeit, morgen um die Mittagsstunde, werde ich mit meinen Leuten überraschend die neunzehnte Legion angreifen, von hinten den Rückzug vereiteln und vorn die Verbindung zur achtzehnten Legion durchschneiden. Dann wird ein Teil meiner Leute zwischen diesen beiden Legionen eine Befestigung errichten, mit Gräben und Wällen. Oh, wozu haben uns die Römer all diese feinen Künste beigebracht, wenn wir sie nicht anwenden? Ihr Marser und Bataver in Verbund mit den Semnonen und Rugiern macht das Gleiche zwischen der achtzehnten und siebzehnten Legion. Ich gebe euch Randulf samt einigen tüchtigen Semnonen mit, die das Schanzen erlernt haben. Die Angrivarier, Sachsen und Cherusker beginnen gleich unter Gerwulfs Führung, den Weg hinter dem Sumpf dreißig Meilen von hier mit einer starken Befestigung abzuriegeln. Wenn Varus merkt, dass auch in der Flucht kein Heil liegt, wird es für ihn zu spät sein. Die kühnen Krieger der Usipeter, Brukterer und Chauken werden von den Hängen der Berge die Männer der achtzehnten und siebzehnten Legion pausenlos mit Speerwürfen und Bogenschüssen verwöhnen. Passt aber auf, dass ihr nicht die eigenen Leute trefft!«

»Wenn sie aussehen wie Römer, kann das schon passieren«, rief einer, und alle lachten.

»Wir werden die neunzehnte Legion niedermachen, dann die achtzehnte und schließlich die siebzehnte. Bei der ersten Legion wird es uns am leichtesten fallen, da ist das Überraschungsmoment auf unserer Seite. Die anderen werden ungleich schwerer, weil die Römer bestimmt eine Form der Verteidigung finden werden. Sie wissen genau, dass sie nur so überleben können.

Werdet also nicht leichtsinnig, denkt nicht an Beute, bevor der letzte Römer tot ist, denn sonst wendet sich das Kriegsglück, den sicher gefühlten Sieg werden wir verlieren, und sie werden uns erschlagen. Alle Beute wird euer sein, wenn alle Römer tot sind. Nicht eher! Erwische ich einen Krieger vorher beim Beutemachen, erschlage ich ihn eigenhändig, sagt das allen. Hämmert es allen ein, wir haben erst gesiegt, wenn wir gesiegt haben, wenn sich kein Legionär mehr rührt! Und noch eins: Im Tross der Römer werden sich Frauen und Kinder befinden. Sie werden verschont, sagt das euren Männern, dass ich denjenigen, der sich an Frauen und Kindern vergeht, töte! Ich töte auch jeden, der es sieht und zulässt! Habt ihr mich verstanden? Wir führen Krieg gegen Männer, nicht aber gegen Frauen und Kinder!«

Dann ging Arminius die Einzelheiten durch. Es wurde vereinbart, dass Arminius das Signal zum Angriff gäbe. Sobald er mit seinen Truppen die neunzehnte Legion angreifen würde, sollten zum Zeichen die weithin hörbaren Luren geblasen und Feuer auf den Spornen entfacht werden.

Als sie zu ihren Pferden gingen, fragte Gerwulf besorgt: »Meinst du, sie werden die Disziplin aufbringen?« Und fügte dann spöttisch hinzu: »Sie haben nie exzerziert.«

Arminius legte seinen Arm um den alten Soldaten. »Ich hoffe es, mein Freund. Einerlei, früher oder später finden wir uns alle in Tyrwal wieder.«

»Ich hoffe, später, mein König.«

»Sehr viel später!«

30

Im fernen Rugierland war Elda schier verzweifelt, die Angst um Arminius trieb sie fast an den Rand des Wahnsinns, aber als sei das noch nicht genug, wuchs ihre Sorge um die kleine Lenia. Das Kind schrie, weinte, quälte sich, fieberte und behielt keine Nahrung mehr bei sich. Was man auch versuchte, ihr einzuflößen, erbrach sie. Zusehends magerte sie ab. Elda wusste sich keinen Rat mehr.

In den Familienverbänden lernten die jungen Mütter von den erfahrenen Großmüttern, was zu tun war, doch Elda befand sich weit weg von ihrer Heimat bei freundlichen Gastgebern. Vor ein paar Tagen war Heban zu Arminius aufgebrochen, um ihm auszurichten, dass es allen gut ginge. Lenias rätselhafte Krankheit deutete sich zwar bereits an, doch wollte Elda ihren Mann nicht beunruhigen. Nun zweifelte sie daran, ob sie richtig gehandelt hatte und ihm nicht die Wahrheit hätte übermitteln lassen müssen. Wieder sah sie zu Lenia, die inzwischen ganz blass, ganz durchscheinend war, und die Furcht brachte jede Zelle in ihr zum Sieden.

Aus großen Augen schaute ihre Tochter sie an. Sanft und mit der flehentlichen Bitte, ihr zu helfen, und Elda wusste doch nicht, wie. Nur allzu gern hätte sie die Schmerzen, die das kleine Mädchen litt, auf sich genommen, alles hätte sie dafür gegeben, wenn das möglich gewesen wäre.

Schließlich raffte sie sich auf und rief Ansar. »Du musst reiten, so schnell du kannst, und Nehalenia herbringen. Es geht um Leben oder Tod. So schnell du kannst, hörst du! Weile nicht, raste nicht, sondern reite, reite, reite! Häng den Wind ab, sei schneller als jedes gerufene Wort und sei geschwinder als der Sonnenstrahl.«

Während sie auf Ansar einsprach, hatte die Fürstin, bei der sie zu Gast weilte, das Kind aus der Wiege genommen und es sich gründlich angeschaut. Dann sagte sie lachend: »Es ist nicht nötig, dass Ansar reitet. Lenia bekommt ihre Eckzähne. Sie wird sich noch zwei, drei Tage quälen, dann ist es vorbei. Hauptsache, sie trinkt. Wir geben ihr kaltes Wasser aus dem tiefen Brunnen. Das kühlt. Alles wird gut!«

»Bist du dir sicher?«, fragte Elda ungläubig.

»Komm mal her, mein Mädchen.« Elda kam der Aufforderung nach. Die Fürstin legte das Kind in die Wiege zurück, dann nahm sie Elda in den Arm. Es tat ihr gut. Sie spürte, wie sie sich entspannte. »Ist ja gut. Dafür hat man ja eigentlich seine Mutter, wenn man mit dem ersten Kind nicht weiter weiß.«

»Ich habe keine Mutter mehr.«

»Oh, sie ist tot?«

»Nicht tot, nur mit meinem Vater zusammen, der meinen Mann am liebsten töten würde und die Schuld daran trägt, dass meine Schwiegereltern grausam ermordet wurden.«

Die Fürstin schüttelte den Kopf. Sie war alt genug, um zu wissen, wie viel Grausamkeiten sich in Familien abspielten, die eigentlich gegen den Rest der Welt zusammenstehen sollten. »Sei, solange du bei uns bist, meine Tochter. Ich werde dir helfen. Und jetzt lass uns sehen, dass wir der kleinen Königin hier helfen. Wenn du so alt sein wirst, wie ich es bin, wirst du wissen, was es mit den Zähnen für ein Fluch ist. Erst bringen sie uns fast um, wenn man sie bekommt, dann quälen sie uns, wenn man sie verliert, und dazwischen tun sie alle naselang weh.«

*

Als sie am späten Nachmittag wieder im Lager eintrafen, wunderte sich Arminius, dass Heban immer noch nicht aus dem Rugierland zurückgekehrt war. Er hatte ihn mit Nachrichten zu Elda geschickt und harrte nun seiner Rückkehr mit klopfendem Herzen, denn es verlangte ihn, endlich zu erfahren, ob seine Tochter und seine Frau wohlauf seien. Aber Heban war bereits zwei Tage überfällig. Statt des Boten erwartete ihn jedoch ein aufgeregter Velleius.

»Wo warst du, Freund? Wir haben dich überall gesucht. Varus erwartet dich. Er will dich dringend sprechen.«

»Warum? Ist etwas geschehen?«

Velleius zuckte nur kurz mit den Achseln. »Keine Ahnung.«

»Komm, Randulf!«, wies Arminius den alten Semnonen an, und beide folgten dem Legaten sogleich ins Hauptlager. So kurz vor dem Beginn des Aufstandes tat er keinen Schritt mehr allein.

Wenig später betraten sie das große Zelt des Statthalters. Arminius schaute sich verblüfft um, denn es war voller Prätorianer. Vor ihm stand Varus mit undurchdringlichem Gesicht, neben ihm Segestes. Auf ein Zeichen des Statthalters hin zog die Leibwache die Schwerter. Die Luft knisterte vor gefährlicher Spannung.

»Eine schwerwiegende Anklage gegen dich wurde vorgebracht, Julius Cäsar Arminius!«

Überheblicher Affe, dachte Arminius, dann lächelte er amüsiert. »Von dem da?«, fragte er und zeigte mit ausgestrecktem Zeigefinger verächtlich auf Segestes.

»Dir wird das Lachen gleich vergehen!«, drohte dieser mit dürftig verhohlenem Zorn.

»Segestes teilte mir mit, dass du im Bunde mit einigen Fürsten eures Volkes einen Aufstand gegen Rom planst«, bellte Varus.

»Wenn du soviel weißt, verrätst du mir doch bitte auch noch, wann wir loszuschlagen gedenken, damit ich den Zeitpunkt meines Aufstandes nicht verschlafe?«, fragte Arminius kaltblütig zurück.

»Morgen, sagt Segestes, wollt ihr uns auf unserem Marsch überfallen!«

Arminius zwang sich zur Ruhe, doch er fühlte, wie ihn die Panik zu verschlingen drohte. Der ganze Aufstandsplan war verraten worden. Alle, die morgen auf sein Signal warteten, würden in die

Falle laufen und getötet werden. Sie besaßen nicht einmal den leisesten Hauch einer Chance. Weshalb nur hatte er diesen Verräter nicht schon längst bestraft? Arminius bemerkte, dass die Prätorianer sich ihm näherten. »Die Behauptung ist ungeheuerlich und fordert Genugtuung!«, rief er.

»Das Spiel ist aus, Arminius. Ich habe Beweise!« Segestes winkte seinem Waffenmeister, der Heban wie ein Bündel Lumpen hereinschleppte. Bei seinem Anblick krampfte sich Arminius das Herz im Leib zusammen. Der Körper war über und über mit Blut bedeckt, ein Auge geschwollen und verklebt. Sie hatten den armen Jungen abgefangen und dann gefoltert. Er hätte ihn nicht als Boten einsetzen dürfen, noch nicht. Er empfand keinen Groll gegen den jungen Semnonen, der ihn unter der Folter verraten hatte, nur Hass gegen Segestes, der vor nichts zurückschreckte. Er legte seine Hand auf Randulfs Schulter, um ihn zu beruhigen, denn der alte Semnone starb vermutlich tausend Tode aus Scham darüber, dass sein Sohn zum Verräter geworden war.

Dann lachte Arminius laut und höhnisch auf. »Es wundert mich sehr, dass ein Mann von Kultur wie du, Varus, einem sabbernden Greis wie dem da sein Ohr leihen kann für seine schmutzigen Verleumdungen. Weißt du denn nicht, du allwissender Statthalter, dass er mich seit dem Tag, an dem ich seine Tochter geheiratet habe, durch Gift, Eisen und Verleumdung zu töten versucht? Er ist zu feige, mich wie ein Mann zum Kampf zu fordern. Und dem glaubst du also? Varus, Varus, wir werden mit Augustus reden müssen! Und wage nicht, mich daran zu hindern.« Arminius zog sein Schwert.

»Das Schwert runter, wir sind in der Verhandlung!«, befahl Varus, der seinen Schrecken nur mühsam verbergen konnte. »Der Mann hat Beweise!«

Arminius ließ das Schwert sinken, ohne es aber wegzustecken. »Was für Beweise denn? Er hat einen Jungen aus meiner Umgebung gefangen und ihn halb bewusstlos geprügelt, um ihn dann die Worte in den Mund zu legen, die er hören wollte. Aber ich beweise dir jetzt das Gegenteil.«

»Und wie?«

»Ich foltere Segestes mit der gleichen Sorgfalt, mit der er Heban gepeinigt hat, und du wirst mit Staunen vernehmen, Varus, wie gern Segestes zugibt, ja sogar alle Eide darauf schwört, den Aufstand gegen Rom unter deiner Anleitung geplant zu haben! Die gleiche Geschichte mit dir in der Hauptrolle als Empörer gegen Rom. Und dann führe ich Klage vor Augustus. Na, wie gefällt dir das, Statthalter? Wach auf, Varus, es ist nicht die Wahrheit, es ist das Werk eines von Hass zerfressenen alten Mannes.«

Varus wurde nachdenklich. Die scheinbar klaren Beweise schmolzen durch Arminius' Worte wie Eis in der Sonne.

»Alles wahr, alles falsch«, brach es aus Heban heraus. »Schaut mich doch an! Die haben solange auf mich eingeprügelt, bis ich alles sagte, was sie hören wollten, nur um keine Schmerzen mehr zu haben.« Er hob seine linke Hand, und alle konnten sehen, dass man dem Jungen sogar die Fingernägel herausgerissen hatte. Arminius wurde übel.

»Du falscher Hund!«, brüllte Segestes Heban an und wollte sich mit dem Schwert auf den Jungen stürzen, aber Arminius war schneller, schlug ihm die Waffe aus der Hand und richtete die Spitze seines Schwerts auf seinen Hals. »Der Junge gehört mir.« Keiner wagte, etwas zu sagen, denn die Augen des Arminius glühten vor Zorn. »Hilf deinem Sohn, Randulf!«

Der Semnone nahm Heban vorsichtig in die Arme und hob ihn auf.

Arminius spürte den Schmerz des alten Kriegers und zitierte, an Varus gewandt, die erste Zeile von Homers »Ilias« auf Griechisch – die erste Zeile, die das ganze Verhängnis der Welt enthält und wie die Mutter aller Drohungen klingt: *»Singe mir, oh Muse, die Wut des Pelleiden Achilleus.«* Dann strich er Heban zärtlich über die Wange. »Wer hat dir das, angetan, mein Sohn?«

Heban zeigte auf Segestes' Waffenmeister, der zwischen dem verräterischen Fürsten und Varus stand. Arminius nahm sein Schwert in beide Hände, stach den Waffenmeister durch die Kehle und drehte das Schwert herum, bevor er es wieder herauszog. Varus erstarrte vor Schreck, während Segestes einen Schritt zurücktrat. Dann fiel der Körper des Waffenmeisters wie eine gefällte Eiche zu Boden. Niemand im Zelt vermochte in diesem Moment zu reagieren. Der Schock hatte Wurzeln geschlagen.

»Du hast das Blut vergossen, Statthalter, weil du den Einflüsterungen eines Lügners mehr geglaubt hast als einem römischen Ritter«, sagte Arminius und wartete Varus' Antwort nicht ab, sondern nutzte die Erstarrung der Anwesenden, um das Zelt zu verlassen. Nicht aus Jähzorn, sondern kalten Blutes hatte er die Maske der Wut des Achilles aufgesetzt, um Verwirrung zu stiften und so Zeit zu gewinnen, um sich in Sicherheit zu bringen, die er allein inmitten seiner Truppen fand. Jetzt war Improvisationskunst gefragt, noch war nichts verloren, aber alles stand auf Messers Schneide.

Arminius ritt mit Randulf, der seinen geschundenen Sohn vor sich auf dem Sattel hatte, zum Lager.

Randulf rang stumm mit sich, schließlich murmelte er, aber es war, als ob jedes Wort glühendes Eisen war, das man ihm zu schlucken gab und ihm die Kehle verbrannte: »Verräter verdienen nur zu sterben. Erlaube mir, dass ich meinem Sohn den Tod selbst gebe, einen leichten Tod, denn er hat genug gelitten.«

Davon wollte Arminius jedoch nichts hören. »Nein, er wird, er soll leben. Ihn trifft keine Schuld, Randulf. Er war noch zu jung dafür. Es ist allein meine Schuld, ich habe ihn zu früh einer zu großen Gefahr ausgesetzt. Er war noch nicht so weit. Du kannst stolz sein auf deinen Sohn, er hat sich in der höchsten Gefahr zu uns geschlagen und uns gerettet.«

Im Lager angekommen überwachte er persönlich, dass Hebans Wunden gewaschen und behandelt wurden. Dabei berichtete ihm der Bote trotz der Schmerzen, die der Junge litt, von seiner Frau und seiner Tochter. Dass beide sich wohlauf befanden, nahm zumindest einen Teil der Sorgen von seinen Schultern.

Ein Bote des Statthalters traf ein und wurde ins Zelt des Befehlshabers geführt. »Tribun, Quinctilius Varus bittet von Herzen, das Ungemach zu entschuldigen. Er hat den lügnerischen Germanen fesseln lassen und lädt dich zum Essen ein.«

Arminius, der gemeinsam mit dem Feldarzt Hebans Wunden versorgte, schaute nur kurz auf. »Richte Varus aus, dass ich die Wunden meines geschundenen Dieners verbinde.«

Der Bote stand hilflos da und starrte ihn an, denn er wusste nicht, wie er diese Antwort verstehen sollte. »Du schlägst die Einladung des Statthalters aus?«

»Nein, ich nehme sie an, wenn die Wunden meines Dieners verheilt sind, die Verleumdung und Verrat ihm geschlagen haben.«

Der Bote kratzte sich verwundert am Kopf und machte sich wieder auf den Weg zurück ins römische Lager.

Eine Stunde später erschien Velleius Paterculus. Arminius erhob sich und wusch sich die Hände, dann verließ er mit dem Freund das Zelt. Sie gingen in die Nacht hinaus. Kalt standen die Sterne am klaren, erbarmungslosen Himmel. Nun erwartete Arminius das Schwerste, er musste den Waffengefährten täuschen.

»Warum kommst du nicht einfach zum Essen – und wir vergessen die Sache?«, fragte der Legat.

Arminius packte Velleius bei den Schultern und schaute ihm fest in die Augen »Hast du an meine Unschuld geglaubt?«

»Ich wusste doch gar nichts von einer Anschuldigung.«

»Und, bist du dir jetzt sicher, dass du es wüsstest, wenn ein weiterer Anschlag auf mein Leben geplant wäre?«

»Ich würde dich mit meinen Männern schützen!«

»Wirklich, Velleius? Wer sagt dir, dass deine Männer im Zweifelsfall auf dich hören?« Velleius schwieg. Arminius hatte recht.

»Lass uns erst in den Winterquartieren zurück sein, dann werde ich Klage bei Augustus gegen den Statthalter führen. Bis dahin halte ich mich nur bei meinen Truppen auf.«

»Varus ist ein Opportunist, ja, eitel und geldgierig, ja, aber warum sollte er dich töten wollen?«

»Warum hat er zugelassen, dass meine Eltern getötet wurden?«

»Er kennt die Mörder deiner …« Arminius nickte. »Bei Jupiter, woher weißt du das?«

»Du wirst es rechtzeitig erfahren, mein Freund, aber jetzt begib dich wieder zu Varus und richte ihm aus, dass wir unsere Streitigkeiten vor dem Princeps klären werden. Ich traue ihm nicht mehr!«

Betroffen bestieg Velleius das Pferd und ritt los. Arminius sah ihm lange traurig nach. Tut mir leid, mein Freund, dachte er, es musste sein, der morgige Tag wird uns als Feinde finden.

*

Früh brachen sie auf. Wie bei jedem Marsch übernahm ein kleiner Teil der Hilfstruppen, der unter dem Kommando Gerwulfs stand, die Vorhut und ritt den Legionen voran. Ein Teil der Leute des Sachsen hatte bereits an einer engen Stelle des Hohlweges begonnen, Wälle zu errichten. Arminius bildete mit dem Großteil der Krieger die Nachhut.

Bevor sich der Heerwurm in Bewegung setzte, hatten sich Varus und Arminius noch einmal kühl angeblickt. Dabei hatte der Statthalter unwillkürlich die Schultern hochgezogen. Er fühlte sich offensichtlich unbehaglich. Da er annahm, dass Arminius in Rom, wo er über gute Kontakte verfügte, Klage gegen ihn führen würde, wollte Varus nicht den Anschein erwecken, als glaube er den Verleumdungen oder stecke womöglich mit den Verleumdern unter einer Decke. Deshalb verzichtete er auf jegliche Vorsichtsmaßnahmen und ließ die Legionen in lockerer Ordnung marschieren. Zudem beabsichtigte er, den Befehlshaber der Hilfstruppen in Sicherheit zu wiegen. Der Weg nach Rom war schließlich weit. Gift und gedungene Mörder standen zwischen dem Rhenus, von dem Arminius aufbrechen würde, und dem Tiber, den er nie erreichen durfte, überall bereit. Bei dem Gedanken, dass der Germane nicht die geringste Ahnung hatte, mit wem er sich einließ, als er Varus beschämte, besserte sich die Laune des Statthalters. Das Schwert führt ein Arm, der erschlafft – das Geld aber hat tausend Arme mit tausend Schwertern.

Als das Bergland die Kolonne völlig geschluckt hatte, flammten auf den Bergspornen Leuchtfeuer auf. Kurz darauf erklangen das Sturmgeheul der Luren und die monotonen Schicksalsschläge der Trommeln. Überall regte und bewegte sich etwas. Es war, als ob der Wald lebendig würde, als kämpfte selbst der Fels gegen die Eindringlinge.

Wie lange hatte er auf diesen Moment hingearbeitet! Wie sehr hatte er ihn herbeigesehnt! Nun war es endlich soweit. Arminius zog sein Schwert, und er brüllte, dass es widerhallte. Und tatsächlich trugen die Anführer die Worte des Königs wie ein Echo weiter, dass es die dreißig Meilen, über die sich die Marschkolonne inzwischen hinzog, mühelos überwand: »Sinthgunt wird uns entweder als Sieger oder in Tyrwal sehen! Bettgenossen der Freiheit werden wir so oder so heute Abend sein! In diesem oder im nächsten Leben!«

Auf seinem Schimmel stürmte Arminius an der Spitze seiner Männer von hinten durch die Kolonne der neunzehnten Legion und hielt grausige Ernte. Wer ihm in den Weg kam, den erstach er oder schlug ihn aufs Haupt. Wie ein eiserner Rechen zogen die germanischen Reiter durch die römischen Reihen. Ehe die Legionäre begriffen, dass sie von den eigenen Hilfstruppen angegriffen wurden, hatten dic Reiter bereits die Hälfte des Weges zurückgelegt. Panik breitete sich aus. Die Soldaten rannten zu den Wagen, um an ihre Helme und Brustpanzer zu kommen. Die Heerführer versuchten vergeblich, Kampfordnungen aufzustellen, aber die

Hilfstruppen, nicht weniger militärisch ausgebildet als ihre römischen Kollegen, jagten und töteten zuerst die Führer und Unterführer. So lebte kaum mehr als ein Drittel der 5378 Legionäre der neunzehnten Legion, als sie sich zur gemeinsamen Abwehr zusammenfanden. Auf die Befestigung, die seine Leute als Sperrriegel zwischen der neunzehnten und der achtzehnten Legion errichtet hatten, pflanzte Arminius wie zum Hohn den erbeuteten Legionsadler. Unterleib und Brust seines Schimmels waren inzwischen rot von Blut.

»König, was machen wir mit den Gefangenen?«, rief einer der Kämpfer Arminius zu.

»Es wird keine geben«, schrie er zurück, so laut er konnte.

Die Legionäre saßen in der Falle. Es ging weder vor noch zurück, und nun kam das Verderben auch noch von den Hängen in Gestalt unzähliger Pfeile. Kaum war der todbringende Regen über die bedauernswerten Männer niedergegangen, da folgten bereits die nächsten Geschosse mit ihren eisernen Schnäbeln, die den Römern das Fleisch von den Knochen hackten.

Arminius musste zweimal hinsehen, denn er traute seinen Augen nicht: Unter den Bogenschützen der Brukterer befanden sich tatsächlich Frauen. Ihrer Weiber kämpften mit ihnen zusammen, weil sie von jeher wussten, dass sie nur gemeinsam siegen oder zusammen sterben würden. Einen kurzen Moment lang wanderten seine Gedanken zu Elda, dachte er an Lenia, und er sah sie vor sich, Frauen und Männer und Kinder, die fröhlich und scherzend ihr Land bestellten, Jungen, die Schafherden auf die Weide trieben, Fruchtbarkeit und Glück überall, und nicht einer trug Waffen.

Er senkte den Kopf herunter, ließ ihn nach rechts und nach links pendeln, dann blickte er von unten auf, hob das Schwert und sprengte auf seinem Pferd in den Talkessel. »Setzen wir dem jetzt ein Ende!«

Mit wilden, markerschütternden Schreien folgten ihm seine Männer. Von den Hängen stiegen die Bogenschützen herab, die nun mit Schwertern, Speeren, Messern und Keulen in den Kampf eingriffen. Aber die Römer, die wussten, dass sie diese Schlacht nicht überleben würden, kämpften mit eiserner Entschlossenheit. Anders hatte es Arminius auch nicht erwartet. Vieles konnte man über diese Männer sagen, nicht aber, dass sie Feiglinge waren.

Ein eisgrauer Kämpfer, Lucius mit Namen, dem Arminius das Schwert in den Bauch rammte, bedankte sich bei ihm. »Meine Manen werden jetzt wieder bei Drusus Dienst tun, wie ich es als junger Mann schon tat. Danke, Germane«, röchelte er. Dann floss nur noch Blut aus seinem Mund, doch sein Gesicht wirkte entspannt, es hatte eine zufriedene Miene angenommen. Arminius verneigte sich kurz vor dem Sterbenden, dann schlachtete er weiter.

Bis zum Abend zogen sich die Kämpfe hin. Raben hatten auf den Bäumen Platz genommen und warteten darauf, dass die Kämpfer ihnen das Totenfeld überließen. Auch unter den Leuten des Arminius waren hohe Verluste zu beklagen. Die Römer machten ihrem Ruf alle Ehre. Irgendwann schwand aller Hass, und die Kämpfer schlugen nur noch mit grausamer Eintönigkeit aufeinander ein, bis der geglückte Streich des anderen sie niederstreckte.

Der Bote, den Arminius zu Gerwulf und Randulf geschickt hatte, war zurück. Trotz aller Bemühungen, dies zu verhindern, war es der achtzehnten und der neunzehnten Legion gelungen, sich zu vereinen. Sie waren zwar eingekesselt, aber nichts war entschieden. Arminius begab sich zu den beiden Unterführern, um die Lage zu besprechen. Jederzeit konnten die Römer einen Ausfall wagen. Er befahl, den eingeschlossenen Truppe mit Feuerpfeilen und Speeren zuzusetzen, und zeigte auf einen Bergsporn. »Wenn dort oben ein Feuer leuchtet, ist das das Zeichen zum Angriff. Ich komme mit meinen Leuten von hinten, du, Gerwulf, kommst von vorn und du, Randulf, von den Hängen. Die Krieger sollen solange ausruhen. Bis auf die tausend Schützen, die weiter die Legionen mürbe schießen sollen. Wir dürfen ihnen keine Ruhe lassen. Randulf?«

»Ja, König?«

Woher nimmt der alte Mann nur die Kraft, dachte Arminius voller Bewunderung. Der Semnone kämpfte seit dem frühen Morgen, und es war kein Anzeichen von Müdigkeit an ihm zu entdecken. »Lasst es nicht zu, dass sie sich an einer Stelle konzentrieren. Es darf nur entkommen, wen wir auch ziehen lassen wollen!«

Der Semnone nickte kurz, dann war er bereits im Wald verschwunden. Für einen Augenblick herrschte zum ersten Mal seit Beginn der Schlacht Ruhe. Arminius musterte seine Leute. Der Tag hatte sie erschöpft, aber er hatte ihnen auch Kraft gegeben, denn nun fühlten sie alle, was allzu lange kein Germane mehr gespürt hatte: Die römischen Legionen konnten besiegt werden! Kaum, dass er diesen Gedanken zu Ende gedacht hatte, da surrten von tausend Sehnen die flammenden Pfeile los und ergossen sich über die Römer. Dem Surren antworteten wie in einem grausigen Kanon die Schreie der Verletzten.

Als Arminius von Mann zu Mann ging, jedem Mut zusprach und mit den Kämpfern scherzte, erkannte er, dass sie eine Pause benötigten, wenn das Warten auch an ihren Nerven zerrte. Die Entscheidung stand unmittelbar bevor. Im Gegensatz zu den Stammeskriegern kannten die Hilfstruppen ihre römischen Waffengenossen sehr genau und wussten, wie gefährlich der Gegner immer noch war.

Nichts, noch gar nichts war entschieden. Und dass es nicht gelungen war, die achtzehnte und die neunzehnte Legion zu trennen, war kein gutes Vorzeichen. Im Kessel befanden sich gut zehntausend kampferfahrene Legionäre, die in ihrem Leben nichts anderes getan hatten, als Krieg zu führen. Das Überraschungsmoment, das Arminius und seinen Leuten anfangs geholfen hatte, war mittlerweile dahin, und die Soldaten schlossen sich unter ihren Anführern zu der fast unschlagbaren römischen Kampfordnung der Schildkröte zusammen. Sechs bis acht Männer deckten sich von allen Seiten mit ihren Schilden, und konnten so gut der drei- bis vierfachen Anzahl von Gegnern trotzen und selbst den Reitern gefährlich werden.

Flammen auf dem Bergsporn strebten zum Himmel. Nun gab es kein Zurück und kein Verschnaufen mehr, nun wurde gekämpft bis zum Ende. Arminius konnte nur noch das Gleiche tun wie jeder andere auch, sei er Krieger, Fürst oder König, nämlich kräftig dreinschlagen. Alles lag jedoch in den Händen der Nornen.

»Heute ist der Tag, an dem wir Gericht halten!«, brüllte Arminius, und wieder gab jeder, der den Schlachtruf des Königs hörte, ihn weiter. Während er auf dem Rücken seines Pferdes in das Lager der Feinde flog und seine Leute von überall her nachdrängten, spürte er plötzlich, dass sein Schimmel unter ihm strauchelte und stürzte. Schnell sprang er nach vorn, um nicht unter dem stürzenden Pferd begraben zu werden, rollte sich zur Seite, sah über sich eine Lanze, die auf ihn zuraste, und drehte sich blitzschnell nach links. Die Lanze, von den Römern *pilum* genannt, fuhr in den Boden. Im Aufstehen stach er mit seinem Schwert nach dem Lanzenträger und traf ihn von schräg unten in den Bauch. Er zog das Schwert heraus und nahm mit einem Seitenblick wahr, dass sein treuer Schimmel tot am Boden lag. Aus der Brust des Pferdes ragte ein Speer.

Hinter dem Kadaver sah Arminius eine Schildkröte auf sich zukommen. Er griff nach der Lanze und zog sie mit einiger Anstrengung aus dem Boden. Sie hätte ihn durchbohrt, mit einer solchen Kraft war sie in die Erde gerammt worden. Er nahm Anlauf und sprang mithilfe ihres Stiels auf die Schildkröte. Auf den Schilden der Legionäre stehend, stach er nun von oben mit der Lanze durch die Lücken. Aus dem Inneren der Kampfordnung drangen Schreie. Die Schildkröte brach auseinander, und Arminius fiel zu Boden. Im selben Moment sah er sich von sechs Legionären umstellt. »Na bitte«, brüllte er, »so öffnet man Schildkröten!«

Germanen, die den König in Bedrängnis sahen, kamen ihm zu Hilfe. Arminius musste unwillkürlich schmunzeln. Seine Leute hatten von ihm gelernt. Die Reiter standen auf den Rücken ihrer Pferde, sprangen von dort auf die Schildkröten und sprengten sie von oben auf. Vergeblich versuchten die Römer, ihre Schlachtordnung zu halten. Bald schon kämpfte nur noch Mann gegen Mann. Das Gras färbte sich rot, wie auch der Bach, der links vom Wege floss. Obwohl sich die Nacht auf die ineinander verkeilten Kämpfer herabsenkte, blieb es hell, denn der Tross stand in Flammen – Wagen, Planen, das mitgeführte Olivenöl – und beleuchtete gespenstisch das Schlachtfeld. Germane lag neben Römer, Römer neben Germane, wie es schien, im Tod vereint. Immer enger zog sich der Ring um die Legionäre.

Arminius spaltete einem Centurio den Kopf. Er wurde nur noch von seinen Reflexen regiert und von seinen Instinkten geleitet. Wie vom Donner gerührt blieb er plötzlich stehen, denn das, was er sah, erschreckte ihn zutiefst. Er glaubte zuerst an ein Trugbild, aber, das, was sich vor ihm abspielte, geschah leider tatsächlich: Heban hatte sich, obwohl es ihm verboten worden war, vom Krankenlager erhoben und sich mit seinem Schwert in den Kampf gestürzt. Du dummer, dummer Junge, grollte Arminius. Er stürmte zu Heban, doch vier Legionäre stellten sich ihm in den Weg. Im gleichen Moment griff ein alter Römer, ein Militärtribun, den Jungen an. Dieser war zwar noch von der Folter geschwächt, behauptete sich jedoch tapfer gegen den erfahrenen Kämpfer.

Schneller als der Wind wollte Arminius bei Heban sein, den er inzwischen wie einen eigenen Sohn liebte. Er bückte sich und zerschlug in einer Drehung dem ersten Legionär mit dem Schwert die Kniegelenke, dass es nur so knirschte. Unter grässlichen Schmerzschreien ging der Mann zu Boden und gab sich mit der eigenen Waffe selbst den Tod. Arminius war bereits herumgewirbelt, hatte den zweiten Römer enthauptet und nun die Klinge in den Hals des Dritten getrieben. Er hatte keine Zeit, er musste zu dem Kind, das dort kämpfte! Denn eigentlich war Heban mit seinen sechzehn

Jahren noch ein Kind. Wie lange würde er noch durchhalten können? Als Arminius mit dem vierten Legionär die Klingen kreuzte, musste er leider feststellen, dass dieser ein guter Fechter war, der ihn aufhielt.

Arminius war durch die Sorge um Heban abgelenkt, den er nicht aus den Augen ließ. Er wollte so rasch wie möglich zu ihm, um ihn wieder ins Bett zu schicken, wo er eigentlich hingehörte. Ein Lächeln des Stolzes huschte über sein Gesicht. Einiges hatte er Heban in der kurzen Zeit immerhin beibringen können. Der Junge hielt sich gegen den alten Kämpen erstaunlich gut. Aber was war das? Heban riss die Augen auf, reckte sich leicht wie beim Erwachen am Morgen, die Augen fragend geweitet, dann sank er unendlich langsam in sich zusammen.

Im selben Moment spürt Arminius einen stechenden Schmerz in der Seite. Warum in der Seite, fragte er sich, warum nicht im Herzen? Allmählich begriff er es. In der Sekunde der Unachtsamkeit hatte der Römer ihn verletzt. Er spürte, dass Blut aus seiner Wunde sickerte, taumelte leicht und sah das breite Grinsen des Mannes, der ausholte, um ihm den Todesstoß zu geben. Es ging ihm durch und durch, dieses breite Grinsen des Legionärs, der breite Rücken des Tribunen, mit dem Heban gekämpft hatte, der nun klein und schmal in sich zusammengefallene Leichnam des tapferen Jungen. Dahinter kam nun Lucius Marcus Lupus mit einem Schwert in der Hand zum Vorschein. Der Feigling hatte Heban während des Kampfes von hinten erstochen. Das Grinsen des Legionärs biss auf Eisen, denn Arminius hatte ihm, noch bevor der den sicher geglaubten Todesstoß ausführen konnte, das Schwert in die feixende Visage gestoßen, sodass sein Lachen in einem blubbernden Röcheln verebbte.

Dann zog Arminius sein Schwert wieder heraus. Doch es war nicht mehr er, der das tat, etwas in ihm übernahm die Herrschaft und führte ihn. In seinen Ohren brauste es, sodass er die Rufe, das Gewieher der Pferde, die Schreie der Verletzten und das Stöhnen der Sterbenden nicht mehr vernahm. Er rempelte den Tribunen von der Seite an, worauf ihn dieser erstaunt ansah.

»Musstest du dir von dem da helfen lassen, einen Jungen zu töten?«, knurrte Arminius. »Schande über deine Manen!« Im Vorbeigehen stieß er ihm das Schwert in die Brust, ließ es, wo es war, und schritt weiter. Für Lucius Marcus Lupus benötigte er keine Waffe außer seinen Händen.

Mit Todesangst in den Augen wandte sich der Steuerpächter zur Flucht. Aber er kam nicht weit, mit vier Schritten hatte ihn Arminius eingeholt. Und er war jetzt weder der König der Krieger, noch Ergimer, noch Arminius. Es nutzte Marcus nichts, dass er mit dem Schwert herumfuchtelte, denn Arminius wich ihm nur aus und schlug ihn dann mit der Faust nieder. Dann zog er den Dolch aus seinem Gürtel, warf ihn hoch, fing ihn noch in der Luft in Augenhöhe auf, indem er einen Finger nach dem anderen um den Griff des Messers legte, bückte sich über den Steuerpächter und weidete ihn bei lebendigen Leib aus. Blut spritzte, Gedärme quollen aus dem Bauch.

Als er aufblickte, die Hände tief in der nun leeren Bauchhöhle des sterbenden Lucius Marcus Lupus vergraben, das Gesicht blutverschmiert, die Augen leer, traf sich sein Blick mit dem des entsetzten Legaten Velleius Paterculus. Stumm sahen sie sich an. Arminius brauchte eine Weile, bis er sich erinnerte, wer er war und was er hier tat. Langsam erhob er sich und ging auf den Legaten zu. Da schob sich eine Gruppe von Römern, die einen Ausfall versuchten, dazwischen. Im Kampfgewühl gingen sie einander wieder verloren.

31

Immer enger zog sich der Ring um die verbliebenen Soldaten und Offiziere des Varus. Nur noch ein Wagen brannte lichterloh und beleuchtete das Schlachtfeld. Aus den Augenwinkeln beobachtete Arminius im Vorübergehen einen römischen Offizier, der in schwere Ketten gelegt war und sich nun mit den Eisengliedern den Kopf einschlug. Er bemerkte, dass einige Spritzer Gehirnmasse seinen linken Unterarm trafen. Ein Pferd, in dem Speere steckten wie Stacheln in einem Igel, jagte im Todeskampf an ihm vorbei. Arminius schaute ihm traurig nach, sah, wie es zusammenbrach und die Beine das Leben von sich strampelten. Sein herzzerreißendes Wiehern gellte noch in seinen Ohren nach, als das Tier längst ausgekämpft hatte. Zwei Germanen warfen einen Römer, der noch lebte, ins Feuer. Arminius lächelte schief, schüttelte nur den Kopf und ging wie benommen weiter, wie in Trance führte er das Schwert. Es kam ihm wie ein Traum vor, der nicht enden wollte, dass er im Vorwärtsschreiten Feinde, die sich ihm entgegenstellten, erschlug oder erstach. Aber es war so, als wäre es nicht er, der tötete. Es war, als hätte der Tod seine Gestalt angenommen, um abzurechnen und Rache zu nehmen.

Er brauchte eine Weile, ehe er verstand, was er dann sah: Ein großer, halb nackter Mann, ein germanischer Krieger, fiel über ein kaum zehnjähriges Mädchen her. Mit der freien linken Hand griff er dem Hünen in den Haarknoten der Sueben und zerrte ihn von dem Mädchen weg. Der Mann drehte sich um und erschrak, als er den König vor sich sah.

»Was habe ich gesagt? Kühlt euren Mut an den Legionären. Die Frauen und Kinder lasst in Ruhe!«, fuhr Arminius den Sueben an.

Aus allen möglichen Ecken kamen acht germanische Krieger, angelockt durch die Auseinandersetzung, herbeigelaufen.

»Das kleine Ding da ist meine Beute!«, knurrte der Hüne zornig.

Arminius Augen funkelten. »Du willst sie zur Beute, ja?«

»Sie gehört mir. Das ist mein Recht!«

»Nun gut«, sagte der König. Dann holte er aus und spaltete seinem Krieger den Kopf. Schwer sackte der Körper entseelt zu Boden. Die anderen Germanen starrten auf den Leichnam, doch Arminius hatte dafür nur einen kalten Blick übrig. »Dann nimm dir deine Beute.«

Langsam ging er zu dem völlig verängstigten Mädchen, das nur aus schwarzen Haaren und Tränen zu bestehen schien, und sprach sie auf Latein an. »Hab keine Angst, hab keine Angst.« Behutsam wischte er dem Mädchen die Tränen ab. Dann winkte er einen der acht Männer zu sich. »Wie heißt du?«

»Wolfgart, König.«

Arminius sah ihm tief in die blauen Augen. »Gut, Wolfgart, du nimmst die sieben Männer hier, ihr sammelt die Frauen und Kinder ein und beschützt sie. Du haftest mit persönlich für sie, mit deinem Leben. Hast du mich verstanden? Wer sich dir widersetzt, den erschlägst du, ganz gleich, wer es ist. Und wäre es dein eigener Bruder. Hast du mich verstanden?«

Der kräftige Mann erbleichte und stotterte etwas, das nach Zustimmung klang.

»Ich habe nichts verstanden.«

»Bei meinem Leben führe ich deinen Befehl aus, König!«

»Geh zu Wolfgart«, sagte Arminius zu dem Mädchen. »Es wird dir nichts geschehen.« Danach blickte er noch einmal traurig zu dem Sueben, den er erschlagen hatte, bevor er sich wieder in den Kampf stürzte.

*

Der Morgen schickte ein pastellfarbenes Rosa über den durchgehend grauen Himmel. Ein Blick zum Firmament erinnerte Arminius daran, dass die Griechen die Morgenröte auch Eos nannten, die Rosenfingrige. Die frechsten der Raben waren den Kämpfenden fast auf den Fersen und warteten ungeduldig auf ihre Beute. Und die kleinen Füchse wagten sich auch schon aus dem Dickicht hervor.

Rechts und links von ihm schlossen immer mehr Germanen auf. Sie bildeten erst eine, dann zwei, inzwischen fünf Linien, die sich kämpfend immer enger um die Römer zogen. Nur noch dreißig Legionäre, unter ihnen Varus und Velleius, standen vor ihnen. Arminius hob das Schwert. »Halt!« Die Linie stand. »Gebt auf. Es hat keinen Sinn mehr. Es ist aus.«

Varus trat vor. Er hatte Tränen in den Augen. Dann umfasste der Statthalter mit beiden Händen den Griff seines Schwertes, richtete es gegen sich und stürzte sich in die scharfe Klinge. Er war sofort tot. Jubel brach unter den Germanen aus.

»Befiehl deinen Männern, die Waffen fallen zu lassen«, sagte Arminius zu Velleius. »Keine Angst, wir werden euch nicht töten, obwohl ihr es verdient habt. Wir brauchen euch noch. Ihr müsst die Frauen und Kinder an den Rhenus zurückbringen.«

Velleius riss vor Staunen die Augen auf. »Leben sie denn noch?«

»Wir sind doch keine Römer! Wir haben versucht, das unschuldige Leben zu schützen. Bring sie wieder dorthin zurück, von wo sie hergekommen sind, Velleius. Ihr habt hier nichts mehr verloren!«

»Warum, Arminius? Warum nur?«

»Nie werden die Germanen euch verzeihen, dass sie zwischen Rhenus und Albis so viele Römer gesehen haben, dass sie Steuern zu zahlen hatten und in ihrem eigenen Land geknechtet wurden.«

»Ich habe dich für einen von uns gehalten, aber du bist und bleibst ein Barbar!«

»Nenne mich, wie du willst. Aber ich bin der König der germanischen Krieger und Fürst der Cherusker. Und das würde ich nicht einmal gegen die römische Bürgerkrone des Augustus eintauschen.« Er blickte nun zu dem Leichnam des Varus und hieb dem am Boden liegenden Toten den Kopf ab. Dann packte er den Schädel bei den Haaren und riss ihn hoch. Wie groß aber war sein Erstaunen, als der kahle Schädel herunterfiel und er nur ein Bündel Locken in der Hand hielt. Befremdet schaute er erst auf die Perücke und dann auf die Glatze des Statthalters. »Nicht einmal deine Haarpracht war echt.« Er ließ die Perücke angeekelt fallen. Danach bückte er sich, hob den Schädel auf, befahl einen Semnonen zu sich und warf ihm den Kopf zu. »Bring den Schädel zu Marbod!«

»Ich?«

»Ja, und richte ihm von mir aus, dass er mit mir verhandeln kann oder Gefahr läuft, auch seinen Kopf zu verlieren. Wie Varus! Ich will, dass er die Rugier, die Langobarden und die Semnonen nicht mehr bedrängt.«

Der beginnende Tag fand die Krieger der Germanen beim Plündern der Trosswagen und der Leichen und die Priester beim Opfern der Verletzten auf eilends errichteten Altären.

*

Wenige Tage später hielten die germanischen Stämme ein Thing ab. Gana führte den Vorsitz. Sie lobte Arminius und beschwor die Stämme, weiterhin auf den König der Krieger zu hören, denn der Krieg sei noch nicht vorbei.

Arminius erhob sich. Er schaute sich in der Runde um. Fürsten, die ihn liebten, Fürsten, die ihn hassten, einige, die ihm vertrauten, anderen, die ihm misstrauten, denen er unheimlich war oder die sich einfach nur abwartend und gleichgültig verhielten, saßen hier beieinander. »Freunde, Germanen«, begann er, »wir haben der Hydra die Köpfe abgeschlagen, nun aber müssen wir die Stümpfe ausbrennen, damit ihr keine neuen Köpfe nachwachsen können!«

Die Männer schauten ihn verwundert an. Ein Fürst der Usipeter sprang auf. Der grauhaarige Mann schüttelte seinen Kopf. Offensichtlich fand er sich in Arminius' Worten nicht zurecht. »Wovon redest du, König? Ich hab mit dir gegen die Römer gekämpft, aber von einer Üda, der ich den Kopf abgeschlagen haben soll, weiß ich nichts.«

Einige wenige lachten, die meisten aber schauten ihn nicht weniger verständnislos an als der alte Fürst.

Arminius lächelte. »Das war nur ein Bild für die Römer. Die Hydra ist ein Ungeheuer mit neun Köpfen, die immer wieder nachwachsen, wie die Kraft der Römer nachwächst.«

»Ach, Arminius, du denkst wie die Römer, du sprichst wie die Römer, und dann versteh ich dich nicht. Sag in unserer Sprache, was du willst, gerade heraus, ohne Schnörkel.«

»Gut! Wir haben die Schlacht gewonnen, aber noch nicht den Krieg!«

Ein Raunen ging durch die Reihen.

»Was wird geschehen?«, fragte Gana.

»Das kommt darauf an, wer der neue Oberbefehlshaber der Rhenus-Armee wird. Wird es Tiberius, dann setzen sie schlau und geduldig ihre Schritte, wird es aber Germanicus, wird der eher heute als morgen mit einem eilig aufgestellten Heer in Germanien einfallen.«

»Was rätst du?«

»Sich keiner neuen Schlacht zu stellen!«, erwiderte Arminius. Er blickte in leere Gesichter, nun verstand ihn niemand mehr. »Wir bluten sie aus. Wir errichten in den Wäldern versteckte Weiden und Speicher. Wenn sie mit ihren Legionen anmarschieren, verlassen wir die Gehöfte und ziehen uns in den Wald zurück. Sind sie weg, kehren wir wieder zurück, haben sie das Gehöft verbrannt, helfen alle Nachbarn, den Hof sofort wieder aufzubauen.«

»Wie lange können wir das durchhalten?«

»Länger als die Römer! Jeder Tag Krieg frisst ein gewaltiges Loch in die Schatulle des Princeps. Die Truppen werden unzufrieden, weil sie weder kämpfen, noch Beute machen, sondern sich nur den Wolf laufen. Für nichts und wieder nichts. Wo es aber günstig ist, greifen wir sie an und piesacken sie wie ein Mückenschwarm. Wenn wir das zwei bis drei Jahre durchhalten, bricht der Krieg gegen uns aus Entkräftung zusammen.«

»Klug gesprochen!«, sagte Gana.

»Klug gesprochen!«, bestätigten die anderen. Und wie es Brauch war beim Thing, fragte Gana, ob noch jemand eine Klage vorzubringen habe.

Ein Fürst mit Suebenknoten erhob sich. »Ich.«

»Sprich, Grendel!«, erteilte ihm Gana das Wort.

»Warum, Arminius, hast du meinen Bruder erschlagen und ihn um seine Beute betrogen?«

»Hatte ich nicht befohlen, die Frauen und Kinder zu verschonen? Hat er sich meinem Befehl widersetzt oder nicht?«

»Kämpfen wir etwa dafür, dass jetzt du statt der Römer uns Befehle erteilst?«

»War ich in der Schlacht dein Gefolgsherr?«

»Ja.«

»War ich in der Schlacht auch der Gefolgsherr deines Bruders?

»Ja.«

»Dann hatte Arminius das Recht dazu«, entschied Gana. »Und wenn dein Bruder Radgart dem zuwidergehandelt hat, dann ist er zu Recht gestorben, auch wenn wir alle seinen Tod bedauern.«

Die Fürsten nickten zustimmend, und Grendel verließ wütend das Thing. Nachdenklich sah ihn Arminius nach, doch dann riss ihn der Jubel der anderen Gefolgsherren aus seinen Gedanken.

Währenddessen war auch die Nachricht des Sieges im Rugierland eingetroffen. Keine Stunde länger hielt es Elda bei ihren Gastgebern. Mit Lenia und Ansar brach sie zum Hof ihres Mannes auf, der nun auch der ihrige werden sollte. Die Flüchtlinge hatten den Hof größer und schöner als je zuvor wieder aufgebaut und mit einer Wehrmauer umgeben. Wenige Stunden vor Arminius traf sie in ihrem neuen Zuhause ein und schaute sich seitdem fast die Augen wund, denn sie konnte das Wiedersehen nach überstandener Schlacht kaum erwarten. Jetzt endlich konnte ihr Familienleben beginnen, ohne Krieg und Verschwörung, so hoffte sie innig, als sie die kleine Burg in Besitz nahm.

Vom Thing, das ihn zum Kriegskönig der Germanen gewählt hatte, zu dem Mann also, der in Zeiten des Kampfes zu befehlen hatte, ritt er ungeachtet seiner Erschöpfung zum Gehöft seiner Eltern. Nur eine, dafür schwerwiegende Niederlage hatte er in der Ratsversammlung hinnehmen müssen. Da sich Segestes reumütig gezeigt hatte, verbot das Thing Arminius, seinen Schwiegervater zu bestrafen. Insgeheim befürchteten die anderen Gefolgsherren, dass Arminius, wenn er sich an einem Fürsten vergreifen durfte, nichts daran hindern würde, es eines Tages auch bei anderen zu wagen. Nur notgedrungen hatten sie die Tötung Radgarts für Recht erklärt. Es war diese Angst und vor allem das nagende Unbehagen angesichts der Macht, die einem einzelnen Fürsten, nämlich Arminius, zuwuchs, die Segestes schützte.

Von Weitem schon sah er den Wall und die darüber hinausragenden Häuser inmitten der Stoppeläcker und des in herbstlichen Farben leuchtenden Waldes stehen. Ob Elda schon da war? Die Sehnsucht nach seiner Familie trieb ihn vorwärts.

Aber mit ihm, das wusste er leider nur zu gut, würden nicht nur Jubel, sondern auch Sorgen und Trauer einziehen, denn die Söhne, Brüder und Ehemänner der Menschen, die hier lebten, folgten ihm etwas langsamer nach, auf dem Pferd sitzend oder als Verletzte oder Gefallene auf der Bahre liegend, die ein Ross hinter sich herzog. Der ewige Zug der geschlagenen Schlachten, der aus Überlebenden und Toten bestand. Doch verwundet waren sie alle, die mit dem Leben davonkamen – manche am Leib, alle aber an der

Seele. Die Schlacht entließ keinen Mann so, wie er vorher gewesen war. Doch wer wollte es dem heimkehrenden König verdenken, dass er in diesem Augenblick einzig und allein getrieben wurde von der Freude, Frau und Kind endlich in seine Arme schließen zu dürfen?

Die mächtigen Tore öffneten sich weit wie zwei Arme, die ihn willkommen hießen. Arminius trieb sein Pferd an. Mitten auf dem Hof riss er am Zügel und sprang vom Rücken des laut wiehernden Rosses ab. Dann sah er sie, seine wunderschöne Frau mit dem Kind auf dem Arm, seiner Tochter, dem Anfang und dem Ende der Welt. Frauen und Kinder, Greise und Greisinnen umringten sie nun. Er blickte sich um, sah in ihre Gesichter, die Hoffnung, dass ihre Söhne, Männer und Väter auch bald zurückkehrten und sie alle die Freude der Heimkehr nicht nur miterleben, sondern am eigenen Leibe auch erfahren durften. Und in dem kurzen Moment, bevor er seine Frau küssen und seine kleine Tochter auf den Arm nehmen würde, wusste er, dass die Schuld am Tod der Gefallenen, die er auf sich geladen hatte, niemals vergehen würde. Doch dann spürte er die weichen Lippen seiner Frau, sah nach dem Kuss in die großen Augen seiner Tochter, und ihr Blick leuchtete ihm ins Herz und stimmte ihn mild und friedlich.

Ansar trat zu ihm und fragte nach Heban. Arminius wich seinem Blick kurz aus, dann erzählte er ihm, dass der junge Semnone als Held gestorben war.

Und wie er es bereits geahnt hatte, sah der Abend Feiernde, einige verhalten, weil sie schwere Wunden zu versorgen hatten, und Trauernde. Letztere machten ihm den Tod ihrer Männer, Brüder und Väter nicht zum Vorwurf, den machte er sich nur selbst, denn der Feldherr durfte der Frage nicht ausweichen, ob er nicht eine List übersehen hatte, die Leben erspart hätte.

In der Nacht aber, als sich endlich Ruhe auf die kleine Burg des Fürsten gesenkt hatte, nahm er Elda behutsam in den Arm, um seine Tochter nicht zu wecken, und liebte seine Frau zärtlich und sanft. Und plötzlich erinnerte er sich wieder, was ihm gefehlt hatte, begriff er, was für ein Vieh er doch die letzten Wochen über gewesen war.

*

Velleius Paterculus brachte die Frauen und Kinder sicher an den Rhenus zurück. Zum ersten Mal erfuhren seine gereizten Nerven, die dem Zusammenbruch nahe gewesen waren, eine gewisse Beruhigung, als er in der Stadt der Ubier feststellte, dass Lucius Asprenas die Truppen aus Mogontiacum an den Rhenus geführt und mit dieser Machtdemonstration die links des Flusses siedelnden Germanen wirksam vor Erhebungen jedweder Art gewarnt hatte. Auch war er klug genug gewesen, sich nicht verleiten zu lassen, den Rhenus zu überschreiten und sich in den Kampf zu stürzen. So blieb in der ganzen Katastrophe die westliche Germania den Römern erhalten.

Aber was Asprenas und auch Caecus nicht zu begreifen vermochten, war der unfassliche Verrat des Arminius, denn sie hatten den jungen Ritter germanischen Blutes ins Herz geschlossen. Aber wie hätte ihnen das auch gelingen können, wo nicht einmal Velleius, der in die Ereignisse verstrickt und eng mit dem abtrünnigen Germanenführer befreundet war, sich diese Niedertracht erklären konnte?

Drei Pferde ritt Velleius Paterculus zuschanden, um die Nachricht nach Rom zu bringen. In Wahrheit aber trieb ihn nicht das Verlangen, Augustus Meldung über die Katastrophe zu erstatten, sondern er floh, wollte nur Zeit und räumliche Entfernung zwischen sich und den Untergang der Legionen bringen. Sein Ritt glich der Flucht aus der Wirklichkeit, die er nicht mehr verstand. Eines Tages, so nahm er sich fest vor, würde er darüber schreiben und der Nachwelt berichten, was im Teutoburger Wald geschehen war und wie es dazu kommen konnte. Und der Held der Geschichte würde, das stand fest, nicht Arminius sein. Auch nicht Varus. Unbemerkt schob er dem unglücklichen Mann, der sich in sein eigenes Schwert gestürzt hatte, die ganze Verantwortung auch für sein eigenes Versagen zu. Ja, so war es, Varus trug an allem Schuld, Varus hatte die Germanen zu hart bedrängt, und dann fanden diese widerspenstigen und gereizten Leute noch einen Führer in einem verräterischen und ehrgeizigen römischen Offizier. Ach, Barbaren würden immer Barbaren bleiben und nie Römer werden, man kannte sich nicht aus mit ihnen, nicht mit den fremden Regungen ihres Herzens. Aber wer würde der Held seiner Geschichte werden, fragte sich Velleius, als er über die Alpen nach Hause preschte. Wer? Augustus, Germanicus oder Tiberius? Seltsam, aber als die Türme und Kuppeln von Rom vor ihm auftauchten und er sich erinnerte, wie die Stadt in der Nachmittagsgeschäftigkeit pulsierte, hatte er plötzlich eine Vision, die besagte, dass Augustus längst Geschichte war. Tiberius würde sein Held sein! Nicht der eitle Germanicus, nein, der erfahrene, der kluge Staatsmann und Feldherr, der ihn schon als Knabe dadurch geehrt hatte, dass er ihn in die Liebe einführte.

*

Der Kaiser, Germanicus und Tiberius befanden sich im Speisezimmer und hielten eine *cena* ab, wie es dem Geschmack des Augustus entsprach, eher schlicht mit ein paar Vorspeisen und einer gegarten Ente in Honigsauce als Hauptgang. Dazu etwas rätischen Wein, fruchtig, wie ihn Tiberius liebte. An den Wänden des Gartenhauses, das als eines der Speisezimmer im Häuserkomplex des Augustus auf dem Palatin diente, standen Becken mit glühenden Holzkohlen, denn der Oktober des Jahres 752 hatte in Rom empfindlich kühl begonnen und kündete von einem langen, für römische Verhältnisse kalten Winter, der möglicherweise sogar Schnee bringen würde. Als der Kaiser sich auf das Speisesofa legte, hatte

Tiberius im Stillen spöttisch zur Kenntnis genommen, dass Augustus unter der Toga bereits Wollzeug trug.

»Was meinst du, Tiberius, wollen wir unseren jungen Helden tatsächlich in den Osten schicken?«, fragte Augustus und steckte sich eine Weintraube in den Mund, die er mit der Zunge zerdrückte, um die süßen Spritzer der Frucht auf den Geschmacksknospen in allen Einzelheiten zu genießen. Da riss ihn Lärm, der vom Säulenhof herüberdrang, aus der versonnenen Stimmung. Wie seine beiden Gäste blickte er zum Eingang des Gartenhauses.

Dort erschien ein verschmutzter, seltsam ergraut wirkender Velleius, dem Panik und Übermüdung die Gesichtszüge hässlich vergrößert hatten in Begleitung des Chefs der Leibwache, des Germanen Flavus. Der Legat warf sich dem Princeps zu Füßen.

Dieser war eher peinlich berührt vom Gefühlsüberschwang seines Offiziers als erstaunt über sein plötzliches Erscheinen. »Komm zu dir, mein Sohn, steh auf, und erzähle uns, was du zu berichten hast!«, sagte Augustus.

»Eine Katastrophe habe ich zu melden. Und ich bitte dich, vergelte dem unglücklichen Boten nicht die schreckliche Nachricht, die er dir überbringen muss!«

»Nun rede endlich! Was ist geschehen?« Augustus zog die Schultern hoch, ihm wurde kalt, sehr kalt, denn eigentlich wollte er gar nicht hören, was man ihm gleich berichten würde, es würde ohnehin nur Ungemach bedeuten. Es bedeutete mehr.

»Herr, die Germanen haben Varus überfallen.«

»Ist er tot?«

»Ja, und drei Legionen sind vernichtet. Von der siebzehnten, achtzehnten und neunzehnten Legion lebt kaum ein Soldat mehr.«

»Drei komplette Legionen von den Germanen abgeschlachtet, sagst du, Schuft?« Augustus richtete sich mühsam auf und blieb vornübergebeugt sitzen, denn er spürte den Druck, der auf seinen Schultern lastete, stärker und stärker. Germanicus war aufgesprungen und schaute mit wildem Blick um sich, als wolle er augenblicklich sein Schwert ziehen und die Aufrührer persönlich zerhauen, während Tiberius mit untergeschlagenen Beinen dasaß und den Kopf in den Händen vergrub, um seinen Tränen zu verbergen.

»Ja, Herr, drei Legionen.«

»Wie das? Es sind doch nur Barbaren, die jenseits des Rhenus hausen.«

»Sie haben ihn schlau in einen Hinterhalt gelockt und dann die Arglosen abgeschlachtet. Geführt von einem heimtückischen Offizier germanischen Blutes.« Velleius, der den Kopf gesenkt hielt, während er sprach, weil er niemanden in die Augen zu schauen vermochte, fühlte, wie ihn drei Augenpaare anstarten. Stille trat ein.

»Beim Mars«, schrie Germanicus in tiefster Seele getroffen aus, dennoch hoffend, dass sich sein Verdacht nicht bestätigte, wissend, dass es nicht anders sein konnte und alle Hoffnung vergebens war, »beim Mars, dem Erzbewehrten, lass es nicht Arminius sein!«

»Doch, es war Arminius. Er hat die Germanen angeführt und unsere Leute niedergekämpft. Alle. Ich war dabei, ich habe gesehen, wie er ohne Mitleid und ohne Gnade wie ein Bestie über unsere Leute herfiel.« Flavus wurde kreidebleich und erstarrte. Er wagte kaum zu atmen.

»Nein!«, schrie Germanicus auf und schlug seinen Kopf immer wieder gegen eine Wand des Gartenhauses.

»Drei ganze Legionen hat Varus verloren, sagst du?«, fragte Augustus, der den Verlust immer noch nicht zu fassen vermochte, mit tonloser Stimme. »Drei Legionen? Und niemand hat überlebt? Warum du?«

Diese Frage hatte Velleius befürchtet. Jetzt aber war es auf einmal ganz einfach, darauf zu antworten: »Er hat mich erwählt, um dir die Nachricht zu bringen. Lieber hätte ich das Schicksal meiner Kameraden geteilt, als ehrlos weiterzuleben. Erlaube mir, Princeps, das ich mich in mein Schwert stürze.«

»Unfug!«, fuhr ihn Tiberius unwillig an. »Es gibt jetzt Wichtigeres zu tun, als sich ins Schwert zu stürzen.«

Augustus schüttelte immer noch wie benommen den Kopf. »Drei Legionen.«

Ein Prätorianer betrat den Raum und meldete, dass Boten des Königs Maroboduus diese Kiste, die er von Arminius erhalten habe, dem verehrten Princeps und Bundesgenossen zum Zeichen seiner Treue und Freundschaft sende.

Mit blutender Stirn starrte Germanicus unverwandt auf den kniehohen Würfel. Augustus gab Tiberius einen Wink, der aufstand und die Kiste öffnete. Er verzog keine Miene und trat zur Seite. Nun blickte Augustus hinein. Dumm und dumpf blickten ihn die geöffneten Augen des Statthalters Publius Quinctilius Varus an. Es wirkte wie eine Zaubervorstellung, wo man nur noch den Kopf und ein Stück Hals des Menschen zu sehen bekam, dessen Körper zersägt worden war, um anschließend wieder zusammengesetzt zu werden. Doch etwas war anders, der tiefrote, fast schon hellbraune Rand des Halses wirkte verstörend. Hier konnte nichts mehr zusammengefügt werden.

Plötzlich schraken Tiberius, Germanicus und Velleius zusammen, das Blut gefror in ihren Adern, als Augustus mit der Stimmkraft Hunderttausender Römer brüllte: »Varus! Varus! Gib mir meine Legionen wieder!«

Die Klage durcheilte die Flure der Villa, breitete sich in Windeseile über dem Palatin aus, um dann durch die Straßen und Gassen Roms zu laufen, schnell wie gedungene Mörder, die die tödlichen Worte in jedes Ohr trieben. Jetzt zerriss Augustus in einem Anfall der Raserei, der nicht enden wollte, seine Toga, danach seine Tunika, raufte sich das Haar und brach schließlich zusammen. Flavus wandte sich ab. Nackt auf dem Boden liegend schluchzte der Kaiser nur noch wie ein Kind: »Gib mir, gib mir, gib mir meine Legionen wieder, Varus!«

32

Ich bin schneller als du, Vater!«, rief Lenia mit einem jubelnden Schalk in der Stimme, den er bis ans Ende seiner Tage nie vergessen würde. Dann zog das sechsjährige Mädchen auf ihrem Braunen an seinem Rappen vorbei.

»Und wie du schneller bist!«, lachte Arminius vergnügt und zügelte sein Pferd, das eigentlich nicht bereit war, sich überholen zu lassen. Er hatte seiner Tochter bereits vor einem Jahr das Reiten beigebracht. Als Elda einwandte, dass sei vielleicht etwas früh, hatte er ihre Bedenken einfach beiseitegeschoben.

»Königstöchter werden auf den Rücken der Pferde geboren. Und Lenia ist eine Königstochter, denn sie macht mich zu einem König.«

Er hatte sich an den guten Geschmack des Friedens gewöhnt und liebte ihn inzwischen. Auch wenn dieser zuweilen etwas erdig war, so roch er doch nicht beständig nach Menschenblut.

Jetzt flogen sie über die Wiesen, vorbei an den ausgebleichten Weiden der Rinder und Schafe. Die Luft durchzogen schon die würzigen Aromen reifender Kastanien und Eicheln. Bald erreichten Vater und Tochter das Feld und halfen bis zum späten Nachmittag den Bauern bei der Ernte des Getreides, das in diesem Jahr erst sehr spät reif geworden war. Arminius hatte sich schon besorgt gefragt, ob sie es noch einfahren könnten, bevor die Herbstregen einsetzten.

Elda hatte ihn nur umarmt und liebevoll gespottet: »Ach, mein großer Bauer Arminius, die Natur wird für das Ihre schon sorgen, kümmere du dich um das Deine!«

Es hatte Arminius sehr gefuchst, dass er bei der Führung der Wirtschaft anfangs auf Eldas Rat und die Hilfe seines Verwalters angewiesen gewesen war. Das Kriegshandwerk hatte er von Grund auf gelernt, nicht aber den Beruf des Bauern, die Kunst des Kämpfens und Tötens beherrschte er, nicht aber die des Säens, Hegens und Erntens. Sicher, auch als Landwirt gab er nicht nur Leben, sondern nahm es auch, aber das vollzog sich nicht in der Art des Kriegers.

Auch hatte es seiner Eitelkeit schmerzliche Wunden geschlagen, als alle ihn auslachten, weil er mit Hesiods »Tage und Werke« oder Vergils »Lied vom Landbau« in der Hand seine Leute aus ihren Schlafstätten jagte und dabei begeistert daraus zitierte: »Wenn das Gestirn der Plejaden, der Atlastöchter, emporsteigt, dann beginne die Ernte.« Die Bauern hatten auf die noch gelbgrünen Ähren verwiesen und geraten, noch eine Woche ins Land ziehen zu lassen. Was auch immer irgendwelche Atlastöchter dazu meinten, sie wollten sich doch lieber auf ihre Erfahrung verlassen.

Die kleine Bibliothek, die zu erbeuten Arminius gelungen war, stellte seinen heimlichen Stolz dar. Zunächst hatte er versucht, Elda und Lenia zu lehren, lateinisch und griechisch zu lesen und zu schreiben, aber seine Frau war dem Unterricht bald schon unter dem Vorwand, ihre Arbeit erledige sich nicht von allein, ferngeblieben, sodass schließlich nur Lenia seiner Unterweisung folgte. Überhaupt entwickelte das Mädchen eine sehr enge Bindung an ihn.

Manchmal war Elda ein bisschen eifersüchtig. Dann drohte sie und schimpfte: »Mach bloß aus meinem guten cheruskischen Mädchen keine Römerin!«

Seine Liebe zu Lenia ging soweit, dass er auf die mahnende Frage seines Onkels Ingoumer nach einem Erben ernsthaft antwortete: »Wozu brauche ich einen Erben, wenn ich eine Erbin habe?« Im Stillen dachte er immer öfter darüber nach, wie er die anderen Fürsten zwingen konnte, Lenia als seine vollgültige Nachfolgerin anzuerkennen. Wenn er mit Elda darüber sprach, hauchte sie liebevoll gegen seine Stirn, als wolle sie das Hirngespinst fortblasen.

»Nie werden sie eine Frau als deine Nachfolgerin akzeptieren.

Nie! Lass uns lieber darüber nachdenken, ob sie Priesterin wird. Das ist die einzige Möglichkeit, dass sie unabhängig bleibt.«

»Um so einsam wie Gana oder Nehalenia zu leben? Nein!«, antwortete er dann unwillig. Aber was waren das schon für Sorgen, wo sein Hof wuchs und gedieh. Das, worüber sie sprachen, lag zum Glück in weiter Ferne.

Mit der Zeit erlernte er von Elda, dem Verwalter und schließlich seinem Onkel Ingoumer, der ihn oft besuchte und zu dem er sich als einzigen noch lebenden Blutsverwandten seiner Sippe besonders hingezogen fühlte, die Landwirtschaft. Obwohl Ingoumer ganz anders war als sein Vater, erinnerte er ihn dennoch an Segimer, und deshalb tat ihm seine Nähe gut.

Fast fünf Jahre ohne Krieg hatten das Land aufblühen lassen, und Elda nannte Arminius immer öfter liebevoll spöttisch »mein Bauer«. In diesem Jahr fuhren sie eine reiche Ernte ein, und am nächsten Tag planten sie, ein Schwein zu schlachten, was immer mit einem Fest einherging.

Da traf ein Bote der Usipeter ein. »Herr«, berichtete er atemlos, »die Truppen des Germanicus am Rhenus meutern.«

»Aus welchem Grund?«, fragte Arminius.

»Es heißt, Augustus sei tot.«

Arminius musste sich setzen und starrte mit leeren Augen vor sich hin. Er konnte es nicht fassen. Seit seiner Geburt hatte der Princeps geherrscht, er konnte sich an keine Zeit seines Lebens erinnern, in der Rom und Augustus nicht eins gewesen waren. Ein Beben würde durch die Welt gehen, er spürte es bereits. »Gibt es einen Nachfolger?«

»Ja, Tiberius.«

Natürlich. Wie konnte er auch fragen? Kein anderer kam in Betracht. Seltsam, er empfand echte Trauer um den Mann, der ihn zum Ritter erhoben und gegen den er gekämpft hatte. Aber die Zeiten kamen und gingen und mit ihnen die Fürsten und Feldherren. Nur wenige gibt es unter ihnen, die wahre Größe besitzen, dachte

Arminius. Varus hatte sie nicht, auch Marbod nicht, Tiberius vielleicht, Segestes nicht und Germanicus. Ja, was war mit Germanicus?

»Ist das gut oder schlecht, dass der Mann in Rom tot ist?«, fragte ihn seine Tochter.

»Ich weiß es nicht.«

Elda, die vom Eintreffen eines Boten erfahren hatte, trat aus dem Haus. Als sie Arminius so nachdenklich sah, fragte sie besorgt: »Schlechte Nachrichten?«

»Ich weiß es nicht. Der Kaiser ist tot.«

Als sei Augustus ein naher Verwandter, schlug sie vor Schreck die Hände vor das Gesicht. »Das bedeutet Krieg!«

Ihre Worte verwirrten ihn. »Erst einmal müssen sie die Truppen beruhigen, die meutern nämlich.«

Das Argument berührte sie nicht. »Sie werden die Wut ihrer Truppen gegen uns schleudern!«

Wieder einmal staunte Arminius über die intuitive Klugheit seiner Frau.

»Du bist der König der Krieger. Du musst die Stämme nächst des Rhenus warnen und das Thing einberufen!«

Er wehrte sich mit aller Gewalt gegen das Ansinnen seiner Frau, denn er hatte sich Hals über Kopf in den Frieden verliebt, in die gute Zeit des Säens und Erntens, des Mehrens des Besitzes.

Elda packte ihn bei den Schultern und rüttelte ihn durch. »Was ist, Arminius? Bist du faul geworden? Du bist kein Bauer, du bist ein Fürst, ein Krieger!«, fuhr sie ihn an.

Sie hatte ja nur allzu recht, leider. Er hob seine Tochter hoch, umarmte sie und drückte sie an sich, um dem Gefühl Ewigkeit zu verleihen. Als sei sie ein Sohn, beauftragte er sie: »Pass gut auf deine Mutter auf.« Dabei sah er ironisch lächelnd zu Elda hinüber.

Diese begegnete seinem Blick mit einer fast grimmigen Heiterkeit: »Da kann mir ja nichts mehr passieren! Von der Obhut meines Mannes in die Obhut meiner Tochter.«

Mit einem langen Kuss versiegelte er ihren Mund. Dann rief er Ansar zu: »Hol meine Waffen! Und du«, befahl er dem Boten: »reitest zu deinem Stamm und warnst ihn. Sie sollen Späher aufstellen und sich darauf vorbereiten, in den Wald zu fliehen. Richte das allen Stämmen aus, deren Gebiete auf deinem Wege liegen, den Angrivariern, den Chauken, Batavern und den Brukterern. Sie sollen die Nachricht weiter verbreiten. Je eher alle Bescheid wissen, umso besser. Ich reite zu den Chatten und Marsern! Und du, Elda, ihr bringt die Ernte ein. Dass mir kein Halm und kein Korn verloren gehen!«

»Du weißt doch, wenn der Bauer aus dem Haus ist, tanzen die Mäuse im Speicher!«, antwortete sie schnippisch.

Er nahm die geliebte Frau zum Abschied noch einmal in den Arm und fühlte nur, dass er nicht gehen wollte. Diesen ganzen Besitz, den Ruhm und die Macht hätte er in diesem Augenblick dafür hergegeben, um als kleiner Bauer mit seiner Familie zu leben. Arminius hasste das alles, was ihn jetzt von zu Hause und von seiner kleinen Familie forttrieb. Wie sehr war er inzwischen des Kämpfens überdrüssig geworden! In den letzten Jahren, den glücklichsten seines Lebens, hatte er großartige Dinge erlebt, das Heranwachsen seiner Tochter, wie sie sprechen und laufen lernte, wie sie ihre kleine Welt eroberte und sich ihre Eltern, eigentlich mehr ihn als seine Frau, untertan machte mit der sanften Gewalt ihrer Liebenswürdigkeit, das Sprießen der jungen Saaten, die Geburt eines Fohlens oder eines Kalbes, überhaupt den unvergleichlichen Beginn des Lebens. Manchmal, in dunklen Stunden, drückte ihn sein Gewissen. Wie viele Menschen hatte er im Kampf getötet! Und nun durfte er erleben, welche Mühe sich die Natur damit machte, Leben hervorzubringen. Waren all die Erschlagenen, die er auf dem Kerbholz hatte, nicht auch die Söhne von Vätern und Müttern?

»Nur Wotan weiß es und Tyr, warum ich mich als Bauer soviel besser fühle«, seufzte er aus tiefstem Herzen.

»Weil du eben kein Bauer bist!«, sagte Elda leise.

»Mag sein«, erwiderte er traurig.

»Und einen Bauern würde ich auch nicht lieben, mein Fürst, mein Held, mein König!«, flüsterte sie und biss ihn so schmerzhaft ins Ohrläppchen, dass er laut aufschrie und sich sogar Blut auf der roten Haut zeigte.

»Der Schmerz soll dich immer an mich erinnern, wenn dich die Frauen der anderen Stämme umgarnen!«

»Dazu wird es nicht kommen. Zum Opferfest bin ich zurück, wenn wir die reiche Ernte feiern werden.« Er machte sich los, eilte zu seinem Pferd, wo Ansar schon mit den Waffen wartete. Plötzlich hatte er das Gefühl, er könne umso eher zurückkehren, je rascher er aufbräche.

Arminius saß bereits auf seinem Rappen, als Elda noch einmal zu ihm kam. Er beugte sich zu ihr hinunter. Mit ihren langen, schlanken Fingern fuhr sie durch sein widerspenstiges Haar und flüsterte ihm etwas ins Ohr, das ihn traf wie ein Beil und ihn betäubte.

»Ich bin schwanger!«

*

Mit Versprechungen und Drohungen hatte Germanicus seinen Truppen zugeredet, von der Meuterei abzulassen. Aber die Männer waren zu erbittert darüber, dass Augustus ihre Dienstzeit um fünf Jahre heraufgesetzt hatte, ohne ihren Lohn zu erhöhen. Jetzt, da er verstorben war, verlangten sie von seinem Nachfolger, dieses Unrecht aus der Welt zu schaffen. Die Stimmung unter den Legionären war kurz vor dem Siedepunkt. Der verlängerte Militärdienst, die Misshandlung durch ihre Anführer, das tägliche Unrecht – all das hatte sie erbittert. Viel böses Blut hatte sich gebildet, das nach einem Aderlass verlangte. Ein Funke würde genügen, um ihre Erregung wie trockenes Holz auflodern zu lassen.

Das Ereignis fand sich bald, denn vor Germanicus, der den Soldaten schon Zugeständnisse gemacht hatte, trat ein Soldat und behauptete so laut, dass es alle hören konnten, der Centurio Martius habe seinen Bruder zu Tode geprügelt. Daraufhin jagte die wütende Menge diesen Centurio und brachte ihn schließlich in ihre Gewalt. Von der Tribüne herab musste Germanicus hilflos mit ansehen, wie die Legionäre die Gasse bildeten und Gerten verteilten. Kein Zweifel – sie wollten den Führer der Hundertschaft vor seinen Augen totschlagen.

Da behauptete in letzter Sekunde ein anderer Soldat, dass der Beschwerdeführer gar keinen Bruder besäße. Es ging eine Weile hin und her, bis sich herausstellte, dass der Ankläger tatsächlich keinen Bruder im Lager hatte und seine Geschichte vollkommen erlogen war, um der Empörung neue Nahrung zu geben. Beschämt gingen die Soldaten auseinander.

In der Nacht machten Prätorianer, die sich als Legionäre verkleidet hatten, Jagd auf die Rädelsführer. Sie lockten sie aus den Unterkünften und erstachen sie im Schutze der Nacht.

Am anderen Morgen begleitete Germanicus seine Frau Agrippina mit den drei Kindern zur Kutsche. Das fiel ein paar Soldaten auf, die Alarm schlugen. Schnell hatten sich viele Männer eingefunden. Einer von ihnen baute sich vor Germanicus auf und stellte ihn laut zur Rede: »Wo willst du denn hin?«

»Ich bleibe hier bei euch, aber meine Frau und meine Kinder werden das Lager verlassen!«, erwiderte Germanicus.

»Wohin begeben sie sich, Feldherr?«

»In Sicherheit. Zu den Ubiern!«

Ein kräftiges Raunen erhob sich. Verwunderte Rufe wurden laut.

»Zu den Ubiern?«

»Zu den Germanen?«

»Was sollen sie denn dort?«

Der Mann, der sich Germanicus in den Weg gestellte hatte, hob den Arm zum Zeichen, dass die anderen schweigen sollten. »Weshalb schickst du sie zu den Barbaren?«

Germanicus rief, so laut er konnte, mit großer Bitterkeit in der Stimme: »Es ist eine Schande, dass die Familie des Feldherrn bei den Barbaren, die ihren Schutz angeboten haben, sicherer ist als bei den eigenen Truppen. Schämt euch, Römer!«

Stille trat ein, man hätte eine Stecknadel zu Boden fallen hören. Die Männer schämten sich in der Tat, und da man in der Nacht die Anführer der Revolte ermordet hatte, war auch niemand mehr da, das Wort zu erheben und die Stimmung der Masse in eine andere Richtung zu lenken. Es war wie ein Wunder: Mit hängenden Schultern standen die kampferprobten Männer da und blickten verlegen zu Boden. Derjenige aber, der es gewagt hatte, Germanicus zur Rede zu stellen, kniete nieder. Alle anderen taten es ihm gleich. »Ich bitte dich, Imperator, lass deine Familie hier, wir wollen sie mit unserem Leben schützen.«

Germanicus schwieg.

»Wie können wir unsere Schande tilgen?«, fragte der Legionär fast bettelnd.

Auf diese Frage aber hatte der Feldherr nur gewartet. Endlich konnte die Meuterei, die ihn gefährdet hatte, zu seinem Nutzen ausschlagen, denn in seinem Herzen brannte das Feuer des Hasses. Und nur die Vorsicht des Tiberius hatte ihn zurückgehalten, Rache an den Germanen und vor allem an Arminius zu nehmen, an dem Menschen, dem er mehr als jedem anderen Menschen auf dieser Welt vertraut und ja, auch wie einen Bruder geliebt hatte und der nun zum schlimmsten Verräter geworden war an Rom und vor allem an ihm. Arminius hatte nicht nur Rom, nein er hatte auch ihn persönlich verraten, und wie eine Wunde, die nicht verheilen wollte, träufelte sie immer mehr Gift in sein Herz. Er würde nicht genesen, bevor der Freund aus Kindertagen, der ihm einst das Leben gerettet hatte, nicht bestraft und tot war. Niemand ahnte etwas von dem Wundbrand in Germanicus' Seele, denn nach außen gab er sich wie immer – liebenswürdig, strahlend, schön, leutselig. Er ließ niemanden in sein Herz schauen, nicht einmal seine Frau.

Nur einer schien zu wissen, was in ihm vorging: Tiberius. Deshalb hatte er ihn auch von Feldzügen ins Germanenland zurückgehalten, solange er als Oberbefehlshaber am Rhenus weilte, denn der alte Schlachtenlenker wusste nur zu gut, dass Krieg eine viel zu ernste Angelegenheit war, als dass man sein Gefühl zum Ratgeber erheben konnte. Aber jetzt bot sich Germanicus die Möglichkeit zu handeln.

»Wollt ihr wirklich die Schande abwaschen, mit der ihr euch besudelt habt?«, rief er.

Sie schrien: »Ja!«, und »Ruhm und Ehre!« Ja, sie wollten es.

»Dann bereitet euch darauf vor«, fuhr Germanicus mit lauter Stimme fort, »wir ziehen nach Germanien, um Varus zu rächen! Dort könnt ihr euch mit dem Blut der erschlagenen Barbaren von eurer Schande reinigen. Mit dem Schwert beweist Reue. Mäht nieder, was euch in die Quere kommt, ob Mann, Frau, Greis oder Kind. Sie alle sind so schuldig wie ihr. Aber ihr habt großes Glück, ihr könnt eure Unschuld zurückgewinnen, wenn ihr sie bestraft für ihre Treulosigkeit. Wenn die Wiesen und Bäche endlich rot sind von ihrem Blut, dann werde ich über Gnade nachdenken. Das schwöre ich euch! Auf, hin zur Albis, dort erwartet euch Vergebung!«

»Ruhm und Ehre!«, riefen die Krieger.

In Wahrheit ging es ihm aber gar nicht um Varus, es ging ihm um einen kleinen Jungen, der dort vor über zwanzig Herbsten seinen Vater verlor, weil ihn eine Riesin an der Albis verhext hatte. Die Worte hatte er sich gemerkt und in all den Jahren nicht vergessen. In ungezählten Albträumen, am tiefsten Punkt der Nacht hörte er sie immer und immer wieder: »Wewurt skihit!«

*

Der anbrechende Tag zündete den Himmel an. Arminius trieb seinen Rappen durch die glühende Morgenröte. So viele Fürsten, so viele Stämme hatte er bereits gewarnt, nur die Marser, diesen kleinen, aber ehrenvollen Stamm noch nicht. Er liebte diese aufrechten Männer und zupackenden Frauen, in denen sich die Tugenden der Germanen am reinsten verwirklicht hatten, wie es nur in kleinen, überschaubaren Gemeinschaften gelingen konnte. Den König der Krieger erfüllte Heiterkeit bei dem Gedanken, dass er sie, über ihre Dörfer und Gehöfte verteilt, schnarchend vorfinden würde, in den seligen Zwischenwelten des Rausches schwebend, denn sie hatten ihr Herbstfest gefeiert und ihrer Göttin Tafania geopfert aus Dank für die Ernte, die sie ihnen in diesem wie in jedem Jahr bescherte.

Festzeit, Heilzeit, Friedenszeit, niemand durfte während der heiligen Feier zum Schwert greifen, denn an diesem Tage geboten die Götter den Frieden, damit die Menschen ihnen sorglos zu dienen vermochten, ohne auf der Hut vor ihresgleichen zu sein.

Als er sich dem Hauptdorf der Marser näherte, wo der prächtige Magon herrschte, fühlte er sich in seiner Erwartung bestätigt. Schon von Weitem war zu erkennen, dass sie überall verstreut lagen und ihren Rausch dort ausschliefen, wo sie der Gott des Mets und des Biers gefällt hatte. Doch je näher er kam, desto unruhiger wurde er: Sie schnarchten nicht, sie grunzten nicht, wie sonst in ihrer Trunkenheit, sie lagen da wie tot.

Mitten im Dorf stieg er vom Pferd und sah um sich. Er war mit seiner Warnung zu spät gekommen. Mochten ihre Seelen ihren Rausch in Tyrwal ausschlafen, hier aber lebte keiner mehr. Weder Frau, noch Kind, noch Mann, nicht Greis und auch nicht Greisin. Nicht einmal die Tiere. Die Römer hatten dieses kleine, aber wehrhafte Volk im tiefsten Schlaf überfallen und die Wehrlosen einfach abgeschlachtet. Keiner hatte die Chance gehabt, sich zu verteidigen.

Wie blutgierige Bestien, nicht wie Krieger waren sie über die betrunkenen Marser hergefallen. Das war ehrlos, das war gemein, das war verabscheuungswürdig! Wahrlich, es gab nicht viele Regeln, aber einige wenige doch. Keine besagte, dass das kleine Volk der Marser nicht ausgelöscht werden dürfe, aber in der Schlacht, und nicht während sie sich beim Herbstfest berauschten. Das wussten alle, auch Germanicus.

Ein zweischneidiger Schmerz fuhr wie ein gleißendes Schwert in Arminius' Eingeweide. Er stieß einen lang gezogenen, verzweifelten, hasserfüllten Schrei aus: »Germanicus!« Dann rannte er durch das Dorf, außer sich vor Wut und mit gezogener Waffe: »Germanicus, zeig dich, du Feigling! Du kleiner Sohn eines kleinen Vaters! Komm aus deinem Erdloch gekrochen, dass ich dir den Lockenkopf abschneide.«

So ging es, bis die Sonne hoch im Mittag stand und Arminius vor Erschöpfung zusammenbrach.

Als er Stunden später wieder zu sich kam, hob er mit erloschenen Augen ein tiefes Loch aus und bestattete die Marser dieses Dorfes. Die ganze folgende Woche war er damit beschäftigt, von Dorf zu Dorf, von Gehöft zu Gehöft des kleinen Stammes zu reiten und die Toten, den ganzen Stamm, 890 Menschen zu bestatten. Nun war er wirklich der König der Krieger und der Herr der Toten. Wie ein naiver Kindertraum kam es ihm plötzlich vor, dass er tatsächlich glauben konnte, dem Morden zu entgehen und den Rest seiner Tage friedlich als Bauer zu verbringen.

Die Römer hatten sich inzwischen in ihre Winterquartiere jenseits des Rhenus zurückgezogen, aber Arminius ritt unermüdlich von Thing zu Thing, um die Germanen auf die Entscheidungsschlacht einzustimmen. Die Bataver und die Chatten erteilten ihm eine Abfuhr, sie hatten sich inzwischen mit den Römern verbündet. Er spuckte nur aus und meinte, wenn die Marser noch am Leben wären, würden sie genügen, um die Hundsgroßen totzuschlagen. Ewige Schande über die Bataver und die Chatten!

Ein paar Chatten versuchten, Arminius einzufangen, um ihn auszuliefern, denn Germanicus hatte auf seinen Kopf eine Belohnung ausgesetzt. Er erschlug sie kalt und ohne Aufregung.

Oft dachte er in diesen Tagen an seine Frau und an seine Tochter, aber vielleicht bestand darin der Preis, womöglich durften sie nur in Freiheit leben, wenn er bis ans Ende seiner Tage Blut vergießen würde. Blut und immer wieder Blut. Und wenn es so wäre, dann würde er es tun. Besaß er denn eine Wahl? Wie viele marsische Mädchen im Alter seiner Tochter hatte er beerdigt, weil ihre Väter nicht mit der Niedertracht gerechnet hatten, dass man am hohen Feiertage einfach über sie herfallen und sie abschlachten würde? Es waren neunundfünfzig gewesen, sein Schmerz hatte sie gezählt.

Jede nur denkbare Schändlichkeit, dachte er zynisch, wird irgendwann zum ersten Mal begangen und kommt dann in Mode. Es gab keine Ausrutscher, es existierte immer nur dieses verfluchte erste Mal, von da an durfte das Ungeheure wieder und immer wieder geschehen, ohne Erstaunen auszulösen. War die Grenze einmal überschritten, gehörte es beinah zur Normalität.

Arminius hatte viele Gräuel erlebt – an einigen war er nicht unschuldig gewesen –, aber Männer, die im Rausch eines heiligen Festes wehrlos dalagen, mit ihren Frauen und Kindern einfach abzuschlachten, stellte einen Ausbund an Niedertracht dar. Natürlich durfte er nicht zögern, von Stamm zu Stamm zu reiten und die Krieger zu versammeln, doch das allein stellte nicht den einzigen Grund dar, weshalb er nun um seinen Hof einen Bogen schlug. Er gestand es sich nicht ein, aber tief in seinem Innern wusste er, dass er sich davor fürchtete, Lenia in die Augen zu sehen, weil er die anderen Töchter nicht hatte retten können. Er war zu spät gekommen. Und so absurd und unvernünftig es auch sein mochte, er gab sich die Schuld an dem Massaker. Aber was ist der Verstand schon gegen die Gründe des Herzens?

Arminius war ein Getriebener. Aus Strafe dafür, dass er Germanicus einst das Leben gerettet hatte, beherrschte ihn nur noch ein Gedanke: Er wollte sein Blut trinken!

*

Im Frühjahr stand die Heergemeinschaft der germanischen Stämme, nicht aller, aber der meisten. Sogar die Cherusker schlossen sich Arminius vollzählig an. Segestes wehrte sich erstaunlicherweise zum ersten Mal nicht gegen die Kriegsvorbereitungen und versprach sogar, seinen Beitrag zu leisten, nachdem auch der ewig zurückhaltende Ingoumer der Partei des Arminius beigetreten war. Wahrscheinlich, redete sich Arminius ein und beschwichtigte damit sein Misstrauen, hatte der Stammesmord an den Marsern selbst eine Kreatur wie Segestes wachgerüttelt.

Wie ein tollwütiger Hund fiel im Frühjahr das Heer des Germanicus über die Chauken her und zog dann plündernd und brennend durch Germanien, ohne Ziel und Sinn, scheinbar nur mit dem Vorsatz, soviel verbrannte Erde zu hinterlassen wie möglich. Doch Arminius blieb ruhig, er setzte den Römern zwar durch kurze, rasche Überfälle zu, griff sie aber nicht an, denn noch war er dabei, seine Streitmacht aufzustellen und auszurüsten.

Schließlich siegte die Sehnsucht nach seiner Familie über sein Schuldgefühl, und er begab sich mit seiner persönlichen Gefolgschaft von sechzig Reitern zu seinem Hof, um zwei, drei Tage bei seiner Frau und seiner Tochter zu verbringen. Da kam ihm auf dem Waldweg ein Kind auf einem Pferd entgegengaloppiert. Es war seine Tochter. Sie sprangen von ihren Rössern und fielen sich in die Arme. Das kleine Mädchen brach in Tränen aus, jetzt, da es sich in Sicherheit wusste und die Anspannung wich.

»Lenia, was ist passiert?«

»Segestes hat Mama gefangen!«

Sein Herz raste. »Wie das?«

»Gestern kam ein Bote von dir.«

»Von mir?«

»Er sollte uns zu dir bringen. Mutter, Ansar und ich begleiteten ihn. Aber als wir eine Weile geritten waren, kamen von allen Seiten auf einmal Reiter. Bei ihnen war Segestes. Er lachte widerlich laut und sagte dann zu Mutter, dass er sie und mich nach Hause holen wollte, um gute Freunde der Römer aus uns zu machen!«

Arminius schlug sich mit der Faust gegen den Kopf und schalt sich einen Narren, dann fragte er sich, weshalb er für jede Nachsicht bestraft wurde. Er zwang sich zur Ruhe. »Und dann, Lenia?«

»Ansar und ich wurden von Mutter getrennt und konnten fliehen.«

»Wo ist Ansar?«

»Sie haben unsere Flucht bemerkt und verfolgten uns. Als sie uns fast eingeholt hatten, rief Ansar mir zu: Flieg wie der Wind, gab meinem Pferd einen Klaps, wendete und griff unbewaffnet unsere Verfolger an. Weißt du, Vater«, sagte Lenia, und Tränen traten in ihre Augen, »weißt du, ich konnte Onkel Ansar noch vom Pferd stürzen sehen!«

Arminius strich seiner Tochter tröstend übers Haar und murmelte betroffen: »Treuer Ansar!«

Er übergab Lenia zwei seiner besten Gefolgsleute und schärfte ihnen bei ihrem Leben und dem Leben ihrer Familie ein, sie zu Ingoumer zu bringen und sie zu beschützen. »Wenn ihr auch nur ein Haar gekrümmt wird, dann finde ich euch, selbst wenn ihr euch in die hinterste Ecke von Tyrwal verkriechen solltet!«

»Verlass dich auf uns, König.«

33

Wütend starrte Elda auf die Wand der kleinen Kammer, in die man sie gesperrt hatte. Wie hatte sie nur auf die Finte hereinfallen können? Die Tür wurde geöffnet, und Segestes trat ein. Sie funkelte ihn hasserfüllt an. »Wo ist meine Tochter?«

»Du musst es endlich lernen, deinen Vater zu ehren!«

»Du bist nicht mein Vater. Wer immer mich gezeugt haben mag, es kann keine Schlange wie du gewesen sein!« Sie sah ihm an, dass er sich beherrschen musste, um sie nicht zu schlagen.

»Deine Tochter habe ich nicht dabei, dafür bekommst du aber hohen Besuch. Freu dich!«

Elda stutzte, als ein römischer Feldherr ihr Gefängnis betrat. Dann erkannte sie Germanicus.

»Offengestanden habe ich mir unser Wiedersehen anders vorgestellt«, sagte er galant.

Sie lachte nur höhnisch auf. »Der große Feldherr braucht Legionen, nur um sich einer einzelnen, dazu noch wehrlosen Frau zu nähern?«

Germanicus verzog keine Miene, sondern starrte nur auf ihren Bauch. »Glück für das Kind, dass es in römischen Verhältnissen aufwachsen wird, Pech allerdings, dass es als Waise zur Welt kommen wird.«

»Wo ist Lenia?«, fragte sie hart, bemüht, ihre Angst um das Kind zu verbergen. Segestes grinste, als amüsiere ihn ein trefflicher Scherz. »Bei ihrem Vater, hoffe ich.«

»Bei Arminius?«

»Was meinst du, was dein lieber Mann unternehmen wird, wenn er erfährt, dass ich euch entführt habe.« Segestes genoss das Wort

»entführt«. Jetzt begriff sie: Die Schande, dass Arminius in seinen Augen seine Tochter geraubt hatte, endete für den harten alten Mann mit dem heutigen Tag, da er sie zurückholte. Er schien ihre Gedanken zu lesen. »Er wird mit ein paar Reitern hier herkommen, um dich zu befreien und mich endlich zu töten. Denn jetzt bin ich zu weit gegangen. Was er nicht weiß, ist, dass sich Germanicus Legionäre im Wald versteckt halten. Und wenn er es bemerkt, wird es bereits zu spät sein.«

»Ich freue mich auf das Wiedersehen mit meinem Bruder, Julius Cäsar Arminius«, sagte der Germanicus mit unangebrachter Liebenswürdigkeit, »nach all den Jahren, in denen er mich nicht besucht hat, was gewiss nicht recht von ihm war.

Eine Falle, dachte Elda, eine dämonische Falle.

*

Rasend vor Wut sprengte Arminius seinem Gefolge voran. Dafür würde Segestes bezahlen – niemand würde ihn mehr davon abhalten können, Rache zu nehmen! Doch sein Zorn legte sein Denken nicht lahm, und er fragte sich, weshalb Segestes das Verbrechen gewagt hatte. Er mochte ein Verräter sein, aber er war nicht dumm. Ohne Rückendeckung würde er sich nicht mit ihm anlegen. Und wer konnte ihm gegen den König der Krieger Schutz gewähren, zumal er aus germanischer Sicht frevelte? Nur einer – Germanicus! Arminius riss so heftig an den Zügeln, dass sein Rappe fast ins Straucheln kam und seine Gefolgschaft erst einmal an ihm vorbeizog, bevor die Pferde zum Stehen kamen und seine Krieger ihn verdutzt umringten.

»Das Ganze riecht nach einer Falle!«, rief Arminius. Er suchte ein paar seiner besten Leute aus, die Weg und Gelände erkunden sollten, dann stellte er Wachen auf und beschloss zu warten. Ausharren, wo man angreifen wollte, Geduld zeigen, wo jeder Gedanke nach der Tat verlangte. Auch wenn es Arminius wie eine

Ewigkeit vorkam, dauerte es in Wirklichkeit nur kurze Zeit, bis seine Späher zurückkehrten. Sie berichteten ihm, dass sich überall im Wald Legionäre versteckt hielten. Überdies standen nicht weit von Segestes' Burg die Legionen und die Einheiten der Reiterei kampfbereit und erwarteten sie.

Arminius spuckte aus. »Da können sie lange warten.« Dann ritt er mit seiner Gefolgschaft davon. Der Feind hatte seine schwangere Frau in seiner Gewalt, und sein Entschluss stand fest: Er würde die Römer auf ihrem Rückweg stellen, aber dort, wo er es wollte, und nicht, wo Germanicus es wünschte. Es sollten quälend lange Monate ins Land gehen, in denen er die Züge des Römers geduldig mit ansehen musste. Dann war es endlich soweit.

Obwohl der Mittag anbrach, wollte der Dunst in der feuchten Talsenke nicht weichen. Die Nässe dampfte. Mit zweihundert Reitern ritt Arminius dem Feind entgegen. Wie er es vorausgesehen hatte, erteilte Germanicus, der die Entscheidungsschlacht herbeisehnte, seiner Reiterei den Befehl zum Angriff. Die Fußsoldaten bildeten ihre Schildkröten.

Arminius konnte nicht wissen, dass Tiberius seinem Adoptivsohn dringend von der Fortführung des Krieges abgeraten hatte, weil die Verluste die Vorteile nicht ausglichen, nicht einmal dann, wenn die Römer siegen würden.

Als Arminius die Gesichter der angreifenden Reiter schon erkennen konnte, wandte er sich scheinbar zur Flucht. Siegesgewiss verfolgten ihn die Römer. Dann hielt Arminius plötzlich an, wendete und griff die Feinde nun von vorn an. Von allen Seiten fielen die Germanen über sie her und vernichteten alle bis auf ein paar Reiter, die entkommen konnten. Dann stürmten die Leute des Arminius gegen die Legionen an.

Doch bald erkannte dieser, dass es mehr als fraglich war, ob er Germanicus hier besiegen konnte. Ohne Zweifel würde die Schlacht auch zu viele Kämpfer das Leben kosten, und er durfte seine Streitmacht nicht aufs Spiel setzen. Er war ja nicht nur Ehemann und Vater, sondern auch Feldherr und der König der Krieger. Also gab er schweren Herzens das Zeichen zum Rückzug. Er hatte den Römern hohe Verluste beigebracht, sie aber nicht endgültig besiegt.

Es gelang ihm auch nicht, Elda zu befreien. Nur die Burg des Segestes, der im Schutz der Römer über den Rhenus gezogen war, brannten er und seine Leute in blinder Wut nieder.

Den ganzen Winter über gönnte sich Arminius wenig Schlaf und arbeitete verbissen daran, sein Heer zu vergrößern und seine Soldaten auszubilden und zu schulen. Wilde Stammeskrieger verwandelte er durch tägliche Waffenübung in eine Streitmacht, in der sich römische Fähigkeiten mit germanischen mischten. Mit Geld, Spitzeln und über seine Verbindungen versuchte er verzweifelt, Kontakt mit Elda aufzunehmen, die in der Stadt der Ubier festgehalten wurde, und einen Weg zu ihrer Befreiung zu finden. Aber alles Geld und alle Spitzel versagten, Elda wurde bewacht wie eine Staatsgefangene.

Wenigstens hatte er seine Tochter immer bei sich. Jede freie Minute nutzte er, um sie in Latein und Griechisch, im Reiten und im Fechten zu unterrichten. Er wusste nicht, wie lange er leben würde, doch er wollte ihr so viel mitgeben, wie er nur konnte. Sollte es jemand wagen, sie als seine Erbin infrage zu stellen, würde er ihn eigenhändig erschlagen!

Auch Elda suchte nach Wegen, ihr ungeborenes Kind und sich selbst aus der römischen Gefangenschaft zu befreien. Sie war zwar bereit, ihr Leben hinzugeben, damit ihr Kind zu Arminius kam. Doch nur Feinde umgaben sie. Zuweilen fühlte sie sich so verzweifelt, dass sie statt an Flucht daran dachte, wie sie sich selbst und damit auch ihrem Kind den Tod geben konnte. Doch dann riet ihr eine innere Stimme abzuwarten. Ihre Chance würde kommen. So schwankte sie lange zwischen Hoffnung und Niedergeschlagenheit. Und niemand war da, mit dem sie hätte reden können.

Eines Tages wechselte der Prätorianeroffizier, der für ihre Bewachung zuständig war. Der neue Kerkermeister stellte sich vor. Sein Schopf leuchtete blond, er trug eine Klappe über dem linken Auge, das er verloren hatte, und irgendwie kam er ihr bekannt vor.

»Wie heißt du?«, fragte sie nachdenklich.

»Flavus.«

»Kenne ich dich? Du scheinst germanischer Abstammung zu sein.«

»Wer kann schon sagen, dass er jemanden kennt«, winkte der Mann ab.

Weshalb sollte sie über einen Verräter nachdenken, über einen Lumpen, wie ihr Vater einer war. Elda wandte sich unwillig ab, verlor dabei das Gleichgewicht und wäre gefallen, wenn der römische Offizier sie nicht geistesgegenwärtig aufgefangen hätte.

»Sei doch vorsichtig, du trägst meinen Neffen im Bauch!«

Jetzt erinnerte sie sich. Mit einem Mal wusste sie, wer vor ihr stand, und Hoffnung stieg in ihr auf. »Germir?«, fragte sie zögernd.

»Das war ich einmal.«

»Und wer bist du jetzt?«

»Der Prätorianeroberst Flavus. Weißt du, ich hatte ein sehr schönes Leben in Rom, in dieser wunderbaren Stadt.«

Elda wollte etwas einwenden, doch er hob die Hand. »Sag nichts, du kennst die Stadt nicht. Ich hatte es sogar zum Chef der germanischen Leibwache des Kaisers gebracht. Aber mein Brüderchen musste ja dann den Varus verhauen. Aus Angst vor unserer Treulosigkeit löste Augustus die Truppe auf, verteilte die Männer im ganzen Reich, und ich wurde nach Germanien geschickt.«

Elda sah den Zorn in seinen Augen, und die Hoffnung, die sie für einen kurzen, unendlich kostbaren Moment gehegt hatte, zerfiel. Dennoch, er war sein Bruder, vielleicht lebte unter der Wut noch ein Fünkchen Liebe zu Arminius. Sie durfte auch eine noch so kleine Chance nicht vertun.

»Ich werde dafür sorgen, dass dir nichts widerfährt, aber zur Flucht verhelfe ich dir nicht!«, sagte Flavus bestimmt.

Ihre Klugheit riet ihr, ihr Ziel nicht geradewegs anzugehen, sondern sich Zeit zu lassen. Ihre gemeinsame Kindheit musste in ihm zurückkehren, die Liebe zu seinen Eltern in seinem Herzen wachsen. Erst dann konnte es ihr vielleicht gelingen, ihn auf ihre Seite zu ziehen.

*

Seit Stunden tobte die Schlacht. Diesmal musste die Entscheidung fallen, denn Germanicus lief die Zeit davon. Tiberius hatte ihm befohlen, den Krieg einzustellen und nach Rom zurückzukehren. Dort erwarte ihn, so ließ ihn der Kaiser wissen, wegen seiner Siege im Barbarenland der Triumphzug und das Konsulat. Schlau wie immer, dachte Germanicus, Tiberius erzählt den Römern, dass ich die Barbaren besiegt hätte. Und die Ehrungen sollen Rom und mich darüber hinwegtrösten, dass ich Arminius immer noch nicht getötet habe und die Germanen noch nicht geschlagen sind.

Aber hieß er denn nicht Germanicus, Germanenbezwinger? Sein Heer war dreimal so groß gewesen wie das des Varus, und er hatte das Land verwüstet. Er hatte die Feinde eingekesselt, war überraschend mit der Flotte über die Visurgis gefahren, hatte Stürme überlebt, Dörfer gebrandschatzt – und doch war es, als ob man in einen Sandsack schlug. Man wurde allmählich müde dabei, aber der Sack platzte nicht, sondern nahm seine alte Form wieder an. Nicht einmal die Gefangennahme seiner Frau hatte Arminius zu einer unbedachten Handlung verleiten können.

Trotz des Verrats hatte Germanicus immer geglaubt, diesen Mann zu kennen, aber nun, in diesem schon seit Stunden andauernden Hauen und Stechen und Köpfespalten, musste sich Tiberius Claudius Julius Germanicus eingestehen, dass er mit seiner Einschätzung falsch lag. Arminius war kein Verräter, schlimmer noch, er war ein Fremder für ihn. Dieser Gedanke raubte ihm die Kraft. Wofür kämpfte er hier eigentlich? Plötzlich kam ihm die ganze

Sinnlosigkeit des Kampfes zu Bewusstsein. Von außen und befremdet sah er auf die Raserei, in die sich seine Seele verloren hatte. Einen Tag zuvor hatte ihn außerdem die Nachricht erreicht, dass sein Freund Ovid in der Verbannung in Tomi gestorben war, alt und vereinsamt. Tiberius hatte ihn nicht begnadigt und ihm auch nicht erlaubt, nach Rom zurückzukehren, obwohl sich Germanicus für den Dichter eingesetzt hatte. Der Kaiser konnte Ovid nicht vergeben, dass er zu den Lieblingen seiner geschiedenen Frau Julia gehörte hatte, die er abgrundtief hasste. Armer Ovid, dachte Germanicus, während er einem jungen Germanen das Schwert in den Bauch trieb.

Was war das Schicksal doch für ein hämischer Komödiant! Nun, als es ihm gleichgültig geworden war, als er das Interesse daran verloren hatte, stand Arminius plötzlich in dem großen Bluttanz, den man Schlacht nannte, vor ihm.

Germanicus brach in lautes Gelächter aus. »Was sind wir für doch für große Kinder, Arminius, die niemals erwachsen werden! Wir brauchen immer etwas zum Spielen, und je mehr Blut dranklebt, umso besser«, brüllte er ihm zu.

Arminius antwortete nicht. Er senkte nur stumm sein Schwert, um ihm als Gegner seine Ehrerbietung zu erweisen, dann schlug er zu. Sie schenkten sich nichts in dem Gefecht. Und sie waren einander ebenbürtig, sie kannten die Stärken und Schwächen des anderen, seine Finten und die Winkel, aus denen sie den Stoß am liebsten führten. Ja, sie kannten sich wie Freunde, wie Brüder. Und plötzlich war es wieder so wie vor vielen Jahren auf dem Schiff, als sie auf Leben und Tod miteinander rangen und in den Fluss fielen.

Es bleibt nur Feindschaft, nicht Liebe, dachte Germanicus. Was wäre denn gewesen, wenn Tiberius sie damals nicht gerettet und sie auf dem Grund der Mosella den Tod gefunden hätten? Was? Varus würde noch leben und mit ihm viele Soldaten der drei Legionen. Auch nicht wenige germanische Krieger erfreuten sich noch des Daseins. Viele Kinder wären nicht zu Waisen, viele Frauen nicht zu Witwen geworden. Die Marser hätten in Ruhe ihren Rausch ausgeschlafen und wären nicht als Manen wieder erwacht. Wie viel Blut wäre nicht vergossen worden?

Mit diesem Gedanken schlug er Arminius das Schwert aus der Hand und setzte die Spitze an seinen Hals. Er musste nur noch zustoßen. Das war der Augenblick der Rache, auf den er lange, und wie sich jetzt zeigte, zu lange gewartet hatte.

Die Augen des Arminius waren tot wie zu Beginn ihres Waffenganges. Er hatte ihn bisher keines Wortes gewürdigt. Und das erboste Germanicus. Es schien Arminius sogar gleich zu sein, ob er jetzt sterben würde oder nicht. Warum sollte er einen toten Mann umbringen? Wie nichts auf der Welt verlangte es ihn nach einer Reaktion dieses Menschen, der ihm am nächsten und gleichzeitig am fernsten stand. Deshalb stieß er nicht mit dem Schwert, sondern mit Worten zu, die schärfer und tödlicher sind als jede Waffe der Welt: »Werde ich denn den Vater eines gerade auf die Welt gekommenen Knaben töten? Ich bin doch kein Barbar.«

Mit den Tränen drang Leben in die Augen des Arminius. Er hatte einen Sohn. Er brach in die Knie. Sollte geschehen, was wollte.

Germanicus ging davon, mochte die Schlacht auch noch eine Weile toben. Er hatte genug von alledem, das geistlose Blutvergießen ekelte ihn an. Er würde nach Rom zurückkehren, seinen Triumphzug halten, das Schwert niederlegen und dann endlich in den Osten gehen, nach Graecia, nach Asia und nach Aegyptus, dort wo der Geist und die Geheimnisse herrschten. Endlich würde er in die Mysterien eingeweiht. Er hatte eine Tragödie verfasst. Es sollte nicht die Letzte sein. Ovid war nicht mehr.

*

Trotz der großen Verluste, trotz des nicht siegreich beendeten Feldzuges stand Germanicus als Triumphator auf dem Streitwagen, der vom Marsfeld über die Via Flaminia zum Forum gezogen wurde, von den Römern begeistert bejubelt, von den Soldaten mit liebevollem Spott und Hochrufen begleitet. Neben ihm stand, wie es Brauch war, ein Sklave, der ein Wergbüschel verbrannte und ihm beständig ins Ohr brüllte: »Bedenke, dass du nur eine sterblicher Mensch bist!«

In seinem Triumphzug mussten die Gefangenen mitmarschieren, allen voran Elda mit ihrem Sohn auf dem Arm, dem Kind des Arminius, wie alle dachten. Ihre Anwesenheit sollte den Römern den Sieg vorgaukeln, der nicht errungen worden war. Auf der Ehrentribüne aber stand Segestes, von Tiberius endlich für seine Verdienste mit dem römischen Bürgerrecht belohnt, und schaute auf seine Tochter herab. Man hatte beschlossen, sie im Mamertinischen Kerker mitsamt ihrer Brut zu erwürgen. Flavus, der Elda nicht retten konnte und dem es schier das Herz brach, tauschte das Kind gegen ein anderes aus, das unbekannte Eltern ausgesetzt hatten, und gab seinen Neffen, den er Ithalicus nannte, fortan als seinen eigenen Sohn aus.

In der Stunde aber, als die Henker die Schlingen um Eldas Hals und den Hals des Kindes legten und gleichgültig zuzogen, um anschließend die toten Leiber in den Tiber zu werfen, zur gleichen Stunde bedrohte ein blonder Römer den Bürger Segestes in seiner Unterkunft. Ängstlich wollte der Cherusker wissen, was der Römer von ihm wollte. Aber der blickte ihn nur starr an.

»Erkennst du mich denn nicht. Ich bin Germir, Segestes, der Bruder des Ergimer.«

Segestes schüttelte den Kopf, als narrten ihn seine Ohren. »Was willst du? Geld? Fürsprache?«

»Gib dir keine Mühe! Von allem habe ich genug.«

»Was willst du dann von mir?«

»Nur dein Leben, Segestes! Weißt du, wie oft ich an meine Mutter, an meinen Vater denke und wie gern ich sie wiedergesehen hätte?« Mit diesen Worten stieß er dem alten Cherusker seinen Dolch in den Leib.

Als man den Mann am Morgen tot in seinem Blute fand, machte der bestellte Untersuchungsführer Flavus römisches Raubgesindel für den Tod des Cheruskerfürsten verantwortlich, mit dem dieser sich eingelassen haben musste.

*

Die Römer waren endgültig vertrieben worden, und die germanischen Stämme huldigten ihrem König der Krieger, der ihnen die Freiheit gebracht hatte. Arminius nahm die Ehrungen mit Ungeduld entgegen, denn sein Herz sehnte sich nur danach, seine Frau und seinen Sohn zu befreien. Mit seiner Familie wollte er auf dem Land seines Vaters leben und das genießen, was man Frieden nennt. Endlich hoffte er nur Vater und Bauer zu sein, nichts sonst, und, wenn es die Götter zuließen, eines Tages vielleicht sogar Großvater. Nur ein kleines, einfaches Glück wünschte er sich. Nichts sonst. Und wusste doch nicht, dass bereits dies vermessen war.

Als er sich zurückzuziehen gedachte, um sich endlich um die Dinge seines Herzens zu kümmern, fiel Marbod über die Semnonen her. Wieder musste Arminius ein Heer versammeln, wieder in den Krieg ziehen. Er besiegte Marbod schließlich. Und obwohl der König der Markomannen ihm einst gedroht hatte, tötete er ihn nicht – zu viel Blut war geflossen. Stattdessen schickte er ihn ins Exil nach Rom und setzte einen neuen markomannischen König ein, der auf dem Thing schwor, die Rechte der anderen Stämme zu respektieren.

Auf dem Rückweg von einem Thing übernachtete Arminius eines Nachts bei dem Suebenfürsten Grendel, der ihn eingeladen hatte. Längst hatte er vergessen, dass er in der Schlacht gegen Varus dessen Bruder tötete. Und auch Grendel erinnerte den König nicht daran, sondern bewirtete ihn freundlich. Als Arminius am nächsten Tag nach Hause kam, fühlte er sich vollkommen erschöpft und legte sich zu Bett. Doch sein Zustand verschlechterte sich von Tag zu Tag. Man rief Nehalenia. Nachdem sie sich angehört, was ihn plagte, und ihn untersuchte hatte, sah sie ihn traurig an.

Arminius lächelte schwach. »Wir kennen uns jetzt solange. Sag mir, was es ist.«

»Man hat dich vergiftet. Ich kann nichts dagegen tun.«

Der König dachte kurz nach, dann erinnerte er sich und stöhnte leise auf. »Ach Grendel, Grendel. Ist das die Rache für deinen Bruder, den ich damals erschlagen habe?«

»Sollen wir ihn zur Rechenschaft ziehen, König?«, fragte Nehalenia.

Aber Arminius schüttelte nur den Kopf. »Jedem seine Hölle. Lasst ihn! Wie muss es ihn vergiftet haben, wenn er über zehn Jahre auf den Augenblick gewartet hat, Rache zu üben. Sie wird ihn nicht befreien, sie nahm ihm ja bereits das Leben.« Plötzlich blickte er sehr traurig, weil er die Welt nicht mehr verstand. »Was haben sich die Parzen bloß dabei gedacht? Ich habe in so vielen Schlachten gekämpft, war so oft dem Tod ausgesetzt, und dann sterbe ich durch Gift, anstatt durch einen Schwerthieb. Seltsam, nicht wahr, Nehalenia?« Er schwieg und dachte nach. Dann ergriff er Nehalenias Hand. »Viel wichtiger ist es, Vorkehrungen zu treffen. Was wird sein? Was können wir tun? Rufe Gerwulf, den Sachsen, und Randulf, den Semnonen. Sie sollen sich beeilen, viel Leben steckt nicht mehr in mir.«

Boten jagten über das Land. Zwei Tage später standen die beiden Fürsten vor ihm. Auf seinem Bett saßen Nehalenia und Lenia und hielten seine Hände. Den ganzen Tag über blieb es diesig, es gelang der Sonne nicht, durch die Wolken zu brechen. Lenia, die kaum verstand, worum es ging, hielt nur mit Mühe die Tränen zurück, die sie zu überfluten drohten.

Arminius konnte nur noch flüstern. Das Gift verbrannte sein Inneres, Zelle für Zelle. »Hört, meine Freunde, ihr müsst mir den letzten Dienst erweisen. Führt ihn treu aus, sonst kehre ich selbst aus Tyrwal zurück, um euch zu bestrafen!«

»Hattest du je Grund, mein König, an uns zu zweifeln?«

»Nein, deshalb seid ihr auch hier, meine Freunde. Aber hört genau zu. Ich, Arminius, befehle euch, gemeinsam mit der weisen Frau dort dafür zu sorgen, dass meine Tochter Lenia eines Tages in alle meine Rechte eintritt. Sie ist meine Erbin, sie ist die Königin!« Dann verstummte er. Sein Geist verabschiedete sich in eine andere Welt, wenngleich er noch einmal zu reden begann, unverständlich den Menschen, klar für Nehalenia.

»Wo ist Elda? Versorgt sie noch das Vieh? Warum ist sie nicht da? Ich will mich doch noch von ihr verabschieden.«

Nehalenia streichelte seine Hand. »Sei ruhig. Sie erwartet dich.«

»Wo?«

»Dort, wo du jetzt hingehst.« Ein sanftes, kindliches Lächeln breitete sich auf seinem Gesicht aus, das nur das reine, das vollständige Glück erzeugen konnte. »Ja, du hast recht, jetzt sehe ich sie. Seltsam, je deutlicher ich meine Frau erkenne, umso verschwommener werdet ihr. Aber wo ist mein Sohn?«

»Er ist nicht da, wo sie ist.«

»Er ist nicht da, wo sie ist?« Noch einmal, vielleicht ein letztes Mal wurde seine Miene unwillig. »Wo ist er dann?« Arminius zitterte und hatte große Angst, weil er wusste, dass er nicht mehr die Kraft haben würde, ihn zu befreien.

Doch Nehalenia strich sanft mit ihren alten Händen über seine verkrampften Gesichtsmuskeln. »Eines Tages kehrt er zurück und wird der König sein. Dein Bruder kümmert sich um ihn.«

»Germir?«

»Ja, Ergimer!«

»Ergimer? Wie gut das klingt. Bin ich das?«

»Ja.«

»Und mein Sohn ist bei meinem Bruder? Der gute Germir, er hat mir so oft das Leben gerettet, er wird auch gut auf meinen Sohn aufpassen. Was soll ich jetzt tun, Nehalenia?«

»Nichts mehr, deine Frau wartet, Elda wartet.«

»Ja, Elda. Aber diesmal bin ich der Cherusker, und du bist der Römer!« Dann blieb sein Atem stehen.

*

Nachsatz: Nicht wissend, dass der vermeintliche Sohn des Flavus das Kind der Elda und des Arminius war, ließen die Römer den jungen Mann, der Ithalicus hieß, zu den Cheruskern zurückkehren. Diese machten ihn zu ihrem König. Lenia aber heiratete den Sohn des Gerwulf und wurde die erste Königin der Sachsen.

Was Arminius nicht wissen konnte, war, dass zur gleichen Zeit Germanicus, der sich tatsächlich in den Osten begeben hatte, auf seinem Krankenbette in Syrien lag und vor Schmerzen halb irre schrie, dass Tiberius ihn vergiftet habe. Niemand weiß, ob Fieber oder Gift dem jungen Imperator das Leben entwanden. Bewiesen ist nur, dass Tiberius die Ehefrau des Germanicus, Agrippina, später im Kerker erdrosseln ließ, aber das ist bereits eine andere Geschichte …

ENDE

Ein Findelkind zwischen drei Religionen und die gefürchtetste Krankheit aller Zeiten

Ricarda Jordan
DIE PESTÄRZTIN
Historischer Roman
640 Seiten
ISBN 978-3-404-15990-1

Mainz 1348. Der schwarze Tod wütet in der Stadt und eine junge Heilkundige nimmt den Kampf mit ihm auf: Lucia verfügt über außergewöhnliche medizinische Kenntnisse. Als christliches Findelkind wuchs sie in einer jüdischen Familie mit maurischem Kindermädchen auf. Doch auf dem Höhepunkt der Epidemie verliert sie ihren wichtigsten Mitstreiter, ihren Geliebten, den Pestarzt Clemens. Sie flieht nach Süden und findet in Landshut Aufnahme in einer jüdischen Familie, allerdings unter falschen Vorzeichen: Man hält sie für ihre jüdische Ziehschwester Lea. Eines Tages kommt Leas Bruder in die Stadt …

Bastei Lübbe Taschenbuch